에덴의 연인에게 1

에덴의 연인에게 1

초판 1쇄 인쇄일 | 2005년 1월 29일
초판 1쇄 발행일 | 2005년 2월 1일

지은이 | 서 야
펴낸이 | 이숙경

펴낸곳	이가서
주소	서울시 마포구 서교동 330-1 2F
전화·팩스	02-336-3502~3 02-336-3009
이메일	leegaseo@naver.com
등록번호	제10-2539호

ISBN   89-5864-079-0 04810
       89-5864-060-X (세트)

가격은 뒤표지에 있습니다.
저자와 협의하여 인지는 생략합니다.

에덴의 연인에게
1

서 야 장 편 소 설

차례

프롤로그	7
part 1	15
part 2	42
part 3	73
part 4	104
part 5	133
part 6	169
part 7	208
part 8	244
part 9	270
part 10	312
part 11	335
part 12	364

프롤로그

"빌어먹을 노인장 같으니라고."

윤 회장이 들어서자마자 낮게 투덜거렸다. 일찍 일이 끝나 미리 들어와 있던 규하가 읽던 신문 사이로 슬며시 윤 회장을 바라보았다.

"저기압이시네요, 이 의원 만나러 가신 것 아니었습니까?"

"왜 아니겠냐."

피곤한 기색이 역력한 윤 회장이 한숨을 몰아쉬며 맞은 편 소파에 털썩 주저앉았다. 두통이 오는지 눈언저리를 슬슬 비비는 품이 여간 불쾌하지 않은 모양이다. 현 국회의원으로 당 내의 위치는 높지 않아도 어쨌든 젊은 나이부터 정치판에 끼어들어 잔뼈가 굵은 이진화 의원이었다. 우연한 자리에서 인사를 나눈 후로 간혹 연락이 오긴 했지만 이렇게 노골적으로 불쾌감을 드러낼 만큼 친분이 있는 사이가 아니었다. 한동안 지끈거리는 눈자위를 문지르던 윤 회장이 대충 넥타이와 재킷을 풀어 옆 자리에 휙 내던졌다.

"욕심 많은 늙은이 같으니라고. 감히 어디다 자리를 대는 거야?"

"자리라뇨?"

"네 결혼 자리 말이다. 그 집 여식하고 자리를 하자더구나. 나 원 참 어이가 없어서."

결혼?! 순간 절로 피식 웃음이 걸렸다. 감히 그에게 결혼 자리를 이야기 하다니… 그 양반, 몰라도 한참을 모르는군.

"이 의원에게 딸이 있었던가요?"

"뭐, 것도 딸이라면 딸이지."

규하는 고개를 갸우뚱거렸다. 호~ 이 애매한 표현은 대체 뭐란 말인가.

"이십 년 전에 들어온 업둥이 말이다. 그래봐야 자기도 모르는 사이 어디다 흘린 씨앗이겠지만… 어쨌든 그 업둥이로 조금 시끄러웠지. 보기 드문 미담이다 뭐다. 덕분에 젊은 나이치고 빠르게 의원 자리 하나 꿰차고 들어섰지 않았느냐? 거의 가망이 없는 도박이었는데, 그땐 그 사람 복이려니 했었지."

"그래요?"

규하는 심드렁하게 대답했다. 원래 결혼이란 데 관심도 없지만, 더더군다나 그 의원의 딸이라면 더욱 그러했다. 그가 보는 이 의원은 비열하고 계산속만 밝은 전형적인 정치가일 뿐이었다. 설사, 그런 업둥이 딸이 아닌 그의 친자식이라도 이 의원 같은 인간과 연관되는 것은 정말로 사양하고 싶은 일이다. 그는 좀 전의 가벼운 호기심을 털고 시선을 다시 신문으로 향했다. 제 분에 겨운 윤 회장은 그런 그의 반응은 상관없이 여전히 말을 이어 갔다. 아직도 이 의원만 생각하면 혈압이 오르는 모양이었다.

"뭐, 이쪽 단물만 쏙 빨아 먹겠다는 말이지. 제 자식도 아닌 딸의 사위, 모르는 척 하면 그만 아니겠냐. 나중엔 토사구팽 되기 딱인 자리야."

감히 지산을 상대로 주판알을 튕기다니. 괘씸한 생각이 먼저 들었다. 지산에 대한 그의 프라이드는 이런 거래조차 용납이 되지 않았다.

"그러면 만나 보든지요."

규하가 남 얘기라도 하듯 가볍게 말을 꺼냈다.

"뭐?"

반쯤 소파에 기대 있던 윤 회장이 벌떡 몸을 일으켰다. 황당한 얼굴이었다. 내내 그런 집안 사돈자리라 화를 내는 것을 보고도 태연히 '그럼 한번 보든지요'라니.

"만나 보는 거야 뭐가 어렵습니까? 밥 먹고 헤어지면 되는 거지."

"그 뒷감당은?"

"당장 결혼하자는 것도 아니지 않습니까? 그쪽에서 먼저 거절할 수도 있는 일이구요."

담담한 대꾸였다. 지산을 거절할 여자가 있을까, 행여 발목 잡히는 일이 아닐까, 먼저 걱정이 이는데 정작 당사자인 아들의 얼굴은 지극히 평온했다. 도대체 속을 알 수 없는 녀석이다.

"결혼 날짜야, 뭐 정하기 나름이니까. 굳이 이번 선거 전에 할 필요는 없지 않습니까? 이 의원이 어떻게 될 지도 모르는데, 그거야 뚜껑 열릴 때를 두고 보죠."

마치 사업이야기를 하는 것처럼 규하는 신문에서 고개 한 번 들지 않은 채 태연히 말했다. '그 회사 그냥 인수할까요?' 하는 태도였다. 감정 하나 묻어나지 않는 냉랭한 표정은 소름이 돋을 정도로 차가웠다. 그에게 있어 결혼은 사업의 연장선일 뿐, 필요하다면 그까짓 여자 하나 건사하는 게 뭐 그리 어렵겠냐는 식이었다. 그런 규하에게 윤 회장은 질린 듯 고개를 흔들었다.

"너, 그거 진심이냐?"

윤 회장이 물었다.

"이 의원에게 굳이 연락하실 필요는 없고, 그쪽에서 그렇게 몸 달아 하면 한 번 보자는 거죠."

더 이상 대꾸하기가 귀찮은지 규하는 보던 신문을 내려놓더니 빠른 속도로 말을 하고는 가볍게 일어서 자신의 방으로 향했다. 어차피 결혼이란 것도 비즈니스의 일종이다. 자신만한 자리에서 선을 본다는 게 그리 가벼운 일은 아니었지만, 아버지가 생각하는 것처럼 부담스러운 것 역시 아니다. 그 쪽에서 몸 달아 한다면 예우차원에서 한 번쯤은 보아주는 것이 거래에서 선점을 잡는 조건이기도 했다.

 며칠 내내 잠잠하더니, 결국 또다시 전화를 걸어온 건 이 의원 측이었다. 이 혼사를 반드시 성사시키고야 말겠다는 속셈이 이젠 구차하리만치 노골적이다. 끈질긴 그의 태도에 윤 회장은 질려하는데 아침나절 잠깐 들른 아들 녀석은 소파에 기댄 채 아주 편한 기색이었다. 게다가 전화를 받고 있는 아버지의 난처한 표정에 피식 웃음까지 걸려 있었다.
 "한 번 보죠."
 곤란해 하는 아버지 대신 그가 조금 큰 목소리로 결정지었다. 전화기를 통해 아마 얘기가 돌아가는 상황은 대충 알아들었을 것이다. 돌아보는 윤 회장의 얼굴이 순식간에 딱딱하게 굳어졌다. '하하' 거리는 웃음소리가 그의 귀에 들릴 정도로 전화 속의 이 의원 목소리에는 금세 화색이 돌았다. 때마침 오늘 스케줄도 여유로운 편이라 약속 시간까지 번갯불에 콩 구워먹듯 빠르게 정해졌다. 결국 자신의 손을 떠난 일이라 판단한 윤 회장은 손을 들어버렸고, 가벼운 거래처 약속이라는 듯 선 볼 시간을 정한 그는 자신의 사무실로 돌아왔다.
 "진한 철강 보고서는 어떻게 됐습니까?"
 비서실장에게 물으며 규하는 털썩 자신의 검은 의자에 주저앉았다. 사무실에 돌아오자마자 약속한 선 따위는 까맣게 잊어버린 그는 비서실장이 건네 준 보고서에 집중했다.

지산의 주력 사업은 자동차이다. 그런데 국내 순위를 다투는 굴지의 지산이 여태 작은 철강 하나 소유하지 못한 상태였다. 지금 그가 추진하는 프로젝트 중 하나가 바로 문을 닫기 일보 직전인 진한 철강을 인수하는 것이다.

"이사님! 저녁 스케줄 시간입니다."

잠시 잊고 있는 사이 시간이 그렇게나 흘렀나. 미리 일러둔 시간에 비서실장이 그에게 알려 주지 않았다면 또 서류들과 함께 밤을 지새울 뻔했다.

"흠…."

책상 위에 놓인 서류들을 잠시 훑어보던 규하는 가방에 차곡차곡 서류들을 집어넣었다. 최대한 빨리 선 볼 상대방을 만난 후 곧장 집으로 향할 생각이었다. 차에서 내려 식당에 들어서는 순간에도 그의 손에는 여전히 서류 가방이 들려 있었다. 무슨 의례처럼 꽃단장을 하느라고 늦을 상대에게 잠시의 시간도 허비하고 싶지 않았기 때문이다. 자리에 앉자마자 그는 물 한 잔으로 목을 축이더니 이내 가방에서 서류들을 꺼내 빠르게 넘기기 시작했다.

시간도 잊은 그에게 한참 눈치를 보내다 참지 못한 지배인이 다가와 헛기침을 하였다. 그제야 고개를 든 규하는 시간이 꽤 흘렀음을 알았다. 손목에 걸린 시계를 보니 약속 시간은 벌써

세 시간이나 지나 있는데, 그 잘난 이 의원의 딸은 코빼기도 보이지 않고 있었다. 그의 미간이 짜증스럽게 좁혀졌다. 버릇없는 여자를 위해 시간을 허비하는 것도 여기까지였다. 먼저 가벼운 식사를 주문하고 그는 다시 서류로 눈을 돌렸다. 이제 그의 관심사는 이미 반쯤 파장난 선보다는 자신의 손에 들린 보고서였다. 꽤나 복잡한 진한 철강의 재정 난제를 살피며 그는 깊은 생각에 빠져 들었다. 예상보다 어려운 건이 될 것 같았다. 그렇게 서류들을 하나하나 살피다, 늦은 저녁 식사까지 마친 규하가 족히 6시간 정도를 기다리고 있을 때였다.

부르르…

테이블 위에 놓여진 그의 휴대폰이 진동을 했다. 그의 아버지, 윤 회장의 전화였다. 노인네가 슬슬 궁금해졌나보다.

"어디냐?"

"기다리고 있는 중이죠."

끌끌, 혀를 차는 소리가 수화기를 통해 들려왔다. 여섯 시간이나 혼자 기다리고 있다니. 독한 녀석이라는 말이 목까지 차올라왔지만 윤 회장은 그저 소식만 전했다.

"들어와라. 그 아이 가출했다는구나."

"가출이요?"

규하의 한쪽 눈썹이 곡선을 그렸다. 선보는 날 가출이라…. 보기 좋은 입술에 야릇한 미소가 걸렸다. 이 의원의 딸이란 여자, 결코 만만한 상대는 아닌 모양이다.

"어제 나갔다는데 지금껏 몰랐었던 모양이더라. 엉겁결에 짐 하나 질 뻔 했는데 다행이지 뭐냐? 괜한 시간을 허비한 게 아깝긴 하지만, 이의원이 미안해 쩔쩔 매는 걸 보니 그나마 속이 좀 풀리는구나. 하하하!"

통쾌하게 웃어대는 아버지의 전화를 끊은 규하는 다시 천천히 서류들을 가방에 집어넣었다.

딱!

손가락을 튕기자 지배인이 잽싸게 계산서를 들고 뛰어왔다. 뭐 어쨌든 간만에 하는 조용한 식사이기는 했다. 계산을 마치고 심드렁하게 식당을 나서며 규하는 자신의 뇌리에 박힌 그녀의 이름을 미련 없이 말끔히 지워 내렸다.

이은우….

1

 "정아냐? 나야, 지후."

 훤칠한 한 남자가 분주한 공항 한 쪽에 위치한 공중전화부스에서 누군가에게 전화를 하고 있었다. 방금 도착한 모양인지 옆에 놓인 가방엔 공항 수화물표가 대롱대롱 매달려 있었다. 부드러운 갈색 머리는 유리창을 통과한 햇빛에 투영돼 유난히 반짝거렸다. 편해 보이면서도 고급스러운 니트가 탄탄하고 넓은 어깨에 멋스럽게 걸쳐진 그는 지나가는 한 무리의 스튜어디스들이 자신을 넋을 잃고 바라보는 것도 모른 채 통화에만 열중하고 있었다. 재미있는 통화라도 되는 듯 간간히 터뜨리는 웃음소리까지 매력적이었다. 기분 좋게 대화하던 그가 대충 약속을 정한 모양인지 그제야 주위를 둘러보았다. 집에서 보냈다던 박 기사를 찾기 위해서였다.

사람이 제법 많았지만 멀리서도 어정쩡한 품의 박 기사는 금세 눈에 띄었다. 부모님들 성격상 진즉에 닦달하고 남았으련만 박 기사는 간신히 그의 도착 시간에 맞춰 온 모양이었다. 하긴 그런 무던한 성격이기에 오랜 시간 그의 집에 머물 수 있었던 지도 모르겠다. 지후는 좀 전의 미소를 싹 지우고 박 기사에게 성큼성큼 걸어갔다. 정아와 약속을 빠듯하게 정해 놓은 탓에 가방만 박 기사에게 건네고 자신은 곧장 택시에 몸을 실었다.

 정아가 그를 부른 곳은 조그마한 카페 겸 바였다. 들어서는 순간부터 느껴지는 분위기가 정아를 많이 닮아있었다. 지후는 피식 웃으며 카페 안의 한 자리에 앉았다. 시간은 다 된 모양인데 정아는 아직이었다. 하긴 정아가 제대로 시간을 지킬 거라는 기대는 애초에 하지도 않았다. 느긋이 담배를 입에 물고 간단한 칵테일 한 잔 시키는데 옆 테이블에서 키득거리는 웃음소리가 들려왔다. 여자 둘만 온 모양인데 그를 바라보는 눈빛이 꽤나 유혹적이었다. 그런 그녀들에게 지후가 싱긋 하얀 이를 드러내며 장난스레 미소를 지어 보였다.
"여태 그 버릇 못 고쳤어?"
 어느새 도착한 정아가 딱 걸린 장면을 빌미로 날카롭게 쏘아붙였다. 늦게 온 값을 하는지 정아는 세련되고 멋스러운 차림이었다. 하긴 부잣집 고명딸로 태어난 정아는 비슷한 집안에 시집 간 여느 여자처럼 언제나 부담스러울 정도로 흐트러짐 없는 모습이기는 했었다.

"내 별명이 그거잖아. 만인의 연인, 이지후."

"놀구 있네."

정아는 고급스런 외모와 달리 천박하게 대꾸하며 그의 옆 자리에 털썩 주저앉았다. 그 와중에도 좀 전의 여자들을 흘낏 노려보는 것만은 잊지 않았다.

"잘 지냈어?"

"그렇지 뭐."

"남편도?"

"글쎄? 그 인간에게 직접 전화해 보지 그래? 잘난 친구들 전화면 당장이라도 뛰어올 인간이니까. 마누라 몸뚱아리는 한 달에 한 번도 안 볼 인간이…."

"그래? 그런다고 내가 뭐 도움이 되는 친구여야 말이지."

뽀얀 담배 연기를 품어내며 지후가 편안히 대답했다. 그렇지만 사실 언제나 몸 달아 전화를 걸어오는 쪽은 승우였지, 그가 먼저 찾아본 적은 없었다. 정아의 남편 박승우는 잘 나가는 세진그룹 상무였다. 대단한 집안 배경에도 불구하고 아들이 워낙 많아 드센 세력 다툼에 여간 힘든 모양이다. 게다가 집에서는 제 마누라 하나도 건사하지 못한 덜 떨어진 인간이라, 정아에게 늘 타박 받는 불쌍한 그는 지후의 대학동창이다. 뭐, 그런 점에선 정아 역시 같지만.

"당신이야 그렇지만, 당신 아버지 이름 석자면 되지 않겠어?"

정아가 지후의 입에서 빼앗아 온 담배를 입에 물며 차갑게 비꼬았다.

"그런가?"

시니컬하게 대답하며 정아를 바라보는데 순간 누군가 그의 시선을 잡았다. 곱실거리는 짧은 단발머리를 흔들며 큰 키의 여자가 경쾌하게 걸어 들어왔다.

'은우?'

뛰어온 모양인지 목 언저리에 땀방울이 송알송알 맺혀 있는 채 환하게 웃는 그녀를 바라보던 지후의 눈동자가 순간, 얼음처럼 얼어 버렸다. 잊었다 생각했던 얼굴과 너무나 닮은 여자였다. 설마…, 지후가 고개를 흔들었다. 은우일 리 없었다. 은우는 저런 식으로 웃지 않는다. 아니, 웃는 모습을 본 적이 없는 것 같다. 그 많은 세월동안 그녀의 웃음소리는 금기처럼 허용되지 않았으니까.

"저 아이, 관심 있어?"

지후가 너무 뚫어지게 바라보았을까? 정아가 드러내놓고 짜증을 부렸다.

"응. 관심 있어."

여전히 그녀에게 시선을 고정시킨 지후가 경쾌하게 인정했다. 그는 가끔 그렇게 선을 그을 때가 있었다. 냉소적인 시선에 정아의 얼굴이 사납게 일그러졌다. 지후가 온전히 그녀의 것이라 생각할 때 그녀는 이렇게 강짜 놓는 아내처럼 제멋대로 할 수 있었다.

"그래? 그럼, 저 아이와 놀아보던지. 아줌마는 좀 바빠서 말이야."

"그래도 되긴 하지만, 어쩌지? 지금은 너한테 더 관심이 가는데?"

지후가 일어서는 정아를 확 잡아끌며 깊숙이 입을 맞추었다. 능숙한 그의 키스에 일어섰던 정아가 스르르 자신도 모르게 다시 자리로 끌려왔다. 지후의 키스는 가끔 이렇게 정신을 잃을 만큼 황홀하게 할 때가 있었다. 옆자리에서는 어느새 '와오~!' 하는 탄성들이 흘러나왔다. 야유 때문인지, 지후의 깊고 농염한 키스 때문인지 정아의 볼이 붉게 상기되었다.

"흐음…."

그녀의 입에서는 자신도 모르게 흐드러지게 농익은 신음이 새어 나오고 말았다.

"갈까?"

그런 정아를 품에 안으며 지후는 미련 없이 자리에서 일어났다.

넓은 호텔의 스위트룸에는 자욱한 신음소리가 방 안을 가득 메우고 있었다. 예전부터 약속 되었던 자신들만의 장소에서 정아는 들뜬 욕정을 지후에게 불처럼 품어내었다. 남편에 대한 욕구불만을 허기지게 채우려는 듯 성급한 손길이었다. 지후 역시 그런 그녀의 애욕을 방금 귀국한 피로감도 없이 열정적으로 받아내었다. 아직 아이가 없어서인지 정아의 그것은 처녀의 것처럼 달큰하면서도 물이 올라 지후는 차오르는 쾌감을 누를 수가 없었다. 그녀의 몸에 딱딱한 남성을 심으며 그는 빠르게 앞뒤로 움직이기 시작했다. 그의 거대한 남성이 부푼 그녀의 여린 곳을 스칠 때마다 정아의 입에선 안개 같은 신음이 터져 나왔다.

순간, 박 기사에게 뺏어온 그의 휴대폰이 대충 벗어던진 바지 주머니에서 요란스레 울렸다.

'제길…!'

한참 절정에 이른, 가쁜 숨소리를 채 삭이지 못한 지후가 낮게 욕을 내뱉으며 전화를 받았다. 역시 집이었다.

"이 망할 놈의 자식! 어디냐?"

아들의 거친 숨소리의 의미를 재빨리 파악한 명희가 버럭 화부터 냈다. 아직 섹스의 전이로 인해 숨을 고르지 못한 지후의 목소리가 조금 허스키하게 울렸다.

"아시잖아요. 말씀 드려요?"

"너, 너 어떻게 한국에 귀국하자마자 그 따위 짓을…."

헉헉, 분을 참는 명희의 숨소리가 여과 없이 귓전을 때렸다. 지후의 입술에 절로 비웃음이 스몄다.

"당장, 당장 들어오너라! 가족들이 간만에 다 같이 모여서 밥 한 끼 먹자는데 정작 주인공인 네가 빠진다는 게 말이 되냐?

박 기사가 애길 했다는데 기어이 갔다며?"

"아니, 그러게 왜 그렇게 귀찮은 일을 벌이세요?"

원하는 사람은 아무도 없다는 남은 말을 지후는 꿀꺽 삼켰다. 그는 어머니에게만큼은 좀 약했다. 미워하면서도 쉽게 내치지 못하는 어머니의 여린 마음은 언제나 지후에게 족쇄였다.

"갈 거야?"

전화를 끊고 바지를 주섬주섬 걸치는 지후의 허리를 정아가 농염하게 안았다. 벌거벗은 가슴의 계곡에 채 마르지 않은 땀이 한 줄기 주르륵 흘러 내렸다. 마치 액즙처럼 타고 흐르는 땀방울이 유혹하듯 반짝 빛을 냈다. 그러나 그녀의 둔덕 같은 가슴을 바라보는 그의 시선은 담담했다.

"그러게. 아무래도 그래야 될 것 같은데?"

정아에 비해 지후의 몸은 이미 싸늘히 식어 내린 후였다. 어머니의 목소리에 또다시 은우가 떠오른 탓이었다.

잊지 못해 떠났지만, 또한 떠난 내내 그녀를 잊어 본 적이 없었다. 그래서 지금은 정아를 안을 수 없었다. 은우를 기억하는 동안엔 그는 어느 여자도 안지 않았다. 그의 대답에 어깨를 쓰다듬던 정아가 순순히 손을 내렸다. 졸라댈 것도 같은데 그녀는 언제나 끝은 쉽게 받아들이는 편이었다. 지금까지 정아와의 관계를 계속 유지해왔던 것도 어쩌면 그녀와의 섹스가 아니라 이런 담백함 때문일지도 몰랐다.

'뭐, 시간은 여전히 있으니까.'

그에 대해서만큼은 잘 안다 자신하는 정아는 지후를 편하게 포기했다. 귀국하자마자 자신을 찾은 것만으로도 이미 자존심은 충분히 채워진 셈이었다. 시간은 아직도 원하는 만큼 충분히 있다. 바지를 입는 지후를 등에 둔 정아는 나신을 그대로 드러낸 채 거울 앞에 앉아 흘러내린 머리를 쓸어 올렸다. 거울 속에 보이는 지후의 눈빛은 이미 이곳을 벗어나 다른 곳을 헤매고 있었다.

  아름다운 남자이다. 너무나 아름답지만, 너무나 차가운 남자. 스스로 만인의 연인이라 입버릇처럼 말하지만, 실상 지후는 여자에게 냉담한 편이었다. 아마 그녀가 다른 여자들처럼 좀 더 자유로운 몸이었거나, 그에 대한 소유욕이 있었다면 이만큼이나마 그를 잡지 못했을 거라는 걸 그녀는 잘 알고 있었다. 그래서 그에 대한 욕심을 그녀는 항상 자제하는 편이었다.

  벌거벗은 채 다시 매끄럽게 화장을 고치는 정아를 방에 남겨두고 지후는 서둘러 호텔을 빠져나왔다. 어머니와의 통화에서는 좀 짜증을 부렸지만, 막상 집으로 향한다고 생각하니 가슴이 조금 설레었다. 잊어야 했었고, 잊으려 노력을 한 그녀였지만, 눈앞에 둔 그녀와의 재회는 첫사랑 같은 두근거림이 일었다. 호텔을 나서 빠르게 집으로 향하는 그에겐 이미 정아는 없었다.

거대한 이진화 의원의 집은 북악산을 병풍처럼 뒤로 한 채 자리하고 있었다. 육중한 나무문을 여는 순간부터 지후의 숨이 턱, 막혀왔다. 거대한 아버지의 집은 그 덩치만큼 들어서는 지후를 짓누르고 있었다. 이미 10시에 가까운 시간인데도 집은 대낮처럼 환했다. 아마 다들 그를 기다리느라 이 시간까지 굶고 있으리라.

'이런 젠장….'

지후는 고집스런 어머니에게 불평을 쏟아내며 서둘러 계단을 올라갔다.

이진화 의원은 늦은 시간이 되어서야 마지못해 터덜터덜 들어오는 둘째 아들에게 버럭 소리라도 지르고 싶은 것을, 며느리 앞이라 애써 꾹 참고 있었다. 아내인 강명희야 그런 남편을 굳이 거슬릴 생각 자체가 없었고, 늘 아버지에 기죽어 지내는 형, 지석 또한 말 할 필요도 없었다. 애꿎은 큰며느리, 유나만 배를 쫄쫄 굶으며 그 잘난 시동생을 기다리느라 고생을 하고 있었다.

"형수님, 죄송합니다. 친구들이 먼저 공항에 나와 있어서…."

그래도 형수한테는 미안한지 지후가 대충 거짓말로 변명을 했다. 다들 늦은 식사를 위해 자리에 앉는데, 그의 눈에 한 사람이 없었다.

"은우, 어디 갔습니까?"

지후 입에서 은우라는 이름이 떨어지는 순간, 갑자기 방 안에는 금기라도 깨어진 듯 싸한 침묵이 흘렀다.

"흠! 흠!"

이 의원이 신경질적으로 헛기침을 했지만 지후 역시 고집스런 얼굴이었다.

"아니, 이 시간까지 아이가 들어오지 않는데 아무도 전화 안 해보셨어요?"

지후는 그렇지 않아도 입맛 없는 숟가락을 식탁위에 탁 내려놓았다. 시간이 흘러도 여기, 이곳은 변한 게 없었다.

"그 아이, 집 나갔다."

얼음처럼 입을 다물어 버린 가족들을 대신해 형인 지석이 낮게 대답했다. 뻔뻔한 얼굴이었다. 형의 대답에 지후의 머리카락이 빳빳하게 곤두서 올랐다.

"뭐?"

"그러게, 머리 검은 짐승은 거두는 게 아니라잖니? 누가 저보고 뭐라 한다고 덜커덕 집을 나가버리더구나. 그것도 아무도 모르게. 그 일 때문에 우리가 얼마나 난처했는지…. 원, 누가 알면 오해할 일이 아니냐. 정말 은혜를 뭐로 갚는다던 옛말 하나도 틀린 게 없더구나."

지석이 벌려놓은 말에 명희가 불만스럽게 덧붙였다. 언짢은 기색이 역력히 드러나는 얼굴이었다. 3년 만에 보는 지후였다. 그런데 부모 안부보다 은우에 대해 먼저 묻는 지후의 관심이 그녀는 못 견딜 정도로 신경에 거슬렸다. 언제나 그랬다. 그녀 모르게 스치는 지후의 시선은 언제나 은우에게 향해 있었다. 그런 아들의 시선이 느껴질 때마다 배신처럼 그녀의 가슴은 서늘해지곤 했었다.

"지금 뭐라고 하셨어요? 집을 나가요? 은우가요?!"

지후가 버럭 소리를 질렀다. 그의 눈 꼬리가 매섭게 올라갔다. 화가 나 일그러질 대로 일그러진 표정에 다들 얼굴이 딱딱하게 굳어져 버렸다. 그나마 남아있던 반가운 마음까지 사라져 버린 써늘한 분위기였다.

"소리 낮춰라. 아랫사람들 듣는다. 제 발로 나간 아이, 제 발로 들어오겠지. 그러게 누가 나가라고 했나?"

가르치듯 말하는 지석 옆에서 괜스레 유나만 숟가락을 만지작거렸다. 잔뜩 배고픈 기색인데 지후의 신경질에 내색은 못하고 불만스러운 눈치였다. 어느새 유나의 얼굴에도 보이지 않은 짜증이 배었다.

"그걸 지금 말이라고 하는 거야? 아이가 나갔는데 밥이 목으로 넘어 가? 같이 살던 개가 나가도 이러지는 않아."

콰다당!

거칠게 일어 선 기세에 그가 앉은 의자가 옆으로 쓰러지며 굉음을 냈다. 지후의 얼굴엔 상처가 고스란히 드러나 있었다.

바라보는 가족들 역시 편하지는 않았다. 명희가 아랫동네에 사는 유나까지 불러 들여 만든 음식들은 식어빠진 채 방치되었고, 은우가 떠남으로써 한 짐 벗은 것 같은 가벼움도 다시 무거워져 버렸다. 멋쩍은 숟가락만 들고 있던 유나나 지석 역시 입맛을 다시며 숟가락을 내려놓고 말았다. 그 누구보다 은우에 대한 미움이 돋아나는 것은 명희였다. 애초부터 마음에 들지 않더니 비어진 공간마저 온 집안을 들썩이게 만드는 아이였다.

"자리에 앉아라."

숨 막힐 듯한 이 긴장감을 정리한 건 결국 내내 입을 다물고 있던 이 의원이었다. 아내를 바라보는 시선이 여전히 차가웠다.

아버지의 엄한 목소리에 지후가 눈을 들었다. 냉정한 눈빛이었다. 은우에 관해서는 아버지 역시 예외이지 않았다. 아니, 어쩌면 아버지의 이런 방치가 모든 문제의 발단이었는지도 모른다. 잠시 아버지를 노려보던 지후는 그대로 자신의 방으로 향했다. 더 이상 그 자리에 잊고 싶지 않았다.

위층 계단을 오르던 지후는 입술을 깨물었다. 가지 말았어야 했다. 가지 말아야 한다는 건 진즉 알고 있었다. 한국을 떠나던 순간부터 그는 후회했었다. 잊을 수 있을까, 차라리 괴롭더라도 끝까지 이곳에 남아 있어야 하는 건 아닐까, 그것은 화두(火斗)처럼 그를 괴롭혔었다. 잘 살겠지 라고 변명을 해 보았자 그것은 결국 그 자신을 위한 위로일 뿐이었다. 그러나 그곳에 있는 삼 년 내내 결국 확인한 건 그녀에 대한 기억이 아니라, 그의 마음에 대한 기억들이었다.

가족들에게 화를 내며 성큼 자신의 방으로 올라가는 지후는 사실, 그 누구보다 자신에게 더 화가 치밀었다. 떠나지 말았어야 했다. 용기 없이 떠나지 말았어야 했었다. 그것을 그는 또 한번 후회했다.

쾅!

위층으로 올라 선 지후가 부술 듯 은우의 방문을 열어 젖혔다. 혹시 은우가 남긴 흔적이나마 찾을까 싶어서였는데, 방문을 연 그의 입술에선 허탈한 웃음만이 새어나왔다.

은우가 스무 해를 넘게 살았던 공간은 마치 기다렸다는 듯이 텅 비어 있었다. 마치 이곳에 이은우라는 사람은 애초부터 살지 않았던 것처럼 그녀가 살았던 방은 종이 하나 없이 깨끗했다.

화보다는 웃음, 슬픔보다는 당연함, 그런 복잡한 심경 속에서 지후는 은우의 방문 앞에 망연자실한 채 서 있었다. 은우를 잡을 흔적조차 없이 깨끗이 치워진 방안은 마치 이곳을 떠나간 은우의 심정 같았다. 은우 역시 이곳을 떠나며 그 긴 세월을 저렇게 비워냈겠지. 이젠 완전하게 사라진 주인 잃은 공간 앞에서 지후는 그렇게 한참을 서 있었다. 같은 성을 달고 함께 살아왔던 은우는 여전히 이곳에선 이방인일 뿐이었다. 거친 발소리를 내며 아래층으로 내려선 지후는 또다시 밖으로 나섰다. 가슴이 답답해 터질 것처럼 아팠다. 정말 숨통 조이는 거대한 집이었다.

so many nights

I'd sit by my window

waiting for someone to sing me his song

so many dreams i kept deep in side me

alone in the dark but now you're come along

And you light up my life

you give me hope to carry on

you light up my days

and fill my nights with song

수많은 밤을 창가에 앉아 있곤 했죠.
나에게 자신의 노래를 불러 줄 누군가를 기다리며
많은 꿈을 마음속에 간직하기도 했어요.
혼자 어둠 속에서 그러나 이젠 당신이 나타났어요.
당신은 내 인생을 밝혀주었어요.
나에게 일을 실현할 희망을 주었어요.
당신은 내 인생을 밝혀주었어요
나의 밤을 노래로 채워주었어요

잔잔하면서 맑은 여자 보컬의 목소리가 가게 안에 울려 퍼졌다. 규하는 기울이던 잔을 잠시 멈추고 스테이지를 바라보았다. 처음 보는 여자 보컬이었다. 단골이라 한 달에 서너 번은 들르던 가게였는데 요즈음 회사 일이 바빠 조금 뜸했었다. 그 사이 새로 들어

온 가수인가, 규하는 짐작했다.

"새로 온 가수인가?"

규하가 몇 번 낯을 익힌 바텐더에게 물었다. 심드렁하게 묻는 목소리와는 달리 그 여가수에게 박힌 그의 시선은 날카로웠다. 흥미로운 여자였다. 서른 세 살인 자신도 가물가물한 옛 팝송을 척 보기에도 갓 스물을 넘었음직한 앳된 여자가 부르다니. 기억은 잘 나지 않지만 아마 가수가 꿈이었던 여자가 남자에게 버림 받으면서 결국 사랑은 실패했지만 가수로서는 성공한다는 내용의 영화주제곡이었던 것 같다. 이젠 이미 잊혀진 영화의 주제곡을 어떻게 알았을까?

"예. 들어온 지 얼마 되지 않았는데, 노래 괜찮죠?"

"뭐, 그럭저럭…."

내내 흥미로운 시선으로 바라보아 놓고서도 정작 그의 얼굴은 무심함에 가까웠다. 성격이 밝은 바텐더가 유리잔을 부드러운 천으로 닦으며 말을 건넸다. 담담한 시선은 직업처럼 아무것도 담아내지 않는데 말을 하는 그의 입매는 조금 부드러웠다.

"저녁에는 아무래도 술자리가 많은데 저렇게 잔잔한 노래를 자주 불러요. 그래서 손님들이 아주 좋아하죠. 저희 가게가 분위기에도 잘 맞고요."

바텐더는 규하가 원하는 것보다 더 많이 그녀를 설명해 주었다. 얼굴을 감추듯 깜깜한 조명 속에서도 굳이 선글라스를 쓰는 어느 가수와 달리 그녀는 밝은 조명 아래 작은 얼굴을 고스란히 드러내고 있었다.

규하는 스테이지에서 시선을 떼지 않은 채 눈앞의 잔을 기울였다. 앉아 있는 품으로도 키가 꽤 큰 편인데 얼굴은 짧은 단발 때문인지 상당히 어려 보였다. 화장도 안한 얼굴이 뜨거운 조명 탓에 살짝 땀으로 번들거렸다. 그래서 조금 상기된 그녀의 얼굴이 더 반짝여 보이는지도 모른다. 곱실거리는 머리카락이 목선에서 달랑달랑 엉키어 있는데 묘하게도 고혹적이었다.

그녀의 그런 외모 때문인가? 홀에서 그녀를 바라보고 있는 다른 남자 손님들 역시 그녀에게 잔뜩 몰입해 있었다. 순간 그런 그들에게 이유 없는 불쾌감을 느낀 규하는 탁, 소리가 나도록 자신의 잔을 내려놓았다. 한눈에 봐도 자신보다 열 살은 더 어려 보이는 어린 여자에게 그의 이런 시선은 가당치도 않는 일이었다. 팝송을 마친 그녀가 다른 곡을 부르는 사이, 그가 자리에서 일어섰다.

"이제 끝난 건가?"

들고 온 기타를 무겁게 메며 무대를 내려서던 그녀가 대뜸 들려온 그의 목소리에 조금 당황한 시선으로 마주 보았다. 생각했던 것처럼 상당히 어린 시선이었다. 자신보다 머리 하나는 큰 낯선 남자에게 기가 눌릴 것 같은데도 마주보는 여자의 시선은 흔들림이 없었다. 그런 그녀를 바라보는 규하의 시선에 반짝 미소가 어렸다. 당찬 여자였다. 그래서 더 흥미가 생겼다. 그녀가 고급스런 그의 정장과 고급 수제화까지 위아래로 훑어

내리는 것을 그는 묵묵히 바라보았다. 마치 품평회를 하는 듯한 시선이었지만 그런 것조차 신경에 거슬리지 않았다. 그로서는 꽤나 양보한 셈이다.

"이제 다 훑어본 건가?"

자신만만한 목소리였다. 그가 그녀를 바라보았듯, 그녀 역시 그를 바라보는 것뿐이었다. 허락하지, 규하가 미소를 지었다. 어느 누구에게도 감히 허락하지 않았던 시선을 지금 이 여자에게만은 허락하고 있는 것이다.

"뭐. 이 저녁에 다가오는 남자라면 두려운 게 당연한 거 아닌가요? 아무렇지도 않게 받아들이는 사람이 이상한 거죠."

쓱 시선을 거두며 여자가 차게 대답했다. 당차게 그를 바라보면서도 가늘게 떨리는 손가락을 그가 놓칠 리 없다.

"아직 저녁 전이면 식사나 함께 하지."

그가 편안한 목소리로 물었다. 아직은 두려움으로 도망가게 하고 싶지는 않았다. 어린 짐승일수록 천천히 부드럽게 몰고 나가는 게 그의 방식이다. 여자가 흘낏 시계를 쳐다보더니 그를 향해 눈썹을 치켜 올렸다. 10시. 이미 늦은 시간이라는 의미였다. 그런 그녀의 시선을 따라 시계를 바라보며 그가 다시 한 번 그녀에게 물었다. 그로서는 꽤 많이 물러서는 것이기도 했지만, 그녀는 아직 그를 몰랐다. 그래서 이 정도의 거부감 정도는 받아줄 수 있다고 생각했다.

"그럼 야식이라도 함께 할까?"

"전 야식 안 먹는데요?"

여자가 그의 질문을 튕겼다.

"그러니까 그렇게 비쩍 말랐지. 난 약간 통통한 게 좋아."

규하가 평가하듯 그녀의 호리하고 늘씬한 몸을 쓰윽 훑어 내렸다. 그의 취향에는 많이 마른 몸매였다. 그의 시선이 모욕처럼 느껴진 걸까? 여자의 시선이 순간 번뜩 빛을 발했다. 제법 성이 난 눈빛이었다.

"그런가요?"

우습지도 않다는 듯 애써 태연히 그의 앞을 스쳐 지나가는 그녀를 규하가 불끈 잡아 세웠다. 이제 그의 인내도 서서히 바닥이 드러나는 참이었다. 어느 여자도 이렇게 그를 밀어낸 적이 없었다. 그런 마음에 조금 힘이 실려 버렸는지, 여자가 움찔 어깨를 움츠렸다. 빌어먹게도 여자의 눈에는 작은 두려움까지 서려있었다. 규하가 조심스럽게 숨을 골랐다.

"왜 이래요? 소리 지를까요?"

"그럴 거였으면 진작 했겠지. 어때? 야식이라도 잠깐 먹는 게?"

"전 안 먹는다니까요. 지금 뭐하자는 거예요?"

이제 가게 안에 있던 손님들의 시선이 하나 둘, 두 사람에게 집중되기 시작했다. 제법 재미있는 구경거리라도 생긴 것처럼 호기심 어린 시선들이었다. 젠장, 이게 뭐하는 짓이지? 규하가 낮게 욕을 내뱉으며 싫다는 그녀를 질질 끌다시피 데리고 나와 자신의 차에 밀어 넣었다. 슬슬 한계에 차올랐다. 그녀와 실랑이는 하는 모습을 무슨 구경거리마냥 제공할 생각은 없었다. 그녀의 버릇을 받아주는 것도 둘 만이 있을 때의 문제였다.

"그럼 식사는 다음으로 미루고, 집이 어디지?"

능숙하게 핸들을 잡으며 그가 물었다. 검은 가죽 핸들을 잡은 갈색 빛 손목이 강인한 그의 성격을 그대로 보여주는 것 같았다. 여자는 도무지 대꾸가 없었다. 씨익 차갑게 웃으며 규하가 천천히 차를 출발시켰다. 그녀가 원하지 않는다면, 그가 원하는 곳으로 가면 된다. 기회는 이미 줄만큼 다 준 셈이었다. 내내 잠자코 입을 다물던 여자가 생각지도 않았던 곳으로 차가 향하자 약간 성마르게 물어왔다.

"어디 가는 거예요?"

"집이 어디냐고 묻는데 대답이 없어서 간단히 식사할 곳으로 가는 중이야."

"완전 제멋대로 아니에요? 전 당신처럼 제멋대로인 남자는 딱 질색이에요."

화가 잔뜩 난 목소리였다.

'나 역시!'

그는 속으로 내뱉고는 그녀의 말에 대꾸했다.

"그래?"

"차 돌려요."

여자의 목소리가 조금 떨렸다. 이제 서서히 그란 남자를 알아가는 모양이었다.

"글쎄… 기회는 충분히 주었다고 생각하는데?"

슬슬 그녀의 신경을 건드리며 그가 빙글 말을 돌렸다. 여자의 얼굴이 하얗게 질리기 시작했다. 이미 차에 오른 순간부터 그녀는 그의 의지였다.

"다음 가게로 가야 해요."

목소리는 떨리는데도 여전히 여자는 고집스럽게 말했다. 결코 그와는 식사를 하지 않을 생각인 모양이다. 어디 두고 보지.

"그래? 거기도 술집인가?"

"네."

"어디지?"

묻는데 잠시 망설이는 듯 하더니 그녀가 그도 아는 한 가게의 이름을 불렀다. 작은 머리를 힘들게 굴리고 있을 그녀를 생각하며 규하는 게임을 하듯 사뭇 즐거웠다. 이 여자, 상당히 그의 시선을 잡아끈다. 규하가 휙, 방향을 틀었다. 덕분에 차가 기우뚱 옆으로 쏠렸다. 여자의 몸이 그의 쪽으로 쏠리며 부드러운 꽃 향이 코 안으로 스며들었다. 고혹적인 향이었다. 향수는 각각 제 주인의 체취를 담는다는데, 그녀의 향은 유혹적일 만큼 아찔한 향이었다.

"가지."

순간 벌떡 치밀어 오르는 그의 남성을 느낀 규하가 이를 악물었다. 처음 보는 여자에게 이런 적이 없었다. 여자를 모르는

숙맥은 아니었지만, 어린 여자에게 이토록 강한 동물적인 육감을 느낀 적은 여태껏 없었다. 난처하고, 힘든 여자였지만 그만큼 탐이 나는 여자이기도 했다. 새로운 게임을 발견하듯 즐거운 그에 비해 여자는 앞만 또렷이 바라보고 있었다. 옆선으로 보이는 그녀의 이마가 고집스럽게 툭 튀어 나와 있었다. 또 한 번 핸들을 틀면 그녀의 몸이 그 쪽으로 쏠릴까? 짓궂은 장난기에 규하는 빙글 미소를 지었다. 콧노래가 나올 만큼 흥겨운 즐거움이었다.

그녀가 부른 가게를 찾아 주차를 하는 사이 여자가 폴짝 뛰어 내렸다. 이런, 아니지…. 규하가 한 걸음에 다가가 여린 팔을 조금 세게 붙잡았다. 아직 사냥을 멈출 생각은 없었다. 한 손에 쥐어진 팔을 단단히 잡은 채 가게를 들어서는데 여자가 누구를 찾는 듯 가게 안을 쭉 훑었다. 옆에 선 그도 조금 여유로워지고 있었다. 그 사이 한 남자가 그녀에게 다가오며 반갑게 손을 들었다. 이곳의 사장이었다.

"어, 은우 씨!"

단골인 가게가 아니라 낯선 얼굴이었지만 규하는 그 남자의 얼굴보다 그가 부른 이름을 먼저 들었다.

은우(蒽雨)라….

푸른 비란 뜻인가? 소름 돋을 만큼 그녀에게 어울리는 이름이었다.

"사장님! 제가 좀 늦었죠?"

"어?"

남자가 당황스런 표정을 지었다.

픽~!

규하의 입에서 알만하다는 듯 웃음이 새어나왔다. 그가 생각했던 것처럼 여긴 그저 대충 둘러댄 곳이 맞는 모양이었다.

"가보지 그래? 난 여기서 기다릴 테니깐."

규하가 무대 정면에 비어있는 자리를 가리키며 그녀에게 말했다. 얼마든지 기다려 줄 생각이었다. 사실 처음엔 단지 호기심이었다. 하지만 그녀의 유혹적인 향취와 귀여운 잔머리까지…. 점점 그의 시선을 끄는 이 여자를 조금은 더 지켜보고 싶었다. 그의 말에 여자가 당혹스럽게 얼굴을 일그러뜨렸다. 일부러 씨익 미소를 지으며 그는 무대 바로 앞에 자리를 잡았다.

은우가 못마땅한 기색으로 그를 노려보더니 결국은 포기한 모양인지 옆에 선 사장 녀석을 한 구석으로 끌고 갔다. 아마 사정이라도 할 심사겠지. 편안하게 자리에 기대며 그는 가벼운 음료를 시켰다. 오늘은 그녀를 위해 술을 자제할 생각이었다.

한참을 속닥거리던 은우가 천천히 무대로 올라섰다. 가까이에서 보니 기타를 튕기는 그녀의 손가락이 가볍게 떨리는 것까지 그대로 눈에 들어왔다. 웨이트리스가 가져온 붉은 빛 음료를 그녀 대신 음미하며 규하는 그녀를 바라보았다.

그녀의 얼굴만큼 커다란 고풍스런 마이크에서 떨리는 듯 부드러운 목소리가 들려오자 규하는 취한 것처럼 조금 몽롱해져

갔다.

'아름다운 여자야.'

규하가 낮게 속삭였다. 저런 여자 하나 때문에 굶주린 사람처럼 이곳에 앉아 있는 자신의 꼴이 그리 반갑지는 않았지만, 그녀에 대한 이 깊은 욕망을 채우기 전에는 절대 뒤로 물러설 생각이 없었다.

일부러 그의 시선을 피하는 여자의 눈길이 슬쩍 문 쪽으로 향했다. 아마도 원래 계약된 가수의 눈치를 보는 것이겠지. 또 한 모금을 넘기며 규하가 느긋이 그녀의 시선을 잡았다. 파르스름할 정도로 까만 눈동자였다. 감미로운 조명에 반사된 눈동자는 최면처럼 그를 이끌었다. 간간히 그를 바라보는 두려운 듯한 그녀의 표정마저 그에게는 충분히 유혹이었다.

밤이 내려앉은 듯 까만 홀 안은 고요하였고, 그 중 오로지 빛이 머무르는 곳에서 그녀는 마치 쇼윈도우 안의 인형처럼 반짝이고 있었다. 규하는 취한 듯 그녀의 노래 소리에 빠져 들었다.

세 곡이 끝났을 때였다. 여자의 기타 소리가 멈추었다. 흘낏 뒤를 보니 어느 남자가 가게에 들어서고 있었다. 그녀만큼 어린 남자. 그녀의 시선은 곧장 그를 향해 있었다. 기다리던 가수인가?

묘한 예감에 규하는 성큼 다가가 무대에서 내려오는 그녀 앞에 섰다.

"가지."

여자가 하얀 얼굴을 들어 그를 똑바로 바라보았다. 조금 전보다 왠지 더 여유로워진 표정이었다.

"친구 왔어요."

"친구?"

규하가 불쾌한 듯 얼굴을 찡그렸다.

"내가 데려다 주지."

"아니요, 괜찮아요. 아, 유빈아!"

내내 조심스럽게 굳어있던 그녀의 얼굴이 유빈을 부르는 순간, 활짝 펴졌다. 그녀의 시선을 따라가니 아까 보았던 그 어린 녀석이 눈에 들어왔다. 겨우 저 어린 녀석 하나로 이렇게 여유로워진 건가? 규하가 다가오는 녀석을 매섭게 노려보았다. 허름한 옷차림 하며, 허겁지겁 달려 온 품새까지 볼품없이 어린 녀석이었다.

"아. 많이 기다렸어?"

유빈이란 녀석이 다가서자 은우가 보란 듯이 녀석의 팔에 매달렸다. 둘을 바라보는 그의 관자놀이에 불끈 힘줄이 솟아올랐다.

"상당히 재미있는 아가씨로군. 날 아주 우습게 본 모양이야. 뭐, 거래를 하자는 모양인데. 좋아. 뭘 원하지?"

그렇게 묻는 규하의 눈동자는 다시 본래의 모습처럼 차갑게 변해 있었다. 어느 여자든 대가 없이 가져본 적은 없었다. 물론 이렇게 정면으로 그를 내리친 여자도 없었지만….

"거래요?!"

우습다는 눈빛이었다.

"당신은 여자를 늘 그렇게 사나요? 전 당신께 원하는 게 없으니 그럼 거래는 종료인가요?"

'거래 종료라… 아니, 아직은!'

규하는 익숙한 손놀림으로 주머니에서 지갑을 꺼내 고급스런 명함 한 장을 그녀에게 건넸다.

"꽤나 비싸게 부를 모양이군. 뭐 상관은 없지만. 날 만나고 싶다면 이곳으로 연락해. 아, 그리고 조건을 제시할 땐 저 남자 아이 떼어놓고 오길 바래."

지산그룹 제품 기획 2부 이사 윤 규하

그녀는 손에 놓인 명함을 잠시 바라보았다. 국내 굴지의 그룹 중 최고봉에 있다 해도 과언이 아닌 자리였다. 그 그룹의 제품 이사…. 그건 그의 집안에 대한 가치이기도 했다. 여유로운 미소를 지으며 규하가 안 주머니에서 담배를 꺼내 물었다. 탁, 금빛 라이터에서 솟아오른 붉은 불꽃에 그의 얼굴이 붉게 타올랐다.

"아하! 지산 그룹?"

은우가 씨익 웃으며 그의 명함을 마치 장난감 구경 시키듯 유빈에게 보여주었다. 명함을 바라 본 유빈의 얼굴은 잔뜩 굳어지는데, 은우는 오히려 더 당당하다.

 쫘악~!

 그의 얼굴을 태연히 바라보며 그녀가 보란 듯이 명함을 쫙쫙 잘게 찢어냈다.

 "이것 봐요, 아저씨. 뭔가 크게 착각하신 모양인데, 이까짓 명함 전 별로 흥미 없거든요."

 그녀가 하얀 이를 드러내며 싱긋 웃었다. 갑자기 은우가 바지 주머니 속에 넣어진 그의 손을 잡아 빼더니 펼쳐진 손바닥에 갈기갈기 찢겨진 명함을 내려놓았다. 잔해로 변한 종이 쪼가리들이 꽃잎처럼 바닥으로 사뿐 내려앉았다.

 "당신 같은 사람들, 어차피 거기서 거기야."

 비웃듯 말하는 그녀의 눈동자에 언뜻 아픔이 스치는 것 같더니, 거짓말처럼 사라져 버렸다. 휙 뒤돌아선 은우가 유빈의 손을 가볍게 이끌었다.

 "가자. 힘들었지?"

 규하가 손에 놓인 잔해들을 바라보았다. 참 잘게도 부서져 있었다. 찢어진 자신의 이름을 바라보는 그의 입가에 미소가 어렸다.

 '이런 명함 흥미 없다…라. 그런데 어쩌지? 내 흥미는 이제부터 시작인데.'

 그를 두고 편하게 떠난 은우의 흔적 뒤에서 규하가 천천히 자신의 핸드폰을 꺼내 들었다.

"나다. 사람 하나 조사해 봐."

입가에 도는 미소와 달리 그의 눈빛은 소름 돋을 정도로 차가웠다.

"은우. '키에나'에서 노래하는 가수야. 그녀에 대해 모든 것을 속속들이 다 알아 봐."

전화를 끊은 규하가 만족스럽게 고개를 끄덕였다. 이제 남은 건 기다림 뿐이었다. 그것 역시 그의 장점 중 하나였다. 성사 될 거래라면 약간의 시간을 기다리는 것쯤은 아무것도 아니었다.

이 의원이 결국 참지 못하고 지후를 호출한 건 귀국한 지 한 달이 다 된 시기였다. 아버지로서는 많이 참았을 시간임을 알기에 지후는 선선히 서재로 향했다.

"너 앞으로 뭐할 생각이냐?"

지후가 서재에 들어서자마자 이 의원은 대뜸 본론으로 들어갔다. 성마른 아버지와 달리 지후는 담담한 표정이었다.

"알고 싶으세요?"

"그럼 내가 괜히 물었겠냐? 넌 대체 무슨 말버릇이 그 모양이야?"

짜증스런 이 의원의 말에 지후가 어깨를 으쓱였다. 아무래도 상관없다는 투였다.

"잠시 쉬려고요."

"그리고선?"

"또 놀까요? 아님 다시 미국으로 갈까요?"

"결혼은? 결혼은 안 할 셈이냐?"

"흥미 없는데요?"

"빌어먹을 자식! 결혼을 흥미로 한다더냐?"

"그럼 수지타산으로 하나요? 하기야 아버지는 그렇죠? 그래서 형도 그렇게 결혼시키고, 은우까지 그렇게 하시려다 도망가버렸나요?"

입 싼 유나에게서 대충 들은 그가 잔뜩 말을 꼬았다.

'아버님 나름대로 생각한 곳이 있는 모양인데 그게 싫다고 한밤중에 도둑고양이처럼 몰래 나가버렸다고 어머님이 엄청 화내셨어요.'

못된 아이가 고자질하듯 시누이인 은우를 향한 유나의 고자질은 악의로 가득 차 있었다. 자신의 말에도 지후가 여전히 냉담한 표정을 풀지 않자, 지레 풀이 죽은 유나가 슬며시

'뭐, 다들 그렇게 사는 게 아닌가?'

흘리듯 말을 마무리하며 재빨리 남편인 지석의 등 뒤로 숨었다. 사는 게 다 그런 거라 말하는 유나가 뺨이라도 갈기고 싶을 만큼 편한해 보여 지후는 불끈 주먹을 쥐었다. 지금까지 은우가 산 세월은 그렇게 단순히 산 거라 말할 수 있는 게 아닌데 이 집 식구들은 제 편할 대로 은우를 바라보고 있었다. 버럭 솟구치는 화를 그나마 형수라 꾹 누르고 말았었다.

"외가에 가 봐라. 네 자리 하나 마련해 주신다더라."
"흥미 없다니까요."
"가 봐!"
빙글대는 지후에게 이 의원이 참지 못하고 버럭 소리를 질렀다.
"그리고 자리 잡히면 바로 결혼해라."
"좋아하는 여자랑요?"
"여자 있냐?"
바람둥이라 변변한 여자 하나 없는 걸로 알고 있는데 결혼 말에 선뜻 좋아하는 여자를 운운하자 이 의원이 얼른 지후의 말을 가로챘다.
"있으면요?"
"어느 집안인데?"
"왜요? 그것도 집안 봐서 허락하시게요? 하! 됐습니다. 제가 사랑하는 여자, 그렇게 아버지의 저울 위에 올리고 싶은 생각 없습니다."

버릇없는 아들을 야단하려던 이 의원은 애써 말을 자제하였다. 지후와의 대화는 늘 이런 식이었다. 가벼워 철이 없는 듯하면서도 절대 가볍지 않았고, 속내를 한번도 보여주지 않는 알 수 없는 자식이 둘째 아들, 지후였다. 그래도 아버지인지라 대충 가슴 속에 무언가 품고 있다는 것은 알 것 같은데, 도무지 무엇 때문인지 감을 잡을 수가 없었다. 이 의원은 살피듯 지후를 바라보았다.

"한 번 데리고 와 봐라. 뭐, 집안이야 차후의 문제이고, 아이가 괜찮다면 생각은 해 보자구나."

"하하하. 형수 집안에서 돈 꽤나 내놓으시나 보죠? 제 결혼은 그렇게 한 걸음 물러나시다니."

자신이 이미 한 번 접고 들어가는데도 지후는 여전히 고삐를 풀지 않고 있었다. 순간, 이 의원의 이마에 퍼런 힘줄이 팍 솟아올랐다.

'이놈의 자식이. 제 애비를 뭐로 보고….'

"가 봐."

이 의원이 떫은 입맛을 다시며 그냥 지후를 내보내고 말았다. 이젠 다 컸다고 애비를 이렇게 대하나 싶어 이가 박박 갈리도록 화가 나면서도, 조금 전 지산그룹 윤규하의 전화를 생각하니 슬슬 기분이 풀리기 시작했다.

은우가 도망가면서 놓쳐 버린 자리, 남 주기엔 아까운 자리였다. 알면서도 혹시, 하며 찔러 보았던 자리인지라 이젠 거의 포기했었는데 뜬금없이 오늘 직접 윤규하가 전화를 걸어온 것이다. 그렇지 않아도 올해에 있을 당내 경선 때문에 자금압박에 시달려온 판에 지산 윤규하의 전화는 여간 반가운 게 아니었다.

지산 그룹의 명실상부한 후계자인 윤규하. 벌써부터 지산의 실세로 자리매김을 한 그의 전화라 조금 긴장 했었는데, 그게 다 놓쳤다고 생각했던 은우의 혼사였다. 무슨 생각인지 갑자기 그 혼사를 계속 진행하잔다.

 은우와의 결혼이라… 이 의원은 고개를 갸우뚱했다. 대체 마음을 바꾼 이유를 알 수가 없었다. 마뜩찮아 하며 간신히 허락받은 선 자리마저 은우가 박차고 나가 면목 없이 그저 사죄만 한 그때에 비하면 윤규하의 태도는 상당히 달라져 있었다.

 이 의원은 다시 시선을 서류로 향했다. 윤규하의 전화를 받자마자 찾아낸 은우에 대한 보고서였다. 묵묵히 은우에 대한 일련의 보고를 읽던 그가 눈살을 찌푸렸다.

 이렇게 몸 달아할 이유가 뭘까? 지산 그룹이 이렇게까지 은우를 탐내는 이유를 도무지 짐작할 수가 없었다. 정치가로 잔뼈가 굵은 이 의원은 선뜻 지산그룹의 덫에 발을 딛지 못하고 있었다. 은우가 사라짐으로서 표면적인 평화가 찾아온 판에 굳이 위험한 덫에 발을 딛고 싶은 생각이 없었다.

 은우에 대한 아내의 비정상적인 망상이 극에 다다랐을 때, 잠시 은우의 결혼을 생각해본 적이 있었다. 그래도 이왕 하는 결혼, 은우에게 껍질이나마 자신의 호적이 있다면 최대한 이익이 되는 곳을 물색하자는 생각에 지산 그룹을 한 번 건드려 본 것이었다. 그런데 이미 이렇게 은우라는 존재가 자신에게서 사라진 마당에 지산의 알 수 없는 러브 콜은 뜨거운 감자처럼 자신을 옭아매고 있었다.

 이 의원의 찌푸려진 눈살은 여전히 펴지지 않고 있었다. 욕심은 났지만 자칫 화를 부를까 쉽게 잡을 수는 없었다. 원래 이렇게 상대가 적극적으로 나가서면 자꾸 물러서고 싶은 게 사람 마음이다. 그 생각에 몰두하느라 이의원은 자신의 아들을 까맣게 잊고 말았다.

 아버지의 방에서 나온 지후는 얼굴을 잔뜩 찌푸린 채 자신의 방으로 올라섰다. 방에 들어서자마자 털썩 침대 위로 떨어져 내리며 피곤한 눈을 감았다. 그렇게 잠시 누워있는데 띠리링, 휴대폰이 울렸다. 유학 전에 남겨두고 갔었던 핸드폰이었다. 며칠 전 다시 풀었는데, 그럴 리 없다는 걸 알면서도 혹시나 싶어 은우를 위해 들고 다니는 중이었다.
 "뭐하냐?"
 "그냥 집에…."
 정아의 남편 승우였다. 묻지도 않는데 소재지를 먼저 밝히며 그는 피식 웃고 말았다. 도둑이 제 발 저리다는 말이 순간 떠올랐기 때문이다. 승우의 목소리에 제법 불편해진 지후는 키득거리며 스스로를 비웃었다.
 "왜 웃어? 기분 나쁘게? 너, 귀국한 지 언젠데 아직도 연락이 없냐?"
 "미안하다. 그냥 좀 쉬느라고."
 "시차 적응도 진작됐겠구먼, 동면 들어갔냐?"
 "그런 모양이지."
 허탈한 웃음이 새어나왔다. 사실은 동면이 아니라 은우를 찾느라 바빴었다. 그것마저 아무 소용없는 짓이 되고 말았지만….

"나와라. 여기 다 모였다."

승우가 나오라더니 장소를 일러주었다. 대학 동창 모임, 지후는 한국에 있을 때도 그리 잘 참석하지 않았는데 승우는 끈질기게 졸라댔다. 대학 시절 원래부터 무심한 성격인 그에게 먼저 다가선 이가 승우였고, 결혼을 하고 나서 조금 뜸해지기는 했지만 그래도 간혹 잊을 만하면 먼저 전화하는 쪽은 승우였다. 정아 말처럼 승우가 이 의원의 이름 때문에 전화하는지는 몰라도 어쨌든 귀찮으리만큼 그를 찾는 건 언제나 승우였었다.

귀찮아 거절할까 하다 지후는 마음을 바꾸고 말았다. 아버지와의 대화에 그냥 좀 짜증이 났을 뿐이다. 이미 은우를 지워진 존재처럼 철저히 무시하는 아버지에 대한 짜증, 그것뿐이었다. 전화기를 귀에 댄 채 지후는 창문을 덮은 두터운 커튼을 열어젖혔다. 환한 햇살이 곧장 쏟아져 들어왔다.

'적당한 수다가 필요할 때도 있지.'

가볍게 생각하며 승우에게 장소를 물었다.

라이브 바(Bar). '즈루빠벨'

청담동에 있는 괴상한 이름의 술집은 생각과는 달리 들어서는 입구부터 세련되고 고급스런 인테리어로 치장되어있었다. 늦은 지후를 제외하고 일찍 모인 일행들은 이미 기분 좋게 한

잔씩 걸쳤는지 다들 얼굴이 붉게 달아 올라있었다.

"여기 무슨 이름이 이러냐?"

승우가 반갑게 내민 손을 잡으며 지후가 인사 겸 한마디를 건넸다.

"이름이 좀 어렵지? 전에 한번 잠깐 들렀는데 분위기가 좋아서…."

아마 승우의 단골 가게인 모양이다. 술잔을 건네며 승우가 한마디 했다.

"여기 라이브 괜찮아. 가끔 와서 들으면 참 좋더라구."

아마 승우가 자기 형제들 사이에서 힘겹게 싸우는 이유도 이런 되지도 않은 낭만 때문일 것이다. 승우는 결정적인 순간에 이성보다 감성이 먼저 나오는 편이었다. 반갑다, 서로 잔을 권하며 궁금하지도 않는 안부를 주고받을 때였다.

오랫동안 기다려왔어~ 내가 원한 너였기에.
슬픔을 감추며 널 보내줬었지,
날 속여가면서 잡고 싶었는져 몰라.
너의 눈물 속에 내 모습 아직까지 남아 있어.
추억을 버리긴 너무나 아쉬워.
난 너를 기억해.
이젠 말할게, 나의 오랜 기다림.

한동안 꽤 인기 있던 노래가 스테이지에서 흘러나오고 있었다. 저 가수가 라이브 좋다던 그 가수인가? 호기심으로 시선을 돌리던 지후가 순간 벌떡 자리에서 일어섰다. 그 덕분에 붉은 양주가 손등을 타고 흘러 내렸다.

'은우?!'

아니, 은우와 착각했던 그 소녀 같은 여자였다. 전에 정아와 만났을 때 살짝 스쳐 지나갔던 은우를 닮은 아이, 그 아이가 스테이지 한 가운데에서 다른 남자 가수와 노래를 부르고 있었다. 벌떡 일어선 그를 몇 명의 동기들과 승우가 의아한 시선으로 바라보았다. 설마, 하면서도 살피는데 아무리 봐도 정말 은우와 많이 닮았다. 은우의 몸매, 은우의 키….

여자치고는 상당히 큰 170이나 되는 키는 아무데서나 쉽사리 마주칠 수 없다. 게다가 얼굴까지 은우를 닮았다니. 무대의 조명을 받아 조금 더 환하게 보이는 그녀는 볼수록 은우를 닮아 보였다.

확인이라도 해 볼 셈으로 스테이지 쪽으로 걸어가는데 그보다 먼저 저쪽 테이블에서 한 남자가 벌떡 일어섰다. 뒤이어 우당탕, 술병이 쓰러지는 소리가 홀 안을 시끄럽게 울렸다. 그 소리에 지후가 그녀에게서 시선을 돌려 소리 나는 쪽을 바라보았다. 어둠 속에서도 번뜩이는 그의 시선은 잡힐 듯이 선명했다. 마치 야수 같은 눈빛이었다.

'뭐지?'

지후가 얼떨떨한 사이, 이글거리며 쏘아보던 남자가 성큼성큼 그 보다 먼저 스테이지로 다가가 여자 가수의 손목을 휙 잡아 당겼다. 거친 손놀림에 여자가 버티지 못하고 끌려가듯 스테이지 밑으로 떨어져 버렸다. 노래가 채 끝나지도 않는 여자를 질질 끌고 가버린 남자의 태도는 마치 질투 난 연인과 같았다. 여자가 잡힌 손을 힘껏 뿌리치자 남자가 다시 손목을 억세게 비틀었다. 거친 몸짓이었다.

"우와~! 저 남자 성깔 한번 대단한데?"

옆에 선 어떤 동창 녀석이 휘익 휘파람을 불자 모두 몰려들어 구경거리라도 생긴 듯 그들을 바라보았다. 갑작스레 끊겨버린 음악 때문인지 이미 홀 안의 모든 사람들의 시선은 죄다 그곳으로 쏠려 있었다. 정작 당사자는 태연한데, 홀로 무대 안에 남겨진 남자 가수는 발을 동동 굴러댔다.

"은우야!"

아직 채 끊지 않은 마이크로 남자 가수가 당황했는지 그녀의 이름을 불렀다. 연인들의 사랑싸움인가 싶어 다시 제자리로 앉으려던 지후가 그대로 꼿꼿이 얼어버렸다.

은우? 정말 은우?! 그가 잘못 본 것이 아니었다.

"이은우! 손님, 지금 뭐하시는 겁니까?"

다시 한 번 남자가수의 목소리가 마이크를 통해 울려 퍼졌다. 이제 무대 위의 남자는 퍼렇게 질려있었다. 그제야 사태를 파악한 남자 가수는 손님을 저지하기 위해 서둘러 무대에서 내려섰다. 멀리서 봐도 은우를 잡고 있는 사내보다 한참은 더 어려 보이는데 당차게도 그를 향해 거침없이 걸어가고 있었다.

 쾅!

 지후가 거칠게 술잔을 내려놓은 탓에 하얀 테이블보에 붉은 술이 피처럼 물들어져 갔다.

 "이지후? 무슨 일이야?"

 옆에 있던 승우가 그의 팔을 잡아 저지했다. 지후는 거칠게 승우를 뿌리치며 성큼, 그들의 곁으로 다가갔다.

 '젠장, 죽여 버린다.'

 은우를 향해 다가서는 지후는 살인이라도 할 것처럼 살기가 등등했다.

 "왜 이러는 거예요?"

 째지는 은우의 목소리가 또다시 선명히 들려왔다. 확인할 필요도 없이 은우가 분명했다. 그 쪽으로 향하는 지후의 시선에 커다란 화면처럼 은우의 얼굴이 점차 다가왔다. 잊었다 생각했던 얼굴. 그리고 절대 잊을 수 없었던 그녀의 얼굴이 꿈처럼 그의 앞에 있었다. 그들에게 다가서자 은우를 잡은 남자의 목소리가 들려왔다. 낮은 목소리인데도 거역할 수 없게 위협적이었다.

 "날 피할 수 있을 거라 생각했었나?"

 얼음처럼 차가운 느낌이었다.

 "다, 다, 당, 당신 스토커예요?"

 번뜩이는 그의 눈빛이 두려운 듯, 은우의 목소리가 미세하게 떨리고 있었다.

"설마, 날 그런 인간으로 보았나? 우연이야. 내게는 뜻밖의 행운이지만… 멀리도 돌아서 왔군."

남자가 씨익 웃었다.

"이런 빌어먹을. 그럼 당신 뭐야? 이거 안 놔?"

"이런, 이런. 숙녀가 이렇게 험한 말을 내뱉다니. 그것도 장래 남편에게 말야."

"뭐 남편?! 당신 미쳤어?"

새된 은우의 목소리가 들려왔다. 남편? 순간, 지후의 눈빛이 번쩍 빛을 발했다. 남편이라니! 감히, 누가!!

"그 손, 놓지?"

남자 못지않게 지후의 목소리도 차가웠다. 분노를 누른 그의 목소리에 미처 대꾸할 사이도 없이 잡힌 은우의 손을 지후가 낚아챘다. 남자가 얼마나 세게 잡았는지 금세 벌겋게 달아오른 손을 비비며 그를 바라보던 은우가 동그랗게 눈을 떴다.

"지후…오빠?"

3년 만에 보기는 했지만 그녀 앞에 선 그를 분명히 알아본 모양이었다. 은우가 부르는 이름에 규하가 눈썹을 찡긋 올렸다.

"지후? 이 지후?"

"나를 알아?"

모르는 남자 입에서 자신의 이름이 다시 불리자 지후는 불쾌함보다 의아한 눈으로 그를 마주보았다. 아무리 봐도 낯선 남자였다.

"뭐, 어느 정도. 장래 처남 이름 정도야 알아둬야 하지 않겠어?"

퍽!!

"이 미친 자식!"

남자의 말이 채 떨어지기도 전에 지후의 거친 주먹이 그를 향해 휘둘러졌다. 휙 돌아간 입술에서 벌건 핏물이 흘러 내렸다.

"이런…."

얻어맞아 생긴 상처에서 피가 연신 자신의 입가로 흐르는데도 남자는 아픈 기색도 없었다.

"두 번 다시 그녀 앞에 나타났다간 가만 두지 않겠어."

대수롭지 않게 입가에 흐르는 피를 닦아내는 남자에게 경고하며 지후가 은우를 잡아 가게를 나섰다.

탁!

튕긴 그의 손짓에 도어맨이 재빨리 차를 가져오자 지후는 곧장 자신의 차 안에 그녀를 밀어 넣었다.

"빌어먹을…!"

운전석으로 돌아가던 지후가 차 위로 거칠게 주먹을 내리쳤다. 결코 이런 모습으로 그녀를 다시 만나길 바란 게 아니었다.

"집이 어디냐?"

내내 화난 기색으로 입을 꾹 다물고 있던 지후가 물었다. 그 남자와 똑같은 지후의 은색 메르세데스를 탄 은우가 별 말없이 자신의 집을 알려주었다. 운전대를 잡고 있는 지후의 손은 벌써 벌겋게 부어 올라있었다. 하긴 상대의 입술에서 피가 터져 나왔으니.

"처남 손 매운데…."

흐르는 피를 닦으며 씨익 웃는 규하에게 은우는 순간 등 뒤로 소름이 오소소 올라왔었다. 그런데 정작 당사자인 지후는 마치 그 자리에 없는 사람같은 표정이었다. 은우에겐 그런 지후가 소름 돋는 규하보다 더 무서웠다.

지후는 은우가 가르쳐준 장소로 부드럽게 차를 몰았다. 아까의 그 모습은 상상할 수 없을 만큼 부드러운 운전이었다. 집 앞에 도착한 지후가 담배 한 대를 꺼내 입에 물었다. 독한 담배 연기가 퍼지자 그녀는 콜록, 가볍게 기침을 했다. 흘낏 바라보던 지후가 덜컹 차 밖으로 나갔다. 혼나기만 기다리는 학생처럼 차에 남은 은우가 기다리고 있는 사이 담배 하나를 내리 피웠나, 지후가 다시 차 안으로 들어섰다. 그의 어깨엔 아직도 희미한 담배 냄새가 묻어 있었다.

"그 남자 누구냐?"

딱딱한 목소리로 지후가 물었다.

"잘 모르는 사람이야."

이름을 묻는 것 같지는 않아, 은우는 솔직히 대답했다.

"그 빌어먹을 자식 말고. 너랑 같이 노래 부른 자식 말이야."

"노래? 아, 유빈이."

"유빈이? 그 자식 뭐하는 자식이냐?"

"친구야. 지금 같이 살아."

"뭐?"

같이 산다는 말에 지후의 목소리가 한 톤 높게 올라갔다. 하긴 사정을 모르는 사람들 대부분 그와 같은 반응을 보였다. 하지만 유빈은 퀴어(queer)였다.

같은 대학을 다닌 유빈은 하얗고 맑은 얼굴 때문에 좋아하는 여자들이 꽤 많았었는데, 늘 그들을 거절하는 이유가 '난 퀴어야.' 였다. 퀴어? 보통은 잘 쓰지 않는 이 이상한 용어 때문에 다들 처음엔 퀴어가 뭐지? 했었다. 그리고는 그 의미를 알자마자 쉽게 그를 멀리 했다. 그와 한 자리에 앉는 것까지 불결하다 대놓고 말하는 남학생도 있어서 꽤 힘들었을 것 같은데 유빈은 신경조차 쓰지 않은 눈치였다.

그 땐 은우도 많이 힘들 때여서 그런 유빈의 모습이 동경처럼 좋았던 것 같다. 어쩌면 이기적인 모습으로 다가갔을지도 모르는 그녀였는데 유빈은 쉽게 편한 친구가 되어주었다. 죽고 싶을 만큼 힘들었을 때, 제일 먼저 떠오르는 이름이 그일 만큼 유빈은 그녀 깊숙이 자리한 사람이었다. 그래서 동거라, 곱지 않게 바라보는 사람들의 시선이 그리 거슬리지 않았다. 그만큼 은우는 지금 있는 이 자리가 편했다.

"지금 동거한다는 거냐?"

지후 역시 다른 사람들과 한 치의 틀림이 없는 질문을 하고 있었다.

"유빈이. 흠, 동성애자야. 그래서 편하게 있어. 유빈이 말고는 친구도 없고⋯."

"동성애자?!"

돌아보는 지후의 시선이 미묘했다. 난해한 표정이었다. 유빈이 동성애자라는 것이 조금 안심이 되면서도, 아직 동거라는 그 삶의 방식이 못마땅한 듯 그의 얼굴은 좀 복잡하게 변해버렸다.

"빌어먹을 자식! 여자 하나 제대로 돕지 못하고 꽁무니를 빼?"

화를 내면서도 좀 전보다는 한풀 꺾인 목소리였다. 톡톡 기다란 손가락으로 피아노를 치듯 핸들을 두드리며 은우에게 물어왔다.

"설명해 봐."

설명하라는 지후의 말에 은우가 난처한 듯 입을 다물고 말았다. 뭘 설명하라는 건지, 집을 나온 거? 아님 가수 하겠다고 가게에서 노래 부르는 거? 아님 유빈이란 동성애자 친구랑 동거하는 거? 일이 너무 많아서 무엇부터 얘기해야 할지 모르겠다.

은우의 침묵이 너무 길었는지 지후가 버럭 짜증을 내었다.

"설명해 보라고!"

"뭘?"

"그 가게는 뭐냐? 왜 네가 기타 따위를 들고 있는 거냐고?"

우선 첫 번째 질문을 건넸다. 은우는 조금 긴장을 풀며 지후의 질문에 대답했다.

"나, 가수가 꿈이야. 지금은 이렇게 가게에서 노래 부르지만 언젠가는 가수가 꼭 될 거야."

"가수?"

의아한 얼굴이었다. 하긴 은우가 서울대에 들어갔을 때도 다들 그러려니 하는 태도였었다. 사실은 코피가 나도록 매일 밤을 새워가며 해낸 공부였는데, 합격 통지서를 받아든 지후는 '뭐, 너한테 어울리는 곳이지.' 하며 편하게 말했다. 그녀는 힘들게, 정말 죽을힘을 다해 한 공부였는데 그는 단지 그녀가 좋아서 한 일인 줄 알았던 모양이다. 그런 말 말고 힘들었겠다고, 잘 견뎌주었다고 그런 말을 듣고 싶었는데 그것조차 그곳에서는 욕심이었다. 은우가 낮은 한숨을 내쉬었다. 그녀는 스무 해를 그곳에서 살았는데, 그들은 일 년 동안의 시간만큼도 그녀를 몰랐다.

"유빈이라는 자식은 어떻게 알았니?"

"학교에서."

학교? 유빈이 그녀와 같은 대학을 다녔다는 것이 의외라는 듯 지후의 눈썹이 다시 한 번 치켜 올라갔다. 하긴 그런 바(Bar)에서 노래를 부르는 사람이 서울대를 나왔을 거라 생각조차 못하겠지. 은우는 쓸쓸한 미소를 지었다. 결국 유빈은 학교에서 쫓겨나다시피 자퇴했다.

"여기가 너 사는 곳이야?"

은우가 산다는 집은 일반 주택의 옥상에 있는 집이었다. 흔히 말하는 옥탑 방. 마당 같은 옥상에는 그녀와 유빈의 빨래가 사이좋게 널려있었다. 작은 은우의 속옷과 유빈의 속옷이 적나라하게 지후의 시선에 드러나 버려, 은우의 얼굴이 벌겋게 달아올랐다. 동성애자라 내내 말하면서도 막상 다른 사람의 시선에 유빈과 그녀의 속옷이 나란히 걸려있는 모습은 좀 그랬다.

"들어가라."

한마디 할 것 같았는데 지후는 별말 없이 들어가란다. 주춤거리는 은우에게 차문을 열어주며 지후는 돌아서 다시 담배를 한 대 더 물었다.

"아버지한테는 비밀로 할 테니, 그냥 여기 살아. 이사 가지 말고. 그리고 그 가게는 그만 둬라. 당분간 집에 있고, 내가 다른 가게 알아봐 줄 테니."

피우던 담배를 끄더니 멀리 집어 던진 지후가 담배처럼 휙 말을 집어 던지며 차를 출발 시켰다.

달빛 속에서 차가운 은빛을 번뜩이는 지후의 차가 사라지고 난 후 은우는 천천히 자신들의 옥탑 방을 향해 올라섰다. 잠긴 자물쇠를 열고 텅 빈 집에 들어가서야, 은우는 자신이 그 가게에 유빈을 놓아두고 온 것을 기억했다. 아, 이런….

이른 아침부터 들려오는 이상한 소리에 은우는 쏟아지는 잠을 떨치며 자리에서 일어났다. 유빈을 기다렸어야 했는데, 결국 기다리지 못하고 지친 잠에 취해 버렸었다. 아직 채 떠지지 않는 눈을 비비며 시계를 바라보니 아침 7시였다. 거실엔 유빈의 이불이 단정히 개켜져 있었다. 은우가 끙, 곤한 기지개를 펴며 소리가 나는 옥상 마당을 향해 나섰다. 이른 아침인데도 해가 제법 밝았다.

"훅! 훅!"

유빈은 거친 숨소리를 내며 옥상 한구석에 있는 아령을 들어 올리고 있었다. 햇빛이라고는 받아본 적이 없는 것 같은 하얀 이마에 힘든 땀이 줄줄 흘러내렸다. 그런 유빈을 향해 은우가 얇은 잠자리 차림으로 긴장감 없이 다가섰다.

"뭐하냐?"

"보면 몰라?"

여자처럼 여린 팔로 무거운 아령을 힘겹게 들어올리던 유빈이 퉁박을 주듯 말했다. 아침엔 늘 그녀보다 일찍 일어나는 편이라 잠투정이 없는데 오늘은 유달리 툭툭했다.

"아, 그러게 뭐하는 거냐고? 남자들 근육 울퉁불퉁 하는 거 딱 질색이라는 녀석이."

"신경 꺼! 관심도 없는 녀석이 쓸데없는 말만 기억하고!"

그녀의 말에 유빈이 벌컥 화를 내며 아령을 내려놓더니 방으로 들어가 버렸다. 생전 보지도 않던 아령을 사들고 온 주제에 이유를 묻는 은우에게 대뜸 짜증이었다.

'괜히 신경질이야.'

구시렁거리며 뒤를 따라 방으로 들어간 그녀를 향해 유빈이 꽥 소리를 질렀다. 유빈의 땀에 젖은 옷이 반쯤 어깨에 걸쳐 있었다.

"야! 넌 남자가 옷 갈아입는데 벌컥벌컥 문을 열고 그러냐?"

"너 갑자기 왜 그래? 아니, 팬티도 아니고 윗옷 벗는 거 좀 보면 어쩐다고 신경질이야? 너 진짜 무슨 일 있어?"

유빈 못지않게 당황한 은우가 버럭 소리를 질렀다. 뭐, 그녀도 당황하기는 했다. 아무리 동성애자이니 뭐니 해도, 그래도 남자라 되도록 조심하는 편인데 하필 실수도 유빈이 예민할 때 한 것이다.

"너! 앞으로 함부로 문 열지 마!"

"야! 마루가 네 방인데 그럼 현관문 들어올 때마다 노크라도 하란 말이야?"

"아, 할튼!"

"자식! 계집애처럼 마법에 걸린 것도 아닌데 왜 이래?"

오늘따라 유난히 짜증스런 유빈에게 한 발짝 물러서며 은우가 졌다는 듯이 양손을 들었다.

"아, 알았어! 알았으니까 빨리 밥이나 좀 해. 배고파."

은우는 슬슬 유빈을 달랬다. 배도 많이 고팠고 또 아침부터 다른 직장을 알아봐야 했기 때문이었다. 지후가 말하지 않아도 그곳은 더 이상 있을 생각이 없었다. 그 남자가 그곳을 알고 있다는 것만으로도 소름 돋게 싫었다.

'미친 자식….'

규하가 떠오르자 은우는 어제 지후가 말했던 말을 그대로 따라하며 이를 바락 갈았다.

느긋이 자신의 높다란 의자에 기대어 규하는 자신 앞에 놓인 서류들을 꼼꼼히 살피고 있었다.

'호오! 그런 일이 있었단 말이지?'

피 하나 섞이지 않은 처남이 자신을 후려쳤을 때, 규하는 이미 지후를 경계 대상 1호로 점찍었다. 아직 젖내도 가시지 않은 유빈이라는 어린 녀석이야 웃기지도 않았고, 의붓오빠라기에는 너무나 강하게 나서던 지후가 몹시도 신경에 거슬렸던 참이었다. 눈썹을 살짝 일그러뜨리며 그 날 일을 떠올리던 규하가 지후와 정아의 사진들을 다시 서랍 속으로 밀어 넣었다.

어차피 약점 없는 인간은 없다. 제아무리 카사노바 같은 바람둥이라 해도 유부녀는 아니다. 우리나라 같은 정서에서 유부녀를 농락한 정치가의 아들 녀석은 쉽게 매장될 수 있는 스캔들이다. 이 의원에 대해 또 하나의 히든카드를 쥐자 규하의 얼굴에 악마와 같은 미소가 어렸다. 더군다나 상대가 세진 그룹 셋째 며느리라…. 제 동창 녀석의 마누라까지 꿰차다니, 지후는 너무나 쉽게 그에게 자신의 목을 내어주고 있었다.

'하여간 사내자식이 칠칠하지 못하기는. 제 마누라가 누구와 놀아나는지도 모르고… 병신 같은 자식.'

끌끌, 박승우에게 혀를 차며 규하가 책상 위로 발을 쭈욱 뻗었다. 새삼 은우의 늘씬한 다리가 선명하게 떠올랐다. 기다란 그녀의 팔과 다리가 그의 몸을 휘감을 생각만으로도 아래쪽이 불처럼 뜨거워졌다. 까만 실크 침대 위에 그림처럼 펼쳐질 그녀의 부드러운 나신이 떠올라 그의 남성은 순식간에 꼿꼿이 서 버렸다.

'뭐, 미끼야 던져놨으니….'

거절하기엔 안타까울 만큼 먹음직한 미끼였다. 은우가 자신의 아이만 낳아준다면 이 의원은 대통령까지 바랄 볼 만큼의 충분한 재력이 생길 판이니, 늙은 너구리인 이 의원은 지금쯤 후끈 몸이 달아 있을 게 뻔했다. 규하는 긴장된 육체를 풀었.

은우를 요리하는 건 어차피 이의원의 몫이다. 괜스레 자신이 나서서 복잡하게 만들 생각은 애초부터 없었다. 그가 지금 이렇게 느긋하게 기다리는 것도 그런 이유에서였다. 은우와의 짜증스런 문제는 이의원이 맺게 하는 것, 그것이 규하가 원하는 것이었다. 그녀가 그에게 올 때에는 철저히 홀로여야 한다. 언젠가는 쉽게 내칠 수 있도록….

규하는 만족스럽게 은우를 떠올렸다. 똑바로 그를 바라보던 당찬 시선과 살포시 눈을 감으며 감미롭게 부르던 매혹적인 음성. 어느 쪽이 더 그의 마음을 끌었는지 모르겠지만, 규하는 탐나는 건 절대 놓치지 않는다.

태어나면서부터 단 한번도 자신이 원한 것을 가지지 못한 적이 없던 그였다. 단 한 사람을 제외하곤…. 이제 두 번 다시 그가 원하는 것을 놓아주지 않을 것이다.

이은우.

한 때는 가차 없이 뇌리에서 지웠던 이름이었다. 그녀는 아주 달콤한 먹이였다. 이제 남은 건 그 즙을 따는 것뿐이었다. 천천히, 그리고 강하게. 은우를 생각하느라 참을 수 없이 묵직해져버린 남성을 바라보며 규하가 전화를 들었다.

"나야. 나와!"

단호한 명령이었다. 상대의 거절은 애초부터 염두에 없었다. 자리에서 일어선 그는 의자에 걸린 재킷을 휙 잡아들었다. 은우가 그의 몫으로 오기 전까지는 충분히 기다릴 것이다. 하지만 우선 이 녀석부터 해결하고. 거칠 것 없이 사무실을 나선 규하는 약속된 호텔을 향해 빠르게 차를 몰았다. 그의 남성은 이미 충분하게 달아올라 더 이상 기다릴 시간이 없었다.

"헉, 헉, 아흑…."

거친 숨소리가 이화의 입에서 새어나왔다. 그의 섹스는 언제나 과격한 편이었다. 특히 지금처럼 충분히 달아올라 있을 때에는. 규하는 섹스를 할 때 한 치의 틈도 주지 않고 열정적으로 즐겼다. 보라 빛 소파 위에 하얀 이화의 다리가 요염하게 걸쳐져 있었고, 규하의 남성은 이미 그녀에게 깊숙이 삽입이 되어 있는 상태였다.

그녀의 가슴을 덮은 그의 탄탄한 근육과 윤기 흐르는 갈색의 피부는 규하 스스로 자신의 몸을 얼마나 가꾸는지 쉽게 짐작할 수 있게 했다. 땀으로 번들거리는 규하의 건장한 몸을 어루만지며 이화는 꽉 차버린 욕정의 숨소리를 내뱉었다. 그녀의 아래는 이미 충분히 젖어 있어 붉게 부풀어 오른 상태였다. 그곳을 거대하고 단단한 규하의 것이 빠르게 움직일 때마다 이화의 숨소리는 끊어질 듯 흐느꼈다.

제발, 제발….

자신의 그곳에 꽉 차는 그를 느끼며 이화가 죽을 듯이 신음을 내질렀다.

"아아…!"

"빌어먹을…!"

절정을 채 다 느끼기도 전인데 규하가 그녀를 무참히도 밀어버렸다. 허물어지듯 소파 위로 미끄러져 버리며 이화가 그제야 차마 가시지 못했던 신음을 마저 내뱉었다. 하아….

"무슨 일이야?"

아직도 남은 욕정으로 허스키하게 잠긴 목소리로 이화가 그에게 물었다. 마저 채워지지 않은 절정에 촉촉이 물기가 도는 눈빛이었다. 규하는 대답 없이 알몸으로 벌떡 일어나 욕실로 향했다. 넓은 어깨와 잘록한 허리선까지 군살 하나 없이 반듯한 그의 등을 바라보며 침대에 널브러진 이화가 아쉬운 한숨을 내쉬었다.

"설마, 이렇게 멈추는 건 아니겠지?"

이화의 눈빛은 허기진 듯 내내 규하가 사라진 문을 향해 있었다. 규하의 그것을 떠올리는 것만으로도 벌써 아래가 촉촉이 젖어왔다. 그녀는 살짝 부풀어 오른 자신의 아래를 어루만졌다. 부드러운 액체가 가득 고여 있었다. 대충 다시 돌아오겠지 싶어 기다리던 그녀 앞에 말끔히 샤워를 마친 규하가 머리카락을 털며 바지를 입기 시작했다. 딱딱하게 굳어진 그의 얼굴은 꽤나 심각한데 이화는 아직 그것을 보지 못한 모양이었다.

"왜 이래? 이렇게 그냥 가겠다는 거야? 나 아직 모자라. 오늘 시간 많이 있단 말이야."

이화가 탄탄한 자신의 가슴을 그대로 드러내며 어느새 옷을 거의 차려입은 규하에게 엉켜왔다. 집요한 이화를 그가 귀찮다는 듯이 떨쳐냈다. 내내 자신의 일부를 담았던 곳이었지만 이젠 뱀의 주둥이처럼 징그러웠다.

"아직은 안 돼. 난 아직 다 채우지 못했단 말이야."

제 딴에는 요염하게 한다는 것을 이미 식어버린 규하는 그대로 밀쳐 버렸다. 그 힘에 밀려 그녀가 다시 한 번 털썩, 소파 위로 떨어졌다.

"정말 왜 이래? 왜 안하던 짓을 하는 거야?"

무안했는지 이화가 소리를 빽 질렀다.

"가져. 다시는 연락할 일 없을 거야."

벗겨진 알몸 위로 하얀 종이가 우수수 떨어져 내렸다. 자신의 몸 위로 쏟아지는 수표들을 이화가 묵묵히 바라보았다. 아직도 의미를 알 수 없었다.

"왜 이래? 내가 뭐 서운하게 한 거 있어?"

이화가 당황하며 규하를 붙잡았다.

"이렇게 끝내자는 거야? 난 너밖에 없는데? 난 이제 너밖에 채울 수 없는데도?"

한껏 애교스럽게 매달렸지만 이화를 거칠게 밀어내는 그의 얼굴엔 더 이상의 미련이 없어 보였다. 그제야 이화는 딱딱하게 굳은 그를 바라보았다.

"정말, 왜 이러는 거야?"

받아들여지지 않은 자신이 부끄러운지 음성이 격앙되어 있었다. 그녀의 앙탈에 고개를 든 규하와 시선이 마주치자 순간 이화의 어깨가 움찔 움츠러들었다.

"너야말로 지금 뭐 하자는 거지?"

시선처럼 차가운 목소리였다. 그는 어느 여자에게도 절대 흔들리지 않았다. 시작도 그렇지만, 끝 역시 그의 뜻을 벗어나 본 적이 없었다. 이렇게 집요한 여자는 더더욱 싫었다. 그런데도 거대한 가슴만큼이나 머리가 빈, 철없는 이화가 주제도 모르는 앙탈을 부리고 있는 것이다.

"갑자기 왜 이러는지 말을 해야 알지…."

한결 풀이 죽은 목소리로 이화가 물었다.

"싫증났어."

"싫증? 무슨 말이야? 싫증이라니? 우리, 결혼하는 거 아니었어?"

 결혼? 규하가 우습다는 듯이 그녀를 바라보았다. 제법 잘 나가는 기업 사장 딸이라더니, 감히 규하 같은 위치까지 넘본 모양이었다. 이런 여자들은 발끝에 채일 만큼 많았다. 사랑한답시고 온갖 아양을 떨지만, 결국 그녀들이 보는 것은 규하가 아닌 재산이었다.

 "결혼?! 어디다 결혼이라는 거야? 이 발정 난 암캐 같은 것이! 내가 아내 될 여자랑 이렇게 놀아날 줄 알았어? 내 아내는 반드시 순결한 피를 흘려야 돼. 감히 아무 놈이랑 놀아난 더러운 계집 따위가 차지할 자리가 아니라구."

 차분하지만 비수처럼 날카로움이 배인 목소리였다. 이화가 여러 남자를 걸쳤다는 건 이미 다 아는 사실이었다. 그것에 웃기지도 않은 질투를 해본 적은 없었다. 아니, 오히려 그런 여자였기에 쉽게 안았다. 결코 책임질 필요가 없는 여자. 그리고 쉽게 버릴 수 있는 여자. 자신의 옆 자리에 올 다른 여자를 위해 빈 자리를 남겨 놓은 건 아니었지만, 최소한 이화처럼 아무 남자와 뒹굴 거리는 천박한 여자가 차지할 자리는 아니었다.

 "순결한 피? 더러운 계집?!"

 이화는 피가 나도록 입술을 깨물었다. 번들거리던 그녀의 땀이 삽시간에 싸늘히 식어버렸다. 아마 상처를 받았겠지. 하지만 그것조차 신경 쓸 규하가 아니었다. 지금 그는 오로지 자신이 원하는 것만을 생각했다. 이은우, 바로 그녀만을 원했다. 그의 앞에서 당차게 자신의 이름을 찢어내던 어린 계집아이. 이화의 하얀 살을 어루만지고, 그녀의 깊숙한 곳에 자신을 실으면서도 규하는 은우를 결코 지울 수 없었다. 마치 두 사람이 아닌 세 사람의 섹스처럼 규하는 버거웠다. 그녀의 땀에 젖은 머리. 그리고 자신의 입김으로 붉게 타오를 그녀의 가녀린 목. 규하는 지금 은우라는 갈증에 타들어갈 정도로 그녀를 원했다.

호텔을 빠져 나온 규하는 자신의 메르세데스의 가죽 의자에 지긋이 몸을 젖히며 미간을 문질렀다. 원한다면 해주지…. 결혼이란 걸로 그녀를 자신에게 묶을 수만 있다면 그까짓 건 얼마든지 해 줄 수 있었다.

"접니다. 아버지."

밤이 꽤 깊었는데도 아버지는 아직 자지 않고 있었다. 아버지는 보통 늦은 시간에 잠자리에 드는 편이었다.

"이번 달 안으로 결혼하겠습니다."

"뭐?"

벼락처럼 소리 지르는 아버지의 목소리가 쩌렁 울려 잠시 규하는 전화기를 귀에서 떼어냈다.

"이번 달 안이라니? 그것도 결혼?!"

"혼수는 다 필요 없습니다. 그냥 제 집으로 곧장 데리고 들어올 겁니다."

"너, 너… 결혼이 그렇게 쉽게 되는 건 줄 아는 거냐?"

"간단하게 할 겁니다."

아버지의 말에 규하가 고집스럽게 대답했다. 당장이라도 그녀를 자신 앞에 세워 놓지 않는다면 미칠 것만 같았다. 이제 더 이상 시간을 허비하고 싶지 않았다. 그녀를 반드시 그의 집에, 그리고 자신의 눈앞에 세워 둘 작정이었다.

"결국, 이 의원 집 여식하고 기어이 하겠다는 거냐?"

못마땅한 기색이 역력한 목소리였다. 은우에 대한 뒷조사가 있었다는 건 이미 아버지의 귀에 들어갔으리라.

"네."

규하의 목소리 역시 간결했다.

"아직 찾지 못한 아이와 어떻게 결혼하겠다는 것이냐? 그 아이는 안 돼. 이 의원이 거머리처럼 피를 다 빨아먹자고 달려들 텐데, 그걸 뻔히 알면서도 목을 내주자는 거냐?"

'빌어먹을!!'

규하의 입에서 거친 욕이 터져 나왔다. 머저리같이 제 자식 하나 못 찾아?

"그녀가 아니면 전 결혼하지 않을 겁니다. 이 의원의 일은 아버지께서 걱정하지 않게 제가 알아서 처리합니다. 그러니 결혼만큼은 제가 원하는 여자와 하겠습니다."

툭!

전화를 끊은 규하가 거칠게 휴대폰을 시트 위로 던져버렸다. 짜증이 솟구쳤다.

'제기랄…!'

끙, 신음소리를 내던 규하가 다시 던져 버린 휴대폰을 찾아 들었다. 이미 그의 뇌리 속에 박힌 이 의원의 번호를 빠르게 눌렀다. 딸깍, 소리와 함께 잠에 취한 이 의원이 전화를 받았다.

"접니다."

음산한 그의 목소리를 쉽게 감지 못했는지 이 의원이 잠시 숨을 골랐다.

"아, 윤규하 이사?"

"결혼, 서두르지요."

규하가 앞뒤 서두 자르고 곧장 본론으로 들어갔다. 이 의원이 아직 찾지 못했다면 자신이 정보를 줄 수도 있었다.

순간 당황한 이의원은 말을 멈추어 버렸다. 난데없이 늦은 저녁에 전화를 걸어 결혼을 서두르자니. 재빠르게 저울질할 이 의원을 생각하자 규하는 웃음이 터져 나올 것만 같았다. 이 의원 정도야 다루기 쉬운 인간이었다. 오히려 넘어야 될 난제는 은우였다.

"아, 그건 좀 이르지 않겠나? 아이가 아직…."

말을 흐리는 이 의원은 목소리는 이미 잠이 달아났는지 선명했다.

"설마 지금 이 지산과의 혼사가 마뜩찮다는 것입니까?"

쨍하고 규하의 목소리가 위험스럽게 올라갔다. 이 의원의 목소리가 빠르게 한 풀 내려앉았다.

"하하… 그럴 리가 있겠나. 다만 아직 우리 애를 찾지 못해서…."

"하하하하하!"

파열음처럼 규하의 스산한 웃음소리가 공기를 진동했다.

"제가 전화를 걸었던 그 순간부터 이미 찾기 시작하셨을 텐데요? 아님 벌써 찾았을지도 모르고…. 전 길게 저울질 하는 거 그리 체질에 맞지 않습니다. 더구나 제가 그 저울에 직접 올라앉아있을 때에는 인내심이 없어지더군요. 이만한 자금줄, 쉽게 구할 수 있는 건 아닐 텐데요?"

규하가 느긋이 발을 핸들 위에 올렸다. 고급스런 그의 수제화는 먼지 하나 없이 깨끗하게 닦여져 있었다.

"흠, 흠."

그래도 체면은 차리겠다는 듯 이 의원이 헛기침을 했다. 그런 그를 향해 규하는 마지막 쐐기를 가차 없이 내리 박았다.

"이번 달까지입니다. 단 하루라도 넘어섰다간 거래 자체가 백지화 되는 거죠. 잘 생각하시리가 믿습니다."

자다가 난데없는 봉변을 당한 사람처럼 멍해져 버릴 이 의원을 생각하니 쿡쿡 웃음이 새어 나왔다. 하지만 지금 그는 더할 나위 없이 상쾌한 기분이었다. 이제 시작이야, 이은우.

3

"흠, 이은우 씨라고 했죠?"

남자가 몹시 난처한 표정으로 은우의 이력서를 보며 말했다. 자신의 이력서에 특별히 신경 거스를 것이 없을 텐데, 남자의 표정이 쉽사리 펴지지 않았다. 이해할 수 없는 그 표정에 은우가 남자보다 더 얼굴을 찡그렸다. 아직까지 어느 곳에서도 그녀의 이력서에 불만을 토로한 적이 없었다.

게다가 원래 이런 계통에서는 서류보다는 실력을 먼저 보기 때문에 노래 한곡은 할 기회가 있을 법한데, 남자는 여전히 1시간째 그녀의 이력서만 뚫어져라 보고 있었다. 그것이 이해할 수 없는 부분이었다. 이곳을 소개한 유빈 역시 옆에서 이상하다는 표정이었다.

"저, 잠깐 나가서 기다려 주시겠습니까?"

심지어 사무실 밖으로 나가 있으라는 남자의 말에 쫓겨나다 시피 밖으로 나온 은우가 유빈의 팔을 잡았다.

"왜에?"

유빈이 그녀를 올려다보았다.

"야, 텄어. 보면 모르냐? 우릴 쓸 생각이 없어. 아마 지금 어떻게 쫓아낼까 머리 쪼개지게 고민하고 있겠지. 가자. 노래 한 곡 들어볼 생각도 없는 인간, 기다려봤자야."

유빈을 잡아끌며 은우는 계단에 올라섰다. 겨우겨우 빈 자리를 찾은 건데 아마 오늘도 그른 모양이었다. 지후가 다른 가게를 알아봐 준다고는 했지만, 은우는 다른 사람이 아닌 자신의 힘으로 직접 구하고 싶었다. 자신의 노래 실력에 반해 채용해 줄 사람. 다른 사람의 입김이 아닌 자신의 실력으로 승부하고 싶었던 탓에 여기까지 온 건데, 아무래도 이런 불경기에는 자리는 없고 가수는 넘쳐났다. 그래도 기다려 보자는 유빈을 잡아끌고 은우는 그냥 가게를 박차고 나와 버렸다.

어두운 가게에 있었던 탓인지 환한 햇살은 눈물이 날 정도로 눈부셨다. 뭐가 이리 힘드냐? 노래 좀 부르고 살겠다는데. 맑기만 한 하늘에 짜증스런 눈물이 핑 돌자 은우는 얼른 눈가를 짓눌렀다.

"야. 너 그냥 우리 밴드랑 같이 하자."

옆에 선 유빈이 말했다. 그에겐 벌써 5년째 호흡을 맞추고 있는 밴드 친구들이 있었다. 그것조차 부러울 정도로 유빈은 이곳에서 이미 제법 탄탄한 자리를 차지하고 있었다.

"싫어! 장르가 틀린데 어떻게 같이해. 너희하고는 코드가 안 맞잖아."

은우가 투정하듯 대답했다. 그렇게까지 기대는 건 사양하고 싶었다.

"그런가? 그럼 그냥 나랑 듀엣으로 부르는 건 어때?"

유빈이 다시 제의해 왔다. 은우와 듀엣으로 부르기엔 다른 멤버들의 만만찮은 반대가 따를 텐데 유빈인 그런 걱정조차 없어 보였다. 보컬로서의 유빈은 은우도 반할만큼 매력적인 자신만의 창법을 소유하고 있었다. 그런 유빈과 듀엣을 하면 아무래도 자신의 창법을 누르기가 십상이다. 다른 멤버들도 같은 생각이겠지만, 은우 역시 그렇게 유빈의 희생을 감수하면서까지 자리를 얻고 싶은 마음은 없었다.

"됐어. 너 밴드도 이미 있는데, 내가 끼는 건 좀 그렇다. 자리야 천천히 구해보지 뭐."

"너 그렇게 알아본 지 벌써 며칠이야? 가본 가게만 해도 스무 곳은 넘겠다. 여기가 그나마 마지막 희망이었는데. 암튼, 이상하네. 여기 사장 너랑 잘 맞을 것 같았는데…."

유빈이 고개를 갸우뚱거렸다. 나름대로 애써 구해 온 자리인데 은우가 노래 한 곡, 부를 기회조차 없이 거절당한 게 못내 아쉬운 모양이었다.

"뭐, 내 인상이 안 좋은 모양이지."

목 언저리의 머리카락을 뒤로 넘기며 은우가 가볍게 말했다. 그런 은우를 바라보는 유빈의 눈동자가 살짝 일그러졌다. 뭔가 애틋한 시선이었는데 보지 못한 은우는 대신 유빈의 손을 부드럽게 잡았다. 자신의 손에 매듭처럼 묶인 은우의 손이 하얗다. 바라보는 유빈의 시선이 자신도 모르게 살짝 흔들렸다.

"야! 배고파."

은우가 장난스럽게 자신의 납작한 배를 문질렀다. 괜히 가라앉아버린 기분 대신 목소리가 한결 밝게 올라갔다.

"너 아직 시간 있지? 나 맛있는 거 사주고 밴드 하러 가라. 흠, 난 떡볶이."

은우가 대뜸 떡볶이를 사달라고 졸랐다. 점심을 떡볶이로 채운 것도 얼마 되지 않았는데 또다시 떡볶이를 사달라는 은우에게 유빈이 통박을 주었다.

"너 떡볶이 못 먹어 죽은 귀신 붙었냐? 벌써 며칠 째야?"
"왜 이래? 나, 전에 돼지갈비 한 달 내내 먹어 본 적도 있어."
"뭐? 웩! 넘어오려고 하지 않았어?"

생각만 해도 신물이 올라온다는 듯 유빈이 잔뜩 얼굴을 찡그렸다. 은우가 그런 유빈에게 씨익 하얀 이를 드러내며 웃어 보였다.

"그러게…. 처음 먹어 봤는데 얼마나 맛있던지, 그걸 한 달 내내 먹느라 돈 다 날렸잖아. 그래도 그게 돼지고기라 다행이었지 비싼 소고기였음 어쩔 뻔 했냐?"

처음 대학에 들어가 선배들이 사준 돼지갈비를 미친 듯이 먹은 적이 있었다. 그게 너무 맛있어서 한 달 내내 그 집에서 점심을 돼지갈비로 때웠었다. 젊은 여자아이가 매일 지치지도 않고 혼자 찾아와 갈비 이인분을 다 먹어치웠으니 아마 그 집 주인들도 꽤나 이상하게 생각했을 것이다. 하지만 은우는 음식이란 걸 처음 보는 사람처럼 정신없이 그 많은 갈비를 모조리 다 해치웠었다.

피식, 그 때를 떠올리면 지금 생각해도 웃음이 나왔다.

"야. 넌 어떻게 살았기에 돼지갈비를 이 나이에 첨 먹어보냐?"

의아한 시선으로 얘기하는 유빈에게 은우가 환하게 대답했다.

"그러게. 어떻게 살았지? 내가?"

이젠 그 시절은 다시 오지 않을 것이다. 은우는 그 생각만으로도 행복했다. 이렇게 그녀가 원하는 것을 먹고, 그녀가 원하는 잠을 자고, 그녀가 원하는 사람과 함께 있을 수 있다는 거. 그것만으로도 그녀는 충분히 좋았다.

유빈이 몫의 떡볶이까지 다 빼앗아 배부르게 먹은 은우는 함께 가자는 유빈을 버스에 태워 보내고 혼자 집으로 향했다. 유빈의 앞에서는 걱정하지 말자고 했지만, 통장에 있는 잔고는 거의 바닥이 난 상태였다. 지금 그녀의 주머니 속에는 달랑 천 원짜리 몇 장만이 들어 있었다. 은우가 가볍게 한숨을 내쉬었다. 언제까지 유빈에게만 생활비를 부담하게 할 수도 없는 일이다. 계속 이렇게 일자리를 구할 수 없다면 어쩔 수 없이 지후가 알아본다는 그 자리라도 할 수밖에 없다.

'지금 찬밥 더운밥 가릴 때야!'

스스로 면죄부를 내리면서도 찹찹한 건 어쩔 수 없었다.

집 앞 조그만 슈퍼에 들러 저녁에 유빈이 오면 밥이라도 차릴 생각으로 두부랑 달걀을 사오는데, 집 앞에 커다란 남자가 서 있다.

지후 오빠인가? 먼저 지후를 떠올리며 다가서는데 담에 기대 서 있던 남자가 은우의 발소리에 빙글 몸을 돌렸다.

"여기인가? 네가 산다는 곳이?"

그 남자였다, 윤규하!

이젠 제법 익숙해져버린 낮은 저음에 은우의 목이 뻣뻣하게 굳어왔다. 거만한 남자! 규하를 바라보는 은우의 시선이 곱지 않았다. 이 허름한 동네에 어울리지 않는 커다란 차에 반짝이는 실크 정장. 머리에서 발끝까지 자신이 가진 돈의 위력을 고스란히 드러낸 윤규하의 모습은 그녀에게 거만, 그 자체였다.

"무슨 일이죠?"

집을 훑어보던 규하가 그녀의 말에 입술 한 쪽 끝을 살짝 올렸다. 손가락 끝까지 오소소 소름이 흘렀다. 미소까지도 위험스런 남자였다.

"여기가 네가 사는 곳이냐 물었는데?"

"내가 아니라 나와 유빈이 사는 곳이죠. 그게 궁금해서 온 건가요?"

은우는 애써 당차게 대답했다. 하지만 검정 비닐 봉투를 잡은 그녀의 손이 하얗게 질릴 만큼 그녀의 심장은 불규칙하게 뛰고 있었다. 아직도 부어오를 만큼 손목을 잡던 그의 강인한 힘이 기억에 생생했다.

"하! 유빈이라. 그 애송이와 이런 곳에서 산다. 그래서? 그게 무슨 흥밋거리라고 그 녀석 이름을 들먹이는 거지? 그저 난 네가 여기 사는지 물어본 거 같은데?"

상관없다 말하면서도 그의 눈빛은 질투로 번뜩이고 있었다. 차갑게, 그리고 탐욕스럽게 바라보던 규하의 시선이 그녀의 손에 들린 비닐봉투에 머물렀다. 사냥을 앞둔 매처럼 날카로운 그의 눈빛에 은우의 손엔 또다시 힘이 팍 실렸다. 오늘은 그녀를 도와 줄 지후도, 그리고 유빈이도 없었다. 여긴 그와 그녀, 단 둘 뿐이었다. 은우는 재빨리 주위를 살폈다. 혹시 지나가는 사람이라도 있지 않나 살피는데, 그런 그녀의 속내를 눈치 챘는지 남자의 입에는 잔인한 미소가 걸렸다.

"누굴 찾는 거지?"

차가운 목소리가 자신의 것이 아닌 것처럼 흘러나왔다. 그녀의 손에 들린 검은 봉투가 금방이라도 찢어질 것처럼 위태로웠다. 감히 그의 여자가 자신이 아닌 다른 남자를 위해 장을 보고 있었다. 그가 아닌 다른 남자를 위해 국을 끓이고, 밥을 하고…. 상상만으로도 참을 수 없는 질투가 솟구쳐 올라와 당장이라도 봉지를 빼앗아 던져버리고 싶은 충동이 일었다.

참으려 했었다. 지금까지 회사를 운영하면서 한 번도 더러운 일을 안 했다면 거짓말이다. 시궁창 같은 일 한번도 하지 않고 회사를 운영할 수는 없다. 하지만, 이 여자 은우만은 그의 손을 거치지 않고 충분히 기다릴 생각이었는데….

그 여우같은 이 의원만 아니었다면, 은우는 이미 그의 집에서 그를 기다리고, 그와 함께 식사를 하고 있었을 것이다. 미적거리는 이 의원의 욕심 사나운 계산 때문에 은우가 그가 아닌 다른 남자와 함께 살아가고 있다는 거, 그의 손아귀에서 벗어나 보이지 않은 곳에서 다른 남자를 위해 아내 같은 모습으로 살아가고 있다는 것에 그는 견딜 수 없이 화가 치밀었다.

이화마저 버릴 만큼 탐이 나는 여자인데 그녀는 그의 통제 밖에서 이렇게 여유롭게 살아가고 있었다. 그것이 더욱 그를 예민하게 건드리는 부분이었다. 은우에 대한 보고서는 이미 외울 정도로 보아 놓고서도 막상 눈앞에 보이는 은우의 동거는 참을 수가 없었다. 비록 그 상대가 호모라 해도 말이다.

"어차피 이제 곧 나올 집이야. 이 정도 반항은 눈 감아 주지. 하지만 만일 나와의 첫날밤에 네가 흘릴 피가 없다면, 유빈이라는 그 어린 자식은 아마 산채로 파묻히게 될 거다. 그러니 그 자식을 살리고 싶다면, 이제라도 네 몸뚱아리 단속을 제대로 하는 게 좋을걸."

동물적인 소유욕을 고스란히 드러내며 규하는 이를 갈았다. 그 빌어먹을 어린 녀석이 그녀의 몸에 손가락 하나라도 대었다간 당장 목이라도 졸라버릴 생각이다. 태초에 태어난 그 모습으로, 그가 아닌 다른 어떤 이도 담지 않은 순수, 그 자체로 그녀가 오길 바랐다. 그가 아닌 그 누구도 그녀를 만지는 것은 용납할 수 없다.

"하! 처녀의 피? 왜? 그렇게 귀하게 자란 집 딸이니 여직까지 처녀로 남아 있는 줄 알았어? 이것 봐! 당신. 그렇게 처녀를 원한다면, 더 귀한 집 아가씨들이나 물색해 보지? 아니지. 하긴 원래 그런 고귀한 아가씨들이 더 난잡하게 굴러다니긴 한다지? 남자 하나쯤이야 발아래 굴러다니는 돌멩이 줍는 것보다 더 쉬울 테니까. 하지만 어쩌지? 난 당신이 생각한 것만큼 그렇게 귀한 핏줄이 아니라서 말야."

은우가 성큼 그의 앞으로 몸을 내밀었다. 말간 눈동자에 핏물을 담듯 핑글 물기가 돌았다. 우습게도 그는 그런 그녀의 눈에서 이화 같은 욕정의 물기를 보고 말았다. 도톰한 그녀의 입술이 유혹하듯 그의 눈앞에서 움직였다. 키스하고 싶다, 이은우. 규하는 홀린 듯 그녀를 바라보았다.

"난 처녀가 아니야. 당신이 말하는 그런 거 넘 귀찮아서 버린 지 오래거든? 그러니 이만 그 가당치 않은 관심 좀 끊어 주시죠. 그리고 당신을 위해 피를 흘려줄 여자나 찾아봐요! 아! 혹시 모르니까 정확하게 공지문을 내야겠네. 꼭 처녀여야만 합니다."

바짝 다가선 그녀의 얼굴을 규하가 덥석 움켜쥐었다. 커다란 그의 손아귀에 은우의 얼굴이 한 손으로 잡혀 버리고 말았다.

놀란 나머지 커다래져 버린 그녀의 눈. 서슴지 않고 그에게 독설을 퍼붓던 그녀의 도톰한 입술. 그리고 그의 남성을 불끈 치솟게 하는… 그녀의 향취!

잠시 그렇게 음미하듯 은우를 바라보던 규하가 더욱 손에 힘을 주었다. 은우의 얼굴이 고통스럽게 일그러졌다. 이제야 그가 두려워진 걸까? 거대한 그의 손에 잡힌 은우는 꼭 안기 좋을 만큼 작아 보였다.

'넌, 내 여자다….'

규하가 피식 웃음을 지었다. 그녀가 아무리 발버둥을 친다 해도 그의 여자가 되는 것만은 변하지 않는 사실이었다. 그는 절대 그녀를 놓아주지 않을 셈이다.

"흡!"

순간 그의 단단한 이가 도톰한 그녀의 입술을 아프게 깨물었다. 비릿한 피가 살짝 그의 입술 안으로 흘러 들어왔다. 달콤한 은우의 피. 그의 이에 잘게 씹혀진 그녀의 입술을 그가 살짝 혀로 핥았다. 아픔 때문인지 그녀의 입술이 파르르 떨렸다. 피의 의식처럼 묽게 흘러나오는 그녀의 입술을 살며시 핥아대던 규하가 약간 벌어진 그녀의 틈바구니를 재빨리 침범했다. 물컹한 그녀의 혀가 놀란 듯 멈추어 서 버렸다. 규하가 천천히 그녀의 혀를 감싸 안았다. 부드럽고 여린 살덩이가 그의 혀에 감미롭게 달라붙었다. 독한 향취를 품은 그녀의 즙이 목구멍을 뜨겁게 타고 내렸다. 여자의 떨리는 입술과 혀를 헤집으며 그는 마음껏 그녀를 마셨다.

"흡! 흐읍!"

숨이 막히는지 은우가 그의 가슴을 마구 두들겨 댔다. 규하는 간단히 그녀의 손목을 잡아채고는 더욱 깊숙이 그녀에게 몰입해 들어갔다. 놓아주지 않아. 잡혀진 그녀는 자꾸 더 몸을 비틀었다. 규하는 정신없이 그녀를 붙들었다. 잠시라도 이 순간을 놓치고 싶지 않았다. 이런 여자는 처음이었다.

이렇게 마셔도, 마셔도 부족한 여자는 처음이었다. 그녀에게서 흐르는 즙은 너무나 달콤하고, 너무나 독해서 규하는 독향(毒香)에 취하듯 은우에게 취해 버렸다. 자신을 두들기는 은우의 손길도 느끼지 못할 만큼 규하는 자제력을 잃고 있었다. 반드시 가질 것이다. 반드시 그녀를 가지고야 말 것이다. 이토록 그를 취하게 할 수만 있다면 그녀가 누구와 살았든, 그리고 그녀가 처녀이든 아니든 반드시 가져야만 했다. 그녀의 남자쯤은 얼마든지 지워버릴 자신이 그에게는 있었다. 그녀는 맞춤처럼 정해진 그의 여자였다.

짝!

잠시 막힌 숨을 쉬려 느슨해진 규하의 뺨이 세차게 후려 갈겨졌다. 강탈당하듯 빼앗겨 버린 입술이 피로 잔뜩 뒤범벅이 되어진 채 은우가 그의 뺨을 후려친 것이다.

"이 빌어먹을 자식!"

아직 은우와의 키스에서 벗어나지 못한 규하는 순간 피할 사이도 없이 그대로 뺨을 대어준 꼴이 되어 버렸다. 뺨을 맞은 충격보다는 은우와의 키스에 잠시 기운이 흘려진 탓에 거대한 그의 몸이 순간 기우뚱 휘청거렸다.

"이, 이…."

뜨거운 열기가 확 뻗히며 규하가 반사적으로 몸을 일으켰다. 성마르게 바라보는 그의 앞에서 은우는 더럽다는 듯 그가 키스한 입술을 박박 문지르고 있었다.

"감히… 이 망할!"

제 성미를 누르지 못한 규하가 번쩍 손을 치켜들었다. 후려갈기고 싶을 만큼 모욕적이었다. 그런 그의 손을 은우가 기죽지 않고 노려보았다. 어디, 한번 내려쳐 보시지. 은우의 입술에는 벌건 피가 처녀의 것처럼 번져있었고, 그를 곧장 바라보는 그녀의 눈빛은 요염하리만큼 반짝였다. 절대로 지지 않는 눈빛이었다.

"어디서 써먹던 수작이야? 당신!"

은우의 손가락이 아직 말을 잇지 못하는 규하의 얼굴을 찌르며 다가왔다. 그녀만큼 화난 규하가 쳐들었던 손으로 잽싸게 은우의 손을 잡아 버렸다.

"미리 점검해 본 것뿐이야. 네가 말한 것처럼 그렇게 닳고 닳아 있는지…. 키스는 아직 서툴더군. 뭐, 좀 아쉽기는 하지만 괜찮아. 능숙한 여자보다 서툰 여자가 가르치는 보람이 더 있으니까."

조금 전의 열정은 순식간에 사라진 얼음 같은 목소리였다. 그가 느꼈던 황홀감은 은우가 더러운 것이라도 묻은 듯 박박 입술을 문질러 대던 그 순간에 이미 사라져버렸다. 지금은 감히 그를 이렇게 취급하는 그녀에게 대한 분노만이 남아 있을 뿐이었다.

"김칫국도 잘 마시지. 누가 너 따위에게 갈 줄 알아? 무릎이나 꿇어보면 생각쯤이야 해 줄 수는 있겠지만. 하지만 내 생각이 변할 것 같지는 않은데 어쩌지?"

길길이 날뛰는 은우의 목덜미를 규하가 확 잡아 끌어당겼다. 몸은 부르르 떨리는데 그녀는 시선을 비키지 않고 있었다. 마치 반항하는 어린아이처럼 치기어린 눈빛이었다. 규하의 입술에 퍼런 미소가 걸렸다.

"용감하다 이건가? 하! 너의 그 무모함이 다른 사람의 목숨과 관계 된다면 섣부른 만용은 버리는 게 좋지 않을까? 더군다나 너의 그 빌어먹을 호모 친구의 목숨이라면 말이지. 꽤나 소중하다고 하지 않았나?"

규하가 그녀의 입술에 묻어있는 핏자국을 엄지손가락으로 쓰윽 닦아내더니 다시 가볍게 입술을 눌렀다. 입맞춤보다 더 가벼운 입술이었다. 맞닿은 그녀의 입술이 파르를 떨렸다. 규하는 자신도 모르게 주먹을 불끈 쥐었다.

"아직은 좀더 기다릴 생각이지만, 더 이상 날 자극하지 않는 게 좋을 거야. 난 기다림에 약한 편이거든. 게다가 화가 날 땐 폭풍 같아서 한 번 몰아치면 주위의 모든 것을 다 쓸어버리는 편이지. 너의 호모 친구뿐만 아니라, 너의 가족 모두를 위한다면 조금은 자제하는 게 더 좋지 않겠나?"

비키지 못하게 그녀의 얼굴을 한 손아귀에 쥔 규하가 하얀 이를 드러내며 씨익 미소를 지었다. 겁에 질린 듯 바라보는 은우의 두 눈동자가 아주 마음에 들었다.

"아, 특히 너의 그 용맹한 둘째 오빠에겐 좀 특별한 선물이 하나 있지. 그러니, 여러 사람 피곤하게 하지 말고 지금이라도 집에 들어 가! 아무리 도망친다 해도, 네가 내 여자가 되는 건 변함없을 테니까."

은우를 내려놓은 규하가 자신의 흐트러진 매무새를 가다듬었다. 멍하게 있는 은우를 쓰윽 바라보며 차에 몸을 실은 그가 마지막으로 못을 박았다.

"너의 그 서툰 키스도, 너의 그 험한 욕도 날 멈추게 하진 못해. 그러니 순순히 날 맞아들이는 게 좋을 거야. 시간이 갈수록 너만 괴로워질 테니."

아직도 분이 안 풀린 듯 씩씩대는 은우에게 규하는 한껏 비웃어 주더니 미련 없이 자신의 차를 출발시켰다.

은우의 집을 떠나 넓은 도로를 달리던 규하가 끼익 성난 파열음을 내며 길 가장 자리로 거칠게 차를 세웠다. 불같은 열기가 솟구치듯 가슴이 뜨거웠다.

"빌어먹을!! 빌어먹을!!"

홀로 차 안에 남겨진 규하가 결국 분을 참지 못하고 거칠게 핸들을 퍽 내리쳤다.

넋이 나가 버릴 정도로 몰입했던 그녀와의 키스였다. 그런데 감히 그와의 키스를 그렇게 더럽다는 듯 닦아내 버리다니. 은우의 강한 거부감에 참을 수 없을 만큼 화가 치밀었다. 어느 누구도 이따위로 윤규하를 대한 적은 없었다. 발아래에 두어도 시원치 않을 여자였다. 그녀를 얻기 위해 그가 희생해야 될 것들을 생각하면 아직도 부족할 판인데 은우는 감히 처녀가 아니라 당당히 말을 하고 있었다. 이은우, 너란 여자 가만 두지 않을 거다. 이가 바락 갈렸다.

아니, 아니었다. 규하가 절래 고개를 흔들었다. 사실 그 어떤 희생을 치르더라도 그녀를 가지고 싶었다. 그런 희생을 요구한 건 사실 그녀가 아니라 그 스스로였다. 그녀의 깊은 곳에 단단한 그를 싣고 그녀가 그의 것임을, 다른 어느 남자도 돌아볼 수 없음을 깨닫게 해 주고 싶었다.

"빌어먹을…!"

규하가 또다시 거친 욕설을 내뱉었다. 그까짓 어린 여자가 왜 이렇게 자신을 흔드는지 알 수 없었고, 용서할 수도 없었다. 텅 빈 하늘을 보듯 정면을 응시하던 규하가 힘껏 기어를 집어넣었다. 휘청 일만큼 빠르게 나아가는 차 안에서 입술을 꽉 다물며 그는 또다시 남겨두고 온 그녀를 떠올렸다.

이은우! 다음에 하는 나와의 키스, 그리고 나와의 섹스는 좀 더 감사하게 받아야할 거야.

"야! 밥 좀 푹푹 퍼 먹어! 네가 언제부터 그랬다고 내숭스럽게 밥알까지 세구 그래?"

오후에 왔던 규하 때문에 복잡한 은우가 심상치 않은 표정으로 깨작깨작 밥알을 세는데 유빈이 짜증스런지 화를 냈다. 떨어뜨린 두부와 달걀은 깨끗이 치워졌지만 내내 어두운 은우의 표정은 유빈이까지 불편하게 한 모양이었다.

"야! 나도 여잔데, 내숭 좀 떨면 안 되냐?"

유빈의 말에 찔끔한 은우가 가볍게 대꾸하다 순간 말을 멈추었다. 앞에 앉은 유빈의 하얀 얼굴이 파르스름할 만큼 지쳐 보였기 때문이었다. 어디 아픈 건 아닌지 걱정스러울 정도로 파리했다.

"야. 너 얼…."

"응? 뭐?"

유빈이 묻는데 그녀는 그냥 고개만 젓고 말았다. 너 얼굴 많이 힘들어 보인다고, 많이 피곤하냐고 물을 수 없었다. 유빈이 왜 저렇게 피곤한 얼굴인지는 말하지 않아도 너무 잘 알고 있었기 때문이었다. 아직까지 자리를 얻지 못한 그녀대신 생활비에, 방세까지 내느라 일을 더 늘린 걸 뻔히 알고 있었다. 그리고 보니 요즈음 유빈의 귀가 시간도 점점 늦어지고 있었다.

"아, 아냐. 찌개가 좀 짜지?"

"그러게. 이젠 거의 조림 수준이다. 물 좀 많이 넣으라니깐."

"야! 넌 무슨 남자애가 그렇게 음식 타박이 심하냐?"

"네 음식 솜씨가 엉망인 게 아닐까? 혹시?"

농담을 하는 유빈의 밝은 미소에 은우는 찌르르 가슴이 아파왔다. 친엄마마저 버린 그녀였다. 이 넓은 세상에서 그 어느 누구도 품어주지 않았던 자신을 유빈은 아무 조건도 없이 받아들여주었다. 부모 같은, 또 형제 같은 친구였다. 어떻게 이런 친구가 그녀에게 왔을까? 아마 그녀 평생 감사할 사람이 있다면, 그건 유빈이일 것이다.

은우가 김치찌개에 들어있는 돼지고기를 유빈의 숟가락에 얹어주며 물었다.

"내일은 뭐 먹고 싶어?"

"어이구, 메뉴 주문까지? 됐어. 내일은 내가 할게. 내일은 떡볶이 파티나 할까?"

"진짜? 오랜만에 네가 하는 떡볶이 먹는 거겠다. 이번엔 좀 넉넉히 하자. 포식 좀 하게."

"누가 할 소리를 누가 하는지 모르겠네. 야, 내 몫까지 다 먹고는 양이 작아?"

방 안에 하하 웃는 유빈의 웃음소리가 전염처럼 퍼져 나갔다. 은우의 입가에도 오랜만에 환한 웃음이 번졌다. 조금 전 규하의 키스 같은 건 까맣게 잊어버린 웃음이었다.
"아니다. 내일은 월급날인데 그냥 나가서 삼겹살이나 사먹을까?"
"좋지! 간만에 기름기 좀 바르자. 나가서 먹지 말구 집에서. 그래야 많이 먹지. 밖은 넘 비싸더라."
내일은 지후에게 전화를 해서라도 자리를 알아 봐야겠다고 다짐하며 은우가 유빈에게 맞장구를 쳤다. 오빠에겐 그런 부탁조차 부담스러웠지만 이젠 더 이상 유빈의 짐이 될 수는 없었다.
똑똑!
내일 삼겹살 세 근 사서 배가 터지도록 먹자고 유빈이 너스레를 떠는데, 밖에서 누군가 문을 두드리는 소리가 났다. 내내 오는 사람 없는 집이었다. 의아한 눈으로 서로 바라보는 사이 허락도 없이 허름한 바깥문이 덜컹, 열려 버렸다.
"누구세요?"
놀란 유빈이 들어서는 남자에게 물었다. 옆에 있는 은우의 얼굴은 벌써 딱딱하게 굳어들어 갔다. 낯익은 얼굴이었다. 아버지의 그림자 같은 김 비서가 제 집인 양, 주인의 허락도 없이 쓰윽 안으로 들어섰다.
"은우 씨."
집 안에 들어선 김 비서가 정중하게 그녀의 이름을 불렀다. 돌아보는 유빈의 시선이 그녀에게 향했다. 이 남자의 존재에 대해 묻는 것이었다.

"김 비서님."

할 수 없이 은우가 대답했다. 김 비서라는 말에 유빈의 미간이 좁혀졌다.

"모시러 왔습니다. 가시죠."

"안 가요."

일 초의 틈도 없이 은우가 말을 잘랐다.

"의원님께서 기다리십니다. 이제 어리광은 그만 피우시죠."

"어리광이요? 당신 눈에는 이게 어리광으로밖에 안 보이나요?"

은우가 매섭게 몰아쳤다. 그 집에 살았던 세월이, 그래서 정말 죽음을 벗어나듯 이곳에서 살아가는 그녀의 삶이 단지 이 남자에게는 어리광으로 밖에 비치지 않는다는 것에 은우는 눈물이 날만큼 화가 났다. 아니, 김 비서가 아니라 그런 식으로밖에 생각하지 않은 아버지에 대한 화였다.

"전 안 가요. 그냥 가세요."

"은우 씨, 이러면 서로 피곤해집니다. 가시죠."

"안 간다니까요? 귀 먹었어요? 안 가요! 안 간다구요! 그 집 딸은 죽었어요. 여기 있는 이은우는 다른 사람이에요. 그러니 그렇게 전해주세요."

"가시죠. 의원님 기다리시는 거 좋아하지 않는 거 아시지 않습니까?"

바위처럼 버티어 선 김 비서가 고집을 피웠다. 아무리 그녀가 싫다 해도 결국은 그의 손에 끌려가겠지만, 은우 역시 김 비서처럼 물러 설 순 없었다.

"그냥 가시죠. 가지 않겠다고 하지 않습니까? 당신이 아는 이은우라는 사람, 죽었다고 말하고 있잖아요. 저 모습 보이지 않나요?"

선뜻 뻗는 김 비서를 유빈이 가로 막으며 말했다. 아가씨라니. 쉽게 듣는 호칭은 아니었다. 그 호칭만으로도 이 검정 옷의 사나이가 부르는 '은우 씨' 라는 사람이 얼마나 대단한 집 아가씨인 줄은 금방 알 수 있을 정도였다.

의원님이라. 유빈이 살아 온 곳에서는 감히 들을 수조차 없는 직함이었다. 그런데 그런 곳의 은우는 죽었다, 말하고 있었다. 유빈은 은우를 향해 고개를 돌렸다. 커다랗게 벌어진 눈동자에서는 금방이라도 눈물이 뚝뚝 흘러내릴 것만 같았다. 얼마나 아팠었기에, 자신의 존재까지 죽여야만 했을까. 유빈의 얼굴 역시 아프게 일그러졌다. 가슴이 아릴 정도로 아팠다.

아직도 그는 시뻘건 은우의 피를 기억했다. 그래서 지켜주고 싶었다. 이 허름한 삶을 살고 싶어 하는 은우다. 지킬 수 있다면 자신이 가진 모든 것을 걸고 라도 지켜 주고 싶었다. 유빈은 김 비서를 바라보았다. 한 치의 물러섬이 없는 얼굴이었다. 눈동자에선 시퍼런 빛이 쏟아져 나왔다.

가세요. 살고 싶다지 않습니까? 제발 가세요. 저 여린 아이를 괴롭히지 말고 가시란 말입니다. 마음으로 절규하며 그는 앞에 선 남자를 찌를 듯 노려보았다. 절대 은우를 보내지 않을 것이다. 어떠한 일이 있다 해도 절대, 그의 눈앞에서 은우가 끌려가게 하지는 않을 것이다.

"이사님. 오랜만이십니다."

은우와 헤어진 며칠 후, 규하는 평소 즐겨 찾는 가게로 향했다. 열린 문 앞으로 다가 온 지배인이 허리가 굽도록 꼬박 엎드려 인사를 했다. 여기 '에누스'는 회원제로 운영되는 고급 살롱이었다. 현대식 요정이라고 할까. 주로 고위 정치 인사들이나 경제계 거물급들을 대접할 때나 오는 곳이지만 오늘은 규하 혼자였다. 지금 그에게는 뜨거운 술 한 잔이 필요했다. 그리고 그를 잠재울 누군가…. 이화라면 당장 뛰쳐나올 테지만 이미 끊어진 여자를 다시 부르는 따위의 귀찮은 일은 질색이었다.

털썩.

고급스런 의자에 주저앉자 그는 지배인이 내온 술을 따랐다. 식욕을 돋우는 부드러운 향이 가득 퍼졌다. 순간, 은우에게서 품어 나오던 향이 함께 떠올랐다. 며칠이 지났건만, 여전히 은우는 어제처럼 선명했다.

"부를까요?"

눈치 빠른 지배인이 깍듯이 규하에게 물어왔다.

"조용한 아이가 좋아. 그런 아이로."

"네."

그의 성미를 아는 지배인은 잡다한 설명이 없었다. 지배인이 룸의 문을 조용히 닫고 나가자 규하는 따라 놓은 술을 그대로 입 안에 털어 넣었다. 취하고 싶은 기분이었다. 그 여자를 잊을 만큼 취하고 싶었다. 자신에게 웃지도, 말조차도 제대로 건네지 않는 여자. 그런 여자임에도 자꾸만 그를 끌어당기는 그녀를 비참하리만큼 철저히 잊고 싶었다.

규하는 그날, 은우에게 맞은 뺨을 쓸어내리며 낮은 욕지거리를 내뱉었다. 아직도 은우의 뜨거운 손길이 느껴지는 것 같았다.

자신의 뺨을 쓸어내리던 손이 그의 보기 좋은 입술에서 멈추었다. 은우의 입술이, 그리고 뜨거운 혀의 감촉이 남아있는 그의 입술이 마치 은우의 맨살처럼 만져졌다. 또 다시 떠오르는 그녀를 향해 그는 이를 갈았다.

'젠장! 널 반드시 갖고 말겠어. 너의 그 하얀 육신이 내 발 아래 엎드려 신음하도록, 내게 사랑을 애걸하도록 만들고야 말겠다. 이 빌어먹을 여자. 감히 내게 거역을 해? 그게 너의 지옥이 될 거다. 올라가도, 올라가도 그 끝이 보이지 않아 더더욱 끔찍스런 지옥. 널 철저히 유린하고 말 테니, 내 발 아래서 철저히 부서지고 말 테니, 그때 보자구. 이은우!'

다시 넘치도록 술을 따라 입 안에 확 부어 넘기는데, 룸의 문이 조심스럽게 열렸다.

"뭐야?"

규하의 날카로운 질문에 들어서던 여자가 움찔했다. 약간 마른 몸매에, 긴 생머리가 보기 좋게 이마를 덮은 여자였다. 은우보다 더 작은 키였다.

"저, 지배인님이…."

지배인이라. 아마 빠르게 뛰쳐나간 지배인 녀석이 고르고 골라 보낸 여자인 모양이었다. 규하는 들어선 여자를 위아래로 가볍게 훑어 내렸다. 까다로운 자신의 입맛을 꽤나 고려한 모양인지 여자는 편안하게 그의 마음에 들어왔다. 순백 같은 여자, 그녀를 보는 순간 순백의 눈처럼 고결한 느낌이었다.

"앉지."

낮은 그의 목소리에 여자는 소리 없이 들어와 그의 옆에 조심스럽게 자리를 했다. 고급스런 하얀 원피스를 걸친 여자는 술조차 따를 기미도 없이 조용히 앉아만 있었다.

"지금 나보고 따라 마시라는 건가?"

비어진 잔을 딸랑 흔들며 그가 말했다.

"네?"

여자가 놀란 표정으로 그를 바라보았다. 커다랗게 뜬 눈이 너무나 맑아 규하는 순간 속에서 열이 확 치밀어 올라왔다. 동물적인 지배욕으로 짓밟아 버리고 싶은 충동이었다.

"술! 제기랄. 술 한 잔 따라주라는데 말귀를 왜 이렇게 못 알아먹어?"

거친 규하의 짜증에 여자가 재빨리 앞에 놓인 술병을 잡아 그의 잔에 따랐다. 당황한 모양인지 손이 달달 떨리는 통에 술이 잔을 넘어 그의 손 등으로 쏟아지듯 넘쳐흘렀다.

"죄, 죄송합니다."

그의 손등에 묻은 술을 닦아내는 여자의 손을 규하가 확 잡아채었다. 거친 손길에 놀란 여자가 어쩔 줄 모르고 바라보았다. 가까이서 보니 티 하나 없이 맑은 얼굴에 오똑한 이목구비까지 완벽하게 아름다운 얼굴이었다.

"이름!"

"네?"

"이름이 뭐냐고 묻잖아?"

"아, 제니."

"제니?"

규하가 피식, 객쩍은 웃음소리를 내었다.

"제니라? 여기서 쓰는 이름인가?"

비꼬임 때문인지 고개 숙인 여자의 하얀 목이 붉게 물들었다.

"제. 예명이에요. 아직 신인이라…."

"신인?"

"네. 이제 겨우 광고 하나 찍었어요."

모델인가? 그제야 규하가 그녀를 관심 있게 바라보았다. 신인이라는 말처럼 여자는 아직 많이 서툴러 보였다. 모델이라니, 간만에 들린 규하를 예우한답시고 지배인이 이제 신인 모델까지 보낸 모양이었다. 아마, 마음에 들면 좀 띄워 달라는 의미도 있었을 것이다.

제니에게서 시선을 떼지 않는 규하가 잔을 다시 입속에 털어 넣었다. 이젠 시키지도 않는데, 빠르게 잔을 채운다. 길고 가는 손가락이었다. 여자의 그것처럼 부드러워 보여 규하의 중심이 딱딱하게 일어섰다. 약간 패인 원피스의 목선이 가슴의 계곡선을 보일 듯 말 듯 드러내 그것조차 더 유혹적이었다.

　규하는 잔이 비기가 무섭게 다시 채우는 제니의 술을 연거푸 몇 잔을 비워내고 있었다. 술보다는 그녀의 손가락에 취해가는 것만 같았다. 느긋이 의자에 기댄 규하가 손가락을 탁 튕기자 기다렸다는 듯이 지배인이 뛰쳐나왔다.

　"네."

　"크리스털 호텔!"

　"네!"

　규하의 말을 알아들은 지배인이 허리를 90도 각도로 탁 꺾더니 잽싸게 뛰쳐나갔다. 그 의미를 아는지 제니의 얼굴이 아까보다 더 빨갛게 달아오르며 꺾어진 듯 고개를 들질 못했다. 규하는 괜찮겠느냐, 싫은 거 아니냐는 예의상의 질문도 없이 지배인을 기다리며 술만 들이켰다. 어차피 이런 곳에 나오는 신인들이야 뻔했다. 더 노골적이냐, 그렇지 않느냐의 차이일 뿐. 오늘 밤, 그가 느끼는 것에 따라 제니라는 저 아이가 얻어갈 것도 달라질 것이다.

　잠시 뒤 뛰어온 지배인이 그에게 금빛 카드를 내밀었다. 호텔 키였다. 카드를 집으며 규하가 안 주머니에서 지갑을 꺼내

들었다. 하얀 수표 여러 장을 탁자 위에 탁 내려놓는데, 그것을 보는 제니의 어깨가 움찔거렸다. 철저히 그녀를 돈으로 사버린 규하가 차갑게 미소를 지었다. 어차피 이런 곳에 나왔으면 다 아는 게 아니냐는 눈빛이었다. 여린 눈으로 바라보는 제니의 눈동자를 뚫을 듯 규하가 바라보았다. 손조차 잡지 않은 그와 제니 앞에 끼익 차가 멈추어 섰다. 이미 가게 녀석 하나가 운전석에 앉아 있었다. 모래알 같이 깔깔한 침묵을 지키며 그는 제니와 함께 크리스털 호텔로 드라이브 하듯 향했다.

"벗어."

호텔 방에 들어서자마자 규하가 차갑게 명령했다. 부끄러움이 하나 가득한 얼굴로 제니는 아직 벗기지도 않은 옷을 방패처럼 부여잡았다. 아직은 서투른 모양이라 생각하면서도 그런 서투름이 못내 짜증스러울 뿐이었다. 마치 처녀를 강간하는 듯한 더러운 느낌이었다. 제니는 다르다. 제니는 자신의 여자도, 그리고 은우도 아니었다. 그래서 처녀이기보다는 수줍은 요부여야 했다. 그런데도 들어온 순간부터 계속 움츠러들고만 있는 제니는 그로 하여금 자꾸 새 신부 같은 수줍음 같아 견디기 힘들게 만들었다. 그가 가질 수 있는 처녀는 그의 아내의 것뿐이었다.

"싫다면 지금이라도 나가! 나도 귀찮으니까. 너한테 섹스 하는 방법이라도 알려주란 말이야?"

벗어 놓은 옷 위로 넥타이를 휙 집어 던지며 규하가 짜증스럽게 내뱉었다. 아마 오늘은 혼자 자야할 모양이었다.

"아, 아니에요."

벌겋게 달아오른 얼굴로 제니가 허겁지겁 자신의 옷을 벗었다. 하얀 원피스 너머로 보이는 살결은 그 원피스만큼이나 하얗다. 그녀의 윤기 흐르는 우유 빛에 규하가 숨을 꿀꺽 삼켰다. 뽀얀 살결과 생각보다 볼륨 있는 제니의 몸에 구미가 당긴 탓이었다.

지배인의 선택에 그제야 만족스런 미소가 지어졌다. 거추장스런 자신의 옷을 마저 집어 던진 그의 알몸이 당당하게 제니 앞에 섰다. 구리 빛의 탄탄한 그의 몸매가 가리는 것 없이 그대로 드러나자 제니는 더더욱 당황하고 말았다. 부끄러움 없이 여자를 향해 뻗어 있는 그의 단단한 남성에 고개조차 들지 못하는데, 이런 일에 익숙한 듯 규하는 편하게 그녀를 끌어당겼다. 그리고는 하얀 그녀의 목을 뻘건 자욱이 남도록 강하게 빨았다. 마치 사냥한 짐승의 뜨거운 피를 마시기 위해 거칠게 물어뜯는 야수 같은 움직임이었다.

그녀의 온몸에 담긴 피를 빨아 마시면서도 그는 철저히 그녀의 입술만은 피하고 있었다. 규하는 절대 어느 여자와도 입을 맞추지 않았다. 그에게 하룻밤의 정사는 정사일 뿐이었다. 그것에는 나름대로의 룰이 있었고, 자신의 여자와 하룻밤의 여자는 같을 수 없었다. 그래서 그는 절대 하룻밤의 상대에게 키스를 하지 않는다. 그건 절대 무너뜨리지 않는 그의 처우였다.
"돌아서."

그녀의 군살 없는 등을 가르는 그 요염한 척추까지 빠짐없이 맛을 보던 규하가 명령했다. 제니가 천천히 몸을 돌리자 그녀의 봉긋한 가슴과 복숭아 꽃잎 같은 젖꼭지가 수줍게 드러났다. 아이를 낳지 않은 처녀의 젖꼭지는 아직 물들지 않은 분홍빛 꽃망울처럼 한없이 수줍었다. 그녀의 도톰한 젖가슴을 한 손에 가득 쥔 채 그는 그녀의 늘씬한 복부를 혀로 쓸어 내렸다. 수줍게 떨리는 하얀 허벅지와 아이 같은 종아리까지 온몸에 뻘건 자국이 남도록 그는 빨아 당겼다. 마치 은우를 마시듯 그는 제니를 마셔대고 있었다. 첫 번째 제물. 은우에 대한 욕망을 채우는 첫 번째 제물처럼 규하는 철저히 제니 대신 은우를 떠올렸다.

은우의 얼굴. 그리고 은우의 그 차가운 입술. 생각하는 것만으로도 그의 심장은 불끈 달아 올라왔다.

'나를 거역한 계집애. 내 몸 아래 너 역시 이렇게 흐드러질 거다, 이 망할 계집애.'

규하가 살짝 제니의 젖가슴을 깨물었다. 젖 같은 즙이 작은 꽃봉오리에서 새어 나오는 것만 같았다. 제니의 풍만한 엉덩이와 젖가슴까지 빠짐없이 맛을 보던 그가 여린 허벅지를 쓸어내리며 제니의 아직 열어지지 않은 은밀한 그곳을 부드럽게 손가락으로 어루만졌다.

흐음, 젖어진 신음소리가 제니의 입술에서 새어 나왔다. 장난을 치듯 어루만지는 그의 손가락 놀림에 그녀도 모르게 온몸이 뻣뻣하게 저려왔다. 순간 그가 딱딱한 남성을 그대로 그녀의 몸 안으로 박아 넣었다. 그의 몸에 깔린 제니가 움찔하며 그곳을 꽉 조여 왔다. 규하가 자신도 모르게 낮은 신음소리를 냈다. 좁은 그녀의 동굴이 강하게 그를 조여 끓어오르는 희열을 참을 수가 없었다.

거친 몸동작으로 그녀의 곳에 자신을 밀어 넣는 그의 움직임에 제니가 고통스럽게 흐느적거렸다. 그러나 규하는 제니를 돌아보지 않았다. 이미 자신의 욕정에 취해 미처 제니까지 돌아볼 생각조차 없었다. 좁은 그녀의 그곳에 규하가 거칠게 자신의 남성을 밀어 넣으며 빠르게 움직이기 시작했다. 그제야 그의 열기가 제니에게 쏟아져 내리고 있었다. 밀고, 당기는 규하의 움직임에 제니의 입에서, 흐음, 흐음, 동물 같은 신음이 터져 나왔다.

"이은우!"

신음처럼 은우의 이름을 내뱉은 규하가 마침내 절정을 이루며 제니의 몸 위로 스르르 무너져 내렸다. 순간, 규하의 입에서 터져 나온 낯선 여자의 이름에 제니가 딱딱하게 굳어져 버렸다.

"이게 뭐지?"

희열에 찬 섹스를 끝낸 그가 일어서 욕실로 향하다 벼락같이 소리를 질렀다. 침대 위에 벌건 핏물이 원죄처럼 번져 있었다.

그의 말에 가슴을 가리며 일어난 제니가 그 핏물의 의미를 깨닫고 얼굴을 다시 붉혔다.

"이런 빌어먹을…."

입 밖으로 욕설을 내뱉으며 규하가 낮게 신음했다. 분노를 억누른 얼굴은 돌덩이처럼 굳어 있었다. 벗어던진 바지에서 휴대폰을 꺼내 어디론가 빠르게 버튼을 눌러대더니 틱, 소리가 나자마자 버럭 소리를 질렀다.

"지배인 바꿔!"

지배인이 바꾸어졌는지 아까 와는 비교도 못할 만큼 그가 화를 쏟아내기 시작했다. 마치 이 망할 녀석의 손아귀에서 놀아난 기분이었다. 어디서 감히 저런 여자를! 제니에게는 시선 한 번 돌리지 않고 그는 수화기 너머의 지배인 녀석에게만 분을 품어내었다. 이미 제니는 그에게서 벗어난 여자였다.

"이런 망할 자식이! 일을 어떻게 하는 거야?"

자신의 피가 묻어 있는 시트를 제니는 무표정하게 바라보았다. 잠깐 안쓰러운 빛이 스쳐 지났지만 서둘러 옷을 입는 규하는 애써 그녀를 피하고 있었다. 한 시도 이곳에 머물러 있고 싶지 않았다. 지배인 녀석은 나중에 손 볼 생각이었다. 이런, 빌어먹을. 그가 또다시 욕을 내뱉었다. 하루 종일 재수 옴 붙은 날이라 구시렁대며 그는 제니를 남겨둔 채 호텔을 빠져 나오고야 말았다.

호텔을 나서자 기다렸다는 듯이 다가오는 아까 그 녀석에게 제니를 '에누스'까지 데려다 주라 말하고 그는 도어맨에게 택시를 부탁했다. 택시가 오는 사이 담배를 꺼낸 문 그가 뽀얀 연기를 내품었다.

이은우, 너 때문이야. 낮게 으르렁거렸지만, 그것보다 더 화가 치미는 건 자신의 실수였다. 어린 계집애 하나 갖지 못해 결국 일을 이렇게까지 몰고 간 자신의 어리석음 때문이었다. 빠르게 다가온 검은 택시에 몸을 실으며 그는 손에 들린 담배를 탁 내던졌다. 마치 제니를 내던지듯….

4

"이게 뭡니까?"

지후가 팔랑 얇은 종이를 내밀었다. 얇지만 무거운 삶이 담긴 종이. 은우에 대한 보고서였다.

결국 아버지는 지산과의 거래를 잡기 위해 또다시 은우의 삶에 침범해 들어가려는 모양이었다. 이 의원이 지후 손에 들린 종이를 별 것도 아니라는 양, 바라보았다. 그래도 살짝 찌푸린 미간은 불만스런 기색이 역력했다. 아마 이 방을 나가면 애먼 김 비서만 닦달할 것이다.

"그게 뭐 길래 이 소란인 게냐?"

이 의원이 모르는 척 손에 들린 서류에 시선을 두며 물었다. 지후가 그런 아버지 앞으로 탁, 손바닥이 울리도록 사납게 보고서를 내려놓았다. 사실은 면전에 내던지고 싶었지만, 지후 역시 담담하게 대답했다.

"은우에 대한 보고서."

"그래서?"

"왜 이 보고서가 아버지에게 있는 겁니까?"

간신히 감정을 추스른 덕분에 평이하게 소리가 나왔다.

"그럼 언제까지 내버려 두겠냐? 이젠 데리고 와야지."

속마음을 감추며 이 의원이 차분히 말했다.

"지금까지 내팽개쳐 놓으시곤 이제 와서요? 대체 이렇게까지 하면서 데려 오시려는 의도가 뭡니까? 역시 지산 그룹 때문입니까?"

지후가 속지 않고 똑바로 이 의원에게 물어왔다.

이 의원은 냉철한 눈으로 지후를 바라보았다. 당차고 언제나 자신을 굽히지 않는 둘째 아들이다. 권력이나 재력에 대해 자신의 욕심만큼 따라오지 않는 둘째 아들은 언제나 당당히 자신의 눈을 바라보았다. 아버지의 돈으로 호의호식하고, 유학까지 다녀온 주제에, 그것조차 왠지 이쪽에서 비굴하게 느껴지게 만드는 그 무언가가 이 아들에게는 있었다. 그래서 이 의원은 지후를 어려워하면서도 마음 한 편에서는 큰 아들보다 더 기대하는 면도 있었다.

사실, 지후는 지석보다 그의 취향에 더 맞는 아들이었다. 언젠가는 자신의 뒤를 이을 재목감이 되지 않을까? 기대도 했던 아들이었다. 그런데 지후는 점점 기대와는 달리 그에게서 어긋나고만 있었다. 이 의원이 떨떠름한 표정을 지었다. 아마 제 어미 영향이 크겠지. 이 의원은 아들에 대한 불평을 괜한 아내에게 쏟아내고 있었다. 언젠가는 저 녀석의 그런 당당함이 세상을 얻을 수도 있겠지만, 아직은 아니었다. 다듬어지지 않은 원석처럼 그에게 대들기에는 여물지 않는 녀석일 뿐이었다.

"네가 상관할 일이 아니다."

"지산 그룹에서 원하는 게 뭡니까? 단지 은우만을 원하는 겁니까?"

"그렇다면? 그렇다면 그게 무슨 상관이 있느냐, 너에게?"

이 의원이 결국 들고 있던 서류를 내려놓았다. 아들의 속내까지 그대로 파고들 듯 그는 똑바로 지후의 눈을 향했다.

"무슨 상관이 있다고 이렇게 김 비서의 서류까지 빼앗아 들고 이 난리 법석이냐?"

그는 불편한 심사를 고스란히 드러냈다. 어린 아들 녀석에게까지 휘둘릴 생각은 없었다. 거친 정치판에서도 헤쳐 온 그였다.

"상관있다면! 상관있다면요?"

지후의 목소리에 미묘한 위험이 감돌았다. 손 끝 하나만 대도 펑, 하고 터져 버릴 것 같은 그런 위태위태함. 노련한 이 의원은 빠르게도 아들을 읽어 내렸다. 이미 끝난 문제였다. 날짜까지 정해져, 마치 주어진 과제를 풀어내듯 그는 규하가 정해 준 수순만 밟을 뿐이었다. 지후나 그가 끼어들 문제가 아니었다. 이 의원은 내려놓았던 서류를 들었다. 더 이상 왈가왈부할 생각이 없었다.

"나가 봐라."

"지산 그룹과 기어이 결혼 시키실 겁니까?"

이 의원의 의도와 달리 지후는 나갈 기색이 아니었다. 이 의원은 보는 척 하던 서류를 짜증스럽게 내던졌다. 결국 끝까지 가겠다면 애초부터 싹을 자르는 게 나았다. 돌아보는 이 의원의 눈동자는 사무적일만큼 냉정했다.

"그래. 결혼 시킬 생각이다. 지산 그룹에서 은우와의 혼사만 성립되면, 백지 수표를 낸다더라. 그걸 놓칠 수 없다. 그렇지 않아도 당내 경선이 코앞인데 운이 좋았지. 내게는 기회다. 그걸 은우가 가져다 준 거야. 하긴 누구라도 상관없지. 지산만한 재력이 온다면야 내 자식이라도 팔 생각이다, 난."

"그런 가요?"

지후가 경멸스런 눈빛으로 자신의 아버지를 노려보았다. 어느새 꽉 쥐어졌는지 손바닥이 아릴 정도로 아팠다. 아버진 이런 기회를 놓칠 사람이 아니다.

지후는 규하를 떠올렸다. 그의 눈앞에서 은우를 자신의 여자처럼 바라보던 그 자신만만한 표정. 세상 그 무엇도 부러울 것 없는 조건을 가진 남자였다. 하지만 무엇보다 세상을 향해 두려움 없이 드러낼 수 있는 은우에 대한 소유, 그는 그것이 부러웠다. 아무리 몸부림을 친다 해도 은우에 대한 자신의 사랑은 결코 소유될 수 없으리라. 지후는 하얗게 쥐어진 자신의 손을 내려다보았다.

 잊을 수 있을 거라, 아니 잊을 거라 생각하며 떠났던 미국행이었다. 아버지나 그 자신 때문이 아닌 오로지 은우를 잊기 위해 떠났던 미국이었다. 그리고 그 시간 내내 느꼈던 건, 그것은 결코 버릴 수 없는 그의 심장이라는 것뿐이었다. 떼어낸 심장으론 이 세상을 살지 못한다. 그래서 그는 은우가 없이는 이 세상을 살아갈 수가 없었다. 그녀를 가지고 싶었다. 세상 벽에 부딪히고 또 부딪혀 피를 쏟아낸다 해도 그녀를 가지고 싶었다. 그녀를 마음껏 사랑하고 싶었다. 그것만이 그가 이 세상에서 숨 쉬는 이유였다.

 토독… 심장 속으로 눈물이 새어 들어왔다. 이제 더 이상 그녀를 마음만으로 담을 수는 없었다. 아니, 담지 않을 것이다. 지후는 피가 나도록 입술을 깨물었다.

 열 살에 처음 그 아이를 만났다. 아직은 사람보다는 인형 같았던 작은 아이. 낮과 밤이 바뀌어 밤만 되면 울던 시끄러운 아이였지만, 천사처럼 잠든 은우의 얼굴을 이미 어른처럼 조숙했던 지후는 어머니 몰래 훔쳐보곤 했었다. 그 땐 단지 신기하리만큼 작은 꼬마 동생이었었는데… 그러던 은우가 점점 자라 어느덧 소녀가 되고, 숙녀가 되었다. 그러면서 자신의 가슴 속의 은우도 점점 자라나 소녀가 되고, 어느새 성큼 숙녀가 되어버렸다.

 비록 피가 섞이지 않은 동생이라지만, 언제부턴가 은우를 바라보는 자신의 시선이 오빠가 아닌 남자로 변해버린 걸 깨닫자 그는 비겁하게도 은우에게서 도망치고 말았다. 가학적인 자신의 어머니와 냉담한 아버지의 사이에서 은우가 얼마나 고통스러운 삶을 살고 있는 줄 뻔히 알면서도 자신이 바라보는 은우에 대한 시선 때문에 지후는 도망칠 수밖에 없었다. 그 자신에게도 허락받지 못할 감정이었기에 도망쳤다. 하지만 이젠 그 도망도 막다른 곳에 몰려 버렸다.

은우를 소유할 수 없어도 좋았다. 그녀가 동생으로 있는 동안만큼은 소유하지 않아도 좋았다. 그러나 은우의 결혼은, 결혼만큼은 결코 용납할 수 없는 나락과도 같았다. 그의 시선에서 비켜, 그가 잡을 수 없는 곳에 은우를 놓아둘 수는 없었다. 내내 냉정하게 서 있는 지후의 시선에 찰나 잔인한 감정이 스쳐 지나갔다.

동물적인 지배욕으로 은우를 거칠 것 없이 노려보던 윤규하라는 남자. 처음 본 순간부터 지후는 그가 싫었다. 그에게는 본능적인 그 무엇인가가 있었다. 이 세상에서 그와는 한 하늘 밑에 있을 수 없는 그 어떤 방어적인 본능이….

"안 됩니다."

지후가 차갑게 아버지에게 내뱉었다.

"너 지금 뭐라는 게냐?"

"안 된다구요. 안 됩니다. 안 돼요."

지후가 이를 악물며 되풀이하듯 말했다. 쏘아보는 그의 시선은 금방이라도 불꽃을 튕길 것처럼 뜨거웠다.

"네가 상관할 일이 아니다. 이 결혼은 반드시 할 게야. 내가 반드시 그렇게 할 거다. 이 달 안으로 결혼식을 치를 생각이니 너도 그렇게 알아라. 그 어떤 반대도 받아들이지 않을 거다. 그러니 두 번 다시 그런 소리 내 앞에서 하지 마라. 그만 나가 봐!"

이 의원이 자르듯 아들에게 내뱉었다. 은우의 결혼이 그리 쉬운 일은 아닐 거라 생각은 했지만 설마 그 이유가 자신의 아들이 될 줄은 몰랐다.

"은우, 결혼 안 됩니다. 제 목숨을 걸고 안 됩니다."

끝난 이야기처럼 돌아서 서재를 나서는 이 의원의 등 뒤로 송곳 같은 지후의 말이 그대로 꽂혔다. 피가 뚝뚝 떨어질 것 같은 예리한 말이었다. 제 목숨을 걸고? 이 의원이 멈칫하며 돌아섰다. 느릿하게 되물어보는 이 의원의 목소리는 비장하기까지 했다.

"너의 목숨을 걸고 안 된다…라. 그게 무슨 뜻이냐?"

씨익, 지후의 입가에 미소가 처음으로 머물렀다. 그 미소가 이 의원은 오히려 더 소름 돋도록 두려웠다.

"은우, 은우를 사랑합니다. 동생이 아닌 한 여자로서 사랑합니다. 그 아이를 소유할 수 없다고 해도, 그 아이를 가질 수 없다 해도, 그 아이를 빼앗기고 싶지 않아요. 그 어떤 누구에게도…. 그러니 아버지께서 포기해 주세요. 전 절대 그 아이를 뺏

기지 않을 겁니다."

"뭐? 뭐라? 사랑?! 뭐가 어쩌고 어째? 한 여자로서 사랑해? 이, 개만도 못한 자식! 제 누이를 사랑한다는 말이 지금 어디서 나오는 게야!"

이 의원이 버럭 소리를 지르다 황급히 목소리를 낮췄다. 행여 누가 들을까 아무도 없는 서재 안을 한 바퀴 휙 둘러보기까지 한다.

"피가 섞이지 않는 동생입니다."

지후가 감정 없는 목소리로 대답했다.

여자?! 피가 거꾸로 솟구쳐 올라오는 것만 같았다. 주워 온 딸이라 행여 아들 녀석들이 남자 같은 시선으로 보지는 않을까 잠시 생각했었지만 내내 자라면서 지석이나 지후 둘 다 모두 담담한 시선이었었다. 그래서 한 번도 이런 일이 생길 거라 의심조차 해보지 않았는데, 더구나 하필 이 중요한 순간에 사랑이라니. 머리가 지끈 거려 이 의원은 차디찬 이마를 짚었다. 하필….

"너…너 지금, 무슨 허튼 소리를 하는 거냐? 여자? 어디서 감히 여자라는 게야? 은우는 네 여동생이야."

"허튼 소리 아닙니다. 은우를 사랑해요. 당장이라도 여기 끌고 와 내 여자로 만들고 싶을 만큼 은우를 사랑합니다. 그 아이가 내 동생이 아니었음, 진작 내 여자로 만들었을 겁니다. 미치도록 탐이 나요. 그러니 은우, 제게서 빼앗지 말아주세요, 아버지. 제 동생이라도 남아 있게, 그래서 제가 더 이상 폭발되지 않게 아버지가 막아주세요. 부탁이에요."

흔들림 없이 똑바로 바라보는 그의 시선엔 열이 뻗쳤다. 처음이었다. 이렇게 간절히 아버지에게 애원한 건 그가 태어나 처음인 일이었다.

자라면서 아버지를 전부 이해한 건 아니었다. 골방처럼 어머니를 버려두고 늘 다른 여자를 품으며 살았던 아버지였다. 그런 아버지의 잦은 외도가 가시처럼 가족들에게 상처를 입힌다는 것도 알았다. 그러나 한 번도 아버지에게 말하지 않았다. 묵묵히 어머니를 지키며, 그리고 그 어머니 사이에서 은우의 생명을 지키며 살았다. 차라리 그 때가 행복했었나 보다. 병원에 앉아 그녀가 눈을 뜨길 기다리는 그 순간으로도 행복했는지 모르겠다. 어쨌든 그의 손에 잡혀있는 그녀의 작은 손이 너무나도 따뜻했으니까.

이제 그 손을 놓아야 한다. 은우가 규하의 것이 되는 순간부터 그가 잡을 수 있는 것은 아무 것도 없었다. 그래서 지후는 생애 처음이자 마지막으로 아버지에게 애원하고 있었다. 아버지가 버렸었던 이 집을 지켰기에, 그는 당당히 애원할 수 있었다. 심장에서 뜨거운 피가 쏟아졌다. 제발 부탁입니다, 아버지.

그의 시선에 이 의원이 부르르 몸을 떨었다. 언제나 얼음 같았던 지후였다. 다른 여자로 인해 발악하듯 소리를 지르는 아내 옆에서, 바위처럼 단단하던 그를 향하는 지후의 시선은 언제나 차갑고 냉정했었다. 그런 지후가 지금 온몸을 태울 듯이 자신을 바라보고 있었다. 그래서 이 의원은 지후의 그 뜨거움이 얼음보다 더 차갑게 느껴졌다.

당장이라도 터져버릴 것만 같은 이 위험한 시선을 마주보며 그는 이를 악물었다. 아마도 이 아들은 자신뿐만 아니라 다른 사람까지 고스란히 태워버릴 것이다. 그건 막아야만 했다. 아비인 자신이 막아야했다.

"쓸데없는 소리!"

이 의원이 팽팽한 긴장을 애써 억눌렀다. 그 한마디에 불꽃 같던 지후의 시선이 순식간에 꺼져 내렸다. 오히려 예전보다 더 차가운 냉기가 돌았다.

"사나이란 죽을 때까지 가져가야 할 비밀이 한두 개쯤은 있는 법이다. 이게 네가 가져야 할 비밀이야. 어느 누구에게도, 특히 은우에게 너의 비밀이 알려져서는 안 된다. 네 마음은 네가 다스려. 은우는 지산 거다."

이 의원의 눈꺼풀이 경련하듯 떨려 왔다. 아마 지금 이 순간 빌고 있는 것은 지후가 아닌 그 자신일지도 모른다.

"윤규하라는 아이, 네가 아느냐? 태풍 같은 아이지. 아직 본 적은 없다만, 젊은 나이에 그만한 회사를 혼자라도 굴릴 수 있을 만큼 강한 아이다. 강하다는 말조차 부족한 아이. 그런 아이가 은우를 탐낸다면 그 누구도 막을 수 없는 거다. 그러니 네가 포기해. 어차피 세상에서 인정해 주지 않을 너의 그 감정을 지금이라도 포기하란 말이다. 은우는 절대 너의 여자가 될 수 없어. 지금도, 그리고 네가 죽어서도 그 아이는 네 여동생일 뿐이야. 절대 변하지 않는다. 그러니 여기서 멈춰라."

"아버지!"

이 의원이 버럭 소리를 질렀다. 벼랑에 몰린 기분이었다. 몰아치는 규하도 모자라 이젠 아들 녀석까지 그를 밀어내고 있었다.

"이 빌어먹을 자식! 포기하란 말이다. 너뿐만 아니라 나까지 죽이고 싶지 않다면 네가 포기해. 도대체 제 여동생에게 그런, 그런… 짐승 같은…!"

잠시 이 의원이 숨을 멈추었다. 생각만 해도 말이 막혀왔다.

"은우, 포기하라고 했다. 그리고 너도 결혼해! 다른 여자와. 네가 원하는 여자 아무나 데리고 와라. 허락해 줄 테니. 고아여도 상관없다. 그래, 네가 그렇게 우습게 아는 잘난 집안 배경 같은 것도 필요 없다. 그러니 누구라도 데려 와. 내가 이 방을 나간 순간부터 우리가 나눈 이야기는 없었던 거다. 나는 아무 이야기도 듣지 않았다. 그리고 은우가 와도 아무 일 없기를 바란다. 네 정도의 머리라면 무슨 의미인지 알겠지?"

차마 아들의 얼굴을 보지 못한 이 의원은 지후가 자신의 목덜미라도 잡는 듯, 서둘러 방을 나가 버리고 말았다.

마치 커다란 지뢰를 피한 양, 재빨리 사라지는 아버지의 뒷모습을 바라보는 지후의 입가에 비틀린 미소가 걸렸다.

포기하라고? 하! 헛웃음처럼 숨이 새어 나왔다. 이 이상 어떻게 더 잊을 수 있는 걸까, 묻고 싶었다. 이보다 더 어떻게 노력해야 하는지, 그것 역시…. 숨이 턱 막혀 와 지후는 심장을 쥐었다. 그제야 생명을 얻은 듯 손에 잡힌 심장이 물고기처럼 펄떡펄떡 뛰기 시작했다. 몰랐던 사이 그의 심장은 뛰는 것조차 잊고 숨을 고르고 있었던 모양이었다.

"잊으라고요? 포기하라고요? 전 안 해본 줄 아십니까? 세상에 어느 남자가 자신의 여동생을 아무렇지 않게 사랑할 수 있습니까? 아무리 피가 섞이지 않은 동생이라도. 심장에서 피가 터질 듯이 괴로워서, 잊을 수만 있었다면 제 눈을 파서라도 그 아이를 잊고 싶었습니다. 이제는 잊었다고, 이제는 포기할 수 있을 것 같다고 생각해도, 그 아이가 이렇게 제 앞에서 숨을 쉬고 있는 곳에서는 안 돼요. 그 아이의 숨결, 그 아이의 목소리만 들어도 제 심장은 주인 없는 심장처럼 펄떡펄떡 뛰는 걸 저도 막을 수가 없는데 어쩌라구요."

이미 나가버린 아버지를 향해 지후가 울부짖듯 외쳤다. 정말 어쩌라구요. 숨 빠진 목소리가 점차 스러져 내렸다. 지후는 남겨진 자신의 손을 바라보았다. 허옇게 질려서 힘 하나 없이 떨어져 내린 가엾은 손. 굵은 손목의 중앙에 퍼런 핏줄이 불끈 솟아올라 있었다. 마치 그의 심장처럼 벌떡벌떡 뛰는 그 퍼런 핏줄을 지후는 묵묵히 내려다보았다.

이 손목을 잘라버릴까요? 그래서 이 세상을 잊으면 그 아이를 잊을 수 있을까요?

씨익 웃는 그의 미소가 불안하게 흔들렸다. 그녀를 두고 죽을 수만 있다면 그것도 나쁘지 않을 것 같았다.

※

덜컹!

은우의 대문이 철창문처럼 열어졌다. 내내 차에 기대서 있던 지후가 성큼 다가섰다. 어제 내내 마신 술 때문에 지금도 온몸에서 절은 술 냄새가 진동할 정도로 어지러웠지만, 대문 사이로 보이는 은우의 모습은 신기할 정도로 그를 깨우고 있었다.

"벌써부터 나가니?"

아직 아침 10시였다. 은우의 일을 생각하면 이른 시간인데 그녀는 벌써 외출이었다. 어딜 가나? 집착증이 있는 남자처럼 그가 은우에게 물어왔다.

"일 자리 알아보러 가는 거예요."

대답하는 그녀의 목소리가 쌀쌀맞기 그지없었다. 피식, 그의 얇은 입술에 자조적인 미소가 걸렸다. 아무것도 기대할 수 없는 그였는데 내심 그녀가 조금이라도 반겨주길 기대했던 모양이었다. 우습지도 않는 기대였다. 피식 걸리는 그 미소의 의미를 모르는 은우의 눈빛은 화가 날 정도로 사나웠다. 그래도 이 정도까지는 아니었는데 은우가 무엇 때문에 그에게 이토록 거부감을 보이는지 알 수 없었다.

아버지가 그렇게 그를 남겨두고 떠난 후 도망치듯 집을 나와 며칠 내내 술에 절어 살았다. 혼자도 마셨고, 낯모르는 여자와도 마셨다. 그리고 정아와도 정신을 잃을 만큼 마셨었다. 그 아득한 정신 속에서도 잊혀지지 않은 유일한 얼굴이 은우였다. 그래서 왔다. 아무리 취해도 지울 수 없는 얼굴이라, 차라리 보면 나을까, 이 심장이 나을까 하며 왔는데 은우는 여전히 차갑다.

'웃어주면 좋겠다, 네가.'

은우의 얼굴을 바라보며 지후는 생각했다. 잠시라도 그를 향해 웃어주는 그녀의 미소를 보면 이 정신없는 병도 나을 것만 같았다.

"아, 하긴 생활 때문에 일을 해야만 하는 사람들에겐 이 시간도 늦은 거지?"

마음은 아닌데 술 때문인지 그의 말이 잔뜩 꼬였다. 입에서 술 냄새가 아직도 풍겨 나올 정도로 많이 흐트러진 그의 모습과 차가운 말에 은우의 얼굴이 불편한 듯 일그러졌다.

"잘 아시네요. 안 그래도 많이 늦어서 오빠하고 이런 팔자 좋은 잡담할 시간이 없어요. 저 먼저 갈게요. 여기서 더 노시다 가시는 건 좋은데요, 유빈이 자니까 조용히 있다 가세요."

유빈이? 순간 열기가 확 솟구쳐 올라왔다. 스쳐가는 은우의 팔목을 확 잡아끄는 그의 손도 뜨거웠다.

"흠. 유빈이 자니 조용히 노시라? 그 어린 자식이 그렇게 소중한 거냐?"

"네, 소중해요. 너무나 소중해서 다치게 하고 싶지 않을 만큼. 그러니 이 손 좀 놔 주세요."

"그래? 유빈이만 괜찮다면, 다른 누구는 상관이 없다?"

은우를 잡은 그의 목소리가 위태하게 떨렸다. 차라리 보지 않았을 때가 더 나았다. 막상 현실로 다가온 은우는 생각보다 그를 더 많이 흔들고 있었다. 그래서 지금 지후는 은우에게 투정을 부리고 있었다. 유빈과 비교도 되지 않을 관계라는 것을 알면서도 그녀가 유빈을 보듯 자신을 바라봐주길 원했다.

"저, 지금 급해요."

말하는 목소리엔 짜증스런 기색이 역력했다. 그러나 그녀를 붙잡고 있는 그 역시 만만찮은 심정이었다.

"급하다? 왜?"

"벌어먹고 살려니까요. 그래서 급해요."

은우의 목소리가 미묘하게 떨려왔다.

"이제 그 집엔 돌아가고 싶지 않아요. 아버지한테 그렇게 전해주세요. 다시 찾아오신다고 해도 전 절대 돌아가지 않아요."

"다시 찾아오신다 해도?"

은우의 말을 아까부터 되풀이하는 지후의 손에 팍, 힘이 실렸다. 아픈지 눈썹을 찡그리는 은우를 그가 허공을 꿰뚫을 듯 노려보았다.

"다시 찾아오시다니?"

"며칠 전, 김 비서가 찾아 왔어요."

"그래서?"

"모르겠어요. 뭘 원하시는 건지. 왜 그러시는 거죠? 이제껏 내버려 두셨잖아요. 윤규하라는 남자 때문인가요?"

짜증스럽던 은우의 목소리는 이제 애원조로 변해가고 있었다. 김 비서가 찾아왔다는 말에 그녀만큼 지후도 놀라고 말았다.

"김 비서가?"

지후가 미간을 좁히며 되물었다. 아버지와 이야기를 하면서도 낌새를 전혀 눈치 채지 못했었다. 그와 아버지가 이야기하는 사이 김 비서는 이미 이곳을 향하고 있었다는 사실에 지후는 오소소 소름이 돋아왔다. 아버지를 잘 안다 자신하고 있었건만, 아버지는 훨씬 더 앞서 행동하고 있었던 것이었다. 김 비서가 물러갔다 해도 그날 하루뿐일 것이다. 지산의 백지수표와 바꾸기 위해서는 은우는 반드시 필요한 존재였다. 그런 은우에게 아버지가 이렇게 쉽게 시간을 벌어줄 사람이 아니었다. 또 어떤 일을 벌일지 그 자신도 이제 짐작할 수가 없었다.

'제길…!'

지후가 이를 갈았다. 며칠 내내 절었던 술이 일순간 확 깨었다. 자신이 술에 취한 사이 은우는 이미 아버지의 올가미 속에 감겨들고 있었던 것이다. 용서하지 않아. 지후가 입술을 깨물었다. 그나마 기대하고 있었던 자신이 우스웠다. 아들이기에, 피를 준 아들이기에 자신이 그토록 애원한 은우를 놓아줄 줄 알았다. 그러나 결국 아버지에겐 그런 아들조차 필요 없었다.

자신의 야망 앞에서는.

"왜 이래요? 저 진짜 지금 나가봐야 해요."

더 이상 망설일 시간도 없이 지후는 은우의 손을 잡아끌었다. 비틀어 대는 그녀를 억지로 차 안에 밀어 넣는 그의 얼굴이 꽤나 심각했던지 다행히 차에 올라탄 은우는 아픈 손만 주무를 뿐 별 말이 없었다.

"나야. 승우는 언제까지 출장이지?"

어제 함께 날을 새운 정아에게 지후가 차 안에서 전화를 걸었다.

"내 동생이야. 며칠만 부탁해."

무슨 일이야? 정아가 묻는데 그는 그 말만 하고는 전화를 끊어 버렸다. 마음이 좀 급해졌다.

"내 친구 집이야. 며칠만 있어."

휴대폰을 뒷좌석 쪽으로 성의 없이 휙 집어 던진 지후가 마치 매일 이런 일을 하는 사람처럼 간단히 상황을 말해주었다.

"싫어요."

은우가 고집스럽게 대답했다.

"빌어먹을! 가 있으라고. 며칠만 있어. 내가 딴 집 알아봐 줄 테니."

"필요 없어요. 내 힘으로 구할 거예요."

"네 힘으로?"

지후가 차갑게 비웃었다. 그녀의 힘으로 아버지를 이긴다?

그 조차도 감당하기 버거운 아버지였다. 설사 아버지를 어떻게 한다 하더라도 그녀에겐 더 큰 산이 남아 있었다. 윤규하라는 남자. 아버지의 말처럼 폭풍 같은 남자다. 아버지가 여기서 멈춘다면, 이젠 윤규하가 직접 움직이겠지. 내내 가볍게 생각했던 자신을 비웃으며 지후가 말했다.

"어떻게?"

"이번에 자리 얻으면."

지후의 입술이 비틀렸다. 아직도 세상 모르는 어린 은우가 답답했다.

"닥쳐! 넌 우리 집에서 살았단 애가 아버지를 몰라? 나가 살 겠다는 녀석이 이 정도의 대책도 없이 어떻게 나가 살아? 자리? 무슨 자리? 그 망할 가수?! 그 가수 한답시고 얼굴 팔고, 나 여기 있다 광고하고 다니게?"

그 가수라는 게 얼마나 얼굴을 파는지 아직 은우는 모르고 있었다. 아버지가 은우를 찾아냈다면, 은우가 노래할 자리까지 뺏는 건 일도 아니었다. 그곳에 면접하러 가는 순간부터 이미 아버지에게 연락이 갈 거라는 건 뻔한 일이었다.

지후의 말에 은우는 대답할 말을 잃고 말았다. 생각해 보지 못한 일이었다. 자신의 직업이 그렇게 쉽게 자신을 노출시킨다는 걸 말이다. 일말의 재고 없이 잘라 말하는 지후에게 미처 대답도 못한 은우는 묵묵히 차에 기댔다. 그러나 일그러진 얼굴은 쉽게 펴지지 않았다.

김 비서는 말하지 않았지만, 이번에 집으로 들어가는 일은 그 윤규하와 무관하지 않다는 걸 은우는 본능적으로 알고 있었다. 생각에 잠긴 은우를 지후가 슬쩍 바라보았다. 여린 선이 고집스럽게 앞을 향해 있었다. 그런 고집조차 아픔이라는 걸 그는 쉽게 알았다. 그녀는 살아오면서 한 순간도 마음 편해 본 적이 없었다. 그가 아는 한은 그랬다. 지후는 그런 그녀가 안쓰러웠다. 지후가 한결 부드러운 목소리로 말했다.
　"견뎌라. 힘든 일이겠지만, 이런 고통을 견디면서 하나하나 성숙해 가는 거야. 도와 줄 테니까."
　부드러운 목소리가 의외였는지 은우가 고개를 휙 돌려 그를 바라보았다. 그러나 그의 시선은 이미 앞을 향해 있었다. 잠시만이다. 잠시만 그의 여동생으로 있으면 되었다. 마음이 급해져 지후의 발에 힘이 잔뜩 들어갔다. 차는 빠르게 정아의 집으로 이동하고 있었다.

　기다렸다는 듯이 문을 연 정아가 거의 뛰다시피 안겼다. 일하는 사람이 있을 텐데 신경조차 쓰이지 않는 태도였다. 거실에 커다랗게 놓여있는 승우와 정아의 결혼사진을 바라보며 정아의 손을 떼어내는 지후의 손길을 오해 했는지 정아는 더 끈질기게 그의 목에 매달렸다.
　"괜찮아. 처녀 때부터 일하던 아주머니야."
　아마 그가 일하는 사람의 눈치를 본 거라 생각한 모양이었다. 흘낏 바라보니 은우의 시선이 딱딱했다. 하긴 두 사람의 몰골은 그렇게 생각하기에 충분했다.

"잠깐만 부탁해. 우리 은우…."

엉키는 정아의 손을 차갑게 떼어내며 지후가 입을 열었다. 지후의 말에 팔을 내린 정아가 은우를 위, 아래로 쭉 훑어 내렸다.

"알았어. 달리 손 가는 것도 없을 건데, 신경 쓰일 일도 없을 거구. 뭐 부탁하고 싶거나 먹고 싶은 거 있음 아줌마한테 부탁해요. 아줌마!"

인사치레 비슷하게 말을 건넨 정아가 부엌을 향해 소리를 쳤다. 어머니 나이 또래나 될 것 같은 수더분한 아주머니 한 분이 앞치마를 걸친 채 부산스럽게 뛰어 나왔다.

"여기, 제 친구 동생인데 잠시 머물 거예요. 이층 방 하나 치워주시고, 원하는 대로 해 줘요."

사람 하나 건사하는 건 아무것도 아닌 것처럼 정아는 별 무리 없이 은우를 받아들이고 있었다. 그런 정아에 비해 은우는 자꾸 움츠리며 지후를 바라보았다. 낯선 곳에 머물 은우의 두려움을 느꼈는지 지후가 그녀의 어깨를 툭툭 두드렸다.

처음 보는 부드러운 모습이었다. 심상치 않게 바라보는 정아는 아랑곳 않고 그의 시선은 은우에게만 머물렀다. 그의 다독거림 속에서도 은우는 불편함이 가시지 않았다. 아무리 그의 친구라지만 이곳에 머물러도 되는지 알 수 없었다. 지후가 또다시 그녀의 손등을 두드렸다. 나름대로는 그녀를 안심시키려 애를 쓰는 모습이었다.

"짐은 내가 대충 챙겨가지고 올 테니까 여기서 나오지 마. 아버지께는 내가 말씀드릴게."

"어머. 가출이야? 자상한 오빠네. 가출하는 동생 잠자리까지 알아봐 주고."

비꼬는 말인지, 아니면 그냥 하는 말인지 정아의 말은 애매했다.

"불편하게 하지 마. 너의 말 한마디에도 상처받기 쉬운 아이야."

그런 정아에게 못 박듯 지후가 내쳤다.

"하! 왜 이래? 내가 뭘 어쨌다고? 알았어. 머리카락 하나 상하지 않게 잘 모실 테니까, 걱정 말라고. 그나저나 우리…."

"간다. 쓸데없는 소리로 은우 놀라게 하지 말고 입 조심해!"

지후는 끈적하게 들러붙는 정아를 차갑게 떼어내며 입단속까지 시키고 돌아섰다. 정아만한 집이라면 그나마 안심할 수 있을 것 같아 데리고는 왔지만, 돌아서는 지후의 마음은 그리 편하질 못했다. 자신을 탐하는 여자와 자신이 탐내는 여자. 그 둘을 남기고 지후는 불안스럽게 돌아서 은우의 집으로 향했다.

빌라의 반을 돌며 지후가 옥탑 방의 집으로 향하는 순간, 검은 자동차 두어 대가 빌라 앞에 끼익 차를 멈췄다. 열어진 문으로 검은 선글라스를 낀 건장한 남자들이 후다닥 내리더니 지후가 방금 나선 그 집을 향해 빠르게 돌진했다.

"당신들 뭐야?"

새되게 소리치는 정아의 목소리가 위층까지 쩌렁쩌렁 울려 퍼졌다. 정아가 골라 준 방으로 돌아 와, 침대 위에 불안하게 걸터앉은 은우가 화들짝 놀라 벌떡 일어섰다. 지후의 말 때문에 그렇지 않아도 잔뜩 불안한 마음이 더욱 불안해져왔다. 심장이 쿵쿵, 쉴 사이 없이 뛰었다. 대체 무슨 소리인가 싶어 문에 가까이 다가서는데 순간, 벌컥 문이 거세게 열어지며 은우가 앞으로 고꾸라질 듯 비틀거렸다. 그런 은우를 건장한 남자 하나가 얼른 부축해 일으켜 세웠다. 까만 정장을 입은 자들이 그녀의 방문 앞에 빽빽이 서 있었다.

"이은우 씨?"

그녀를 부축한 남자가 절도 있는 목소리로 물었다.

"누, 누구시죠?"

얼떨결에 묻는 은우의 질문이 그 남자에겐 대답이 되었는지, 남자가 옆의 다른 이에게 고개를 끄덕였다. 순간 억세고 거친 남자들이 그대로 은우를 잡아끌더니 눈 깜짝 할 사이 그대로 집 밖을 벗어나 자신들의 차에 실었다.

"당신들, 여기가 감히 어디인 줄 알고. 아줌마! 당장 경찰 불러요."

호기 있게 소리를 쳐도 떨리는 목소리를 감추지 못한 정아가 괜히 아줌마에게 소리를 버럭 질러댔다. 그러자 가운데 서 있던 남자가 품 안을 뒤적여 봉투 하나를 건넸다. 애써 당당하게 그를 노려보며 봉투를 열던 정아의 손이 순간 멈칫하며 멈추어 버렸다. 언제 찍었을까? 그녀와 지후의 모습들이 적나라하게 드러난 사진을 잡은 정아의 손이 덜덜 떨리기 시작했다.

"그만 두시죠. 이 정도 집안 하나쯤 거덜 내는 건 일도 아닌 분이 시킨 일입니다. 연락하시면 이쪽만 불편해지실 텐데요."

말문이 막힌 듯 입만 뻐끔거리는 그녀를 돌아보며, 알겠냐는 듯이 고개를 까닥이던 남자들이 남김없이 사라지고 나서야 정아는 비로소 털썩 주저앉았다. 저절로 다리에 힘이 풀렸다.

'이 빌어먹을 남자. 가출한 동생이라더니, 대체 누굴 데리고 온 거야?'

이 정도 집안쯤은 거덜 내는 게 일도 아니라는 남자의 말은 정아가 듣기에도 허튼 협박은 아니었다. 허망이 사라져 버린 은우를 떠올리며 정아가 놀란 가슴을 진정시키지 못한 채 재빨리 전화 버튼을 눌러대기 시작했다.

"이런 젠장! 이런 빌어먹을!"

유빈에게 대충 설명하고 은우의 옷가지를 챙겨 넣자마자 곧장 정아의 집을 향하던 지후가 버럭 소리를 질렀다.

"몰라! 당신 동생 맞아? 가출한 동생 맞냐구? 아무리 그렇다고 그런 사람들이 와서 끌고 갈 정도까지야? 몰라. 나도 지금 많이 놀라서 정신없어. 모른다니까!"

누구냐고, 감히 누구냐고 지후가 닦달을 했지만 전화 속의 정아는 짜증을 내며 모른다는 말만 되풀이하고 있었다.

"왜 안 잡은 거야?"

"잡기는, 어떻게 잡아? 우리 둘 사진까지 있던데. 언제 찍었는지 그 사람들 우리 둘이 함께 있는 사진을 가지고 있었다구. 알아? 그런데 어떻게 잡으란 거야?"

비명을 지르듯 소리치는 정아의 목소리가 덜덜 떨렸다.

퍽, 지후는 핸들을 부서뜨릴 듯 내리쳤다. 윤규하이든, 아버지이든 상관이 없었다. 아니, 아버지보단 윤규하일 거라 생각했다. 이렇게 빠르게 은우가 있는 곳을 알아내고, 정아의 입막음까지 하는 움직임은 아버지의 것이 아니었다. 손에 들린 은우의 가방을 거칠게 트렁크 속으로 내던진 지후가 끼이익, 거친 마찰음을 내며 자신의 집으로 황급히 방향을 틀었다.

※

소리 지를 사이도 없이 그대로 차에 납치된 은우는 어디론가 빠르게 실려 가고 있었다.

"어디로 가는 거예요?"

그제야 정신을 차린 은우가 날카롭게 소리쳤다. 어차피 꽉 닫힌 차 안이라 자신의 목소리가 밖까지 들릴 일은 없겠지만, 그래도 이렇게 소리라도 지르지 않으면 미칠 것만 같았다.

"당신들 누구야? 누구야? 이 빌어먹을 인간들. 뭐하는 짓이야! 당장 돌아가지 못해? 당장 차 돌리라구!!"

"조용히 하시죠. 그렇지 않아도 이은우 씨 집으로 향하고 있으니까. 의원님 기다리시는데, 이렇게 소란을 피워서야 되겠습니까?"

아버지? 순간 은우의 어깨가 움찔거렸다. 역시 오빠의 말이 맞았던 걸까? 은우는 두 손을 꽉 쥐었다.

"아버지한테 말씀은 내가 드려. 당장 차 돌려!"

심장은 덜컥 내려앉는데 그래도 목소리만은 호기 있게 소리를 질렀다. 그곳으로 다시 돌아갈 수는 없었다. 악몽 같던 시간 속에서 겨우 빠져나왔다. 삶과 죽음, 그 두 개만이 공존하는 두려운 곳이었다. 그런 곳으로 두 번 다시 돌아가고 싶지 않았다.

'견뎌, 도와 줄 테니까.'

지후는 그렇게 말했지만 지금 여기에 없었다. 그녀 혼자 이 두려움과 싸워야 했다. 눈을 부릅뜨며 말하는데 옆에 앉은 남자가 차갑게 미소를 지어 보였다. 한 쪽 끝이 올라간 그 미소에는 이 사람들이 아버지가 보낸 사람이 결코 아니라는 의미가 서려있었다.

"당신들, 누구지? 누가 보낸 사람들이냐구! 어떤 빌어먹을 인간이야?"

"말 삼가시죠. 그렇게 불릴만한 분이 아니십니다."

차갑게 미소를 짓던 남자가 낮은 목소리로 위협하듯 말했다.

"그렇게 불릴 만한 분이 아니라? 하! 이건 납치야. 납치까지 하는 인간이 그렇게 안 불린다면 이 나라는 다 썩었군."

"납치라니요?! 이건 댁의 집으로 보내드리는 거 아닙니까?"

처음 차갑게 미소 짓던 남자가 아닌 그녀의 왼편에 앉은 남자가 버럭 그녀에게 화를 냈다. 굵은 눈썹의 남자는 제법 성질이 급한 모양인지 차 안이 쩌렁쩌렁 울릴 만큼 목소리가 컸다.

"무! 입 다물어! 네가 함부로 나설 자리가 아니다. 어디서 감히…."

처음의 남자가 낮으면서도 힘 있는 어조로 말을 끊었다. 굵은 눈썹의 남자가 '무'인 모양이었다. 이름조차 희한한 사람들이었다.

"이, 이 차 세워! 차 세우라는 말 안 들려? 이, 이 망할 인간들이!"

이렇게 가다간 결국 그 집으로 다시 끌려갈지 모른다는 두려움, 그리고 위협처럼 느껴지던 규하라는 남자의 말이 그대로 현실이 될지 모른다는 그런 두려움 때문에 은우는 발까지 휘저으며 거칠게 반항을 했다. 이대로 끌려가는 건 말도 안 된다. 비릿한 규하의 키스를 떠올리며 그녀는 발악하듯 소리를 질렀다. 그런 느물거리는 인간의 뜻대로 될 수는 없었다.

"차 세워! 차 세우란 말야! 이 망할 것들! 이…!"

"조용히 하시죠. 귀한 집 따님 입에 재갈 물리고 싶지는 않습니다. 저희가 그렇게 하길 원하십니까?"

처음의 남자가 여전히 낮은 목소리로 협박만은 아니라는 듯 호주머니 속에서 검은 천 쪼가리를 꺼내 그녀의 눈앞에서 팽팽히 잡아 당겼다.

은우는 천 쪼가리를 노려보며 이를 박박 갈았지만, 비명이 터져 나올 것 같은 입을 애써 다물어버렸다. 아무리 바닥까지 내려 간 은우지만, 짐승 끌려가듯 입에 재갈이 물린 채로 그 집에 가고 싶진 않았다. 그들이 그런 그녀를 보며 차갑게 깔깔 웃을 빌미까지 제공하지는 않을 것이다, 두 번 다시. 시퍼렇게 눈을 부릅뜨며 은우는 두려움 때문에 금방이라도 터질 것 같은 눈물을 참아냈.

'울지 않아! 절대 당신 앞에서는 울지 않아!'

입술을 깨물었다. 울지도, 그리고 짐승 같은 모습으로 끌려가지도 않을 생각이었다. 마지막 자존심까지 버려가며 애걸하고 싶지는 않았다. 당당하게 가겠어. 온몸이 다 으스러지더라도 아버지의 뜻대로, 윤규하라는 남자의 뜻대로 될 생각은 없다. 하지만 그래도 결국 돌아가야 한다면 당당한 모습으로 돌아갈 생각이었다. 이런 남자들에게 짐짝처럼 끌려가는 건 상상조차 하지 않았다.

신은 아까와는 달리 냉정한 모습으로 꼿꼿이 앉은 은우를 바라보며 그녀 모르게 안도의 숨을 내쉬었다. 거의 협박이었지만, 다행이 이 아가씨는 말귀를 알아들은 모양이었다.

'젠장…'

옆의 은우가 들리지 않게 신은 나지막이 욕설을 내뱉었다. 이제껏 한 번도 어겨본 적이 없는 그 분이었다. 그가 자신의 집안에 베푼 은혜만 떠올려도 살아있는 채 심장을 꺼내라면 꺼낼 수도 있었다. 하지만 두려움에 몸을 간간히 떨면서도 눈물조차 흘리지 않는 어린 여자를 이렇게까지 하면서 그에게 넘겨야 한다는 건 차마 할 짓이 아니었다. 이 아가씨가 마지막까지 소리를 질렀다면 그는 틀림없이 끔찍한 재갈을 물렸을 것이다. 다행이 그 정도까지 가지 않는 것만으로도 신은 감사했다. 제발, 이 더러운 일이 여기서 끝나기를 바랄 뿐이었다. 고고한 침묵 속에서 차는 여전히 이 의원의 집을 향해 빠르게 움직이고 있었다, 윤규하의 명령대로….

차가 도착하자 미리 연락을 받은 이 의원이 집 앞에 서 있었다. 절대 이 의원의 집안에는 들어가지 말라는 규하의 말 때문이었다.

"왔니? 고생했다."

차 문이 열리자 바짝 다가온 이 의원이 못마땅한 기색을 감추며 은우에게 말했다. 보지 못한 것처럼 고개를 돌리는 은우의 얼굴 역시 양 아버지처럼 못내 차가웠다. 그런 그녀에게 끌끌 혀를 차던 이 의원이 남자들에게 시선을 돌렸다.

"연락은 받았었네. 내 불미한 딸 아이 때문에 여러 사람 고생이로구만. 쯧쯧. 아이가 아직 어려서 세상을 모른 탓이겠지. 아무튼 고생했네."

이 의원이 하얀 봉투를 신의 앞에 내밀었다. 본능적으로 이 의원은 이 무리의 우두머리를 알아 본 모양이었다. 똑같은 옷을 입고 한 쪽 끝으로 밀려나가 있는 신에게 굳이 봉투를 내밀었다. 그런 이 의원의 손이 무색하게 신이 피식 미소를 지었다. 이 능구렁이 같은 영감탱이. 정치가로서 살아 온 그 세월이 헛된 것만은 아닌 듯했다.

"마음만 받겠습니다. 저희야, 그 분이 원하시는 대로 할 뿐이죠. 참, 이 일로는 의원님께 많이 섭섭하신 모양입니다. 충분히 의사 전달을 한 걸로 알고 있는데. 아무래도 의원님의 행동이 미적지근하셨나 봅니다. 몹시 불쾌했었다고 전해 달랍니다. 그리고 그 비서 분에게도 전해 주십시오. 그 분의 심기가 좋지 못하다구요."

신이 깍듯하면서도, 뒷말 붙이지 못하게 말을 마무리했다. 버릇없는 말에 벌겋게 달아 오른 이 의원을 남겨두고 신은 자신의 차에 올랐다.

'가엾은 아가씨야. 저런 부모에게서, 이젠 그 분께 가야 한다니.'

뇌리에서 쉽게 떠나지 않은 은우의 흘리지 않던 눈물을 떠올리며 신은 무거운 마음 그대로 자신의 구역으로 천천히 떠났다.

5

 거의 90도 가까이 허리를 꺾으며 인사를 건네는 비서실을 그대로 통과하며 규하는 한 치의 흔들림 없이 당당하게 자신의 사무실로 들어섰다. 겉으로 보이는 모습은 어제와 다를 바 없었지만, 지금 규하의 속은 부글부글 끓어오르고 있었다.

 그렇게 자신의 첫 번째 피를 흘리며 묵묵히 앉아 있던 제니의 무표정함에 질릴 정도로 화가 났다. 더러운 것이라도 보듯 펄쩍 뛰는 규하의 얼굴을 단 한번도 마주 보지 않은 채, 제니는 자신의 일이 아닌 듯 무심했다. 쫓아온 지배인이 어떻게 처리를 했든, 관심조차 없었다. 자신의 아내에게서나 보아야 될 것들이, 하룻밤의 상대에서 본 것만으로도 그의 기분은 이미 더러워질 대로 더러워진 상태였다.

 '그 빌어먹을 지배인 놈. 감히 어디서 허튼 수작이야!'

아직까지 화가 가라앉지 않는 규하가 틱, 부저를 눌렀다.

"네, 이사님!"

"제니란 아이에 대한 보고서, 언제까지 기다리란 거야?"

겨우 어제 연락한 주제에 한 달이나 시간을 준 사람처럼 버럭 화를 내며 비서실장을 불러 올렸다. 나이까지 지긋한 비서실장이 넥타이도 바로 세우지 못하고 허겁지겁 들어와 규하에게 뭉툭한 서류를 건넸다. 제니에 대한 일련의 보고서였다. 규하는 서류를 보아야 한다는 것조차 못마땅한 듯 서류를 홱 잡아챘다. 불쾌한 기색이 역력한 손짓이었다. 덕분에 서류 한 쪽 끝을 잡고 있던 비서실장이 비틀 앞으로 쏠렸다.

"나가 봐!"

수고했다는 말 한마디 없이 진 실장을 내보내고 규하는 보고서 종이가 찢어져라 쫙쫙 넘겼다. 제니의 일생이 적힌 보고서를 아무 감정의 동요 없이 주룩 읽어 내리는 얼굴빛은 무표정, 그 자체였다.

'뭐, 특별할 것도 없군.'

처음부터 대충 사정을 예상할 만한 태생에, 성장과정이었다. 그렇게 성의 없이 대충 종이를 넘기던 규하의 손에 한 장의 파란 종이가 잡혔다. 순간 그의 눈동자가 반짝 빛을 냈다.

'하! 이거 아주 흥미로운데?'

다른 종이들은 책상위로 홱 내던지며 규하는 손에 잡힌 파란 종이만 꼼꼼히 살펴보았다. 그제야 내내 불편하던 그의 얼굴에 미소가 번졌다. 아주 만족스러운 보고였다.

"네!"

부저를 누르자마자 진실장이 기다렸다는 듯이 전화를 받았다.

"제니가 있는 매니즈먼트사에 연락 해! 필요한 원조는 해 줄 테니, 제니가 원하는 거 다 해주도록. 내 이름이 절대 언론에 노출되어서는 안 된다는 것도 빠짐없이 이르도록 하고."

"네, 알겠습니다."

"그리고, 신 불러 와."

"네."

진실장과의 통화를 끝낸 규하가 자신의 다리를 책상 위로 쭉 뻗으며 의자 등받이에 편안하게 기댔다. 눈을 감은 사이로 제니의 하얗고 뽀얀 살결이 떠올랐다. 그리고 그를 강하게 옥죄던 그녀의 그곳까지…. 이제야 편히 그는 제니의 알몸을 떠올릴 수 있었다.

그 보고서대로라면 소유해 볼만한 여자였다. 아주 철저히. 그가 가진 돈만으로 충분히 가질 수 있다면 그 정도쯤은 아무것도 아니었다. 제니의 육체가 마음에 들지 않은 것은 아니었으니까. 규하의 얼굴에 차가운 미소가 걸렸다. 제니의 육감적인 몸매만 떠올려도 아래가 묵직했다. 꽤 만족스러운 몸이었다. 또다시 그를 옥죄일 그녀의 몸이라면 당분간 충분한 즐거움이 될 것이다. 그의 얼굴에 볼우물 같은 미소가 움푹 패었다.

뭐, 일은 다 해결 된 셈이었다. 신에게 맡겼다면, 그 정도의 계집아이 처리하는 것은 일도 아니었을 테니까. 이제 남은 건 결혼 뿐이다. 그리고 제니와의 은밀한 정사까지…. 양 손에 먹음직스런 떡을 지닌 것처럼 규하는 지금 이 상황이 상당히 흡족했다. 그것도 아주….

흡족하게 신을 기다리는데 얼마 지나지 않아 똑똑 노크 소리가 울렸다. 그의 연락을 받은 신은 지체 없이 그의 사무실까지 한 달음에 달려왔다. 지금까지 규하의 호출을 한 번도 허투로 들은 적 없는 신이었다. 그런 정확성 때문에 규하는 10년을 넘게 자신의 아버지에게서, 그리고 이제는 자신의 비서로서 살아온 진 실장보다 신을 더 신용했다. 신은 한번도 자신을 거역하지 않았다. 그에게는 언제든 가지고 놀 수 있는 인형 같은 존재, 그리고 언제든 쉽게 잊을 수 있는 그런 존재가 신이었다. 그의 어두운 그림자로, 그가 해치울 더러운 일은 언제나 신의 몫이었다. 신이 자신에게 가진 경외감은 당연한 그의 몫이었다. 그런 신을 만들기 위해 그토록 많은 돈을 쏟아 부은 거니까.

"어떻게 되었지?"

당연한 질문을 확인 차 물으며 규하는 신을 예리하게 노려보았다. 믿을만한 인물이라는 건 자신의 생각 속에서일 뿐, 신에게는 철저히 군림자로 빈틈을 보이지 않았다.

"네. 원하시는 대로 했습니다."

"그래? 결국 빼돌린 데가 겨우 박승우, 그 인간 집이었단 말이지?"

규하의 입가에 미소가 스몄다. 지후처럼 머리만 있는 녀석이 할 수 있는 일이란 고작 그런 것뿐이란 건 애초부터 예상했던 일이었다. 제 아무리 머리가 있어봤자, 힘 있는 자에게 의지할 수밖에 없는 법이다. 힘도, 돈도 없는 무력한 녀석이라면, 결국 그 힘마저 더 가진 자에게 예속될 수밖에 없지만 말이다. 그에게 지후는 밟히는 벌레만도 못한 존재였다.

"이의원의 그 비서란 녀석…."

그가 문득 생각난 듯 말했다.

"김 비서 말씀이십니까?"

"가볍게 손 봐 줘."

신이 확인하듯 눈썹을 치켜떴다. 김 비서로 인해 규하가 직접 나서기는 했지만, 굳이 그만한 사람까지 손 볼 필요가 있을까 싶어서였다.

"감히, 내가 손을 대게 만들어? 두 번 다시 그런 주제 넘는 짓은 하지 못하도록 단단히 혼을 내줘. 아! 물론 내 뜻인 것도 똑똑히 밝히고. 결혼까지는 잔신경 쓰이지 않게 철저히 방비하도록 이르는 것도 잊지 않도록 해."

"하지만, 이미 이 의원에게 이사님의 의사를 밝혔는데요?"

"그런 물렁한 영감탱이가 무슨 도움이 되겠어? 제 비서 하나 제대로 다루지 못한 인간이야. 앞으로 결혼식까지는 신경 쓰이지 않게 미리 단속하도록 해! 내가 나서는 건 이번뿐이야."

두 말하지 못하도록 매몰찬 규하에게 신이 그대로 고개를 끄덕였다. 차기로 말하면 얼음보다 더 찬 규하였다. 스물에 만나 지금 그의 나이 서른다섯이 되도록 모신 분이지만, 자신에게조차 한 번도 실수를 보인 적인 없는 사람이었다. 한 치라도 실수했다가는 바로 신, 자신 역시 철저하게 무너뜨릴 남자였다.

"알겠습니다."

짧게 순종을 표시하며 신은 사무실을 나갔다. 그런 신의 뒷모습을 규하가 다소 못마땅한 표정으로 노려보았다.

'슬슬 말이 많아지는군.'

※

"결국 이렇게 돌아오는구나. 원, 집안 망신을 시켜도 유분수지."

규하가 제니와 함께 밤을 지새는 사이 신에 이끌려, 집에 들어 선 은우를 명희가 차갑게 노려보았다. 얼굴만 봐도 죽이고 싶은 살의가 치밀어 올랐다. 남편의 외도에 대한 증거, 그리고 그녀를 바라보던 지후의 부드러운 시선까지. 죽여도 시원찮을 딸아이가 또다시 그녀의 집에 들어서고 있었다.

"네."

그런 명희의 시선을 맞받으며 대꾸하는 은우 역시 양어머니 못지않았다. 전엔 상상조차 할 수 없는 일이었다.

"네? 집 나가더니 아주 못된 버릇만 배워온 모양이구나."

감히, 예전에는 시선조차 들지 못한 계집애가 오늘은 그녀의 시선을 정면으로 당당히 마주 받고 있었다. 명희는 입술을 바락 깨물었다. 이, 천한 계집년이…!

"그러게, 집을 나가도 아가씨만큼 대접받고 돌아오시는 분도 드물어요. 오빠나 아버님께서 얼마나 걱정하셨는지. 여자가 그렇게 쉽게 집을 나가니…. 참 겁도 없으세요, 아가씨는."

 올케인 유나가 분에 겨워 말을 잇지 못하는 시어머니 대신 꼬박꼬박 아가씨라 부르며 은우를 실실 비꼬았다. 잘난 집에 태어나 무엇 하나 부러울 것이 자라온 그녀였다. 시누이라 하지만 결국 업둥이 주제다. 그런데도 잘난 시누이 하나 사라졌다고 지후부터 시작해 온 집안이 이 난리였다. 그래서 은우를 노려보는 유나의 시선 또한 시어머니 못지않게 사나웠다.

 저런 출신조차 알 수 없는 시누이 하나 때문에 난리를 피우는 이 집안도 역시 비위에 거슬렸다. 집안이며 외모 하나 꿀릴 것 없는 자신에 비해, 결국 부모가 누군지조차 모를 은우가 가질 것은 너무나 많았다. 천하의 지산 그룹이었다. 그것도 윤규하라는 남자의 아내. 그런 자리를 감히 이렇게 도도하게 받는 것도 그녀는 질투가 나 미칠 것 같았다. 자신에게는 오지도 못할 자리였다. 심지어 이 의원의 친딸이라 해도 차마 얻기 힘든 자리를 가진 것 하나 없는 저 오만한 시누이가 차지하다니…. 세상은 참 불공평하다니깐! 가면 같은 얼굴 뒤로 시기와 질투를 감추며 유나는 부드럽게 은우를 후벼 팠다.

근본도 모를 계집애라 욕을 하면서, 살짝 자신의 남편인 지석을 바라보던 유나의 얼굴은 더 심하게 일그러졌다. 지석은 무능력한 남자였다. 자신의 아버지가 아니면 혼자서는 아무 것도 하지 못할 남자. 선을 본 자리에서도 쉽게 알아 챌 수 있을 정도로 고급스런 외모 말고는 볼 것이 하나 없는 그 남자를 잡은 건 단지 허영이었다.

결국 중소기업이었지만 그나마 잘 나가는 기업 사장 딸이라는 타이틀로는 잡기 힘든 자리이기에, 다른 친구들에게 보이기 위한 허영으로 허락된 결혼이었다. 정략적으로 이루어진 결혼인 탓에 몇 번 보지도 못하고 하게 된 결혼식장에서 시동생인 지후를 처음 만났다. 자신의 남편인 지석과는 한 눈에도 다르게 보인 그 명석한 외모. 차가우면서도 다른 도도함이 돋보이던 지후를 허락도 없이 몰래 훔쳐보곤 했었는데, 그는 그 날의 꽃이라는 신부인 자신은 한 번도 돌아보지 않았다.

그의 시선은 오직 한 곳만을 향하고 있었다. 업둥이라 눈길 한 번 돌리지 않은 그 별 볼일 없는 시누이를 그는 홀린 듯 바라보고 있었다. 그 누구도 허락하지 않을 시선으로. 다른 이들은 몰랐겠지만 내내 지후에게서 시선을 떼지 않았던 유나만은 그 시선의 의미를 알아챘다. 그런 지후의 마음까지 차지한 것도 모자라 은우는 결국 지산그룹의 안방 자리까지 차지하고만 것이다. 스멀스멀 천박한 질투가 안에서 뒤끓었다.

'이런 근본 모를 천박한 계집애…!'

유나는 자신이 갖지 못한 그 모든 것을 손쉽게 차지한 은우를 잡아먹을 듯이 노려보았다.

"그러게. 하여간 근본 모를 것들은 아무리 거두어 봐야 지 태생을 못 속인다니까."

명희가 기어이 은우의 가슴에 생채기를 내고 말았다. 두려워해도 마땅찮을 판에 제 잘났다고 꼿꼿이 고개를 든 은우의 얼굴을 할퀴고 싶을 정도로 짜증이 일었다.

"그만하지 못해?"

처음으로 이 의원이 아내의 말을 가로챘다. 어디서 감히···. 부릅뜬 눈이 못마땅한 듯 아내와 며느리에게 향했다. 규하와의 결혼이 성사되기 전까지 은우는 아직 그가 보호해야 할 아이였다. 그에게 있어 은우는 백지 수표, 그리고 자신의 정치적 끈이었다. 은우가 가지고 올 지산의 재력이라면 차기 총리까지 노릴 수도 있는 판에, 감히 속 좁은 안사람들이 함부로 생채기를 낼 성질의 것이 아니었다.

"들어가라."

이의원이 냉랭한 마음과는 달리 달래듯 은우에게 말을 건넸다.

"아니요. 돌아가겠어요."

"뭐?"

예상치 못한 은우의 대답에 이 의원의 목소리가 한 톤 높게 올라갔다.

"너. 너 지금 뭐라고 한 게냐?"

튀어 나올 듯 은우를 노려보며 이 의원이 한 번 더 물어왔다.

"돌아간다구요. 저 이 집에 남지 않아요. 규하라는 남자 싫다구요."

철썩!

이 의원의 손이 세차게 은우의 뺨을 갈겼다. 감정이 그대로 실려서인지 은우의 얼굴이 순식간에 벌겋게 부어 올라왔다. 순간 비웃듯 미소를 짓는 유나와 양어머니가 그녀의 시선 안으로 들어왔다. 울지 않아. 이를 악물며 은우가 이 의원을 똑바로 노려보았다.

"이, 이 망할 것이 감히 은혜도 모르고 어딜 함부로 기어오르는 게야? 뭐? 싫어?! 이 쳐 죽일 년이, 감히 어디서 그 따위 말버릇이야?"

내내 윤규하를 생각하며 참아왔건만, 당찬 은우의 말에 제 성미를 누르지 못하고 뺨을 갈려버린 이 의원이 버럭 소리를 질렀다.

"당장 네 방으로 들어가지 못해! 이 달 안으로 결혼식 올릴 테니 그렇게 알앗! 두 번 다시 이따위 일로 귀찮게 한다면, 네가 태어난 걸 후회하게 해 주고 말 테니 그렇게 알아두는 게 좋을 거다. 당장 올라가지 못해? 철없는 것!"

은우의 입술에 야릇한 미소가 걸렸다. 이미 태어난 것은 아버지가 말하지 않아도 오래전부터 후회하고 있었다. 제 손으로 끊을 용기가 없어 비겁하게 살아온 세월을 떠올릴 때마다 비참

했었다. 이런 벌레 같은 생명을 왜 버리지 못하나 후회하고, 또 후회하기도 했었다. 그녀를 붙잡은 유빈이 없었다면 열 번도 없어졌을 목숨이었다. 놓아주세요. 이 벌레 같은 목숨이나마 살아가게 놓아주세요. 은우는 마음속으로 쥐어짜듯 애걸하며 이 의원을 바라보았다. 차가운 그의 눈빛엔 자신에 대한 한 치의 동정심도 바랄 수 없다는 걸 알면서도 은우는 자신의 양 아버지를 뚫어지게 바라보았다. 이 의원은 그런 은우의 눈길을 애써 외면했다.

"보내 주세요, 제발! 아버지의 눈에 띄지 않게 살아가겠어요. 제가 이 집안사람이라는 거 단 한순간도 생각하지 않고 살아가겠어요, 죽은 듯이 살게요. 제발 보내 주세요. 아버지에게 딸은 애초부터 없다고 생각해 주세요."

"시끄럽다고 하지 않았냐?"

"죽어요? 저 여기서 죽어요? 그러길 바라나요? 전 그 사람과 결혼하지 않아요. 모르시겠어요?"

"그 사람과 결혼하지 않겠다? 그럼 누구랑 하겠다는 거냐? 설마 사랑하는 사람과 결혼하겠다는 그런 웃기지도 않는 꿈을 꾸지는 않겠지?"

이의원이 은우의 얼굴에 자신의 얼굴을 가까이 들이밀었다. 주름진 그의 얼굴이 손에 잡힐 듯 가까이 와 있었다. 씨익 걸리는 미소에 은우가 부르르 몸을 떨었다. 집 안은 온통 찬 기운이었다. 예전이나 지금이나.

"하! 설마 했는데, 진짜인 모양이구나. 쯧쯧, 이러니 철이 덜 든 게지. 너의 이런 철없는 모습까지 뭐, 좋다고 하니. 어쩌겠니? 원하는 대로 줄 수밖에…. 감히 거역하지 말아라. 윤규하가 내게 줄 것은 네 생명 열 개라도 대신할 수 없는 거니까."

이 의원이 은우가 두 말 못하게 딱 잘라 이야기했다. 감히 네가 윤규하와 맞설 수 있다고 생각하느냐? 내가 이런 뜻밖의 행운을 너로 인해 놓칠지 아느냐? 이의원의 두 눈은 그렇게 당당히 말하고 있었다.

"아버지, 전 결혼하지 않아요. 아무리 아버지께서 원하셔도, 윤규하라는 남자가 아무리 탐을 내도 결혼하지 않아요. 절대!"

"그래? 어디 두고 보자구나. 너에게 그럴 용기가 있는지…."

굳은 은우의 얼굴을 내려보던 이 의원이 차갑게 비웃었다. 그조차도 손대지 못할 집 안에 그 많은 장정 녀석들을 보내 놓고도 눈 하나 깜짝하지 않는 윤규하를 이 어린 딸이 감히 맞설 수 있는 용기가 있는지 한 번 볼까, 비틀린 생각이었다. 하지만 그것도 나중의 일이었다. 당장은 그의 손 안에 있는 은우를 윤규하의 손에 고이 넘겨주기 전까지는 마음을 놓을 수가 없었다.

"뭐 하냐? 애 올려 보내지 않고?"

말을 끝낸 이의원이 지석을 돌아보며 말했다. 지금까지 존재조차 드러내지 않던 지석이 그제야 움찔하며 은우의 팔을 잡아끌었다.

"놔요. 저, 집에 돌아갈 거예요. 이곳에 한 치도 머무르고 싶지 않다구요."

짝!

발악하던 은우를 갈긴 건 명희였다. 남편 때문에 애써 누르고 있던 분노가 한껏 실려 있었다.

"이 천한 것이 감히 무슨! 이곳에 한 치도 머무르고 싶지 않다? 어디서 감히, 누구한테 그 따위 말버릇이냐? 배은망덕한 것 같으니라고. 이래서 머리 검은 짐승은 거두지 않는다 했다. 은혜를 갚지는 못할망정, 하는 말버릇하고는…."

표독스런 양어머니가 파들파들 떨며 죽일 듯 은우를 노려보는데, 옆에서 유나가 고소해 어쩔 줄 모르는 미소를 짓고 있었다.

"천한 출신은 어쩔 수 없나 봐요. 혹시 규하라는 남자한테 몸이라도 판 거 아니에요? 아님 그 정도의 사람이 아가씨 같은 사람한테 이렇게까지 할 이유가 없을 것 같은데. 워낙 출신이 천하다 보니 왜, 그런 사람 있잖아요? 몸 팔아 남자 잡는 여…."

털썩!

미처 말을 끝내지 못한 유나가 자신의 뺨을 감싸며 그대로 마룻바닥에 주저앉았다.

"이 쓰레기 같은 것이 어디서 함부로…!"

어느새 들어 왔는지 미처 숨조차 고르지 못한 지후가 유나의 뺨을 갈긴 것이었다.

"너! 너 지금 형수한테 뭐하는 짓이냐?"

그래도 남편이라고 지석이 비호처럼 달려들며 지후의 멱살을 잡는데, 형수를 노려보는 지후의 시선이 무섭도록 매서웠다.

감히, 감히 누굴….

"놓아! 이 더러운 손놓으라고!"

지석의 손을 거칠게 뿌리치며 지후가 버럭 소리를 질렀다.

"날 건들지 마! 지금 이 순간 아무도 날 건들지 마! 나 미치는 거 보고 싶지 않다면 날 건들이지 마란 말이야! 이런 제기랄…!!"

포효하듯 소리치는 지후 앞에서 다들 얼음처럼 굳어버렸다. 당황한 시선으로 바라보는 가족들 사이에서 유독 이 의원의 얼굴만 스산했다. 뻔히 알고 있는 지후이기에 철저히 시선을 외면하며 이 의원은 발을 빼고 있었다. 마치 자신은 아닌 양 지후를 잡기 위해 이 의원은 모르는 척 지석에게만 눈짓을 했다. 눈치껏 은우에게 하라는 눈짓이었다.

둘 사이에 미련스럽게 끼어들어 지후와 등을 쌓고 싶지 않았다. 그러나 눈짓의 의미를 모른 채, 미련하게 돌아보는 지석에게 이 의원은 가볍게 혀를 차며 돌아서고 말았다.

'미련한 녀석. 제 동생조차 다스리지 못한 녀석이 세상을 어찌 다스리누….'

자신을 애써 외면하는 아버지를 돌아 볼 사이도 없이 이대로 폭발할 것만 같은 지후가 벌겋게 달아 오른 은우의 뺨을 바라보았다. 벌써 부어오른 은우의 얼굴을 만지는 지후의 손이 덜덜 떨렸다. 또다시 악몽이 떠올랐다.
 후두둑… 심장에서 또 피가 떨어지는 것만 같았다. 아버지가 멈추지 않았다면, 그리고 그 아버지를 잡은 윤규하가 없었다면 이 순간은 자신도 은우를 지킬 수 없었을지 모른다. 되풀이 되는 악몽에서 지후는 은우만큼 떨리는 무릎을 곧추 세웠다. 이 지옥 같은 집에서 은우를 내보내야만 했다.
 "일어나! 제기랄…, 일어나라구!"
 소리를 버럭 지르면서도 은우를 잡은 손길은 부드러웠다. 심장은 곧이라도 피를 토할 듯 세차게 뛰는데 자신의 손길에 조금이라도 아플까 차마 잡은 손에 힘조차 실리지 않았다. 아프지 마라, 주저앉지도 말아라. 지후가 속삭였다. 그녀보다 그가 더 아팠다.
 "어디 가는 거냐?"
 지석을 죽일 듯이 달려들던 때에는 외면하던 이 의원이, 은우를 잡아끄는 지후는 대담히 막아 나섰다. 그의 눈에 서슬이 퍼렇게 서렸다.
 '잊으라고 했다. 내 분명히 허락하지 않을 거라, 잊으라고 했다.'
 이 의원의 눈빛은 그렇게 말하고 있었다.
 "은우의 집에 갑니다. 저런…."
 기다란 지후의 손가락이 똑바로 유나를 가리켰다.
 "저런 여자한테 이렇게 모욕당하며 살아가라는 겁니까? 은우는 아버지 딸이에요. 어떻게 이 집안에 들어왔든, 우리의 성을 갖은 우리 집안사람이란 말입니다. 그런데, 저 따위 여자가 감히 은우를 이렇게 모욕하도록 온 집안 식구가 빙 둘러앉아 보고만 있단 말입니까?"

지후가 그대로 유나를 죽일 듯이 노려보았다. 애초부터 시선조차 잡지 못한 여자였다. 형의 여자라는 이유 외에는 아무런 존재가치도 없는 여자. 그런 여자가 감히 그는 손 내밀기조차 아까운 그의 여자에게 상처를 입히는 건 용서할 수가 없었다. 은우는 저런 여자 따위가 함부로 입에 올릴 사람이 아니었다.

노려보는 지후의 눈에서는 그대로 핏물이 뚝뚝 떨어질 것만 같았다. 그런 그의 눈을 피하는 유나의 마음은 찢길 듯이 아파왔다. 동경일지도 몰랐다. 한 남자의 아내로 살아오면서 갖지 못한 동경일지도 몰랐다. 그러나 은우로 인해 저토록 상처받은 지후의 눈길은 그대로 가시처럼 자신의 심장을 찢어발기고 있었다. 그래서 유나는 더더욱 은우가 미웠다. 아무 것도 하지 않은 채 당연한 듯 저 깊은 사랑을 다 받아버리는 은우가 미치도록 미웠다. 지후의 시선을 비켜 은우를 노려보는 그녀의 시선엔 살기가 돌았다.

'죽어버려! 제발 죽어버려!'

속으로 외치며 그녀는 은우를 바라보았다.

"은우. 이대로 놔두세요, 제발. 아무것도 해 주지 않은 아이입니다. 제 인생이라도 살라고 제발 놔두시라구요."

유나에게서 시선을 돌린 지후가 소리치듯 말했다.

그런 소란 속에서 은우는 제 일이 아닌 것처럼 그 한가운데서 있었다. 여린 손목을 잡은 지후의 강인한 손을 내려다보며 은우는 연극을 구경하듯 관객같이 서 있었다. 꿈이야…. 은우가 혼잣말을 했다.

악몽 같은 하루였다. 아침엔 그저 직장을 알아보기 위해 집을 나섰다. 유빈이를 위해 찌개를 끓여 놓고 저녁엔 또다시 구하지 못한 일자리를 투덜거리며 나름대로는 행복하게 식사를 했을지도 모르는데, 하루의 시간은 그 사이 유빈과의 시간을 상쇄하듯 모조리 앗아가고 있었다. 아침엔 유빈과 함께 있었는데 지금, 그녀는 그림처럼 이곳에 머물러 있었다. 유빈이 일어났겠다. 은우가 중얼거렸다. 그녀의 시선은 이미 이곳을 벗어나 높은 옥탑 방을 향해 있었다.

"아무 것도 해 주지 않다니. 그럼 지금까지 거두어 준 건 뭐라는 거냐? 그러니 배은망덕이라는 게야!"

은우의 마음은 이곳에 없는데, 그런 은우를 사이에 두고 명희가 둘째 아들 앞으로 나섰다. 지후는 그녀에게 남다른 자식이었다. 눈에 넣어도 아프지 않을 만큼 큰 아이보다 더 큰 애정으로 바라보았던 아들 녀석이었다. 언제나 든든했고, 총명한 아들은 제 어미의 아픔을 그 누구보다 빨리 알아차려서 위로가 되어 주었었다. 남편보다, 더 많이 사랑한 아들. 지후가 있었기에 그녀는 이 삶을 견뎠는지도 몰랐다. 그런데 그런 아들이 저런 아이를 위해…. 명희는 참을 수 없었다. 아들에게 여자가 없었던 것도 아니었다. 심지어 그 정아라는 아이와의 관계도 다 아는 자신이었다. 그러나 은우에 대한 아들의 저 태도만큼은 왠지 참을 수가 없었다. 여자에 대한 아들의 태도보다, 여동생을 감싸는 지후의 태도가 명희에게는 더 눈에 거슬렸다.

"거둔다? 밥을 준다고, 옷 하나 준다고 이 아이 키운 겁니까? 그건 고아원에서도 해 주는 일이에요. 사랑해 보신 적 있습니까? 새벽에 공부한답시고 코피까지 흘리는 거 알고나 계십니까? 저 아이 언제 처음 여자가 됐는지 아십니까? 저 아이의 꿈이 무언지 아십니까? 은우가 가장 마음 아파하는 게 뭔지 아십니까? 그러고도 은우를 거두었다고 말씀하지 마세요. 은우는 혼자 자라났습니다. 정성 없이 뿌려진 물을 그대로 받아 마시며 혼자 자라났단 말입니다. 그러니 아버지나 어머니. 그 누구도 은우에게 감히 은혜 갚으라는 말 하지 못합니다. 하지 마세요. 너무나 당당한 얼굴로 물 한 모금 줬다고 그렇게 뻔뻔하게 이 아이 가두지 마세요."

거침없이 독을 품어내는 지후에게 명희는 숨이 깔딱깔딱 넘어 가고 있었다. 처음이었다. 그녀가 어떻게 해도 묵묵히 받아내던 아들이 오늘 처음으로 그녀에게 소리를 지르고 있었다.

저 놈의 계집애. 저 놈의 계집애! 명희는 이를 갈았다. 저런 어린아이 따위 집안에 들여놓지 말았어야 했다. 아무리 정치적으로 쓸모 있을 거라 남편이 졸랐어도 끝까지 말렸어야 했다.

"가자. 데려다 줄게."

기진한 듯 있는 은우를 지후가 부축하며 한 걸음, 한 걸음 밖을 향해 내딛고 있을 때였다.

"어머니!"

찢어지는 목소리로 유나가 급하게 비명을 질러댔다. 결국 아들을 잡지 못한 명희가 그대로 까무룩 뒤로 넘어간 것이었다.

※

어스름한 불빛이 그대로 잠식해 들어왔다. 자연이 주는 그 빛 속에서 규하는 자신의 몸을 가녀린 제니의 몸 위에 실은 채 짙은 정염을 토해내고 있었다. 비서실장에게 이른 대로 빠르게 제니의 광고 계약과 드라마까지 손쉽게 진행시킨 규하는 이제 자신이 받아야 될 대가를 제니에게서 남김없이 채우고 있는 중이었다. 뜨거운 그의 입김 속에서 번들 땀이 흐르는 제니의 부드러운 이마가 달빛에 고스란히 드러나고 있었다. 커튼조차 치이지 않은 유리창을 통과한 달빛만이 두 남녀의 애욕 같은 정사를 그대로 비추고 있었다.

제니는 깊은 샘과 같은 여자였다. 이화처럼 농염한 기교는 없었지만, 타고난 몸으로 규하를 충분히 만족시키고 있었다. 이제껏 만난 여자 중에 제니처럼 그를 만족시키는 여자는 없었다. 제니에게는 화려한 연예계 진줄과 함께 이 집까지 아무 거리낌 없이 제공되었다. 제니는 이화와는 달랐다. 가볍게 호텔에서 몸이나 섞고 말 그런 아이가 아니었다. 규하는 제니에게서 자신이 챙길 수 있는 만큼 다 채울 생각이었다. 제니는 철저히 그의 것이었고, 그가 싫증나지 않는 한 그녀에게서 벗어날 수 없었다.

제니의 몸에 자신을 가득 담은 규하가 꽉 조인 희열감에 낮은 신음소리를 내뱉고 있을 때, 거친 숨소리 속으로 전화벨이 울려왔다. 제니의 척추를 따라 감미롭게 어루만지던 규하가 거칠게 몸을 일으켜 테이블 위에 있는 핸드폰에 손을 뻗었다. 그는 이런 은밀한 시간에 방해받는 걸 싫어했다. 덕분에 거친 목소리가 여과 없이 곧장 상대를 통해 쏟아져 버렸다.

"뭐야?"

대뜸 소리를 버럭 지르는데, 전화 건너편이 조용했다.

"빌어먹을. 뭐냐, 묻지 않나?"

"…영, 말버릇이 아닌 모양인걸 보니 윤규하 씨가 맞는 모양이군요."

망설이듯 잠시 흐르는 침묵 뒤에 들리는 듣기 좋은 미성의 목소리였다. 누구지? 그가 고개를 갸웃거렸다. 처음 듣는 목소리였다.

"너, 누구야?"

"이은우예요."

고운 미성이 차갑게 자신의 이름을 밝혔다.

은우? 이은우라는 한마디에 규하가 침대 위에서 몸을 벌떡 일으켰다. 그 기운에 제니가 가볍게 침대 위로 밀쳐져 버렸다. 그러나 나신으로 달빛 아래 서 있는 그의 시선에 제니는 이미 없었다. 은우라…. 하! 그 이름에 방금 전까지 터질 듯이 부풀어 올랐던 몸이 싸늘히 식어 내려왔다.

"잘 지냈나?"

결국, 그녀가 먼저 그에게 전화를 걸어왔다. 이제야 그를 인식하기 시작한 것이다. 규하가 만족스럽게 미소를 지었다.

"아니요. 잘 지내지 못해서 전화했어요."

"그래?"

못마땅한 대답에 규하의 한 쪽 눈썹이 활처럼 휘어졌다. 먼저 전화를 걸만큼 아쉬운 입장이면서도 그 잘난 버릇은 아직 고쳐지지 않은 모양이었다.

"네, 할 이야기가 있어 전화했어요. 너무 늦은 시간인가요?"

"아니야."

뒤틀린 심사에 불뚝 거친 대답을 하고 말았다.

"그래요? 그럼 다행이구요."

불편한 그의 음성이 전해졌을 텐데도 은우는 별 거 아니라는 듯 담담히 대꾸했다.

"무슨 일이지?"

규하는 잠시 전 보고서를 떠올리며 성급히 물었다. 그가 먼저 묻지 않는 한, 아마 이 여사는 절대 먼저 말하지 않을 거라는 것을 안 탓이었다. 그것보다도 그녀가 먼저 전화를 걸만큼 문제가 되는 게 무언지 궁금했다. 은우가 무사히 들어갔다는 것과 그녀의 양어머니인 강명희란 사람이 그 날 까무러쳐 병원으로 실려 갔다는 것, 그것이 보고서의 주 내용이었다. 달리 신경 써야 될 것이 있었나? 잠시 떠올려 보았지만 특별한 건 생각나지 않았다.

뭐, 은우가 그 집에 머무르고 있다는 것으로도 자신이 원한 것은 충분히 얻은 셈이라 대충 넘기기는 했지만….

"건망증이 있으신가요? 할 이야기가 있어서 전화했단 말 못 들으셨나요?"

은우가 짜증스런 목소리로 그의 심기를 건드렸다.

'이 망할 여자가…!'

규하의 턱에 힘줄이 파악 섰다. 건방지기가 이루 말할 수 없는 여자다.

"그래? 지금 바쁜데…. 내가 꼭 그 이야기를 들어 주어야 할 이유가 있나?"

"뭐, 상관없다고 한다면 우리 둘의 결혼이야기도 그렇게 받아들이지요."

은우가 편안하게 대답했다. 정말 한 치의 틈이 없는 여자였다.

"제기랄! 원하는 게 뭐야? 이 망할 것."

결국 참지 못한 그의 입에서 거친 욕지거리가 튀어 나왔다. 감히 누구한테 하는 소리야? 눈앞에 있다면 목이라도 조르고 싶을 정도로 화가 치밀어 올랐다.

"내일 시간 좀 내요. 오늘은 서로 바쁜 모양이니, 내일 만나서 이야기 하죠."

"바빠? 무슨 일 있는 건가?"

망할 것이라 욕을 하면서도 규하는 은우의 말에 꼬박꼬박 대답하고 있었다.

"무슨 일은 없어도 바쁘네요. 그럼 내일 점심시간에 잠깐 뵙죠. 제가 회사 앞에 가 전화 할게요."

무슨 일로 바쁘냐, 미처 다 캐묻지도 못한 사이 은우가 먼저 전화를 툭 끊어 버렸다. 이 시건방진 것이. 규하가 불쾌한 얼굴로 자신의 손에 들린 전화기를 바닥에 그대로 내던져 버렸다. 이제껏 이렇듯 그에게 명령한 여자는 단 한 명도 없었다.

"지금 나가셔야 하나요?"

당장이라도 뛰쳐나갈 듯 잔뜩 독이 오른 규하에게 제니가 조심스럽게 물어왔다. 그의 입술로 선명히 찍힌 자욱이 그녀의 하얀 목에 주홍글씨처럼 새겨져 달빛 속에서 더욱 요염하게 빛이 나고 있었다. 그 빛에 잠시 스러졌던 그의 남성이 다시 힘을 얻은 듯 불끈 치솟아 올랐다. 아무 말 없이 입었던 바지를 거칠게 내던진 규하는 그대로 제니를 침대에 쓰러뜨렸다. 아직 젖어 있는 그녀의 깊은 곳으로 자신의 남성을 사정없이 거칠게 쑤셔 박으며 아직 채워지지 않은 욕정을 깊이 탐닉하기 시작했다.

이 망할 것! 감히 내게 명령 따위를 해? 네가 어떤 위치 뿐에 안 되는지 하나하나 철저히 가르쳐 주지. 은우에 대한 분풀이를 하듯 규하는 거칠 것 없이 제니를 압박해가기 시작했다. 얌전히 결혼식을 준비할 거라고는 생각하지 않았지만, 이렇게 정면으로 자신에게 전화 할 거라는 건 예상조차 하지 않았다. 순간 자신을 똑바로 바라보며, 건네 준 명함을 쫙쫙 찢어버리던 은우의 모습이 떠올라 규하는 픽 웃고 말았다.

'하긴, 이대로 널 갖기엔 재미가 좀 없지. 어디 한번 보자구. 네가 어떻게 발버둥을 치는지. 손쉽게 잡히는 먹이는 흥미까지 반감되는 법이니까….'

제니의 몸에 또 한번 분출을 하며 그는 오랜만에 좋은 적수를 만난 희열감에 젖었다.

※

"이은우예요."

점심시간이 한참 지나서야 은우의 전화가 걸려왔다. 점심시간쯤 전화한다는 말에 식사까지 꼬박 거른 규하의 짜증이 머리 끝까지 차올라 있을 때 즈음이었다.

"그래서?"

배고픈데다 내내 기다린 탓에 제 성미를 누르지 못하고 칼처럼 대답하는 그의 얼굴은 오히려 피곤한 기색이 역력했다. 자신을 거부하는 그녀에게 길길이 뛰듯 화가 치밀어 오르면서도 그녀의 전화를 유순한 양처럼 기다리는 이율배반적인 자신의 모습이 짜증스럽고 피곤했다. 그런 그에게 속 모르는 은우가 귀찮다는 듯이 말했다.

"지금 회사 앞인데 올라갈까요? 아님 내려오실래요. 저 지금 좀 피곤해서 거기까지 올라가긴 좀 귀찮은데…."

귀찮아? 자신은 내내 식사까지 거르고 기다렸건만, 그녀는 여기 잠시 올라오는 것까지 귀찮다 말하고 있었다.

"그래? 어디야? 내가 가지."

보이지 않는 은우를 향해 이를 악물며 규하가 애써 차분한 목소리로 물었다. 그래, 네가 오를 수 있는 한도가 어디까지인지 두고보자구, 이은우. 거친 동작으로 자신의 옷을 걸치며 규하는 일부러 느긋한 걸음으로 은우가 기다린다는 회사 앞 카페로 향했다.

험한 눈초리로 가게 문을 들어선 그가 은우를 찾아 가게 안을 휙 둘러보았다. 만나보면 알 것이다. 그녀가 이토록 애가 닳을 만큼 가치가 있는지. 은우는 창가 유리를 옆에 두고 앉아 있었다. 가벼운 청바지 차림의 그녀는 다른 사람들 속에서도 그의 시선을 잡아끌었다. 그리 아름다운 외모도 화려한 옷차림도 아닌데 자신을 기다리는 모습에 규하의 가슴이 순간 철렁 내려앉았다.

'이런!'

규하는 낮게 혀를 찼다. 그래, 얼마나 잘난 여자인지 다시 한 번 확인해 보지, 이를 갈며 내려왔건만 그의 앞에 선 은우의 모습에 심장이 덜컥 내려앉아 버려 스스로도 꽤나 놀랐다. 놀란 심장 때문에 아까의 짜증마저 순식간에 사라져 버렸다. 오로지 그녀가 기다리는 사람이 자신이라는 것, 그것만이 전부였다. 그리고 이제 그녀가 기다려야 할 사람도 자신뿐이었다. 은우는 이제 어느 누구도 아닌 그의 여자였다.

성큼 큰 걸음으로 규하는 은우를 향해 힘차게 내딛기 시작했다. 그녀가 앉은 테이블 위로 까만 그림자가 드리워지자 은우가 고개를 들었다. 목소리처럼 피곤한 얼굴이었다. 까만 어둠이 눈동자에 내려앉은 모습에 규하의 얼굴이 안쓰럽게 일그러졌다. 은우가 지친 목소리로 말했다.

"앉으세요, 키가 커서 고개가 좀 아프네요."

인사 한마디도 없이 앉으라는 그녀의 말에 규하가 스르르 내려앉았다. 많이 야윈 은우의 얼굴에 괜한 짜증이 일었다.

"무슨 일이지?"

"아시잖아요? 설마 이 정도 그룹을 경영하시는 분이 그만한 머리가 없는 건 아니겠죠?"

까맣고 야위어져버린 얼굴을 묻는데 은우는 다른 대답을 했다. 웃는 입술엔 힘이 조금도 실려 있지 않았다. 올라오는 것조차 피곤하다더니 정말 그녀는 여기 앉아 있는 것조차 힘들어 보였다. 아픈 건 강명희란 여자가 아니라 은우 같아 규하의 찌푸려진 얼굴이 내내 그렇게 굳어 있었다.

"그래? 그럼 내가 어떤 대답을 할 건지도 알겠군. 날 이 정도나마 파악하고 있다면?"

규하가 가볍게 은우의 말을 걷어냈다. 결혼은 물릴 수 없었다. 절대 놓지 않을 생각이었다. 그의 말에 은우가 어깨를 으쓱했다.

"그래요? 하지만 결혼이란 거, 혼자만 할 수 있는 건 아니지 않나요? 아무리 돈 거래에 팔려가는 정략결혼이라고 해도 말이죠."

조금의 힘도 없어 보이는데도 눈동자에만은 힘이 실린 듯 반짝 빛이 났다. 섬뜩, 심장에 싸안 바람이 불어왔다. 노려보는 그녀의 눈동자마저 가시처럼 그의 심장에 박혀왔다.

"이 결혼 안 해요. 내 무엇이 당신의 관심을 끈 건지는 모르겠지만, 아마 당신이 원하시는 걸 얻을 수는 없을 거예요."

"그래? 내가 원하는 게 무엇인지 어떻게 단정하지?"

규하가 느긋이 의자 등받이에 기대며 담배를 입에 물었다. 거래에는 한 번도 실패해 본 적이 없는 그였다. 그가 물러설 수 없는 결혼이라면 밀고 나가는 수밖에 없었다. 그가 품어낸 담배 연기에, 민감한 은우가 가벼운 기침을 했지만 그의 시선은 여전히 차가웠다. 섣부른 동정은 금물이었다. 그런 그를 은우가 할퀼 듯이 노려보았다. 기침을 하는 그녀에 대해 조금의 배려조차 없는 그에게 화난 기색이었다. 내내 힘없던 그녀의 얼굴이 비로소 생기가 도는 듯 붉게 물들었다.

"저, 그 집 업둥이에요. 정식 딸이 아니란 말이죠. 아버지가 아무리 잘 나가는 국회의원이라 해도 나 때문에 당신에게 돌아갈 이득이란 아무것도 없을 거예요. 아버진 당신 돈만 챙기실 거예요. 그러니, 이 결혼 없던 일로 해 주세요."

"그래? 업둥이였었나?"

규하가 흥미롭다는 듯이 몸을 앞으로 숙여왔다. 그의 흑요석 같은 검은 눈동자가 꿰뚫을 것처럼 은우를 바라보았다. 이미 알고 있는 사실이기에 별 문제가 될 것도 없었다. 기다란 속눈썹이 그의 눈앞에서 파르르 떨리고 있었다. 화를 참고 있는 건가? 만져보고 싶은 충동을 겨우 억누르며 규하가 또다시 몸을 뒤로 젖혔다. 가까이 하다간 중독 되어 버릴 것만 같았다. 그런 그에게 은우가 애써 담담히 말했다.

"네. 그래서 이 결혼…."

아직 끝나지 않은 은우의 말을 재빨리 가로채며 그는 남은 담배를 재떨이에 비벼 껐다. 하얀 재가 그의 손아래 바사사 생명을 잃고 부서져 내렸다.

"흠. 뭐, 업둥이라고 해도 명분은 자식이니, 설마 사위한테 그렇게까지 하시겠나? 안 그래?"

"뭐라구요?"

"왜, 또 도망이라도 칠 건가? 어린애마냥 오빠 등 뒤에 숨어서 숨바꼭질 하는 것도 아니고 말이야."

규하가 하얀 이를 드러내며 씨익 웃었다. 찰나 스치듯 잠시 머문 미소는 순식간에 사라져 버리고, 대신 조각 같은 얼굴이 편안히 은우를 마주 대했다.

"이것 봐. 그렇게 오빠 등 뒤에 언제까지 숨어있을 거지? 너 하나 때문에, 집안은 물론 그 잘난 오빠까지 깡그리 다치게 하고 싶진 않겠지? 내 인내심이 바닥나기 전에 그 싸구려 어리광은 그만 피워! 두 번 다시 내 부하들이 널 끌고 오지 않게 하란 말이야."

농담이라도 하듯 가볍게 말한 그는 미련 없이 자리를 털고 일어섰다. 그녀를 놓아 줄 생각이 없다는 건 분명하게 전했다. 미련한 여자가 아니니 아마 알아차렸을 것이다. 그러나 일어서던 그는 또 한 번 그녀에게 쐐기를 박았다.

"난, 또 결혼 날짜 언제 잡을지 의논하러 온 줄 알고 한달음에 달려 왔더니. 이봐, 신부. 아무리 친정이 좋아도 결혼하면 남이야. 더구나 당신 말에 의하면 피도 섞이지 않은 가족이지 않나? 그럼 미련 둘 것도 없을 것 같은데, 괜히 남편 성질 건드리지 말고 조용히 결혼 준비나 하지. 아! 날짜는 신경 쓰지 마. 내가 알아서 정했으니까."

뚜벅뚜벅 걸어가던 그가 할말이 아직도 남았는지 휙 돌아서 시선을 맞추었다. 하얗게 질린 그녀의 얼굴이 환한 대낮에도 달빛처럼 투명했다. 또 다시 그의 심장이 덜컥 내려앉고 말았다.

"그리고 김 비서 몸은 많이 좋아졌나? 그러게 감히 주제넘게 누구 일에 나서는 게 아니지, 안 그래? 감히 나 같은 사람에게 기어오를 생각이었다면 뭐 그 정도야 각오했겠지만. 기억해 둬. 내가 다시 한 번 너로 인해 내 부하들을 움직이게 될 때는 말이야, 너의 그 잘난 오빠도 그 김 비서의 꼴이 된다는 걸 말이야. 아! 그리고 그 호모 친구, 흠, 김유빈이라 했나? 그 친구도 잘 지내지?"

씨익 웃는 그의 미소에 그렇지 않아도 하얀 얼굴이 핏기가 싸악 가셔버렸다. 내내 당차게 있었는데, 그래도 김유빈이란 이름 앞에서는 태연할 수 없었다. 그녀의 심장처럼 부르르 잡은 손이 떨려왔다. 퍼렇게 심술이 돋은 눈으로 곧장 쏘아보던 규하가 놀리듯 손을 흔들며 사라지고 나서야 그녀는 털썩 숨을 내쉬었다.

내내 긴장했던 몸이 비로소 풀려왔다. 그녀는 일부러 긴 시간을 남아 뜨거운 차를 마셨다. 지금 당장은 일어나기가 조금 버거웠다. 왜 이곳에 왔나, 후회가 되었다. 윤규하는 절대 뜨거운 피가 흐르는 남자가 아니었다. 아무리 그녀가 싫다 애원한다 해도 아마 거래를 하듯 이 결혼을 진행시키겠지. 뜨거운 차가 목구멍 안으로 흘러 들어가서야 풀어지는 몸을 일으키며 그녀는 천천히 병원으로 향했다.

"빌어먹을. 그 따위 자식을 네가 왜 만나?"

은우가 병원에 들어서자마자 득달같이 달려 온 지후가 손목을 아프게 잡으며 소리쳤다. 머리가 지끈 울릴 정도로 짜증이 치밀었다.

"그만해. 나도 지금 내내 후회하고 있는 중이니까."

정말 후회하고 있었다. 그를 만난 것부터 잘못된 것 같아 오는 내내 후회했는데, 지후까지 몰아치자 참을 수가 없었다.

"그 자식 연락처는 어떻게 알았니?"

추궁하듯 묻는 지후에게 은우는 피곤한 듯 대꾸했다.

"지석오빠한테 들었어요. 아직 윤서방 전화번호도 모르냐? 하며 가르쳐 주던데."

"멍청한 형!"

지후가 낮게 욕을 내뱉었다. 잔뜩 일그러진 얼굴이 그녀만큼 지쳐 보였다.

"그래, 그 자식이 뭐라던?"

"말하고 싶지 않아. 그냥 생각 좀 정리하고…."

규하를 생각하면 아직도 온몸에 소름이 돋을 것만 같았다. 차라리 떠나버릴걸. 은우는 그것 역시 잘못 끼워진 단추처럼 후회스러웠다. 그냥 모른 척, 지후 오빠가 가자고 할 때 가버렸어야 했는지 몰랐다. 지후의 말처럼 잡을 수 없으면 버려야 했는데, 미련한 동정심 때문에 일을 이 지경으로 만들어 버린 자신에게 더 화가 치밀었다.

쓰러지는 그 와중에 왜 하필 그녀의 손을 잡았는지, 어머니는 구급차에 실려 가는 그 와중에도 강하게 은우의 손을 맞잡

앉다. 다른 사람 다 필요 없다고. 은우만 같이 가야 한다고 우기는 양어머니의 손을 뿌리치지 못했을 땐, 그게 자신의 덫인 줄 몰랐었다. 병원에 도착한 후에도 명희는 내내 그녀의 손을 놓지 않았다. 생전 처음 잡아 준 어머니의 손이었다. 고운 그 어머니의 손을 차마 떨치지 못한 덕분에 어머니의 간병은 고스란히 그녀의 몫으로 떨어져 버렸다. 비웃듯이 웃던 올케는 그날 이후 잠깐 병원에 얼굴만 비추었을 뿐, 간병은 오로지 그녀의 몫이었다.

어머니의 잠든 얼굴을 내려다보던 은우가 낮게 한숨을 쉬었다. 잡을 수 있는 건 윤규하라는 남자뿐이라고 생각했는데…. 얼굴 한번 잠깐 본 것으로 결혼까지 강행할 거라고는 예상하지 못했다. 철저한 정략결혼이라, 자신이 가진 게 없다면 놓아줄 줄 알았다. 은우는 두통이 밀려오는 머리를 지그시 눌렀다. 도대체 그 남자의 속을 알 수가 없었다.

"결혼식은 다음 주말이야."

늦은 밤, 은우에게 규하의 전화가 걸려왔다. 이름도 없이 곧장 용건만 건네는 스산한 목소리였다.

"전, 안 해요."

"푸하하하!"

대들 듯 말하는데 그는 재미있는 농담이라도 들은 듯 커다랗게 웃었다. 그 웃음소리가 불안하게 그녀의 심장을 통통 두들겼다.

"큭큭… 그래? 어디 두고 보자고. 그럴 만한 용기가 있는지. 기억 해! 네가 그럴수록 난 더욱 사냥감을 추격하는 듯한 희열을 느낄 뿐이니까. 사냥 해 본 적 있나? 아주 흥미롭지. 섹스는 그것에 비하면 아무것도 아니야. 아! 유빈이라는 친구, 오늘 잘 보냈던데? 하지만 부하 녀석들이 어디로 튈 줄 모르는 공 같아서 말이야. 언제까지 보호해 줄 수 있을지는 자신할 수 없어."

"유빈인 건들지 마! 이 빌어먹을 자식아!"

유빈의 이름이 규하의 입에서 장난처럼 떠오르자 은우는 자신도 모르게 벌떡 의자에서 일어나고 말았다. 비열한 자식이라는 욕이 목구멍까지 차올랐다.

"입 닥쳐! 감히 내 앞에서 다른 남자 이름 부르지 마! 알았어? 두고보라구, 오늘 네가 날 건든 게 어떤 건지 철저하게 보여 줄 테니."

잔인한 남자였다. 세상 그 무엇도 이 남자를 막을 수 없을 것이다. 은우는 자신도 모르게 입술을 잘근잘근 깨물었다. 비릿한 피가 입 안으로 흘러 들어왔다.

"결혼 안 해! 내가 혀를 깨물고 죽은 한이 있어도 너 따위 인간한테 내 인생을 고스란히 갖다 바치진 않아! 이 비열한 자식아!"

"그래? 어디 두고 보지. 네가 보일 수 있는 의지가 어디까지인지. 참! 우리 결혼식에 유빈이라는 친구 오지 않아도 난 그리 섭섭할 게 없는데, 아마 당신도 그렇겠지?"

유들유들하게 비웃는 그의 얼굴이 곧장 전화기를 뚫고 뛰쳐나올 것만 같아 은우가 수화기를 꽉 쥐었다. 궁지에 몰린 그녀의 모습이 보이기라도 하는 것처럼 또다시 커다란 웃음소리가 쩌렁쩌렁 울리더니 딱 전화가 끊겼다. 그의 전화가 끊기자마자 그녀는 서둘러 유빈에게 전화를 걸었다. 유빈이에게 무슨 일이 생긴 건 아닌지 걱정스러웠다.

"잘 지냈어?"

오랜만에 하는 전화인데 물어오는 유빈의 목소리는 평온해서 더 불안한 기분이었다.

"응, 잘 지냈어. 넌 어때?"

유빈의 목소리를 살피며 은우 역시 애써 담담하게 대답했다. 아마 규하의 말은 단순한 협박이었나 보다.

"유빈아!"

"응?"

은우의 잠시 멈칫했다. 괜찮냐고 물어보고 싶은데 이상한 질문인 것 같아 쉽게 말이 떨어지지 않았다.

"유빈아!"

은우가 망설이다 또 다시 유빈의 이름을 불렀다.

"응."

여전히 유빈의 목소리는 평온했다. 별일 없었나보다. 은우는 가슴을 쓸어 내렸다.

"잘 지내지?"

맨 처음 유빈이 물었던 질문을 그녀가 하는데 순간, 예상치 못한 눈물이 또로록, 흘러 내렸다. 미치도록 보고 싶었다. 낮은 천장과 좁은 방 안. 그리고 하하 웃어대던 유빈의 웃음소리까지…. 보고 싶어 죽을 것만 같았다. 조림 같다던 그녀의 찌개를 먹으며 또다시 유빈과 수다를 떨 시간이 다시 돌아올까? 그녀는 지나버린 시간들이 너무나 그리웠다.

"은우야!"

잘 지내냐는 말엔 대답 없이 유빈이 은우를 불렀다.

"응?"

"너…너, 결혼하니? 그래서 돌아간 거니?"

망설이다 하는 물음이었는지 유빈의 목소리가 미묘하게 떨려왔다. 순간 얼어붙듯 그녀의 몸이 빳빳이 굳어 버렸다.

"어? 으, 응….'

"그래? 그 사람이 말하는데, 네가 아무 말도 안 해서 그냥 한 소리인 줄 알았어."

"그 사람?"

"신이란 사람."

신? 모르는 이름이었지만, 까만 정장을 입고 재갈을 물리겠다던 남자의 얼굴이 순간적으로 떠올랐다. 그녀의 심장이 싸늘하게 식어 내리는 것만 같았다. 그 빌어먹을 남자는 결코 허튼 소리를 한 것이 아니었다.

"윤규하라는 남자와 결혼할 거라고, 그래서 너 돌아간 거라고…."

유빈이 말끝을 흘렸다. 은우의 심장이 꽉 조여 왔다. 그녀로 인해 유빈이 다친다면 절대 그 남자를 용서하지 않을 것이다.

"유빈아. 잘 지내. 어머니가 많이 아프셔서 지금 병원이야. 그래서 전화 오래 못해."

은우는 차분한 목소리로 말했다. 또 하나의 상처로 유빈을 아프게 할 수는 없었다. 꽉 잡은 손은 하얗게 질려 있는데 다행히 목소리는 평온하게 흘러 나왔다.

"그래…, 그렇겠구나."

속삭이듯 말하는 유빈의 목소리가 불안하게 흔들렸다. 그 여운은 전화를 끊은 그녀의 손에 오래토록 남아 은우는 작은 손을 묵묵히 바라보았다. 괜찮지? 마저 묻고 싶었던 말이 조용히 새어 나왔다. 정말 유빈이 괜찮기만을 바라고 싶었다. 그것만이 지금 그녀에겐 유일한 위로였다.

결혼식은 미친 듯이 몰아쳐왔다. 명희는 결혼 당일이 가까워 오도록 꼼짝없이 병원에 누워 있었고, 지후가 아무리 소리를 질러대도 눈만 꾹 감은 채 일어날 기미가 없었다. 아프다는 어머니 앞에서 거짓말이라고 지후는 몰아치는데, 그곳에서 은우는 멍하게 앉아 있을 수밖에 없었다.
 "일어나."
 앉은 그녀의 손을 지후가 잡아끌었다. 인형처럼 달랑 그의 손에 이끌리는데 순간, 병실 문이 열리며 그때 보았던 검은 정장의 남자들이 우르르 몰려 들어왔다.
 "모셔다 드리겠습니다."
 한 치의 물러섬 없이 말하는 남자는 전에 재갈을 운운했던 그 남자였다. 누워있는 어머니의 입에 슬쩍 미소가 걸리는 게 은우의 시선에 들어왔다. 비틀린 미소가 떠올랐다. 앞을 막아선 남자들 사이로 지후가 묻듯이 그녀를 바라보았다. 무엇을 묻는 걸까? 알 수 없는 지후의 눈빛을 뒤로 하고 은우는 천천히 병실을 빠져 나왔다. 그녀의 잘못이었다. 결국 남은 것도 자신이었고, 끝내 그 손을 뿌리치지 못한 것도 자신이었다. 남자들의 손에 이끌려 차에 오르는데 이를 악문 지후의 모습이 살짝 보였다.

차는 그녀의 마음과는 상관없이 넓은 도로를 거칠 것 없이 빠져나가 어느 고급스런 가게 앞에 섰다. 축복받은 결혼을 위한 장소에서 은우는 꼿꼿이 앉아 거울을 바라보았다. 병원에만 틀어박혀 아무것도 하지 않았는데도, 그녀의 드레스, 그리고 결혼식장까지 이미 존재하고 있었던 것처럼 그녀 앞에 놓여 있었다. 어머니를 병간호하느라 전보다는 많이 살이 빠졌는데도 거짓말처럼 드레스는 그녀의 몸에 꼭 맞았다. 은우는 그런 것까지 규하가 싫었다. 무엇하나 빈틈없는 그의 이런 점이 소름 끼치게 싫었다.

"아름답구나."

면사포 같은 커튼이 젖혀지며 이 의원이 들어섰다. 만족스런 미소가 걸린 화사한 얼굴이었다. 어쨌든 여기까지 그의 몫은 다한 셈이라 만족스럽지 않을 이유가 없었다.

"그래요? 이젠 만족하시나요?"

차갑게 대꾸하며 은우가 거울 속으로 마주 보았다.

"흠, 글쎄 나보다는 윤서방의 구미에 더 맞아야겠지?"

"아버지. 결혼식이 전부는 아니에요. 결혼했다 해도 그 사람 인정하지 않아요. 내 남편으로서…."

픽, 이 의원이 가소롭다는 듯 웃어넘겼다.

"글쎄, 그거야 그 사람 몫이지. 난 이 결혼식을 이룬 것만으로도 충분히 만족한다. 네 어머니도 무척 기뻐하시더구나."

"그래요? 이제 꾀병은 다 앓으셨나 보죠?"

눈에서 불이 번쩍 빛났다. 결국 꾀병이라는 지후의 말은 맞았다.

"네가 그 사람을 어떻게 대하든, 윤규하가 널 어떻게 처분하든 그거야 너희 둘 문제지. 나야 약속한 일은 했으니 그 대가만 받으면 되는 거 아니겠니?"

부끄러운 속셈을 당당히 드러내는 아버지의 얼굴을 은우는 경멸스러운 눈빛으로 바라보았다. 이제 아버지에 대한 미련은 깨끗이 지워버렸다. 한때는 어머니의 말이 맞는 건 아닐까? 생각도 했었다. 사실은 아버지의 친자식이 아니었을까, 아마 그렇게 원했었는지도 몰랐다. 냉담한 아버지의 모습 속에 일말이라도 자신에 대한 사랑이 남아 있을 거라 헛된 기대도 했었다.

"결혼식장에서 보자. 아, 그리고 식장까지는 바깥에 있는 남자들이 에스코트할 거다."

생각에 잠긴 시선으로 그녀를 바라보던 이 의원이 경고하듯 말하고는 나가버렸다. 이 의원이 나가자 은우는 멍하게 베일을 바라보았다. 얇은 베일이 마치 굵은 쇠사슬처럼 그녀를 옥죄는 것만 같았다. 비틀 듯 베일의 끝을 잡았다. 당장이라도 이 베일을 갈기갈기 찢고 싶은 충동이 일었다. 그녀의 마음을 느꼈는지 거미줄 같은 그녀의 베일 끝이 좌악! 작은 소리를 내며 힘없이 찢어져 버렸다.

자신의 한 쪽 손에 놓인 베일의 조각을 무심히 바라보던 은우가 하하, 소리 내어 웃었다. 입으로는 웃는데 그녀의 얼굴은 처참하게 일그러져 버렸다. 그녀가 찢고 싶은 건 이런 베일 따위가 아니었다. 사실은 이 무겁기만 한 이 드레스를 발기발기 찢어서 내던지고 싶었었다. 이대로 그 냉혹한 남자에게 자신의 육신을 고스란히 갖다 바치는 건 죽기보다 싫었다.

고개를 들어 거울을 보는데 그녀가 아닌 인형 같은 여자가 눈앞에 보였다. 머리카락 하나도 흔들리지 않게 곱게 빗어 올린 곳에는 반짝이는 티아라가 왕관처럼 놓여 있었다. 아름답고 완벽한 드레스까지 마치 전시장에 놓여 있는 상품처럼 완벽한 모습이었다.

병원으로 걸었던 그 전화 이후로는 규하에게서 아직까지 연락이 없었다. 얼굴을 보면 뺨이라고 갈기고 싶은데, 온갖 욕설이라도 퍼부어야 속이 편할 것 같은데, 그녀의 속을 꿰뚫어 보기라도 하는 듯 규하는 지금까지 모습을 보이지 않고 있다.

"아름답구나."

아름답다는 말이 두 번째로 들리며 지후가 들어섰다.

"실체는 없는데 괜한 베일만 찢고 있는 거냐?"

지후의 말에 자신의 손에 놓인 베일 조각을 바라보던 은우가 미련 없이 쓰레기통에 처넣었다.

"네가 그런다고 윤규하가 순순히 당할 사람도 아닐 텐데. 뭐 그걸로라도 마음이 풀린다면야."

아무렇지도 않은 듯 지후가 어깨를 으쓱였다.

"숨 막힐 것만 같아!"

은우가 자신의 머리에 놓인 베일을 신경질적으로 확 걷어냈다. 가벼운 베일까지 자신의 숨을 옥죄는 것 같아 거칠게 베일을 젖혀 버리는데, 그런 은우의 모습에 지후의 심장이 소리 없이 균열을 일으켰다.

"은우야."

쥐어짜듯 지후가 은우를 불렀다.

"네?"

"은우야."

지후의 입술이 굳게 다물었다. 은우가 기계적으로 고개를 들어 그를 바라보는데 지후의 얼굴이 밀랍인형처럼 딱딱했다. 마치 원하지 않는 결혼을 하는 건 자신이 아니라 지후 같았다.

"왜요?"

갑자기 성큼 다가선 지후가 그녀의 손을 꽈악 잡았다. 뜨거운 열기가 손바닥을 통해 온몸을 훑으며 지나갔다. 재를 태울 듯 뜨거운 기운이었다.

"은우야."

또다시 그녀의 이름만 부른다.

"왜요? 왜 말은 안 하세요?"

맑은 은우의 눈이 그대로 지후를 담아내었다. 자신의 모습이 담긴 그녀의 눈에 지후의 심장이 그대로 멈춰져 버리고 말았다. 당장 숨이 막힐 것만 같은 깊은 슬픔이 지후의 몸을 차갑게 뚫고 지나갔다.

'아마, 넌 날 용서하지 않을 거다. 널 사랑한 날, 넌 절대 용서하지 않을 거다. 넌 너무나 맑아서 이런 내 사랑을 결코 용서하지 않을 거다.'

부서질 듯 가녀린 은우의 손을 꽉 잡은 지후는 차마 가슴에 담아 있던 말은 못하고 다른 말을 대신 꺼냈다.

"유빈이 병원에 입원했다."

"네? 왜요?"

지후의 말에 은우가 벌떡 일어섰다. 유빈의 힘없던 목소리, 그리고 비웃듯 유빈을 이야기하던 윤규하의 웃음소리가 그녀의 뇌리를 빠르게 스쳐 지나갔다. 손이 가볍게 떨리기 시작했다.

"이유는 너도 알겠지. 갈비뼈가 부러졌다. 그냥 집에서 대충 있었던 모양인데, 같이 밴드 하던 녀석들이 마침 집에 찾아와 쓰러진 걸 발견한 모양이더라. 수술 끝내고 지금 병실로 내려와 있다."

지후의 말에 은우가 까무러질 듯 휘청거리며 의자를 잡았다.

까만 어둠이 밀려왔다. 안 돼! 소리 없는 비명이 터져 나왔다. 안 돼! 쓰러질 듯 넘어지는 그녀를 지후가 꽉 붙들었다.

"그, 그래서 유빈이는? 유빈이는 어떻게 됐어요?"

덜덜 떨리는 음성이 비명처럼 터져 나왔다. 내내 자신의 결혼식에도 눈물조차 흘리지 않던 그녀의 눈에서 지금 눈물이 흘러나오고 있었다. 유빈이만 떠올려도 그녀는 눈물이 흘렀다. 아무것도 해 준 게 없는데, 언제나 아깝지 않게 다 주었던 유빈이었다. 그런데 그녀가 준 건 결국 아픔뿐이었다. 갈비뼈가 부러졌다니… 아무도 없는 그 텅 빈 공간에서 얼마나 아팠을지 생각만 해도 가슴이 저려왔다. 유빈은 밴드 친구 이외에는 아무도 없었다. 학교마저 퀴어라는 이유로 내내 사람들이 피했었다. 그래서 그에게는 마땅히 친구라고 내세울 이가 없었다.

"지금은 괜찮아."

유빈에 대한 은우의 걱정이 단순한 우정임에도, 지후는 규하 못지않은 질투가 유빈을 향해 치솟았다. 그 녀석이 친구라 해도 싫었다. 은우가 어떤 명목으로든 다른 남자로 인해 저렇게 눈물을 흘리는 건 싫었다. 자신만 볼 수 없다는 건 이미 알고 있다. 세상에서 인정받을 수도, 심지어 은우 자신에게도 인정받을 수 없는 사랑이란 거 그도 잘 알았다. 하지만, 자신까지 그의 사랑을 버리는 건 아니었다. 은우를 사랑하기에, 은우가 다른 남자가 아닌 자신을 바라 봐주길 절실히 원했다. 그래서 그는 지금 타오를 것 같은 질투로 인해 심장이 까맣게 멍들어갔다.

"가시죠."

은우가 지후의 팔을 매달리듯 붙잡고 있을 때, 아버지가 말했던 검은 남자가 들어섰다. 가볍게 무릎 제압했던 그 남자였다.

"내가 데리고 가지. 오빠로서 하는 마지막 배려야."

그 남자의 손을 가로막으며 지후가 표정 없이 말했다. 불타는 눈동자였다. 병원에서 잡지 못했던 건 은우 때문이었다. 체념한 듯한 그녀의 눈빛에 차마 손을 벌리지 못했다. 원한다면 잡아줄 수 있었는데 아마 은우는 원하지 않았을 거다. 너무나 순수해서, 그 여린 마음에 홀로 감당하려 했을 것이다. 그래서 잠시 머뭇거렸다. 이렇게 그녀를 놓아주어야 하지 않을까? 차라리 그녀가 후에라도 행복해지길, 윤규하가 그녀를 사랑이라도 하게 되길 빌어야 하지 않을까 잠시 마음이 흔들렸다. 미칠 것 같은 갈등 속에서 그녀를 잡지 못했는데 태연한 모습으로 결혼식 입구에 선 윤규하를 보았을 때, 그는 정말 숨이 끊어지는 줄 알았다.

그는 죽어서도 가지지 못할 사람을 차지한 그의 모습이 너무나 당당하고 태연해서 목이라도 졸라 버리고 싶었다. 그에겐 얼마나 소중한 사람인데 미소 한 번 보이지 않고 마치 물건을 사는 듯 서 있는 그의 모습을 본 순간 이가 악물렸다.

멈칫하는 남자 앞에 선 지후가 가볍게 은우 앞을 가로 막아섰다. 마지막이었다. 은우가 가야 하는 길이라면 막지는 않겠지만 마지막으로 그 가는 길만큼은 함께 하고 싶은 욕심이었다. 그를 막아선 남자가 주춤 뒤로 물러섰다.

"곧장 뒤에 따라 가겠습니다."

묵직한 목소리로 말하는 남자의 시선은 허튼 짓은 용서하지 않겠다는 뜻이 충분히 담겨 있었다.

부티크를 나선 지후는 가볍게 은우의 팔을 잡고 나섰다. 밝은 햇빛 아래 은우의 드레스는 반짝반짝 빛이 나 눈이 부실 정도였다. 아름다운 드레스였다. 세상을 버릴 수만 있다면, 자신의 세계에 은우를 가둘 수만 있다면 이대로 가버릴 수 있지 않을까, 계단을 내려서는 내내 지후는 그런 생각에 빠져들었다. 세상을 버리는 거, 그것은 지후에게 힘든 일은 아니었다. 어차피 가벼운 애정조차 남아 있지 않았으니까.

그러나 은우에게는 달랐다. 그의 사랑도, 그녀의 젊음도 은우에게는 족쇄였다. 아직은 세상의 그런 시선을 감당하기에 은우는 너무 어렸다. 그것을 알기에 지후는 쉽게 은우를 잡지 못했다. 그조차도 세상의 벽에 부딪히는 게 두려워 도망을 쳤었다. 그런데 은우에게 그와 같은 고통을 줄 수는 없었다. 어린 치기야. 지후가 자조적인 미소를 지었다. 어린 나이라 무작정 도망만 쳤다. 그도 은우처럼 어린 나이였기에 세상이 두려웠던 것이다. 그래서 그녀에게 그와 같은 고통을 주기 싫었다. 가슴에 담을 수만 있다면 사랑은 영원히 그의 가슴 속에 묻어 두어야 했다. 그녀 역시 아프지 않게….

"오빠! 유빈이는⋯."

차에 거의 다다랐을 때, 걸음을 멈춘 은우가 물어왔다. 걱정스러운 눈빛이었다. 그의 뇌리에서는 이미 유빈이라는 이름이 지워졌는데 은우에게는 여전히 남은 이름이었나보다.

"유빈이?!"

"유빈이는 많이 다친 건가요?"

뒤따르는 남자들의 귀에 들릴까 걱정스러웠는지, 은우가 나지막하고 조심스럽게 지후에게 물어보고 있었다. 부르르 떨리는 음성이었다. 유빈이 많이 다쳤던가? 지후는 잠시 생각을 멈추었다. 유빈이라는 존재, 그건 단지 은우에게 규하에 대해 말하기 위한 빌미였을 뿐, 진심으로 그에 대해 생각해 본 적이 없던 지후라 순간 가볍게 당황하고 말았다.

"잘 모르겠다."

지후가 솔직히 대답했다. 관심이 없다기보다는 애초에 그의 시야에 들어오지 않았던 유빈이라 그는 아무것도 몰랐다. 은우를 차에 태우고 결혼식장을 향해 움직이던 그가 백미러를 바라보니, 규하가 보낸 검은 양복의 사나이들도 신속히 그의 뒤를 따라오고 있었다.

개자식! 지후는 낮게 윤규하를 향해 욕을 퍼부었다. 규하는 철저히 은우가 빠져나갈 수 없는 철창으로 옥죄고 있었다. 차 뒤에 앉은 은우는 손톱을 잘근잘근 깨물고 있었다. 아직도 유빈이 걱정스러운 모양이라 생각하며 지후는 시선을 거두었다.

그곳으로 향하는 길은 복잡했다. 황금 같은 시간대에 결혼식을 치르려니 그 일대는 그야말로 차로 북새통이 되고 말았다. 천천히 나가던 지후의 차가 뒤꽁무니에 검은 차를 달고 잠시 멈추었을 때, 고개 숙인 은우의 낮은 혼잣말이 들려왔다.

"유빈아, 제발…"

기도하듯 떨리는 목소리였다. 흘낏 바라보니 고개 숙인 은우의 목덜미가 보였다. 핸들을 잡은 그의 손에 꽉 힘이 실렸다.

"유빈이라는 자식, 너에게 그토록 소중한 존재냐?"

짜증스러운 목소리였다. 남자가 아닌 친구로서도 유빈의 존재는 이제 충분히 부담스러웠다.

"그 유빈이라는 자식이 너에게 그렇게 소중한 존재냐고 물었다."

은우의 침묵에 또다시 날카롭게 지후가 물었다.

"그게 오빠와 상관있나요?"

은우가 차갑게 대답했다.

"상관이 있다면?"

은우가 피식 웃었다.

"무슨 상관이요? 오빠가 유빈을 지켜 줄 수 있는 것도 아니지 않아요?"

냉소적인 대답이었다. 은우는 언제나 유빈에 대해서는 방어적이었다. 마치 어린 병아리를 품은 어미 닭처럼 행여 그가 유빈을 다치게 할까 전전긍긍하는 것 같았다.

"그 대답 여하에 따라 내 행동이 달라 질 수도 있기 때문이지."

"오빠의 행동이요? 지금 말장난하시는 거예요?"

"같은 물음 하게 하지 마라."

지후가 말을 잘랐다.

"말하고 싶지 않아요."

"제길, 사랑하는 거냐?"

지후가 이를 악물며 물었다. 심장이 옥죄어 왔다. 호모라는데, 결코 그녀를 여자로서 보지 않을 녀석이었지만, 그래도 심장이 아팠다.

"사랑하죠. 너무나 엄청나게 사랑해요. 내가 평범하게 살아갈 수 있다는 거, 그리고 내가 누군가의 사랑을 받을 수 있다는 걸 처음으로 믿게 해 준 사람이니까요. 내게는 목숨만큼 소중한 친구예요. 아니, 유빈이는 내 유일한 친구라기보다는 유일한 형제일지도 모르죠."

형제라…. 지후가 생각에 잠긴 듯 얼굴을 찌푸렸다. 그에겐 언제나 버거운 형제라는 짐이 결국은 유빈의 몫이었나 보다. 버릴 수 있는 그 이름으로 유빈이 은우를 잡는 거라면 얼마든지 던져 줄 수 있었다. 그의 입가에 스르르 미소가 걸렸다. 유빈이 은우를 잡을 수 있는 이유가 된다면, 그래서 윤규하를 놓아버릴 수만 있다면 그로서는 유빈을 잡는 게 더 나았다.

"이 대답에 어떻게 행동하실 건데요? 내 대답에 따라 행동이 어떻게 달라지죠?"

은우가 되물었다.

"어떻게 달라지길 원하니?"

기대하지도 않았던 대답이었는지 순간 은우가 숨을 깊게 들이켰다. 그의 등 뒤로도 잔뜩 긴장한 은우가 고스란히 전해져 왔다.

"원하는 게 뭔데?"

지후가 여전히 무심한 어투로 물었다.

"유, 유빈이 병원에 가볼 수 있어요? 유빈이 정말 괜찮은 건지 확인만 하고 싶어요."

"결혼시간이 코앞이다. 오늘은 너의 결혼식이고. 유빈이는 그 후에 봐도 되지 않겠냐?"

"싫어요. 내 눈으로 확인해야 해요. 그 사람이 유빈일 다치게 했다면, 만일 죽을 만큼 다치게 했다면… 난 절대 그 사람 용서하지 않아요, 내가 죽는 한이 있어도. 그래서 알아야만 해요. 정말 유빈이 괜찮은 건지 알아야겠어요."

은우는 고집스럽게 자신의 결혼식마저 내팽개치고 유빈에게 가겠다고 말하고 있었다. 그녀가 원한다면 잡아 줄 생각이었다. 은우 스스로 이 결혼식을 버리겠다면 그로서도 반대할 이유가 없었다. 병원에서 차마 잡지 못했던 은우의 손이 이제 스스로 내밀어지고 있었다.

"그걸 원하니?"

그가 다짐하듯 물었다.

"네…."

"아버지는? 그리고 기다리고 있는 그 많은 하객들은 어떻게 할 거니? 너의 결혼식이야. 네가 없이는 모든 게 엉망이 될 거다."

시험하듯 묻는 지후의 머릿속엔 냉혹한 계산이 일었다. 잡길 바랐다. 은우가 유빈을 잡길 바랐다. 그래서 이 결혼이 깨질 수만 있다면 얼마든지 이용할 수 있었다.

"그래도 유빈에게 가고 싶니?"

"모르겠어요. 다만 지금은 내 마음대로 하고 싶어요. 제 마음대로 해 줄 수 있다고 했잖아요? 그냥 유빈이만 잠깐 보고 올게요."

나지막이 지후가 속삭였다.

"그게 네가 원하는 유일한 거란 말이지…."

"네."

은우가 단호하게 대답했다.

"후회하지 않겠니?"

"네. 후회하지 않아요."

순간 앞의 노란 신호등 불빛이 금세 빨갛게 바뀌었다.

그래, 후회하지 않는다라….

노란 불빛이 빨갛게 바뀐 그 찰나, 지후는 자신의 발밑에 놓인 액셀을 있는 힘껏 밟았다. 앞만 또렷이 바라보는 지후의 눈빛 역시 은우의 대답처럼 단호했다. 나 역시 후회하지 않는다.

결혼식이 열리는 호텔 한 블록 앞의 신호 대기에서 지후는 그렇게 빠르게 커브를 돌아 신의 눈앞에서 순식간에 사라져 버렸다. 놀란 신이 서둘러 지후의 뒤를 따르려 했지만 이미 복잡한 서울의 시내는 빽빽이 차가 들어서 이미 지후를 쫓아가기엔 늦었다.

'빌어먹을!'

신은 힘껏 핸들을 내리쳤다. 절묘한 타이밍으로 그렇게 은우를 실은 지후의 차는 포물선만 남긴 채 사라져 버렸다.

"이, 이 빌어먹을 개자식! 네 따위가 감히 내 명령을 어겨? 분명히 네 손으로 데리고 오라 했었다."

호텔이 떠나가라 버럭 소리를 지르는 것도 모자란 규하가 사정없이 신을 구둣발로 짓이겨 버렸다. 악물린 힘줄이 튀어나올 만큼 그의 분노는 극에 다다라 있었다. 넓은 호텔에서 내내 늦는 신부를 기다리던 화가 고스란히 신을 향해 쏟아져 내렸다. 십여 년의 세월 동안 한 번도 명령을 어겨본 적이 없던 신이었다. 그런 신이 다름 아닌 자신의 결혼식을 망쳐버린 것이다. 잔뜩 흐트러진 품새에 입에서는 거친 숨소리가 멈추지 않았다.

"이런 제기랄!"

규하의 입에서 욕설까지 거침없이 튀어 나왔다.

"감히, 네가 내 명령을 어겨? 감히? 네 머리는 생각하라고 있는 게 아니다. 내 명령을 기억하라고 붙어있는 거야. 그런데 감히, 감히, 이 따위로 일을 망쳐! 이런 빌어먹을 자식!"

거친 그의 구둣발이 신의 얼굴을 그대로 강타했는지, 무릎을 꿇은 채 바위처럼 버티어 앉은 신의 얼굴에 주르륵 피가 흘러내렸다. 그 피를 보면서도 그의 시선에는 용서가 없었다. 오히려 옆에 서 있는 무의 심장이 다 오그라들 정도로 규하는 차디찬 냉소를 지었고, 방안의 분위기 역시 가라앉을 기미가 보이질 않았다.

'이런 젠장. 빌어먹을 계집애!'

당하고 있는 신보다 무가 더 은우에게 살의 같은 증오를 느꼈다. 신이 규하에 대해 갖는 감정보다 자신이 신에게 갖는 감정이 더했으면 더했지 덜 하지 않는데, 그 어린 계집애 하나 때문에 신이 저렇게 죽을 만큼 당하는 모욕에 무는 이가 덜덜 떨려왔다.

'망할 계집애. 도망칠 거면 저 잘난 윤규하 면전에서나 도망칠 것이지.'

무는 이미 떠난 은우에게 늦은 원망을 하며 신을 안타깝게 바라보았다. 이젠 제발 그만 멈추기를 원했다. 이제껏 단 한 번의 실수도 없었던 신인데 그를 짓밟는 규하의 발길은 가차 없었다. 몇 번이나 뻗어지는 그의 손을 느꼈는지 규하에게 짓밟히는 그 와중에서도 신은 강하게 그를 저지했다. 거의 지칠 정도로 신을 짓밟던 규하가 분을 채 못 풀고 발을 거두었다. 신을 용서해서가 아니었다. 이런 정도의 녀석은 죽을 때까지 짓밟는다 해도 하나도 아쉬울 게 없었다. 다만 이렇게 시간을 허비하는 게 싫었기 때문이었다.

이 지후…. 규하는 이를 악물며 지후의 이름을 되뇌었다. 그 빌어먹을 자식은 처음부터 눈에 거슬렸다. 오빠라고 하는 녀석의 그 끈적끈적한 눈빛이라니. 대체 어떤 눈 먼 녀석이 그런 눈빛을 가진 녀석을 오빠라고 생각하겠는가. 그날 그의 결혼식장 한 곁에서 자신을 바라보던 지후의 불타는 눈빛은 결코 오빠의 것이 아니었다. 한 남자의 눈빛. 규하는 본능적으로 그가 자신과 같은 남자로서 서고 있음을 깨달았다. 느끼면서도 그가 오빠라는 이유로 가벼이 과소평가하였다. 그런 거만함으로 지후를 신에게 주지시키지 못한 것은 그의 불찰이었다.

'이 지후, 짓밟아주지. 네가 태어난 것을 후회할 만큼. 감히 내 여자를 탐한 걸 죽는 그 순간까지 후회하도록 철저히 짓밟아 주지. 아마 죽는 게 더 행복할 거다, 그 때가 되면….'

이미 결혼식은 끝난 문제였다. 더 이상의 의미도 없었고, 버린 것은 그가 아닌 그녀였다. 그런 의미 없는 결혼식을 굳이 감행한 것은 오로지 은우를 위해서였다. 당사자가 버리겠다면 굳이 또다시 번거로운 그 일을 할 생각은 없었다. 하지만 그의 면전에서 그녀가 감히 다른 남자와 함께 떠났다는 것만은 용서할 수 없었다. 또다시 그의 주먹이 하얗게 쥐어졌다. 그녀가 그의 눈앞에 있다면 목이라도 졸라버리고 싶은 심정이었다.

"가 볼만한 곳은 다 알아보았나?"

쓰러져 있는 신에게 규하가 물었다. 신이라면 이미 그 정도는 움직였을 거라 미리 짐작하면서도 면죄부처럼 일부러 물어본 것이다. 고개를 끄덕이는 신의 대답은 예상했던 바였다.

"갈 만한 곳이 없었겠지. 혹시 유빈이라는 자식 어떻게 되었는지 아나?"

"그 후로는…."

"당장 알아 봐. 분명 그 자식과 연관되어 있을 거다. 두 번 다시 실수는 없다."

"네."

죽을 만큼 아팠을 텐데도 신은 평소와 다름없는 목소리로 대답하며 가볍게 몸을 일으켰다. 잠시의 비틀거림도 없었다. 모두 나간 사무실에 남은 그가 내내 서성이다 의자에 걸려있는 코트를 벗어 들었다. 그에게도 잠시의 휴식이 필요했다. 사무실을 빠져나간 그는 차를 몰아 어디론가 빠르게 움직이기 시작했다.

"제니 씨, 이거…."

한창 잘 나가는 우리나라 최고의 배우라는 임명세가 그녀에게 달큰한 차를 내밀었다. 그의 매니저가 신주단지 들 듯 들고 다니는 보온병에서 꺼내온 한방차인 듯 해보였다.

"네, 잘 마실게요."

무덤덤한 얼굴로 제니는 그가 내민 잔을 받아들었다. 이번에 새로 맡은 드라마의 두 주연 배우이니, 이 정도의 호의야 아무렇지도 않다는 듯이 애써 평온한 표정이었다. 이만한 배우와 수목드라마를 찍는 건 예전 같으면 상상조차 할 수 없는 일이었겠지만, 윤규하라는 남자가 줄 수 있는 건 제니가 상상했던 것 이상이었다. 이미 다른 배우로 내정되었던 이 드라마의 주연은 아무나 따낼 수 있는 것이 아니었다. 그녀가 원한다면, 이만한 드라마, 또 어떤 영화이든 가지지 못할 곳이 없었다. 하지만 제니는 최대한 겸손하게 행동했다.

 아직은 아니었다. 윤규하는 그녀의 튼튼한 동아줄이 아니라는 걸 영리한 제니는 한시도 잊지 않았다. 그가 없어도 그녀만의 힘으로 홀로 설 수 있을 때까지 그녀 역시 천천히 발판을 다져야 했다. 게다가 오늘은 그의 결혼식이었다. 자신의 결혼식을 아무렇지도 않게 그녀 앞에서 말하던 그를 생각하며 제니는 다시 한 번 얼굴을 일그러뜨렸다. 일그러진 얼굴로 임명세가 건네준 차를 훌쩍 들이마시는데 매니저인 정수가 그녀의 휴대폰을 내밀었다. 누가 들을까 입 모양으로만 윤규하라 일러주었다.

"저예요."

제니가 조용히 그의 전화를 받았다.

"흠. 이젠 제법 자리에 오른 모양이지?"

불쾌한 기색이 역력했다.

"죄송해요."

제니가 선뜻 사과했다.

"지금 아파트야."

대뜸 있는 곳만 말하는 규하의 말에 제니는 순간 당황하고 말았다. 아직은 신인인 그녀였다. 아무리 지산이라는 배경이 있다 해도 신인인 그녀가 스케줄을 마음대로 바꾸기는 건 무리였다. 하지만 제니는 쉽게 거절을 하지 못했다. 정문희 피디의 비꼬인 입술보다도, 차갑게 다물어질 규하의 입술이 더 신경 쓰였기 때문이다.

"……"

"왜 바쁘신가?"

잠시의 기다림에도 대뜸 역정이 묻어나는 목소리였다.

"아, 아니에요. 잠깐 시간 좀 생각하느라…. 지금 갈게요."

규하의 짜증에 잠시 갈등하던 제니는 미련 없이 마음을 접었다. 윤규하에게는 변명이라는 게 통하지 않았다. 그런 건 오히려 정문희 피디에게나 통할 일이었다. 전화를 끊은 그녀는 서둘러 가방을 챙겨들었다. 지금 서두른다고 해도 그가 기다릴 시간은 꽤 될 것이다.

"지금 가게?"

"네."

"제니 씨. 이제 시작인 드라마야. 벌써부터 이렇게 제멋대로 시간 빼다간 피디나 윗줄한테 찍혀. 괜히 피디들 사이에서 말 안 좋게 나가야 제니 씨만 손해야. 알잖아."

정수가 제니의 팔을 붙잡았다. 그녀 역시 같은 생각이었지만, 곧장 정곡을 찌르는 말에는 마음이 불편했다.
"알아요. 알아도 어쩔 수 없어. 매니저가 잘 말해줘요. 갑자기 생리통이 심해서 어쩔 수 없다고 하던지. 아, 그건 좀 심한가?"
제니가 정수에게 말했다. 그런 제니를 정수는 복잡한 심정으로 바라보며 고개를 내저었다. 위험했다. 그는 제니가 점점 윤규하에게 빠져들게 되는 게 더 두려웠다. 그녀는 아니라하겠지만, 지금의 제니는 이미 윤규하라는 남자에게 수렁처럼 빠져드는 것이 눈에 보였다. 위험해. 정수가 또 한 번 중얼거렸다. 이건 위험한 외줄타기와 같았다.

숨이 턱까지 차오르도록 서둘러 왔지만 제니가 아파트에 도착했을 때는 이미 해가 어스름해져 있었다. 방 안의 불은 온통 캄캄한데, 벌어진 커튼 틈으로 어스름한 달빛 속에서 방금 샤워한 듯 규하가 알몸으로 서 있는 것이 뚜렷이 보였다. 거대한 그의 몸에 제니는 자신의 몸 아래쪽에서 열기가 확 끓어오르는 것을 느꼈다. 규하가 주는 배경도 배경이었지만, 그와의 섹스 역시 거부할 수 없는 마약과 같았다. 능숙한 그의 애무와 깊은 그와의 결합은 생각하는 것만으로도 그녀의 여성을 충분히 적셔올 만큼 그와의 섹스는 황홀했다.
"저 왔어요."

달빛의 신비감 때문인지 목이 가라앉아 생각보다 갈라진 목소리가 나오고 말았다. 그녀의 작은 목소리에 천천히 규하가 돌아섰다. 미처 그녀가 그의 곁으로 다가가기도 전에 그는 특유의 큰 걸음으로 다가와 그녀를 확 낚아챘다. 그녀의 기다란 목에 뜨거운 숨결이 데일 듯 다가왔다.

헉! 막힐 듯 숨이 차 제니는 자신도 모르게 진한 숨소리를 내뱉었다. 그녀의 숨소리에 잠시 멈칫하던 그가 순식간에 그녀의 옷을 바닥까지 벗겨 내렸다. 윤기 나는 그녀의 하얀 살결이 은빛으로 빛이 났다. 그녀의 보드라운 가슴을 한 아름 움켜쥔 그가 한가운데 봉긋 솟은 그녀의 유두를 배고픈 아이처럼 한입에 물어 담았다.

헉! 제니가 또다시 거친 숨을 내뱉었다. 이미 그를 알아버린 몸은 익숙한 규하의 애무에 민감히 반응하고 있었다.

RRRRRRRRR…

침대에 이를 사이도 없이 넓은 거실에서 짐승처럼 교합하고 있는 제니의 귀에 낯익은 그의 벨소리가 들려왔다. 그녀는 뜨거운데 규하는 쉽게 그녀를 내팽개치더니 급하게 전화를 받았다. 마치 기다리던 전화처럼 그의 행동은 군더더기가 없었다.

"그래?"

그는 바로 중심을 향해 말을 꽂는 편이었다. 내던져진 제니가 냉정한 얼굴로 사무적으로 전화를 받는 규하의 얼굴을 바라보며 생각에 잠겼다. 그가 최소한의 인사라도 건넬 사람이 있을까? 아마 없을 것이다. 그는 어느 누구도 자신 위에 두지 않을 사람이었다. 아니, 그의 옆자리마저도 허락하지 않을 남자였다.

"하! 결국 갈 곳이 거기였군. 젠장! 그 빌어먹을 지후란 자식은? 그래? 잘 됐군. 피차 험한 꼴은 면했으니 됐어. 집으로 데려가. 잘 지켜. 두 번 다시 실수는 허락하지 않는다 했다."

말이 다 끝나지 않은 것 같은데 규하는 그대로 전화를 끊어버렸다. 전화를 끊은 규하의 얼굴에 얼음 같은 미소가 걸렸다. 자신을 향한 미소가 아님에도 제니는 오소소 소름이 돋아왔다. 누굴까? 잠시 생각에 잠기는데 식어진 그녀의 그곳에 그의 남성이 깊숙이 박혀왔다. 희열에 찬 고통에 제니가 순간 허공을 확 부여잡았다. 자신도 모르게 휘어진 허리를 뒤로 꺾으며 그의 남성을 깊숙이 자신 안으로 밀어 넣은 제니는 그의 움직임에 빠르게 맞춰 나갔다.

능숙한 그의 움직임에 제니는 숨죽인 흐느낌 소리를 내며 깊은 절정에 이르고 있었다. 기진한 듯 쓰러진 그녀의 몸이 규하의 팔에 안겨 침대로 향하는 것이 어렴풋이 느껴졌다. 그리고 그 밤사이 내내 그녀가 깰 때마다 뜨거운 교합은 여러 번 이루어 졌고, 새벽녘까지 제니는 잠 한숨 자지 못하고 그에게 시달렸다. 어스름한 새벽빛이 창가에 스며들 때였다. 또 한번의 정사를 치르던 규하가 몸을 벌떡 일으켰다.

"무슨…."

무슨 일인지 묻는 그녀의 말이 채 끝나기도 전에 그는 미련 없이 곧장 욕실로 향하고 있었다. 아직도 여운이 가시지 않은 그의 넓은 등을 바라보며 제니는 얇게 입술을 깨물었다. 이유를 묻는다해도 대답해 주지 않을 그라는 걸 알지만, 차가운 등은 언제나 그녀의 위치를 말해주는 것만 같아 마음이 아파왔다. 그가 이곳에 온전히 남아 있기를 바랐지만 그녀는 현명하게 입을 다물었다. 아마 한 걸음 나간만큼 그는 그녀를 밀어낼 것이다. 그가 없는 사이 재빠르게 옷을 입은 제니 역시 침대에서 몸을 일으켰다.

물소리가 세차게 들리더니 간단한 샤워만 했는지 물기가 남아있는 검은 머리를 흔들며 규하가 욕실을 나왔다. 제니는 옷장 서랍 속에 넣어둔 그의 속옷을 얼른 건넸다. 곱게 개켜진 하얀 속옷을 규하가 뚫어지게 바라보았다. 마치 속내를 드러내는 것 같아 괜스레 부끄러워진 제니가 속옷을 더 올리는데, 다행히 규하는 아무 말 없이 그녀가 건네준 속옷을 받아 입었다. 그러나 그뿐이었다. 언제 또 오겠다는 말도, 잘 지내라는 말도 없이 그는 마치 벗어나는 사람처럼 그대로 그녀의 집을 나가 버렸다.

※

제니의 집을 벗어난 규하는 서둘러 자신의 집으로 향했다. 자신이 직접 마련한 집의 육중한 철제문을 열며 규하가 성큼 집 안으로 들어섰다. 아직 결혼은 생각조차 못하고 있을 때 한눈에 반해 마련한 집이었다. 그동안 별 수리도 없이 방치해 놓다가, 은우와의 결혼을 생각하면서 조금씩 수리에 들어갔다. 넓은 잔디밭 위에 놓인 돌들을 소리 없이 밟으며 규하는 천천히 집의 현관문을 향해 다가섰다. 들어서는 그의 입술에는 불만스런 미소가 걸려 있었다.

'빌어먹을, 고작 도망간 신부 하나 잡아놓고 꼴 같지 않는 짓이라니.'

대문만큼 육중한 현관문을 살짝 밀고 들어서자 밤새 그렇게 있었는지 어제 입은 양복차림 그대로 서 있던 신이 그를 향해 고개를 들어 묵묵히 인사를 건넸다. 입술과 얼굴엔 아직도 어제의 생채기가 남아있었다.

"사모님은 이층 침실에…."

가볍게 고개를 끄덕인 규하가 나가라는 듯 손을 흔들었다. 어찌되었든 결혼 첫날이었다. 신이 있을만한 곳은 아니었다. 고즈넉한 거실을 통과해 규하가 한걸음, 한걸음 천천히 은우가 기다리는 윗층 자신들의 침실로 향했다. 것도 같잖은 첫날밤이라 이건가? 제니에겐 없었던 설렘에 실없는 웃음이 나왔다. 위층에 오른 규하가 천천히 자신의 침실 문을 열었다. 열어진 문 사이로 침대 옆에 쪼그리듯 앉아 있는 은우가 보였다. 아, 순간 그의 입에서 탄성 같은 한숨이 새어 나왔다.

"밤새 그런 꼴로 날 기다렸나?"

일부러 침대에는 시선을 두지 않고 방 한구석에 쪼그리고 앉은 은우를 향해 유들거리는 목소리로 한껏 비꼬았다. 그녀가 드디어 그의 집에 있다는 것에 내심 안도하면서도 그런 마음을 들킬까 말이 꼬였다. 은우는 그의 말에 한마디 대꾸도 없이 노려만 보고 있었다. 마치 두려움 때문에 이를 드러내는 어린 고양이새끼처럼 자그마한 모습이었다. 규하는 털썩 침대에 엉덩이를 내려놓으며 자신의 목에 걸린 반듯한 넥타이를 풀어 제쳤다. 좀 전 제니의 집을 나설 때 습관처럼 맨 넥타이였다. 침대에 걸터앉은 채 무심한 시선으로 은우를 훑어 내리던 그의 눈빛이 날카롭게 번뜩였다. 순간 이가 바락 갈렸다.

"옷이 왜 그 모양이지?"

"왜 마음에 들지 않나요? 난 딱 내 취향인데?"

"이, 망할 것! 감히 웨딩드레스를 어떻게 한 거야? 당장 찾아오지 못해?"

"싫어요. 그 까짓 옷 버린 지가 언젠데! 두 번 다시 그런 옷 입을 일 없어."

"이, 이…!"

말을 잇지 못한 규하가 선뜻 은우의 손목을 휘어잡았다. 감히 그의 웨딩드레스를 버리다니. 자신이 입고 있는 턱시도가 무색할 만큼 어이없는 여자였다. 그래도 화장까지 지울 시간은 없었는지, 곱게 화장한 얼굴로 그를 빤히 노려보는 은우에게 규하는 참을 수 없는 울화가 치밀어 올라왔다.

"이 건방진 것이. 감히 누구에게 하는 수작이야? 네까짓 게 감히 내 웨딩드레스를 버려? 결혼식을 망친 것도 모자라서 이따위 옷이나 주워 입고 내 집엘 들어 와?"

으드득, 이가 갈렸다. 그녀를 직접 데리고 오지 않은 것, 그리고 일부러 제니와 결혼 첫 밤을 새우고 온 것 모두 결혼식에 대한 대가였다. 그와의 결혼식을 그렇게 면전에 집어던진 그녀에 대한 벌처럼 일부러 밤을 새우고 들어왔는데 오히려 그녀는 정면으로 그의 뺨을 내려치고 있었다. 참을 수 없는 노여움으로 규하는 이글거리듯 은우를 노려보았다. 살아오면서 이제까지 감히 자신을 이토록 대한 여자는 단 한 명도 없었다. 아니 여자가 아닌 그 누구도 없었다. 오직 이 은우, 이 여자만이 윤규하를 이렇게 대하고 있었다.

'이 망할 것! 감히 날 거역해?'

"신혼여행은 없다. 그렇게 거칠 것 없이 결혼식을 내팽개쳤으니 그 정도는 양보해야겠지. 저녁엔 청담동 집에 들를 테니 준비하도록 해."

"싫어요."

"싫어?"

번뜩이는 그의 눈동자가 위험스럽게 발하는데 그를 바라보는 그녀의 시선 또한 한 치의 틈이 없었다.

"네, 싫어요. 결혼식도 하지 않은 결혼이 어디 있어요?"

"그래?"

얼음 같은 차가움이 싸한 냉기를 발했다.

"모르는 모양인데 결혼식은 다만 신부에 대한 대접일 뿐이야. 너와 난 이미 서류상의 부부라구. 너의 그 잘난 아버지란 사람이 그건 말해 주지 않았나 보지? 물론 네가 싫다면 어쩔 수 없지만, 우리 결혼까지 없는 것이 될 수는 없지. 안 그래?"

또다시 오지 않은 신부를 기다리던 모멸감이 차올랐지만 규하는 애써 담담히 그녀의 시선을 받았다. 옷장 문을 열고 새로 옷매무새를 가다듬는 그의 손길은 냉정하리만치 차분했다.

"난 당신과 결혼하지 않아요."

다짐하듯 말하는 그녀의 말에 내내 누르고 있던 날카로운 신경이 뚝 끊어지고 말았다.

"그래?"

고집스런 그녀의 입술이 시야를 가득 채우고 있었다.

"집으로 돌아가겠어요."

"집? 어느 집? 당신 친정 집 말인가? 그렇게 안달하지 않아도 내일 가게 될 거야."

겁 없는 그녀의 얼굴을 마주보며 규하는 일부러 이죽댔다.

"난, 당신과 결혼 안 해요, 절대! 죽을 때까지! 그러니 두 번 다시 유빈이한테 손대지 말아요. 두 번 다시…."

아직 말이 채 끝나지 않았는데 규하가 덥석 그녀의 얼굴을 한 손으로 잡아 버렸다. 그의 인내심이 한계에 다다랐다. 들어선 순간부터 내내 결혼은 없다 말하는 아내에 대한 분노가 거친 입맞춤 속에 고스란히 묻어났다. 놀라 벌어진 그녀의 입 안으로 자신의 혀를 거칠 것 없이 밀어 넣으며 탐색하듯 훑어 대던 규하가 흠, 깊은 신음소리를 냈다.

그녀는 너무나 달콤한 과일 같았다. 쉽게 딸 수는 없지만, 그래서 더욱 달콤한 과일처럼 그녀는 그를 녹여내고 있었다. 자신의 결혼식을 내팽개친 노여움도, 끝내 결혼을 거부하는 그녀에 대한 미움도 눈 녹듯 녹아내리며 규하는 삼매경처럼 은우와의 깊은 키스 속에 빠져 들었다.

짝!

순간 뜨거운 열기 같은 손바닥이 그의 뺨을 향해 내리쳤다. 번쩍 불꽃이 일었다. 얼떨결에 그녀를 놓아버린 손으로 규하가 믿을 수 없다는 듯 자신의 붉은 뺨을 어루만졌다. 두 번째로 얻어맞은 따귀였다. 이런 망할! 거친 욕이 터져 나왔다. 그 누구도 아닌 그의 아내만이 그의 입술을 거부하고 있었다.

"대체 왜 이래요? 왜 나한테 이러는 거냐구요. 그렇게 여자가 없어요? 이런 식으로 억지로 갖지 않음 가질 여자가 없어요? 대체 왜 이러는 거냐구요? 왜?!"

뺨은 자신이 갈기고도, 버럭 소리를 질러대는 은우의 시선이 더 상처받은 사람처럼 아팠다.

눈물은 흘리지 않겠다는 듯, 이를 악문 그녀의 눈동자에 말간 물기가 어려 있었다. 손만 대도 또로록 흘러내릴 것 같은 눈물을 애써 감추는 그녀의 모습이 우습게도 사랑스러워 보여 그의 입가에 자신도 모르게 빙긋 미소가 걸렸다. 그런 미소가 마음에 들지 않는지 은우가 파르르 떨었다.

"왜? 글쎄, 난 별로 갖고 싶은 것에 이유를 두지 않아서 말이야. 이유 없이 널 갖고 싶어졌어. 그게 전부야."

그게 이유였다. 그녀의 말처럼 여자가 없는 것도 아니지만 그는 오로지 그녀만이 가지고 싶었다.

"다른 걸 가져요. 난 안 돼요."

"왜? 갖고 싶은 걸 가질 수 있는데 다른 걸 가져야할 이유가 있나?"

"내가 싫으니까, 내가 싫어서 안 돼요."

"그래?"

어느새 옷을 다 갖춘 그가 서슴없이 그녀를 향해 돌아섰다. 그녀가 싫은 것 따위는 이유가 되지 않았다. 그녀가 싫어도 그녀를 가져야만 했다.

"하지만 어쩌지? 난 갖고 싶은 건 절대 버리지 않아. 혹시 그 호모 녀석에 대한 경고가 약한 건가? 아예 일어나지 못하도록 만들 걸 그랬나? 네가 끝까지 이런 식이라면 나도 다시 생각해 볼 수 있어. 네 주위에 있는 모든 것이 다 부서져 버린다면 돌아오겠나? 그래? 그걸 원하는 건가?"

숨이 막힌 듯 그녀의 눈동자가 커다랗게 벌어졌다. 그런 그녀의 시선을 바위처럼 단단히 받아내던 그가 한 걸음 바짝 그녀를 향해 다가섰다. 이제야 비로소 그녀의 두 눈에 공포감 같은 두려움이 서렸다. 그녀를 바라보는 그의 눈동자가 심연처럼 어두워졌다. 그를 거부하는 그녀의 눈동자보다 이 두려움이 더 싫었다.

"당신을 증오할 거야. 죽을 때까지 당신을 절대 용서하지 않을 거야."

침대를 잡은 손이 하얗게 떨리는데 은우는 꼿꼿이 자리를 버티며 규하에게 차갑게 내뱉었다.

"그래, 하지만 그런다고 해서 네가 내 것이란 건 변하지 않아. 너만 다칠 뿐이지. 날 더 이상 자극하지 않을 게 좋을 거야. 너로 인해 참을 수 있는 인내는 다 써버렸으니까."

증오한다는 은우의 말을 배웅삼아, 규하는 천천히 집을 나섰다. 증오한다고 해도 좋았다. 그녀가 결국 그의 아내로 남는다면 그까짓 증오쯤이야 얼마든지 받아 줄 수 있었다.

"하하하하!"

호쾌한 웃음을 터뜨리며 규하는 한층 즐거워진 마음으로 회사로 향했다. 그녀가 그의 집에 있다는 것, 그것만으로도 그는 충분히 만족스러웠다. 신이 지키고 있을 은우를 생각하며 어제 하루 밀려 있던 서류를 처리하는 그의 마음은 그래서 더욱 가벼웠다. 어쨌든 그녀에게 했던 말처럼 그가 원했던 것은 다 이루어진 셈이었다.

어제의 결혼 소식이 회사 내에 쫙 퍼져 다들 그의 눈치를 보느라 바쁜데 정작 당사자인 그의 얼굴에는 편한 미소가 내내 머물러 있었다. 고개를 갸웃하는 진 실장의 모습조차 눈에 보이지 않을 정도로 규하는 즐거웠다. 저녁 식사 시간에 맞춰 들르겠다, 본가에 연락을 해 놓고 규하는 서둘러 집으로 향했다. 사 놓고 한 번도 머물러 본 적이 없는 집이라 낯설기는 다른 집 못지않았지만 은우가 기다리고 있다는 것만으로도 그의 마음은 흥겨웠다.

아침에 한 협박이 먹혀들었는지 침대 위에 앉아 있는 은우는 다행히 그가 준비해 놓은 한복차림이었다. 여전히 표정만은 딱딱하게 굳어 있었지만 그래도 그가 들어서자 두 말 없이 자리에서 일어나 그를 따라 나섰다. 차에 올라서는 은우를 흘낏 바라보는 그의 얼굴엔 만족스런 미소가 걸렸다. 고운 한복을 입고 다소곳이 앉아 있는 모습이 그제야 비로소 새 신부 같았다. 옆에 앉은 그의 마음도 그녀처럼 새신랑 같은 설렘이었다.

서른도 안 된 나이에 이사 자리에 오른 그였다. 그때도 이렇게 설레지는 않았던 것 같았다. 규하가 또다시 앞만 바라보는 그녀를 슬쩍 바라보았다. 궁금했다. 대체 이 여자의 어떤 면 때문에 이렇게까지 그가 흔들리는지 알 수가 없었다. 단지 평범한 여자인데, 이 여자 하나로 그가 설레다니. 한 번도 이럴 수 있을 거라 생각해 보지 못했었다.

신이 천천히 자신의 본가의 입구로 들어서자 규하는 흥분되는 마음을 애써 가라앉혔다. 결혼이라는 건 이런 맛이 있는 모양이었다. 혼자가 아닌 자신의 여자와 찾은 집은 전과는 많이 색다른 기분이었다.

"어서 와라."

아버지인 윤 회장은 보이지 않고, 어머니인 지현정만 현관 입구에 미리 나와 있었다. 결혼식 날 도망쳐 버린 며느리가 곱게 보이진 않을 텐데, 그의 어머니는 의외로 반갑게 며느리를 맞이하고 있었다. 부드러운 어머니의 미소에 규하는 조금 편한 기분이 드는데, 옆에 선 은우의 얼굴은 못내 불편한 기색이 가득했다. 어머니의 부드러운 환영이 어색한 눈치였다. 어머니가 가볍게 은우의 팔을 잡고 집 안으로 들어서자 딱딱한 얼굴로 거실에 앉아 있는 아버지의 모습이 보였다. 아버지의 모습을 보는 순간 규하의 입에서 절로 한숨이 새어 나왔다. 결혼식 날의 화가 아직도 가라앉지 않은 아버지의 모습이 마음에 걸렸다.

"환영한다는 말은 못하겠구나."

역시 들어서는 은우에게 대뜸 아버지가 말했다. 규하가 피곤한 기색으로 머리를 쓸어 올렸다.

"네, 저도 죄송하다는 말은 못 드리겠어요. 원하지도 않은 결혼이라 어쩔 수 없네요."

기죽지 않은 은우의 대답이었다. 돌아보는 규하의 입가에 보이지 않은 미소가 걸렸다. 당돌한 대답이었지만, 그녀다웠다. 그의 미소를 보았는지 바라보는 아버지의 눈매가 사나웠다. 결국 이따위 일을 벌이려 그렇게까지 했던 거냐? 그런 의미가 역역이 담긴 시선이었다. 그렇지 않아도 마음에 들지 않은 며느리라 노래를 부르던 아버지였으니 은우의 대답에 어이가 없었을 것이다. 감히 지산 그룹의 안방 자리를 차고 나간 은우였다. 지산에 대한 자존심이 하늘처럼 높은 아버지이니 감히 그 지산을 거역한 은우를 참을 수 없어하는 건 당연한 일일지도 몰랐다.

회사 전체가 비상에 걸릴 만큼 모든 언론들을 막아야 했고, 또 온 하객들에게 사과문 발송까지, 당사자인 자신보다 오늘 하루 내내 더 바빴던 아버지였다. 그런 아버지에게 감히 은우는 죄송하다는 말 한마디도 하지 않겠다, 당당히 맞서고 있었다. 피식 웃음이 새어 나왔다. 어머니의 웃음 소리였다. 사납게 자신을 노려보던 아버지가 대놓고 웃음소리를 내는 어머니에게는 별말이 없었다. 아버지는 어머니에겐 한없이 약했다. 어머니가 은우을 며느리로 인정했다면, 결국 아버지도 그녀를 며느리로 받아들일 것이다. 그래서 규하는 은우의 당찬 대답도 가볍게 받아들였다.

"언제까지 그렇게 노려보고만 계실 건가요?"

부드러운 아내의 음성에 윤 회장은 흠흠, 헛기침만 하더니 곧장 식탁으로 향했다. 식탁에는 하루 종일 마련했음직한 음식들이 푸짐하게 놓여있었다. 순간 규하는 강한 식욕을 느꼈다. 사실 어제부터 제대로 된 식사를 하지 못했다. 여전히 은우에 대해 불만스런 아버지는 애써 그녀를 무시하고 있었고, 간간히 부드럽게 말을 건네는 어머니의 말에 은우 역시 불편한 듯 짧은 대답만 하였다.

 불편한 침묵 속에서 규하만이 열심히 주린 배를 채우는데 그때, 식사 중간 중간 명치끝을 주무르는 은우가 눈에 들어왔다. 불편한 분위기라 체한 모양이었다. 하긴 아버지의 저 냉랭한 눈치 속에서 편안히 식사를 하라는 것은 무리한 요구였다. 급한 사람처럼 바삐 놀리던 젓가락을 탁 내려놓자 그 소리에 윤 회장이 고개를 들었다.

 "이만 가야겠습니다."

 바라보는 아버지의 시선을 받으며 규하가 담담히 묻지 않은 대답을 했다. 놀란 듯 바라보는 은우의 시선이 느껴졌다.

 "하지만, 어떻게 여기까지 와서 그냥 가니? 식사도 마저 해야지."

 어머니가 아쉬운 듯 그를 붙잡았다.

 "집 사람이 많이 지쳐서요."

 "모자란 놈!"

 아버지의 목소리가 낮게, 그러나 똑똑히 그를 향했다.

 "이 따위 애나 들이려 그 개망신을 당해?"

 제 아내를 감싸는 아들 녀석이 못마땅한지 불끈 화를 참지 못한 윤 회장의 입에서 거친 말이 튀어 나왔다.

 "제가 원한 일입니다."

 거친 말에도 한 줌 숙임 없이 그가 당당히 노려보았다. 아무리 아버지라 해도 은우를 모욕하는 건 참을 수 없었다.

"원한 일? 저 아이가?"

칼 같은 손가락이 곧장 은우를 향해 꽂혔다.

"저 아이가 너한테 그만한 가치가 있다는 거냐?"

"가치는 제가 정해요. 그리고 전 제 아내로서는 은우만을 원합니다."

"못난 녀석!"

벌떡 일어서 나가는 그의 등에 뒷말이 그대로 박혀왔다. 은우의 팔을 꽉 잡은 규하의 얼굴은 그 손길만큼 딱딱하게 굳어 있었다. 단 한번도 들어본 적이 없는 비난이었.

"왜 이렇게까지 해요? 나만한 여자 얼마든지 구할 수 있다면, 왜 이렇게까지 해요?"

집을 나서던 그녀가 말했다. 앞에 서 있는 신의 어깨가 움찔했다. 순간 딱딱하던 규하의 얼굴이 사납게 일그러져 내렸다.

"같은 말 두 번 하게 하지 마. 내가 원한 일이야. 이유는 그게 다야. 그러니 더 이상 내 성질 건드리지 말라구, 이 망할 여자야!"

이 순간까지 그의 신경을 비틀어대는 그녀의 말에 견딜 수 없이 화가 치밀어 올랐다. 이 여자는 잠자코 입을 다물 때를 모르는 걸까? 아버지에게 그런 비난까지 들으며 그녀를 감쌌건만 고작 하는 말이란 게 이따위 밖에 되지 않았다. 비틀거리는 은우를 돌볼 새도 없이 규하가 거칠게 그녀를 차 안으로 밀어 넣었다.

"집으로 가."

규하가 명령조로 신에게 말했다. 아까의 설렘 같은 기분은 이미 사라진 지 오래였다.

"언젠가는 당신의 그 욕심이 우리 모두를 파멸시키고 말 거예요."

경고하는 듯한 은우의 말이 곧장 꽂혀 왔다.

파멸?! 피식 비웃음이 떠올랐다. 그에게 파멸이란 건 없었다. 설사 그럴 기회라는 게 온다 해도 그에게는 그것을 막을 능력이 충분히 있었다. 집에 들어서자마자 은우는 버려두듯 그를 남겨둔 채 곧장 침실로 향했다. 꼿꼿한 그녀의 등에서 확 찬 기운이 돌았다. 아내로서 철저히 그를 거부하는 마음이 그대로 드러나는 그녀의 모습에 규하가 피식 웃었다. 어차피 그런 사치 따위는 바라지도 않았다. 그런 은우의 행동에 개의치 않고 규하는 털썩 소파에 몸을 실었다. 차가운 은우 못지않게 규하 역시 아직 그녀를 안을 생각은 없었다. 게다가 밤새 내내 그녀의 곁에서 뒤척일 생각은 더욱 없었다.

느긋이 소파에 기댄 규하가 안 주머니에서 금빛 케이스를 열어 담배를 입에 물었다. 오늘 저녁 그는 또다시 제니에게 갈 생각이었다. 결혼식을 이대로 끝내 버린 것, 그리고 그가 자신의 아내를 안지 않는 것. 그건 그의 자존심이었다. 자신을 버리고 간 신부에 대한 유치한 보복…. 그래서 지금 규하는 일부러 숨을 고르고 있었다. 그것마저 없었다면 당장이라도 저 문을 부수고 들어가 은우를 안을 것만 같았다. 아무리 자신이 원해 억지로 이루어진 결혼이라지만 자신의 아이를 그런 식으로 얻을 생각은 없다. 은우가 가질 그의 아이는 반드시 둘이 원한 결합에 의해 얻어져야만 했다. 자신의 아내라 해도 원치 않는 여자를 안는 독특한 취향은 삼가고 싶었다. 비록 그의 몸은 미칠 듯이 그녀의 몸을 탐하고 있었지만….

편하게 담배를 마저 피운 규하는 천천히 몸을 일으켜 집을 나섰다. 모든 게 꼬인 실타래처럼 복잡한 마음이었다.

새벽에 나간 후보다 한결 깨끗하게 치워진 집에서 제니는 그를 기다리고 있었다. 그녀를 본 순간 아침에 그녀가 건네주던 하얀 속옷이 떠올랐다. 그를 위해 작은 배려까지 섬세하게 준비하는 그녀의 모습에 은우의 차가운 모습이 겹쳐 떠올라 왔다.

'제길!'

욕지거리가 터져 나왔다. 나긋한 제니의 몸을 껴안고 육체만이 남은 짐승처럼 끝없이 탐하는 그의 심장은 작은 핏줄 하나 없는 것처럼 텅 비어 있었다. 그녀 안에 자신을 가득 실어도 그는 여전히 허전하고 외로웠다. 그 외로움을 채우듯 또 한 밤을 보낸 규하가 어제 입은 옷차림새 그대로 들어서는데 침대에 세상모르는 아이처럼 은우가 잠들어 있었다. 고운 화장이 깨끗이 지워진 그녀의 얼굴은 갓 태어난 아이처럼 순수했다.

그녀가 깨지 않도록 살며시 그녀 곁에 앉아 조심스럽게 이마에 내려 온 머리카락을 쓸어 올렸다. 곱실한 머리카락이 부드럽게 손에 감겨 왔다. 내내 독설을 내뱉던 입술도 지금은 곱게 다물어져 있었다. 그 입술까지 조용히 쓸어내린 규하의 입술에 잔잔한 미소가 걸렸다.

이제 시작이야, 이은우. 아직은 좀 더 달콤한 잠을 즐기라구.

7

 텅 빈 집 안에서 유빈은 멍하게 천정을 바라보았다. 그리 높지 않은 천정의 복잡한 벽지가 기하학적인 성당의 그림들처럼 한없이 높아만 보였다. 얼굴엔 아직 가시지 않은 멍이 남아 있었고, 힘없이 펼쳐진 손아귀에는 종이 한 장이 쥐어져있었다. 병원비 영수증이었다. 은우가 남기고 간 자취처럼 유빈은 그 종잇조각만 붙잡고 있었다.

 "오늘 은우의 결혼식이었다."
 은우를 배웅하고 병실로 들어서는 그에게 은우의 오빠라는 지후, 그 사람이 버럭 소리를 질렀다.
 "망할 네 녀석 보자고 제 결혼식까지 버리고 온 은우라고, 이 자식아! 그런 아이를 그렇게 보내? 그렇게 아무렇지도 않게 돌려보내? 이 병신 같은 자식!"

은우 어디 갔냐며 불안하게 묻는 그에게 일행이 와서 갔다는 바보 같은 말을 했을 때였다. 바보 같아. 유빈은 또다시 중얼거렸다. 너무나 바보같이 은우를 보내놓고, 그것조차 모르는 자신을 지후가 불끈 쥔 주먹으로 내리쳤을 때 오히려 아픔보다 시원함을 느꼈다.

한참동안 분에 겨워 유빈을 흔들어대던 지후가 허겁지겁 어디론가 사라져 버리고 유빈은 자신의 얼굴에 모욕처럼 던져진 병원 영수증을 들고 말없이 병원을 나섰다. 며칠은 더 있어야 한다지만, 유빈은 그대로 환자복을 걸친 채 자신의 집으로 돌아오고 말았다.

그리고 며칠이 흘렀다. 그 며칠 동안 그는 묘지에 누운 사람처럼 시간의 흐름을 잊었다. 가만히 바라보는 이 공간이 마치 영화의 세트장처럼 낯설었다. 자신이 이미 며칠 째 제대로 식사조차 하지 못하고 있다는 것도, 그리고 이 공간에서 살아 숨쉬는 것도 까맣게 잊은 채 그저 멍하게 시간만 흘려보내고 있었다. 갑자기 고요한 적막을 깨며 쨍한 전화벨이 급하게 울렸다. 은우? 그가 잠시 기억하던 그 늦은 저녁의 전화처럼 유빈은 황급히 전화를 들었다.

"나야."

후! 유빈이 한숨처럼 이름을 불렀다. 같이 음악을 하며 깊이 젖어들었던 후였다. 그의 음성은 너무나 독특해서 어떤 기계를 통한 다해도 정확히 알아 맞출 수 있을 정도였다. 그런 후를 오늘 유빈은 아, 하며 조금 실망스럽게 받았다. 이제껏 이런 일은 없었다.

"날 잊었어?"

후가 물어왔다. 후는 민감하게 그의 마음을 알아채고 있었다.

"아니."

사실은 후가 아닌 자신을 잊었었다. 아니, 라고 대답은 하는데 그의 음성은 이미 투정하듯 튕겨 나와 버렸다.

"여기. 바(Bar)야. 나오지 않겠어?"

자신들의 은밀한 데이트가 이루어지던 바(Bar), '말라이'에 있는 모양이었다. 늘 그래왔듯 '그래, 금방 갈게.'란 말이 쉽게 나오지 않았다. 이 혼란함을 어떻게 설명해야 할지 당황스러웠다. 이제껏 단 한 번도 사랑이라 의심하지 않았던 후다. 첫사랑에 빠진 소년처럼 미친 듯한 열정적으로 빠져 들었던 후였다. 그를 만나면 지금 자신이 갖는 은우에 대한 이 혼란함의 정체를 알 수 있을지도 몰랐다.

"알았어."

대답을 하고 난 그는 자리에서 일어섰다. 며칠 내내 누워있었던 탓인지 핑그르르 현기증이 돌았다. 바짝 마른 입술을 축이기 위해 냉장고 문을 열었지만 아무 것도 없었다. 은우의 부재처럼 냉장고도 이 집도 갑자기 생명을 잃어버린 것처럼 답답해져 있었다. 내겐 후가 있어. 후 만이 전부야. 비어있는 물통

대신 수돗물로 입술을 축이며 그가 자기암시처럼 중얼거렸다. 은우는 단지 마음에 맞은 친한 친구일 뿐이었다. 편하게 동성애자라 말해도 아무 거리낌 없이 받아들이는 그런 친구, 단지 친구일 뿐이야. 그가 또다시 속삭였다. 그런 친구가 떠나서 잠시 아픈 것뿐일 거라 유빈은 생각하고 싶었다. 대충 목을 축인 유빈은 택시에 올라탔다.

'말라이'는 후나 유빈 같은 동성애자와 그런 동성애자를 받아들이는 사람들만이 아는 특별한 곳이었다. '말라이'의 주인 역시 동성애자인데다, 둘은 이미 결혼까지 했다. 뭐 법적으로야 정리가 되진 못했지만 아는 이들 사이에서는 편안히 집사람, 남편 그렇게 불렸다. 그들을 보며 그 역시 후와 저렇게 살면 좋겠다, 비록 부부는 아니더라도 매일 눈을 뜰 때 후의 얼굴을 보면 좋겠다, 생각한 적도 있었다.

오랜만에 만난 사람들에게 가벼운 목 인사를 건네며 들어서는데 독특한 조명 사이에서도 후의 모습이 금방 눈에 띄었다. 언제나 후는 그의 눈에 쉽게 뜨였다. 작은 사진 안에 스무 명이 한꺼번에 몰려서 찍어, 꼼꼼히 살펴봐도 모를 자그마한 얼굴들 사이에서도 유빈은 단 한번에 후를 찍을 정도였다. 그렇게 유빈은 후에 미쳐있었었다.

후는 가벼운 술을 마시고 있었다. 언제나 즐겨 마시는 붉은 빛 칵테일이었다. 강인한 성격에 비해 후는 독한 술을 좋아하지 않는다. 오히려 보기에 더 유약해 보이는 유빈이 가끔 저돌적으로 이름도 기억 못할 독한 술을 마셔대곤 했는데, 그때마다 후는 질색을 했다. 아마 자신이 그리 술을 즐기지 않는 편이라 죽을 듯이 입안에 술을 털어 넣는 그가 두려웠나 보다.

"얼굴이 왜 이래?"

멍든 얼굴을 후가 벌써 알아챘다. 아프진 않는데 멍은 조금 흉물스런 상처처럼 남아있었다.

"그냥."

주인이 어느새 내온 짙은 황금빛 액체를 들이 마시며 간단히 대답하는데 후의 짙은 눈썹이 불만스럽게 치켜 올라갔다. 탁, 떨어지는 유리잔이 그의 심장처럼 떨어졌다. 내내 비었던 속 때문인지, 한 잔의 술에도 핑글 돌았다. 잠시 어지럼증을 느끼며 눈을 감는 그의 귀에 후의 작은 목소리가 들려왔다.

"멀리 가지 마."

가끔 후는 주문을 외듯 유빈에게 '멀리 가지 마.'라고 입버릇처럼 말 할 때가 있었다. 사실, 후가 그런 말을 할 땐 대부분 바닥까지 흔들리고 있을 때라 유빈은 섬뜩 소름이 돋을 때가 많았다. 후는 정말 유빈에 대해서는 동물적인 느낌이 있었다. 쉽게 상대를 받아들이는 그에 비해 유빈은 늘 한 발을 밖에 내어 놓은 사람처럼 불안했다. 세상 그 어느 누구보다 후를 사랑하지만, 정말 이대로 그를 사랑해도 되는지 유빈은 늘 갈등하고 힘들었다.

늘상 은우에게는 웃으며 말했지만 그것 역시 세상에 대한 오기였는지 몰랐다. 그렇게 힘들게 들어간 학교에서 자퇴 권유를 받을 땐 오히려 시원한 기분마저 들었다. 막다른 골목에 몰리면 모든 것을 쉽게 포기할 수 있는 것처럼 그는 스스로를 막다른 선택으로 몰아갔었다. 그런 그를 잡아준 게 은우였다. 힘든 갈등과 선택으로 몰아간 비밀스런 후가 아닌, 그의 손을 잡아 준 유일한 사람이었다. 그녀는 그의 덕분으로 살아간다 했지만 사실, 살아갈 수 있는 힘을 얻은 건 유빈 자신이었을지도 몰랐다.

또다시 술잔을 입에 털어 넣는데 후가 부드럽게 손을 쓸어내렸다. 자신의 손 위에 얹혀진 그의 손을 유빈이 쓸쓸히 바라보았다. 벌써 취기가 올라오는지 슬픈 눈물이 주르륵 뺨을 따라 흘렀다. 멀리 가고 싶지 않았다. 이렇게 자신의 손 위에 올려진 강인한 손을 붙잡고 그의 곁에 머물고 싶었다.

하지만, 이미 너무 멀리 와 버린 건 아닌지 불안해지는 것도 어쩔 수 없었다. 예전엔 이렇게 쓰다듬는 그의 손길이 안식처처럼 느껴져 떨었는데, 지금은 후의 손길마저 위로가 되지 않았다. 지금 이 순간도 그는 미치도록 은우가 보고 싶었다. 짜디 짠 그녀의 찌개와 맑은 그녀의 웃음소리. 그리고 까만 밤하늘을 보며 간혹 불러대던 그 노랫소리까지 미치도록 그리웠다.

"후, 내 사랑은 무얼까?"

유빈이 물었다. 후를 사랑하면서도 은우를 미치도록 그리워하는 자신의 정체성을 알고 싶었다.

"나."

당당한 목소리로 후가 씨익 웃었다. 반듯한 이가 반짝 빛이 났다. 하얀 뺨을 쓸어내리는 후의 손길이 슬플 만큼 부드러웠다. 유빈이 습관대로 가볍게 입을 맞추었다. 날카로운 면도 자국이 입술에 닿아 약간 따가웠지만 유빈은 은우를 지우듯 후의 턱 선을 따라 갔다. 후라도 말해 줄 수 있으면 좋겠다. 그가 왜 이렇게 칼로 베인 듯 아픈지, 모르는 후라도 그 이유를 말해주면 정말 좋겠다.

※

"어딥니까? 젠장! 어디냐구요!"

이 의원의 커다란 집이 떠나가라 지후가 버럭버럭 소리를 질러대고 있었다.

"입 다물어라! 네가 잘한 것이 뭐가 있다고 이리 소란이냐?"

불처럼 타오르는 지후에 비해 이 의원은 담담한 목소리였다. 어쨌든 이제 그의 손을 벗어난 일이었다. 무거운 짐을 벗듯 이 의원의 마음은 한없이 가벼웠다.

"아버지는요? 아버지는 지금 옳은 일을 하시는 겁니까?"

마치 골치 아픈 일이라도 해결한 듯 가벼운 아버지의 얼굴에 절로 이가 갈렸다. 그렇게 싫다는 은우를 기어이 떠넘겨놓고 한 줌의 양심조차 남지 않은 표정이었다. 옳은 일이냐는 지후의 말이 귀에 거슬린 듯 이 의원이 고개를 들었다.

"은우는 잊어라. 서류상으로나 형식상으로나 이미 윤규하의 아내가 된 아이인데 더 이상 뭐를 어쩌겠다는 거냐? 너 때문에 망쳐진 결혼식만으로 이미 충분해. 이제 그만 여기서 멈춰라."

감히 윤규하의 결혼식을 망친 아들에 대한 분노가 고스란히 전해지는 눈빛이었다.

"잊어라. 이미 우리 손에서 벗어난 아이야. 또 다시 그런 꼴사나운 짓이라도 하겠다는 거냐? 쯧쯧, 어리석은 것. 그 정도의 일로 윤규하가 은우를 포기할 줄 알았냐?"

경멸의 눈빛을 고스란히 받으면서도 지후는 꼿꼿하게 서 있었다. 꼴사나운 짓이라….

"오늘 윤서방과 온다더라. 윤서방이 알아채지 않게 조심하도록 해. 너에 대해 단 하나도 노출시키지 마란 말이다."

결국 그게 그를 이른 아침 시간부터 부른 이유였다.

은우가 온다. 은우가 누구의 사람인지, 그가 얼마나 가질 수 없는 사람인지 아버지는 못내 드러내지 못해 안달이었다. 규하에 대한 호칭부터 그러했다. 윤서방이라니. 내내 윤규하라 꼬박 대놓고 부르더니 이젠 윤서방이라며 마치 친근한 사위를 부르듯 부르고 있었다. 은우에 대한 자신의 마음을 드러내 윤규하의 심정을 건들지 말란 뜻이었다.

"알았으면 나가 봐. 다치는 건 너뿐이 아니다. 결국 너로 인해 다치는 건 은우 역시 마찬가지야."

방을 나서는 그의 등 뒤로 아버지의 목소리가 칼처럼 꽂혔다. 성난 걸음으로 자신의 방에 들어선 지후가 털썩 침대 위로 몸을 뉘였다. 아버지는 아직 그를 몰랐다. 은우가 버린 결혼식이었다. 그녀가 선택한 길이라면 얼마든지 잡아 줄 것이다. 그녀가 윤규하를 버린다면 이젠 그가 가질 생각이었다. 쭉 뻗은 몸으로 천장을 바라보던 그는 편안히 숨을 골랐다. 그는 가끔 그럴 때가 있었다. 미국서 유학하던 시절에도 그랬다. 쇼우가 말하던 것처럼….

 "내가 지금 좀 조급해져 있는 걸까?"
 보스턴에 있을 때, 같이 경영공부를 하던 일본 친구, 쇼우가 논문이 자꾸 막힌다며 그를 찾아와 하던 말이었다.
 "글쎄? 뭐 다들 좀 조급하니까."
 심드렁하게 지후가 대꾸를 하면 쇼우는 '흐~!' 하고 괴상한 웃음소리를 냈다.
 "이게 조급한 거야?"
 조급하다는 지후가 평화롭게 자신의 욕조에 푸욱 담겨있으니, 쇼우는 상당히 어처구니가 없어 했었다. 하지만 더 이상 갈 수 없을 만큼 막혀버리면 그는 오히려 천천히 숨을 고르는 걸 좋아했다.
 반짝 빛나는 새 아이디어가 떠오를 때까지 자신을 한껏 호사롭게 놀리면 신기하게도 그때까지 고장 난 기계처럼 빡빡이 멈취있던 그의 두뇌가 끼이익, 끼이익 바퀴를 굴리기 시작했다. 처음 몇 번은 그런 지후가 자신을 놀린다고 생각했었던지 쇼우는 좀 불쾌해 했었다. 늘 욕조에 몸이나 담그고 바(Bar)에서 악기나 뚱땅거리던 지후가 막상 닥치면 교수가 인정하지 않을 수 없을만한 자료들을 들고 나타나니 쇼우로서는 놀림 당한다는 느낌을 받았었나 보다.

어느 날 술이 잔뜩 취해서는 지후의 집에 나타나 신나게 일본어로 시부렁거리더니 그대로 지후의 집에 뻗어 버렸다. 다음 날 쇼우는 일어나자 그 특유의 얼굴로 '많이 실수했어?' 하고 물어 보았다. 그런 쇼우가 이해가지 않았고, 자신의 그런 습관을 일일이 설명하기도 귀찮아 내쫓듯 보냈는데 이상하게 그때부터 쇼우는 지후를 받아들이기 시작했다. 이해 받고 싶지도 않고, 그럴 기분도 아니었지만 쇼우는 끈질기게 지후를 공략했다.

'아, 쇼우.'

문득 기억난 이름에 지후가 벌떡 일어섰다. 언젠가 그가 일본 야쿠자 집안의 아들이란 말을 들은 것 같았다. 그런 쇼우라면 그에게 도움이 될지도 몰랐다. 지후는 서둘러 짐 속에 박혀 있던 수첩을 찾기 시작했다. 결국 논문을 포기하고 일본으로 돌아가며 적어주던 번호가 아직 남아 있을 것이다. 찾아낸 수첩을 휘리릭 넘기는데 낯익은 이름이 보였다.

"하하!"

지후의 입에서 시원한 웃음이 새어 나왔다. 이제 그 역시 한 걸음 내딛게 된 것이다. 일본으로 전화를 거는 지후의 마음이 한결 가벼웠다. 역시 숨을 고르면 길이 보인다.

은우의 도착은 둔탁한 문의 덜컹거림보다 먼저 공기에서 느껴져 왔다. 쇼우에게 전화를 걸고 난 후 외출도 없이 우리에 갇힌 야수처럼 내내 방안을 서성이던 지후가 덜컥 방문을 나섰다. 윤규하의 곁에 서 있는 은우의 모습을 봐야한다는 것과 그래도 은우의 얼굴을 볼 수 있다는 갈등에 마음이 복잡해졌다.

천천히 계단을 내려서는데 야릇한 미소 짓고 있는 규하와 그 옆에 선 은우의 모습이 보였다. 순간 심장이 콕 쑤시듯 아파왔다. 낡은 은우의 옷자락이 고급스런 윤규하의 정장 옆에서 더욱 초라해 보였다. 거실엔 이미 다른 식구들이 내려 와 있었다. 여기 산 세월 내내 웃음 한 번 비추지 않던 어머니가 규하 옆에 선 은우에게는 마치 딴 사람처럼 따스하게 굴었다. 병원에서는 많이 수고했노라, 말하는 웃음조차 느물스러워 지후는 고개를 저었다.

"왔니?"

편한 목소리로 물으며 거실로 내려서는데 앞에 선 아버지가 경고하듯 그를 바라보았다. 절대, 너를 드러내지 말라. 똑바로 전해져 오는 아버지의 눈빛을 보며 그가 가볍게 미소를 지었다.

"아, 처남. 잘 지냈나?"

은우 대신 규하가 먼저 아는 척을 해 왔다. 눈은 웃지 않는데 입가에만 경련처럼 미소가 머물렀다.

"그럭저럭…."

간단히 대답하는 지후의 시선은 여전히 은우에게 못 박혀 있었다. 마치 집 주인처럼 은우를 식탁으로 인도하며 그는 일부러 규하를 철저히 무시했다. 은우가 아닌 규하를 위한 식사였지만 식탁은 오랜만에 풍성하게 차려져 있었다. 은우 옆에 자리를 하는 그를 못마땅한 듯 노려보는 두 개의 시선이 느껴졌지만 그는 애써 담담하게 물었다.

"살만 해?"

사실 더 힘든 삶을 사는 건 자신이었지만 그는 은우에게 물었다. 외롭게 살지는 않는지 물었지만, 또한 외롭게 살기를 바랐다. 이율배반적인 마음이었지만 그는 은우가 힘들게 살기를 바랐다. 규하와 은우의 균열 속에 쉽게 들어설 수 있도록, 잠시만 힘들었으면 했다.

"뭐, 그저…."

마지못해 하는 대답처럼 은우의 대답은 미적지근했다. 슬쩍 규하를 바라보는 그녀의 시선은 옆에서 보는 그의 눈에도 원망이 느껴질 정도였다. 피식 웃음이 새어 나왔다. 그렇게 억지로 끌려가듯 따라 갔으니 좋은 기분일 리가 없었다. 은우의 의자에 한 팔을 걸친 그가 슬쩍 규하를 바라보았다. 규하 역시 몸의 반이 이쪽을 향해 틀어져 있었다. 아마 얼마든지 받아주겠다는 의미였으리라. 둘 사이에 번쩍 불꽃이 튕겼다. 규하는 결혼식을 망치고 도망쳐 버린 그를 용서하지 못하고, 그는 끝내 은우를 끌고 가버린 그를 용서하지 못했다.

"그 집은 어떤가요? 시어른께서 아가씨 많이 사랑해 주시겠죠?"

다들 지후의 질문에 대한 은우의 눈치를 살피는데, 철없는 유나가 살짝 규하를 바라보며 농담하듯 나섰다. 순진한 얼굴로 묻는 유나의 눈빛이 야비하게 일그러졌는데 정작 당사자는 모르는 모양이었다. 순간, 규하의 얼굴이 경멸스러운 표정으로 변했다. 천박한 것! 당장 이렇게 쏘아붙일 듯 유나를 바라보는 그의 시선이 곱지 않았다.

그런 시선을 느낄 눈치도 없는지 유나는 아까부터 계속 번들거리는 눈짓으로 규하를 훑어 내리고 있었다. 은우의 남편감으로 어떤 수준인지 바라보는 듯한데, 자신의 예상보다 훨씬 번듯한 외모의 규하가 몹시 못마땅한 눈초리였다.

'하여간, 집안 꼴들 하고는….'

규하는 자신의 집과 비교하며 이 의원을 비웃듯이 쳐다보았다. 집안 식구들이라고 하는 모양새를 보니 오히려 은우가 이런 집의 핏줄이 아니라는 게 더 마음이 놓일 정도였다. 최소한 은우가 낳을 아이는 이 인간들의 피가 단 한 방울도 섞여 있지 않을 테니까.

유나의 악의에 찬 물음에 은우의 얼굴이 벌겋게 달아올랐다.

온 집안의 환영은커녕, 결혼식마저 내던진 은우에게 하는 질문치고는 조금 비열했다. 유나를 돌아보며 은우대신 대답하는 지후의 시선이 매섭기 그지없었다.

"은우 같은 아이라면 어디서든 사랑받겠죠."

"그…."

순간 유나의 얼굴이 은우처럼 붉어졌다. 고스란히 드러나 버린 속내가 온통 다 까발려지자 수치심이 일었다. 유나는 두 말 못하고 그대로 고개를 숙여 버렸다. 지금의 지후는 시한폭탄처럼 마주 대하기가 두려웠다.

"난 원래 보석은 쉽게 알아보지."

그런 유나는 무시한 채 재미있는 게임이라도 하듯 규하가 씨익 웃으며 한마디 거들었다. 입으로는 은우를 이야기하면서 그의 눈은 곧장 지후를 향해 있었다.

"하긴 윤규하 씨 안목이 좀 독특하긴 하지. 아니, 보석을 갖는 방법이 더 특이한가?"

지후가 대답했다. 비꼬는 기색이 역력했다.

"그래? 능력 없는 인간들은 다들 그렇게 변명을 하더군. 갖고 싶은 여자를 소유하는 건 당연한 건데도 말이야, 안 그래?"

"제가 소유물인가요?"

팽팽한 두 사람 사이에서 침입자처럼 은우가 물었다. 그렇지 않아도 유나의 질문에 벌겋게 달아오를 만큼 수치스러운데 규하는 공개적으로 그녀를 모욕하고 있었다.

"당신에게 있어 난 인간이 아닌 단지 소유물이라는 건가요, 지금?"

미처 대답하지 못한 규하를 추궁하듯 묻는 그녀의 음성은 오히려 무서울 정도로 차분했다.

"그만하지 못 하겠니? 천한 것은 어쩔 수 없구나. 아무리 가르쳐도 원…."

맞은편에 앉은 명희가 채찍처럼 은우를 내리쳤다. 지후와 규하 사이에 앉은 은우에게만 억울한 불통이 튕겼다. 옆에서 핑그르 잔인한 미소를 짓는 유나의 얼굴이 보였다. 지후가 순간 이를 악물었다. 어머니나 형수, 둘 다 한 치의 다른 점이 없었다.

"그만하시지요. 어머니. 천한 것이라니, 어떻게 그런 말을 하실 수 있습니까?"

벌떡 일어서는 통에 지후의 의자가 쾅당 넘어졌다. 내내 자신을 누르며 그나마 은우 얼굴이라도 보기 위해 앉아있던 자리였다. 그러나 언제나 반복되는 저 언어의 칼날들은 이제 은우보다 그에게 더 상처였다. 아무리 세월이 흐르고, 그 흐른 세월만큼 많은 것이 변해도 어머니는 여전히 은우에 대한 자신의 감정을 버리지 못하고 있었다.

"쯧쯧…."

그때까지 침묵하고 있던 이 의원이 나지막이 혀를 찼다. 분명히 은우를 향한 비난이었다. 자리에 앉은 사람 모두 느낄 수 있을 만큼 이 의원의 비난은 똑바로 은우를 향해 있었다. 입술을 깨문 은우의 작은 주먹이 피가 새어나올 만큼 꼭 쥐어졌다. 그걸 바라보는 지후의 가슴에 더 피가 새어 나올 것 같았다. 왜 이 세상은 그녀에게만 이렇게 잔혹한지 몰랐다.

지후의 시선도 알아차리지 못 한 채 은우는 뚫어지게 이 의원을 바라보았다. 눈물이 흐를 것처럼 젖은 눈가가 안쓰러울 정도로 선명한데 그녀를 마주 보는 이 의원의 시선은 흔들림 없이 곧았다. 지후가 은우의 팔을 잡아 일으켰다. 체기라도 올라 올 것처럼 앞에 놓인 음식들이 역겨웠다. 결국 이 음식들 중 어느 것 하나 은우를 위한 것은 없었다. 오로지 지산의 윤규하를 위한 것들뿐이었다.

"가라. 그리고 이젠 두 번 다시 오지 마."

그를 따라 거실까지 끌려 나온 은우가 그를 마주 보았다. 치밀어 오르는 분노에 지후의 손이 생각보다 조금 거칠게 그녀를 잡았다.

"오빠…."

팔목을 부드럽게 잡고 있는 커다란 손을 바라보며 은우가 지후를 불렀다.

"상처받지 마. 넌 잘못한 거 없으니 상처받지 마라. 부탁이다. 제발, 은우야."

저 따위의 말에 은우가 상처 받지 않기를 바랐다.

'기다려!'

지후가 속삭였다. 그에게는 시간이 조금 더 필요했다. 어린 시절의 그녀는 여전히 자라나지 않았다. 여전히 이들에게 상처 받고, 여전히 그 상처에 울고 있었다. 이제는 도망치지 않고 그녀를 붙잡을 생각이었다. 이제 그가 그녀를 지켜주어야 했다. 미처 식구들의 시선을 의식하지 못한 지후가 은우를 품 안으로 끌어안았다. 움찔 긴장한 은우의 몸이 작은 새처럼 안겨왔다. 지후가 달래듯 살짝 흔들었다. 지금 그에겐 어느 누구도 아닌 은우만이 세상처럼 존재하였다.

"그 손, 놓지 못해?"

짜증스런 규하의 목소리가 잠잠하던 거실 안에 커다랗게 울려 퍼졌다. 확 낚아채는 손길에 은우가 기우뚱 규하의 품 안으로 굴러 떨어졌다. 그제야 지후가 주위를 둘러보았다.

끌끌, 못마땅한 눈초리를 한 아버지와 어머니가 눈에 들어왔다. 놀란 어머니의 시선이 화면처럼 커다랬다. 그리고 규하. 연적처럼 그를 노려보는 규하의 꽉 쥐인 손 안에 은우가 헝겊 인형처럼 놓여 있었다. 잡힌 손을 빼려 애쓰는 은우를 붙잡고, 가겠다는 인사말도 없이 규하는 불쾌한 걸음으로 집을 나서버렸다. 순간, 폭풍이 휩쓸고 간 것처럼 집 안이 폐허처럼 남겨졌다.

"이런 빌어먹을 자식!"

거친 욕설과 함께 이 의원이 지후의 뺨을 세게 내리쳤다. 그렇지 않아도 망쳐진 결혼식 때문에 살얼음을 걷는 판에 기어이 일을 저지르고만 지후에 대한 원망과 실망스러움이 하나 가득 감긴 손길이었다. 부들부들 떠는 어머니는 창백한 얼굴로 말없이 사라져 버리고 남은 지후는 맞은 뺨을 쓸었다. 하! 웃음이 새어 나왔다. 규하나 그. 모두 순간의 감정 표출이었다. 일부러 규하를 자극하느라 비아냥거린 건데, 상처는 규하보다 자신에게 더 많이 남아 버렸다. 마치 금욕(禁慾)적인 장면을 본 것처럼 가린 입으로 경멸스럽게 바라보는 유나와 형, 지석의 시선에서 벗어난 지후는 천천히 자신의 방으로 올라섰다. 거칠게 쾅 닫아버린 문소리에 덜컹, 얇은 유리창이 그의 마음처럼 부서질 듯 흔들거렸다.

※

"오랜만이네?"

은우가 그렇게 끌려간 후 처음 보는 정아였다. 카페에서 보던 그 모습처럼 정아는 여전했다. 여전히 아름답고 건방진 모습이었다.

"그래, 오랜만에 보네."

그의 앞자리에 편히 자리 잡은 정아는 그 모습처럼 편안한 얼굴이었다. 그런 정아를 바라보는 그의 시선이 부드러웠다. 연인이기 이전에 그녀는 편한 친구 같았다. 그가 원한다면 정아는 언제나 거절 없이 달려온다. 그가 은우의 것이듯, 정아는 그의 것이었다. 사랑은 언제나 먼저 하는 쪽이 소유된다.

"승우는?"

이미 습관이 돼 버린 승우의 안부까지 지후는 착실히 물어보았다. 정아가 자신을 사랑한다는 것을 깨달은 순간부터 지후는 언제나 승우의 안부를 먼저 물어보았다. 결코 정아를 사랑하지 않을 것이기에 그렇게 미련스럽게 그녀의 사랑을 받을 수는 없었다. 정아에게서 승우를 놓아주지 않는 건 그녀에 대한 미안함이었다. 그리고 승우에 대한 미안함도 포함되어있었다. 도피처처럼 정아에게 피신해 버린 자신으로 인해 모든 게 엉망이 되어버렸다고 그는 생각했다. 이젠 모두 하나하나 제자리를 찾아야 할 때였다.

"그 인간에게 물어 봐."

그런 지후의 마음을 아는 지 정아는 질리지도 않고 대답해왔다.

"가?"

미처 뭐라 대꾸하기 전에 정아가 호텔로 갈 건지 물었다. 지후는 대답 대신 담배를 꺼내 가볍게 입에 물었다.

"아니."

담배 연기 사이로 지후가 경쾌히 대답했다. 아니, 이젠 아니… 그렇게 말하는데 마음이 무거웠다. 그가 가장 힘든 시기에 결국 곁에 있어 주었던 건 그 누구도 아닌 정아였다. 그런 정아를 놓아줘야 할 시점이 너무 늦어 버린 건 아닌지 그는 못내 미안한 마음이 들었다.

"그래? 날 위해서, 아님 자길 위해서?"

경쾌한 지후의 대답에 정아가 어깨를 으쓱했다. 이해하기 힘든 정아의 질문에 지후의 눈 꼬리가 살짝 치켜 올라갔다.

"무슨 말이야?"

"아마 사랑하는 사람이 생긴 모양이지."

철없는 성(城) 안 공주 같은 정아는 때로는 가슴을 찌를 만큼 날카로울 때가 있었다.

"모르지? 내가 생각보다 자길 더 잘 아는걸."

난처한 정아의 말에, 지후가 담배의 끝을 묵묵히 바라보았다. 애써 관심 없다는 표정이었다. 누군가 자신을 꿰뚫어 보는 건 익숙지 않았다. 담배 끝을 바라보는 그의 시선이 조금 어색해졌다.

"지후, 넌 누굴 사랑하면 그 사람 외엔 누구도 보지 않을 거야. 나와 자지 않겠다는 이유, 그거 아냐? 하나의 거절은 때론 이별을 말해. 그걸 모를 만큼 난 바보가 아니니까."

바보 같지 않다는 정아는 미소를 지어보이며 지후의 손에서 담배를 빼앗아 자신의 입술에 물었다. 그것까지 알만큼 지후를 사랑하는 정아는 애써 쿨한 미소를 짓고 있었다.

"그래?"

정아에 의해 고스란히 드러나는 자신을 지후는 그녀와 같은 시선으로 담담히 받아들였다. 이미 알고 있는 사실을 부정하는 것도 추한 거라 생각했다. 담백하게 그대로 인정해 버리는 게 나을 것 같아 그는 편한 목소리로 대답했다.

"그래."

붉고 작은 정아의 입술에서 뿌연 담배 연기가 소담스럽게 품어져 나왔다.

"넌 너무 쿠울하니까."

쿨을 쿠울이라고 발음하며 정아가 쿡쿡 웃었다.

"너무 쿨해서 사랑하는 여잘 두고 절대 다른 여잘 품지 못하니까."

정아가 그 가까이 몸을 숙여왔다. 커다란 갈색 눈동자가 플라스틱 인형 눈동자처럼 반짝거렸다.

"있지…."

이토록 긴 이야기를 정아와 나눈 적이 있었던가? 지후가 그녀를 마주 보며 잠시 생각했다. 그의 기억으로는 없었던 것 같다. 한정된 시간과 한정된 시선에 갇혀, 언제나 바쁘게 몸을 나누느라 정신없었다. 지금 자신이 보는 여자가 정아가 아닌 낯선 여자 같아 지후는 조금 얼떨떨해졌다.

"언젠가 말이야. 내가 정말 지루한 영화를 보았거든? 너무 지루해서 그 내용도 기억 못하는데…."

영화를 진지하게 보는 정아는 잘 상상이 되지 않는다.

"여자 주인공이 항상 빨간 옷만 입구 나오는 거야. 남자 주인공은 파란 와이셔츠만 입구. 웃겨, 옷도 만날 와이셔츠야. 난 니트가 더 좋은데. 어쨌든 두 주인공이 그렇게 서로 나와서 무지하게 섹시한 섹스를 하는 거야. 근데, 그게 너무 아름다워 보였어."

허공에 대고 담배 연기를 품어내는 정아의 입술이 촉촉했다. 오늘 왜 정아와 만났을까? 잠시 멍해져 버렸다. 어제 은우를 그렇게 떠나보내고 자폐증 환자처럼 집 안에만 박혀있던 그에게 먼저 정아의 전화가 걸려오고서야 그동안 까맣게 잊고 있던 그녀를 떠올렸다. 그리고 이젠 이별해야겠다, 그렇게 단순하게만 생각했었다.

그런데 자신보다 더 당당하게 이별을 말하는 정아 앞에서 그는 지금까지 한마디 말도 못하고 있었다. 위로하는 것조차 정아에게는 상처가 되는 모양이었다. 철저하게 위로를 거부하는 그녀 앞에서 지후는, 난처한 얼굴로 앉아 있는데 정아는 여전히 무심하게 이야기를 이어갔다.

"레드와 블루. 전혀 섞일 것 같지 않는 두 색이 신비한 보라 같은 섹스를 하는 거야. 근데, 넌 그 블루 같아. 차디차고 섹시한 블루. 내가 레드가 되면 좋겠지만 뭐 안 된다면 할 수 없구. 하긴 난 빨강보다는 주홍빛에 가깝지?"

끝이 보이는 붉은 담배를 재떨이에 비벼 끄고 정아는 미련 없이 자리에서 일어섰다. 하필 오늘 정아가 입고 나온 드레스가 붉은 색이라는 걸 지후는 그제야 알아보았다.

"연락해, 다음에. 지금, 네 눈 슬퍼 보여. 혹시 그 사랑이 많이 힘들면 연락해. 날 사랑하지 않는 널, 난 무지 사랑하니까. 네가 다른 여자 사랑한다고 내 사랑까지 거부하진 마. 것두 많이 지루해. 쿠울하게 서로 자기 사랑하자구."

잘 가라는 말도 하기 전에 정아는 쉽게 가게를 나섰다. 비벼 끈 정아의 담배가 여전히 남은 연기를 품어내고 있었다. 한참을 바라보던 지후가 나지막이 웃음을 터뜨렸다. 생각지 않았던 상대에게 뒤통수를 맞은 기분이었다. 그의 앞에는 정아가 비벼 끄고 난 담배에서 남은 연기가 매콤한 향을 내고 있었다.

 지후가 품 안에서 담배를 꺼내 들었다. 씁쓸한 향과 함께 기나긴 그의 시간도 함께 타들어 갔다. 손 안에 남은 담배를 정아가 비벼 끈 담배 옆에 나란히 눌렀다. 그가 깨문 자국과 정아의 붉은 립스틱이 묻은 담배 두 개가 우습게도 나란히 묻혔다. 남은 정아를 말끔히 지우고 그는 천천히 자리에서 일어섰다. 정아의 말이 맞았다. 그는 사랑하면 한 사람밖에 보지 않는다. 그래서 그는 사랑이 더 두려웠는지도 몰랐다.

 일어선 지후는 차에 올라 지갑 속의 노란 종이를 꺼내 들었다. 아침에 쇼우가 불러 준 주소였다. 생각보다 쇼우의 정보 능력은 좋은 편이었다. 연락한 지 하루 만에 보내왔다. 이제 며칠 후면 쇼우의 입국이 있다. 지후의 얼굴엔 하나의 전략을 얻는 것처럼 만족스런 미소가 피어올랐다. 이제 한 걸음 나아가는 건 규하만이 아니었다. 끼익, 기어를 옮기며 그는 빠르게 그곳을 향해 출발했다.

아침부터 부산스런 집 청소가 시작되었다. 자신의 집도 아니고, 자신이 그 어떤 자격조차 없을 집인데 은우는 그저 할 일이 없다는 이유만으로 집 안 구석구석을 탐색하듯 청소를 하고 있었다. 집은 꼭 버려진 집처럼 갖춰진 것이 별로 없었다. 하긴 버려진 건 그녀였다.

지후인지, 아니면 그녀 자신인지 명확하게 집히지 못하는 상대에 대해 불같은 화를 품어내던 규하는 끼익 거친 파열음처럼 그녀를 버리고 곧장 사라져 버렸다. 까맣고 차가운 밤거리에 혼자 덜렁 남아 버린 그녀는 잠깐, 그 자리에 멈추어 섰다. 세상이 술에 취한 듯 뱅글 도는 것 같았다.

집에선 언제나 그랬다. 빙글빙글 도는 놀이터의 기구처럼 튕겨 나가는 건 그녀뿐이었다. 그래서 그곳을 또다시 가는 걸 원치 않았다. 규하가 내놓은 또 하나의 고운 한복을 철저히 외면하고 허름한 낡은 옷을 걸치고 간 이유, 그건 결코 그 집의 일원이 될 수 없는 자신의 모습 때문이었다. 아마 고운 한복마저 입은 채였다면 어제 그녀의 모습은 더욱 꼴사나웠을 것이다.

낡은 그녀의 옷을 나름대로 정리하려 옷장 문을 열던 그녀의 얼굴이 의식하지 못한 사이 조금 일그러져 내렸다. 규하의 부재를 알려주듯 옷장은 여전히 손 댄 흔적 없이 어제의 모양새 그대로였다. 어제 규하는 들어오지 않았다. 잠은 어디서 자더라도 새벽에는 언제나 들어와 옷이라도 갈아입은 눈치였는데, 오늘 새벽까지 규하는 소식이 없었다.

기다란 옷장 속을 정리하던 그녀의 손이 멈칫 멈추었다. 억지로 이루어진 결혼이란 티라도 내는 듯, 전에 양부모의 집에 살았을 때 입었던 낡고 유행지난 그녀의 옷들이 고급스럽고 산뜻한 규하의 옷 옆에 나란히 걸려 거슬릴 정도로 신경이 쓰인 탓이었다.

은우는 자신의 옷들을 몽땅 걷어내어 바닥에 내려놓았다. 옷에서 나는 먼지에 콜록 가벼운 기침이 일었다. 사람 흔적이 없는 옷들은 세상의 먼지를 그대로 빨아들였는지 툭툭 터는데도 계속 먼지가 날렸다. 털어낸 옷을 서랍장에 차곡차곡 재어 놓으니 마치 자신의 집을 정리하는 것 같은 우스꽝스런 몰골이 되고 말았다. 은우가 낮게 한 숨을 내쉬었다.

전에 있던 옷들은 그대로 유빈의 집에 있을 텐데 아직 그곳에 가보지도 못했다. 결혼식 날 병원에서 그대로 끌려 온 후 유빈에게 전화도 하지 못할 정도로 정신없었다. 유빈이 먼저 전화 해올 수도 있었을 텐데, 성급한 무의 손길에 놀라 자신의 휴대폰까지 유빈의 병실에 놔두고 온 모양이었다. 은우는 거실 커튼 틈으로 살짝 밖을 내다보았다. 언제나 서있는 까만 승용차는 여전히 같은 자리를 지키고 있었다. 철없는 부잣집 아가씨를 보듯 내려다보던 무가 그곳에 있을 것이다.

내일은 유빈에게 연락을 할 생각이었다. 멍든 얼굴과 수술한 갈비뼈가 괜찮은지 걱정스러웠다. 사실은 더 일찍 전화를 했었어야 했는데, 아직은 어떻게 설명을 해야 좋을지 몰라 망설이는 사이 시간이 너무 많이 흘러 버렸다. 얇은 커튼을 다시 곧게 펴서 닫고 남은 옷을 마저 정리하고 정원에 물까지 뿌려주는데 딩동, 벨소리가 울렸다. 누구지? 올 사람이 없었다. 의아해하며 문을 여는데 그 앞에 지후가 서 있었다.

"오빠?"

얼떨결에 문을 열어주며 자신이 집주소를 말 해 주었는지 잠시 생각해 보았지만 그런 기억이 없었다. 어젠 서로 너무 정신없었으니 말한 시간도 없었고, 규하가 말할 리는 더더욱 없을 테니, 지후의 방문은 뜻밖일 수밖에 없었다. 들어선 지후 옆에는 빨간 가방이 달랑 놓여 있었다.

"들어오란 말도 없니?"

처음 보는 지후의 밝은 미소가 햇살처럼 은우에게 쏟아져 내렸다. 그녀의 기억 속에 저렇게 밝게 웃는 지후는 없는데, 3년 만에 만나는 오빠는 그 사이 많이 달라졌다.

"어? 어…."

비켜서는 그녀를 스쳐 지후가 기다란 다리로 성큼성큼 길을 따라 집으로 들어섰다. 밖에 서 있는 까만 승용차 안에서 잔뜩 얼굴을 찌푸린 무가 누군가에게 퉁명스럽게 전화를 거는 것이 살짝 보였지만 그녀는 대담히 지후를 집 안으로 들였다. 어차피 이 집에 대한 애정도 없을 규하였다.

"어떻게 알았어?"

지후가 소파에 앉자 그제야 은우가 지후에게 물었다.

"그냥. 머, 이거 네 옷이다."

"옷?"

"유빈이 집에 있던 옷. 며칠 있다 가져오려 생각했었는데 어제 보니 네 옷이 많이 낡아서."

"아…."

그렇지 않아도 내일 쯤 가지러 가야 되지 않을까 생각했었는데, 반가운 선물처럼 은우가 가방을 안아 들었다. 덜컥, 가방을 열자 익숙한 그녀의 옷들이 보였다. 가방에 담긴 옷들을 그녀는 그리운 물건인양 살며시 쓸었다. 아군처럼 든든했다.

"뭐하고 있었어?"

은우의 머리에 얹혀있는 하얀 종이를 지후가 다정히 떼어내며 부드럽게 물었다. 낯선 지후의 손길이 조금 어색해하며 그녀는 가볍게 미소를 지었다.

"응. 뭐 청소. 아무도 없고, 갈 곳도 없으니까."

"청소?"

지후가 이마를 좁혔다.

"도와주는 사람은 없니?"

"응."

은우가 쉽게 대답했다.

"뭐 하는 일도 없고, 긴 시간 혼자 있는데 이거라도 하면 금방 시간이 지나잖아."

조금 힘없는 목소리가 새어 나와 버렸다. 규하도 원하지 않았지만, 그녀 역시 더 이상 낯선 사람이 그녀 곁에 있는 걸 원치 않았다. 그래서 암묵처럼 이 집에 혼자 남았다. 하지만 요즈음은 그냥 누구라도 있어야 되는 건 아닌가 하는 후회가 드는 중이었다. 아무리 규하가 새벽에 잠깐 들러 옷을 갈아입는다 해도, 하루 종일 그녀 혼자 남아 있어야 한다면 조금 버겁지 않을까 하는 생각이었다. 외출이라도 할까 생각은 했었지만 밖엔 늘 무가 있었고, 설사 외출이 허락 된다 해도 갈 곳이 없었다. 유빈의 집 이외에는….

그리고 이젠 이 집의 답답한 침묵이 싫었다. 아무도 없는 텅 빈 집, 그리고 온기가 없는 집. 집은 하나의 물체처럼 그녀를 짓누를 뿐 편한 휴식의 공간이 아니었다. 그래서 그녀는 더더욱 유빈과 살던 작은 옥탑 방이 그리웠다.

긴 시간 혼자 있다는 은우의 말에 지후 역시 잔뜩 인상을 찌푸렸다. 짜증이 울컥 치솟았다. 내내 감옥처럼 혼자 이곳에 남아 있을 은우가 안쓰럽고 그런 마음이 규하에 대한 미움을 증폭시켰다. 하긴, 지후가 가슴 한 켠을 쓸어 내렸다. 그의 이런 무신경한 방치가 그에게는 오히려 더 나은 일일지도 몰랐다. 앞에 놓인 차를 한 모금 마신 지후가 은우에 말했다.

"나가지 않을래?"

"나가?"

은우가 그를 빤히 바라보았다. 그를 향한 까만 눈동자에 핑, 현기증이 돌았다. 외로움이 숨길 사이도 없이 고스란히 드러나는 눈동자였다.

"그래. 밖에 나가자구. 숨 막힐 것 같아."

은우와 규하가 함께 있었던 그 공간이 숨통을 조일만큼 지후는 답답했다. 어, 은우가 재빨리 대답했다. 마치 그의 마음이 변하는 걸 두려워하는 것처럼 빠른 대답이었다. 그가 가져온 빨간 옷가방을 들고 은우가 위층으로 올라 간 사이 지후는 천천히 집 안을 둘러보았다.

할 일이 없어 청소를 했다더니 집 안은 은우의 성격처럼 먼지 하나 없이 반질 윤이 났다. 새로 바른 페인트 냄새가 아직 채 가시지 않아, 약간 매캐한 냄새가 나긴 했지만 전체적으로는 쾌적하였다. 거대한 창가로 다가선 그의 시야에 그제야 조금 전까지 신경 쓰지 않았던 검은 차가 보였다. 낯익은 남자가 불쾌한 시선으로 집을 올려다보고 있었다. 결혼식장에서 보았던 남자였다. 자신의 얼굴이 보일 리 없을 텐데도 바라보는 그의 입가엔 비웃는 듯한 미소가 걸렸다. 결국 제 사람을 심어두지 않으면 은우를 지킬 자신도 없는 걸까? 그가 생각했던 것보다 규하의 빈틈은 꽤 많았다.

잠시 그렇게 집 안을 서성이는 사이 팔랑, 나비처럼 은우가 아래로 내려왔다. 별 볼일 없는 낡은 티와 청바지였지만, 아까 집에 들어설 때보다 한결 밝은 얼굴이 그를 향해 다가왔다. 은우를 잡고 집을 나선 지후는 일부러 검은 자동차에서 시선을 비꼈다. 그는 철저히 윤규하를 무시할 작정이었다. 게임은 은우나 규하 둘 모두에게서 시작되어 버린 상태였다.

※

 요사이 자주 보이는 후였다. 그가 많이 위태로워 보였을까? 생각해보면 그랬던 것 같았다. 그러니 자신에 대해선 동물적일 만큼 민감한 후가 눈치 채지 못했을 리가 없었다. 후는 원래 이렇게 갑작스럽게 집을 찾아오는 스타일이 아니었다. 연락조차 드문드문 감질 맛이 날 정도로 하는 편이라 직접 집으로 찾아오는 일은 정말 드문 일이다. 그래서 그는 덜컥 연, 문 앞에 서 있는 후의 모습에 많이 놀랐다. 당황한 그에게 후가 대뜸 말했다.
 "들어오란 말, 하지 않을 거야?"
 후의 입에 투명한 미소가 걸렸다. 속을 알 수 없는 미소였다. 반듯한 그의 정장 차림에 열려진 그의 집이 더욱 초라해 보였다.
 "하지 않아도 들어올 거잖아."
 유빈이 괜스레 투정을 부렸다. 요즈음 짜증이 그대로 후에게 쏟아졌다. 초라한 그의 집도, 그 집 안에 머무는 자신의 초라한 모습이 늘 보던 후의 고급스런 취향 앞에서 오늘따라 그의 신경을 건드리고 있었다. 그의 투정에 언제나 그렇듯 피식 웃어 넘길 줄 알았는데 오늘 후의 표정은 딱딱했다. 뚝뚝 끊어지는 말조차 냉했다.
 "들어오라고 해. 그렇게 말하지 않음 난 가겠어."

순간 유빈의 입술이 고집스럽게 다물어졌다. '싫어!' 하는 말이 불쑥 튀어 나올 것 같았다. 어린아이가 투정을 부리 듯 오늘만큼은 후가 먼저 그를 붙잡아 주길 원했다. 그냥 가라 해도 평상시의 후처럼 무작정 쳐들어오듯 들어와 주길 바랐다. 고집스런 유빈의 침묵과 냉정한 후의 침묵이 그대로 부딪쳤다. 한동안 그렇게 차갑게 유빈을 바라보던 후가 두말없이 그대로 등을 보이며 돌아서버렸다. 이런 제기랄…!

"들어와! 들어오라구! 제길!"

결국 유빈이 버럭 소리를 질렀다. 보이는 뒷모습이 말처럼 그대로 가버릴 것만 같았다. 외로웠다. 외로워서 후가 떠나길 바라지 않았다. 멈칫하던 후가 미련 없이 그대로 돌아서 유빈을 향하며 마약 같은 미소를 씨익 흘렸다.

젠장. 웃지 마!

거대한 성(城)같다, 놀렸던 후의 집과는 너무나 대조적인 초라한 그의 집을 후는 익숙한 자세로 성큼 들어섰다. 유빈의 멍은 여전히 푸르스름했다. 그나마 이젠 좀 풀리려는지 살짝 푸른 노란색을 띠었지만 그게 더 얼룩해 보여 후는 짜증스럽게 인상을 구겼다.

'어떤 빌어먹을 새끼야?'

다시 한 번 물어보려다 후는 입을 다물었다. 오늘의 유빈은 얼마 전 보았던 그 날과 그리 다르지 않아 괜히 신경질만 부릴 것 같았기 때문이었다. 대신 후는 집 안을 향해 시선을 돌렸다.

"여기 그 친구 있다하지 않았어? 다시 나가 버린 거야?"

예전처럼 집이 간소해진 것 같아 의미 없이 물어본 질문이었는데, 후는 그대로 유빈의 상처를 도려내 버리고 말았다. 어린아이 같은 고집을 보이던 유빈이 번쩍 고개를 들어 후를 바라보았다. 타는 듯한 그 시선이 후에게는 이유 모르게 섬뜩했다.

묻지 말았어야 할 질문이었나? 뒤늦게 후가 생각했지만 이미 유빈의 눈빛은 처음의 그 눈빛이 아니었다. 상처받은 야생동물의 눈빛. 이런 젠장, 대체 무슨 일이야? 궁금증은 이제 화가 되어버렸다. 그래서 그의 목소리 역시 퉁명스러웠다.

"무슨 일이지? 차라리 말을 하지 그래?"

"말하면?"

유빈이 눈에서 불이 반짝 빛났다. 호수 같은 반짝임…. 순간 후의 심장이 덜컥 설레었다. 검고 검어 그 끝을 궁금하게 하는 암흑 같은 눈동자가 지금 그를 향해 아름답게 반짝이고 있었다.

"말하면? 말하면 어떻게 해 줄 건데?"

잠시, 그 눈동자에 흔들리느라 대답할 틈을 놓치고 말았는데 유빈은 죽일 듯이 후를 물고 늘어졌다. 아까 그가 돌아섰을 때 애걸하듯 붙잡던 모습과는 사뭇 달랐다.

"빌어먹을! 말해 봐. 어떻게 해 줄 거야? 무슨 일인지 말하면 어떻게 해 줄 거야? 응?"

"대체 무슨 일이야? 그렇게 궁금하면 먼저 말해. 이 새끼야!"

그런 유빈에게 후가 버럭 소리를 질렀다. 이를 악물다 살까지 씹혔는지 입 안이 쓰려왔다. 무슨 일인지, 흔들리는 유빈의 모습이 짜증스러웠지만, 또한 걱정스럽기도 했다. 그는 유빈만은 세상 그 무엇에도 다치지 않길 바랐다. 상처 없이 소중하게 감싸주고 싶은 그의 유일한 사람이었다. 그래서 후는 지금 소리를 지르는 자신도, 소리를 지르게 만든 유빈도 좀 짜증스러웠다.

"그녀가 보고 싶어. 제기랄, 죽고 싶을 만큼 보고 싶다고. 그게 다야. 그게 내게 생긴 일의 다라고! 이런 빌어먹을!!"

거친 후의 욕설에 그동안 꾹꾹 참고 있던 감정이 폭발되어 버렸는지 유빈의 여린 주먹이 퍽! 하고 벽을 내리쳤다. 그런 유빈의 주먹은 벽 대신 그대로 후의 심장에 퍽하고 박혔다.

"그녀가 보고 싶어?"

유빈의 주먹에 금세 벌건 피가 흘러 내렸다. 여린 주먹이라 차가운 시멘트를 견디지 못한 모양이었다. 유빈의 주먹과, 그 주먹에서 흘러나온 피가 묻은 벽을 바라보며 후가 중얼거렸다. 그녀가 보고 싶다니? 갑자기 멍해졌다.

"은우가 보고 싶어. 내내 참으려 했는데, 그녀만 생각하면 내 심장이 갈기갈기 찢어지는 것처럼 아파 와. 이제 그녀를 다시는 볼 수 없을까봐 두렵고 아파. 지금 그녀를 보지 못하면 내 심장이 터져 버릴 것처럼 아파. 이 세상 누구보다도 그녀가 보고 싶어."

이 세상 그 누구보다도 그녀가 보고 싶어? 눈에서 불이 나는 것 같았다. 누구보다도? 그 속에 자신이 포함되어 있다는 사실이 견딜 수가 없었다. 내내 불안하던 실체가 이제 드러나고 있었다. 지금껏 누구를 위해 기다렸었나. 기회가 없었던 게 아니었다.

아무리 도망치려 해도 결코 자신에게서 도망칠 수 없이 반해 있던 유빈이었으니까. 남자가 아닌 후를 사랑한다던 유빈이었기에 소유하고 싶은 유혹을 지금껏 누르며 살았다. 여린 그의 사랑을 다치게 하는 게 싫어서 연인으로서 당연히 가질 수 있는 그런 욕망을 힘들게 누르며 견뎌왔었다. 얼굴도 보지 못한 빌어먹을 한 여자에게 이렇게 쉽게 주기 위해 참았던 게 아니었다.

"그녀가 보고 싶어? 죽을 만큼 보고 싶어? 그럼 죽어. 차라리 죽어버려, 이 새끼야. 내 앞에서 살아 숨쉬는 채로 그 망할 계집을 그리워할 바엔 차라리 죽어! 나도 같이 죽어 줄 테니까. 친구라도 싫어. 그 어린 계집애가 친구라 해도 용서할 수 없어. 네가 잠시라도 보고 싶어 하는 거 난 싫다구. 그런데, 죽고 싶을 만큼 보고 싶다?"

후가 어깨를 붙잡았다. 가늘게 어깨를 떨며 그를 바라보는 유빈의 눈동자엔 사랑이 맺혀 있었다. 자신을 향했던 그 눈빛이 지금, 다른 여자를 향해 있었다. 심장이 옥죄였다. 아마 유빈을 바라보는 자신의 눈빛도 그럴 것이다. 유빈이 그 사랑을 느끼지 못한다 해도 후는 알 수 있었다. 그 역시 자신을 향한 그런 눈빛을 보았기에…. 그녀가 나타나기 전 유빈은 흔들리는 심연 같은 눈동자로 그를 저렇게 바라보았었다. 후가 주는 그 흔들림은 우습지도 않게, 더 크게 휘저으면서도 유빈은 천진하게 그의 사랑에 대해 저렇게 아파했었다.

퀴어(queer)…. 누구나 처음은 다 그렇게 시작한다. 어쩔 수 없는 운명임을 받아들이기 전까지는 누구나 다들 그렇게 첫걸음마 같은 비틀거림과 고통 속에서 시작한다. 그 힘든 첫 걸음을 알기에 유빈만은 그의 곁에서 그렇게 아파하지 않기를, 조금은 더 평온한 길로 첫발을 내딛기를 바라는 마음으로 지금까지 조심스럽게 유빈을 지켜주었다.

하지만 이젠 아니었다. 그 계집애에게 널 줄 바엔 차라리 그가 가질 것이다. 더 이상 유빈이 스스로 다가와 주길 기다려 주지 않을 것이다. 그 조그만 뇌리에서 그 어린 계집아이를 철저히 지워 버릴 거다. 위험스런 빛을 발하며 후는 유빈의 어깨를 휘어잡았다. 돌아보는 유빈의 눈에서는 절망으로 가득 찬 눈물이 주르륵 흘러내렸다. 순간, 후의 심장이 차갑게 얼어버렸다.

"그널 사랑하는 거야? 네가 그널 사랑하는 거야?"

유빈이 그에게 물어왔다. 물린 이 사이로 또다시 뜨겁게 묻어있던 핏물이 흘러 들어왔다. 꽉 잡은 유빈의 어깨를 후가 사정없이 흔들었다. 놓지 않아. 그런 어린 계집애 따위로 널 놓지 않아.

"아니야! 사랑하는 거 아냐! 넌 날 사랑해! 아니, 내가 널 사랑해! 그 계집애 따위 잊어. 오직 나만 바라봐!"

 이제까지 기다려왔다. 그의 마음이 열리기를…. 두려움 없이 다가와 스스로 안겨 오기를 지금까지 죽을힘을 다해 기다려왔다. 다른 사람에게 사랑 따위를 느끼라고 기다려 온 것이 아니었다. 후가 그대로 유빈을 품에 안았다. 그리고 거칠게 자신의 입술을 유빈의 입술 사이로 밀어 넣었다. 비릿한 유빈의 눈물이 그대로 후의 혀에 느껴져 왔다.

 잊어. 날 보면서 그 아인 잊으라구.

 "서프라이즈! 놀랐지?"

 그 때였다. 후가 깊은 열정을 그대로 쏟아 부으며 유빈의 입술에 키스를 퍼붓고 있는 그 순간 허름한 방문이 벌컥 열렸다. 환한 햇살 속에 후와 유빈의 비밀스런 키스는 그대로 상대를 향해 벌거벗겨지듯 드러나고 말았다.

 "이런 망할!!"

 그들의 놀란 시선 속에서 유빈을 감추기 위해 서둘러 자신의 가슴 안으로 끌어안은 후가 거친 욕을 내뱉고 말았다. 그의 품 안에 갇힌 유빈은 낯익은 목소리에 움찔 몸을 굳혔다. 죽을 만큼 보고 싶다던 그녀였지만, 후의 키스로 고개 한 번 돌리지 못하고 바위처럼 얼어버렸다. 이런, 빌어먹을! 후는 또다시 욕을 내뱉었다. 이제 유빈은 그를 절대 용서하지 않을 것이라는 걸 후는 본능적으로 알았다. 이제 유빈은 그를 용서하지 않을 것이다.

써늘한 가을바람이 강가에서부터 불어왔다. 그 찬기에 지후의 몸까지 부르르 떨릴 정도인데, 은우는 굳은 석상처럼 미동조차 없었다. 지후는 또다시 흘낏 은우를 바라보았다. 그가 덮어 준 커다란 코트에 파묻힌 듯 덮여 있는 그녀의 시선은 여전히 강물에만 향해 있었다. 까만 강물이 레테의 강처럼 음산해 보였다. 죽음의 강. 이승을 떠날 때 마지막 기억을 지우기 위해 마신다는 강물도 저 강물처럼 까만색일 것 같았다. 지후가 참지 못하고 작은 은우의 손을 덜컥 잡았다. 그녀의 영혼 역시 레테의 강을 넘어설까 갑자기 두려워졌다.
 "많이 놀랐니?"
 맨 처음 물어본다는 말이 결국 그 일이었다. 하긴, 그 역시 놀라 숨이 멈춰버린 줄 알았다. 커다란 두 남자가 사랑하는 연인들처럼 깊은 키스를 하며 뒹굴 거리고 있었으니.

"응? 아…."

은우가 그제야 그를 돌아보았다.

"심장이…."

돌아보던 그녀가 자신의 가슴을 가리켰다.

"심장이 멈추는 줄만 알았어."

말하는 목소리는 그나마 밝아 보이는 게 조금 위로가 되기는 했다. 그녀의 말에 지후 역시 가볍게 고개를 끄덕였다.

"그래."

"…오빠, 내가 많이 놀라 보였어?"

걱정이 묻어 있는 목소리였다. 흠, 지후가 난처한 듯 대답을 멈추었다. 솔직히 말하자면, 자신이 더 당황해서 미처 은우의 표정은 보지 못했다. 순간 그 추잡한 광경에서 얼른 그녀를 품 안으로 감싸 안느라 표정까지는 볼 정신이 없었었다.

"그러면 안 되는데…, 유빈이 많이 상처받을 텐데…."

유빈보다 더 상처받은 목소리로 은우가 힘없이 말했다. 그의 얼굴이 일그러졌다.

"그건 너 역시 마찬가지이지 않니?"

애써 아픈 마음을 감추고 담담히 물었다. 그는 은우가 더 놀라지 않았을까? 걱정스러운데 그녀는 그가 아닌 유빈이란 녀석만을 걱정하고 있었다. 재빨리 자신들에게서 유빈을 감싸던 그 남자의 시선을 떠올리는 지후는 복잡한 심경이었다.

그 남자의 시선에서 이제까지 유빈이 단 한 번도 그런 모습을 은우에게 보이지 않았다는 것을 지후는 알았다. 자신의 사랑을 위해, 그들의 시선에서 상처받지 않게 자신의 사랑을 감싸는 그 남자의 아픔이 마치 자신의 모습처럼 각인되어 미처 뭐라 하기도 전에 그는 은우를 재빨리 차에 실었다. 한시라도 그곳에 더 머물기 싫었다. 보지 않았어야 할 순간들이었다.

"사랑은 종류를 선택하는 게 아니라 사람을 선택하는 거라 그러더라. 그렇게 이해할 수밖에…."

지후가 하늘을 묵묵히 바라보았다. 별이 없는 하늘은 지상보다 더 어두웠다.

"사랑은 그렇게 아무런 조건 없이 다가 와. 그 사랑에 조건을 다는 게 우리들이지. 유빈이 그 남자를 사랑하는 것 역시 마찬가지야. 조건 없이 한 사람만을 향해 치닫게 하지. 사랑이란 그런 거다."

"난 그런 힘든 사랑이란 걸 하기 싫었어. 사는 게 버거워서…. 내 삶을 짊어지고 가는 것만도 힘들어서 사랑마저 힘든 건 싫었어. 생각해 보면 아마 난 이기적으로 유빈을 생각했었던 것 같아. 나한테 언제나 잘해 주었으니까. 한번도 내 손을 잡아 준 사람이 없어서 유빈이 내밀어준 손에 덥석 기댈 줄만 알았지, 마주 잡는 법을 몰랐어. 나한테 잘하니까. 내겐 친구니까 그냥 유빈의 사랑쯤은 나도 받아들일 수 있다 자신감만 보이고 싶었었나봐. 그런데 막상 유빈이 그렇게, 그런 모습을 보이니까. 얇은 내 속이 고스란히 드러나 버리네."

기다란 다리를 구부린 채 동그랗게 몸을 숙인 은우가 자신의 무릎에 얼굴을 묻었다. 아이 같은 그녀를 지후가 가만히 가슴 안으로 당겼다. 이런 따뜻함이 아직도 어색한지 은우가 뻣뻣한 자세로 그의 품 안에 안겨왔다. 마치 손을 어디에 두어야 할지 모르는 사람처럼….

"그러면 안 되는데, 자꾸 마음이 아파. 처음부터 알고 있었는데, 유빈의 그런 사랑을 아는 것과 보는 것이 많이 틀려. 그런 사랑하지 말지. 그렇게 힘든 사랑하지 말지. 그렇게 아픈 얼굴로 날 보지도 못할 거면서…. 그렇게, 슬프게 울 거면서…."

은우의 목소리가 점점 잦아들었다. 그는 미처 보지 못했던 유빈의 눈물이 그녀에게만은 보였나? 지후가 품에 안은 은우에게 쉿! 괜찮아, 속삭였다.

"힘든 사랑을 하고 싶은 사람은 아무도 없다. 다들 편안하게 사랑 받고만 싶어 하지. 그럴 수밖에 없기 때문에 하는 거야. 그 사람을 사랑할 수밖에 없는 운명이기 때문에 힘들어도, 아파도 버리는 것보다는 나으니까. 그 사람을 보내는 것보다는 나으니까 평생의 십자가처럼 그렇게 짊어지고 가는 거야. 다들 그렇게 사랑하는 거야, 힘든 사랑을 하는 사람은…."

안긴 은우 때문에 가슴 자락이 축축이 젖었다. 다른 남자로 인해 우는 그의 연인을 안고 있는 그의 가슴도 축축하게 습기가 찼다. 한동안 펑펑 울던 은우가 울음을 멈추었을 땐 한강에

떠있는 유람선에 반짝반짝 전등이 들어 올 때쯤, 그리고 지후의 가슴에 은우만한 슬픔이 담겨진 후였다.

배고플 것 같아 식사라도 하고 들어가라는데 은우는 굳이 돌아섰다. 마음 같아선 억지로라도 끌고 가서 먹이고 싶었지만, 지후는 아무 말 없이 은우를 규하의 집으로 데려다 주기 위해 일어섰다.

"이거…."

규하의 집에 도착한 은우가 차에서 내리자 지후가 뭔가를 내밀었다. 유빈의 병실에 남겨 두고 온 그녀의 핸드폰이었다.

"내 전화번호 입력해 놨다. 내가 필요해지면 불러라."

자신의 손에 놓인 휴대폰과 이해할 수 없는 지후의 배려에 은우가 살짝 고개를 갸우뚱거렸다. 그녀의 손에 담긴 휴대폰을 무심히 바라보던 지후가 물어왔다. 시선은 여전히 그녀의 손바닥에 머물러 있었다.

"사랑해 보지 못했다고 했니?"

"응?"

"난…, 난 말이다. 언제나 사랑만을 하며 살았다. 내가 남자라는 걸 알게 된 순간부터 한 사람을 사랑하며 살아왔다. 내 삶의 절반을 그녀만을 바라보며 또, 사랑하며 살아왔었지. 그녀가 어떻게 여자가 되어 가는지, 어떻게 아프게 살았는지, 그리고 어떻게 우는지, 그것만을 바라보며 살아왔다. 내가 숨쉬는 그 시간동안엔 사랑하지 않았던 순간은 단 한순간도 없었을 테지. 그녀를 사랑한다 깨달은 그 때부터….”

고백 같은 말이었다.

은우는 여전히 알 수 없는 표정으로 고개 숙인 지후를 바라보았다. 하루 내내 알 수 없는 그였다. 여기를 찾아온 것도, 그리고 투정 같은 자신의 말을 들어준 그도 모두 낯설었다. 수수께끼를 풀듯 그의 숙여진 머리를 바라보는데 순간, 지후가 고개를 반짝 들었다. 부드러운 갈색 눈동자와 마주쳤다.

"많이 힘들어서 죽을 것만 같았지만 난 단 한 번도 그녀를 놓아줄 생각을 못 해봤다. 가질 수는 없어도 내 곁에 머물기만을 바랐지. 힘들었지만, 너의 말처럼 상처뿐인 사랑이지만, 그 사랑을 버리는 것보다는 나으니까. 그녀가 떠나는 것보다는 내 사랑을 계속 하는 게 더 쉬웠으니까, 난 그렇게 사랑을 하며 살아왔다.”

버리지 못해 상처뿐인 사랑을 안고 살아왔다는 지후는 태울 듯이 은우를 바라보았다.

“아….”

그녀의 입에서 낮은 한숨이 새어 나왔다. 언제나 당당한 모습이었기에 그가 한 번도 이런 아픈 사랑을 하리라 생각조차 못했었다. 그리고 그가 이런 고백을 자신에게 하리라는 것, 역시 상상조차 못했던 일이었다. 이제껏 그녀는 그곳의 가족이기보다는 철저한 외인이었기에 이런 가슴 깊은 지후의 사랑이야기는 그녀가 들을 만한 것이 아니었다. 난처한 그녀의 앞에 꽂꼿이 선 지후는 여전히 말을 이어갔다.

"하지만 난 그 사랑을 버릴 생각을 못했어. 그녀가 원하는 한. 아니, 그녀가 내 사랑을 버리지 않는 한, 난 아프지도 않을 거고 버리지도 않을 거다."

내내 속삭이던 지후가 순간 말을 멈추었다. 그리고 부드럽게 은우의 머리카락을 쓸어내렸다. 그녀의 머리카락을 쓸어내리던 지후의 기다란 손가락은 이젠 그녀의 여윈 뺨을, 그리고 부드러운 입술 위로 스치며 지나갔다. 손 하나 움직일 수 없는 최면 같은 손길이었다. 은우가 멍하게 지후를 바라보았다. 슬퍼 보이는 눈빛이었다. 그 사람 때문에 아파하지 않을 거라는 지후의 눈빛은 더 이상 아플 수 없을 만큼 너무나 아파보였다.

그래서일까? 자신도 모르게 은우의 손이 지후를 향해 뻗어져 나와 그의 볼을 그처럼 어루만졌다. 순간, 지후가 흠칫 몸을 떨었다. 데일 듯이 뜨거운 기운이 확 올라왔다. 당황한 듯 물러서는 은우를 지후가 부드럽게 끌었다. 작은 그녀의 뺨을 붙잡던 그가 살포시 입술을 마주 대었다. 부드럽고, 물컹한 살의 감촉이 생각보다 따뜻했다. 스르르 그녀의 눈꺼풀이 자신도 모르게 감겨왔다. 달콤한 오빠의 키스를 받은 그녀는 지금 이 순간만큼은 그의 여동생이 아닌 한 여자 같았다. 길고 깊은 키스를 끝낸 지후가 허스키하게 가라앉은 목소리로 속삭였다.

"사랑은 내가 가르쳐 줄 수 있다. 네가 모른다면 내가 얼마든지 가르쳐 줄게. 사랑해, 이은우. 죽을 만큼 널 사랑한다."

아, 입을 여는 그녀에게 대답할 기회조차 주지 않고 그는 여전히 말을 계속했다. 사랑을 가르쳐 준다….

"결코 버리지 않을게. 네가 날 버리지만 않는다면, 난 절대 이 사랑을 버리지 않을 거다. 왜 이런 아픈 사랑이냐고 내게 묻지 마라. 또 그런 이유로 날 놓지 마라. 난 단지 사랑이 아닌 널 선택한 거뿐이니까. 그러니 원한다면 내 사랑을 다 가르쳐 줄게. 널 지금까지 그렇게 사랑해 왔다, 은우야. 내 생명만큼, 아니 그보다 더…."

키스로 살짝 부풀어 오른 그녀의 입술을 그가 엄지손가락으로 가볍게 쓰다듬었다. 진한 두 눈 속엔 까만 하늘이 담겨 있었다. 아, 이 사람 많이 아프구나. 하는 생각이 사랑한다는 말보다 더 먼저 들어왔다. 또다시 가볍게 입맞춤을 하고 난 지후가 차에 올라섰다. 창 문 너머로 흔들리던 지후의 손이 보이지 않게 사라지고 나서야 은우는 천천히 돌아섰다. 이상하고 스산한 하루였다.

"이제 오는 건가?"

감각을 잃은 다리로 집 안에 들어서자 날카로운 규하의 목소리가 들려왔다. 꿈속을 걷는 듯 나른하던 몸이 순간 빳빳하게 굳어졌다. 넓은 거실 입구에 서서 미처 들어서지도 못한 그녀 앞으로 성큼 그가 다가섰다. 이제 막 들어왔는지 아직 갈아입지 않은 그의 정장은 집에 들어오지 않은 사람치고는 꽤나 말

쑥했다. 지후와 유빈이로 인해 잠시 잊었던 미움이 또다시 솟구쳐 올라왔다. 나쁜 남자…. 그는 처음부터 끝까지 구제 불능의 남자였다. 외박한 주제에 말끔한 차림새인 것조차 마음에 들지 않았다.

"당신도 이제 오는 건가요?"

결국 은우는 참았던 그의 외박을 짚고 말았다. 규하의 입술이 비틀렸다.

"왜? 아내로서 궁금한 건가? 그 정도로 우리의 사이가 깊어졌다니 의외인걸."

이죽거리는 그의 말에 은우 역시 심사가 잔뜩 꼬였다.

"당신이 제게 물어볼 것 같지 않은 말을 묻기에 같이 물어본 것뿐이에요. 그런 질문을 하기엔 우린 좀 그렇지 않나요?"

"이런, 빌어먹을. 철저히도 벽을 내리는군."

으르렁거리는 그의 얼굴이 가까이 다가왔다. 조각 같은 얼굴에 순간 심장이 덜컹 내려앉았다. 못된 성미치고는 그는 꽤나 설렐 만큼 잘생긴 얼굴이었다. 은우는 뒤로 주춤 물러섰다. 다가온 그의 모습이 조금 두려웠다.

"어쨌든 도망가지 않고 돌아온 것만으로도 된 것 아닌가요?"

대답하는 그녀의 입술에 그의 시선이 머물렀다. 자신도 모르게 저절로 입술로 향하는 손을 애써 꽉 눌렀다.

"그래?"

심드렁한 대답치고는 꽤나 의심스러운 눈빛이었다. 은우는 문득 집 앞에 늘 서있던 검은 자동차를 떠올렸다. 그리고 어디론가 전화를 걸던, 무의 모습도…. 결국 무는 그녀를 감시하기 위해 서 있었던 것이다.

"오빠와는 즐거운 시간을 보냈나?"

역시…. 은우가 절레절레 고개를 흔들었다. 감히 감시를 붙여 놓고도 한 치의 부끄러움이나 숨김이 없는 남자였다.

"네, 아주. 피곤한데 먼저 올라가도 되겠죠? 남은 이야기는 밖에 서 있는 저 남자에게 마저 물어 보시죠?"

은우가 밖에 서 있을 무를 향해 창 쪽으로 손가락을 쭉 뻗었다. 규하의 입술이 딱딱하게 굳어졌다. 그녀의 대답이 못마땅한 기색이었다. 규하의 찬 눈길을 뒤로 받으며 은우는 천천히 위층으로 향했다. 떨림을 감추기 위해 일부러 꼿꼿이 등을 세운 채 걷느라 온몸이 굳어 버렸다. 방에 들어서자마자 은우는 재빨리 옷을 벗고 욕실로 향했다. 언제 규하가 들어올지 몰라 마음이 급해져 버렸다. 샤워실로 향하던 은우의 시선이 언뜻 부풀어 오른 입술에 멈추었다. 은우는 살짝 자신의 입술을 어루만졌다. 아직도 지후의 감촉이 남아 있었다. 부드러운 키스의 감촉이었다.

'난 말이다. 언제나 사랑을 하며 살았다. 내가 남자라는 걸 알게 된 순간부터 한 사람을 사랑하며 살아왔다. 내 삶의 절반을 그녀만을 바라보며, 그녀만을 사랑하며 살아왔다. 내가 숨쉬는

그 시간동안엔 단 한 순간도 멈추지 않고 그녀를 사랑했다.'

 지후의 목소리가 또다시 들려왔다. 언제나 그녀를 사랑해 왔다던 그의 말이 여운처럼 남았다. 은우는 깊은 상념이 어린 눈으로 거울 속의 자신을 바라보았다. 언제나 차갑게 느껴졌던 지후였다. 그리고 그 지옥 같은 집에서 묵묵히 그녀를 바라보았던 지후였다. 그래서 이젠 그를 어떻게 보아야 하는지 당황스러웠다. 흔들리던 그녀의 시선이 거울 속, 자신의 알몸 위로 떨어졌다. 그녀는 자신의 알몸을 절대 보지 않았다. 언제나 잊고 싶던 시간들과, 잊고 싶은 자신의 존재. 그 모든 것이 싫어 은우는 거울을 보지 않았다. 거기에는 사라질 수 없는 실체의 자신이 존재하였다.

 또다시 지후의 목소리가 들려왔다. 내 삶의 절반을 바라보았었다…. 그럼 왜 그렇게 날 외면하며 살았어? 하고 묻고 싶었다. 그곳에서 죽음처럼, 자신의 존재감조차 해가 될까 조심스럽게 살아가고 있을 때 왜 손 한 번 잡아 주지 않았는지 알고 싶었다. 정말 그땐 누군가의 손이 절실히 필요 했었다. 그것마저 욕심이라면, 괜찮다고, 이 세상 숨 쉬며 살아가도 괜찮다고 등 두드려 주는 것만이라도 좋았다. 이젠 이미 도망갈 곳이 없어져 버렸는데 이제 와서 그의 사랑이 무슨 소용이 있을까?

 자신의 입술을 더듬는 손가락 위로 뜨거운 키스가 되살아났다. 난생처음 받아보는 부드럽고 따뜻한 키스였다. 키스가 그토록 부드럽고 달콤한 것이었을까? 그 간단한 입맞춤으로도 사랑의 깊이가 고스란히 전해 올만큼 사랑스러운 것이었나?

사랑이 고스란히 전해지던 지후의 키스와 함께 은우는 거칠고 차가운 또 하나의 키스를 떠올렸다. 원치 않는 사람에게 그녀의 마음과 상관없이 빼앗겨 버린 거친 키스. 그녀의 순결을 확인하고, 그녀의 순결을 탐닉하는 농염한 키스를 떠올리자 그녀의 얼굴이 확 구겨졌다.

그러나 부드럽고 깊은 지후의 키스보다 은우를 더욱 설레게 한 것은 사랑이라곤 전혀 느낄 수 없는, 해적 같은 키스였다. 이유 모를 일이었다. 지금 그녀의 머릿속에 떠오르는 것은 지후의 눈물보다 이가 뚝뚝 갈고 있을 규하였다. 아마 아래층에서 지금쯤 가만 두지 않겠다며 이를 바라락 갈아대고 있을 게 뻔한 불같은 그를 떠올리며 그녀는 뜨거운 물줄기 속에 섰다.

눈물이 뜨거운 물줄기 속에 함께 녹아 그녀의 몸 위로 뚝뚝 떨어져 내렸다.

"어젠 전화를 안 받더구나."

다음 날 아침, 규하가 떠난 집에 시어머니인 지현정이 전화를 걸어왔다.

"네? 아, 오빠가 와서 잠시…."

의외의 전화에 은우는 잠시 당황하고 말았다. 시어머니라는 존재가 아직 어색했다.

"잠시 나오지 않겠니? 얼굴 좀 보고…."

청담동에 간 게 며칠 되지 않았는데 만나자는 말에 가슴이 덜컥 내려앉았다. 아직은 어려운 시어머니였다. 그녀는 어머니가 언제나 어려웠다. 어떻게 마주 보아야 할지, 어떤 이야기를 나누어야 하는지 그 만남 자체가 난처해 은우는 잠시 망설여졌다. 이유를 모르는 현정이 졸라대듯 장소까지 먼저 말하는 통에 은우는 어쩔 수 없이 나가겠다 말하고 전화를 끊고 말았다. 그녀의 시어머니는 오히려 규하보다 더 거역하기 힘들었다. 대충 옷을 입고 약속 장소에 도착하니 그의 어머니가 먼저 도착해 있었다. 서두른다 했는데도 늦은 모양이었다.

"죄송합니다. 늦어서…."

"죄송하기는. 그냥 일찍 나왔다, 잠시 일이 있어서…. 여기 차 맛이 좋구나. 간단히 차 한 잔 마시지 않겠니?"

"네에… 그럼. 뭐 간단한 거 아무거나."

풋! 지현정이 가볍게 웃었다. 가볍게 웃는데도 미소가 무척이나 환했다. 그래서 자신도 모르게 은우가 덩달아 쑥스런 미소를 짓고 말았다.

"내가 많이 어렵니? 아무거나라니. 네가 원하는 걸 마시렴. 설마 며느리 차 마시는 것까지 간섭할까?"

"네? 아니, 사실 차를 잘 몰라서…."

은우가 당황하며 대답했다. 어른들과 이야기하는 게 많이 서툴러 자꾸 실수만 하는 것 같았다.

"그저 차 마실 일이 별로 없어서…."

자꾸 변명처럼 말이 많아지는 은우의 손을 현정이 톡톡 두드렸다. 그 손길에 부드러운 마음이 그대로 전해져 왔다. 국회의원이라는 아버지의 집에 살면서도 한 번도 차라는 걸 먹어보지 못했다. 우아한 어머니의 친구들이 곧잘 찾아와서 허브 차니, 뭐니 하며 마시는 걸 본 적은 있지만 그녀의 존재는 언제나 숨겨진 존재였다. 한 번도 얼굴을 내밀어 본 적 없으니, 그런 차를 배워 본 적도 없었다.

　"차 마시는 것 다들 모르고 산다. 그냥 맛있다고 느끼는 걸 먹으면 되는 거야. 자꾸 그런 걸로 아파하지 말아라."

　현정이 달래 듯 말했다. 지난 기억을 떠올리는 그녀보다 시어머니가 더 아파 보이는 눈동자였다. 현정은 은우를 안쓰럽게 바라보았다. 은우는 예전의 자신의 모습과 많이 닮아 있었다. 그 사람, 윤성진이란 남자를 만나지 않았다면 은우처럼 저렇게 살아갔을 것이다. 자신의 모습 하나하나에 저렇게 생채기를 내면서…. 그러지 말라고 하고 싶은데. 다들 너 보다 더 높은 곳에 있지 않다고. 좀 더 널 높이 바라보라고 말하고 싶은데, 그것마저 은우에게는 거만스런 말이 될까 현정은 입 속으로 말을 삼켰다.

　"운전할 줄 아니?"

　"네? 아직…."

　쯧쯧. 현정은 은우 모르게 혀를 찼다. 아버지가 그래도 잘 나가는 여당 의원이라는데 그 흔한 차조차 소유해 본 적이 없었다니. 들어온 딸이라는 말은 들었지만, 은우는 생소할 만큼 너무 가진 것이 없는 아이였다. 그런 은우에게 무슨 잘못을 했는지 어제 아침부터 규하가 전화를 했었다.

"집 사람 차가 없어요."

처음엔 무슨 말인가 했었다. 원치 않은 결혼이라 죄송할 것 없다는 당찬 은우였고, 이미 은우와 규하가 사랑해서 결혼한 것이 아니라는 것쯤은 그녀 역시 잘 알고 있었다. 그런 은우를 말하며 대뜸 차가 없다 아들은 말하고 있었다. 그래서 조금 당황하였다.

"돈 보낼게요. 그런 것까지 아버지 돈 쓰고 싶지 않아요. 그저 좋은 차 한 대만 사 주셔요."

저를 위해 무엇 하나 사 달라고 한 적이 없더니, 아내를 위해 차를 사 달라 하고 있었다.

"아, 그럼 결혼 선물로 하나 사 주마."

"아니요, 돈은 제가 드리겠습니다."

규하가 무 자르듯 말을 딱 잘랐다. 결국 자신 대신 어머니인 그녀가 아내를 위해 차를 사 달라는 말이었다. 현정은 고개를 흔들었다. 집에 들렀던 날, 집 사람이 피곤해서 돌아가야 된다던 규하가 떠올랐기 때문이었다. 직접 차조차 사 주질 못할 정도로 은우에게 불같은 성미를 부렸나 싶어 현정은 그저 알았다고 전화를 끊었다. 그리고는 아들의 집에 전화를 했지만 은우는 없었다. 그래서 고스란히 오늘까지 기다리고 말았는데, 심지어 아들 녀석은 제 아내가 면허가 있는 것조차 모르고 있었다.

"그래? 우선 면허부터 따야겠구나. 결혼이 워낙 급하게 이루어져서 너한테 해 준 것도 없었잖니? 그래서 차나 한 대 사줄까 했었는데, 우선 면허나 따자. 그럼 오늘은 가볍게 쇼핑이나 할까? 어디 잘 가는 곳 있니?"

은우가 고개를 저었다.

"그래? 따로 단골이 없으면 나랑 같이 가자꾸나. 내 친구가 하는 곳인데 아마 너에게 잘 맞을 거야."

가벼운 쇼핑이나 하자던 현정의 시선이 잠시 은우의 낡은 옷자락에 멈춰졌다. 현정의 시선을 느꼈는지 은우가 어색한 손길로 괜히 옷자락을 어루만졌다. 그 손길에 현정의 마음이 짜안하게 아파왔다. 고운 아이, 은우는 정말 고운 아이였다.

"아, 아니. 그냥 백화점 가면 되는데…."

"그래? 그럼 그렇게 하자. 뭐 많이는 안 되고 한두 벌 쯤? 잘 나가는 남편 있는 애한테 나도 허튼 돈 쓰고 싶지 않다."

현정은 은우의 마음이 상하지 않게 가벼운 농담을 하며 자리에서 일어섰다. 늘씬한 은우가 성큼 머리 하나는 크게 현정의 옆에 섰다. 참, 예쁜 아이야. 냉큼 나가 계산부터 하고는 어색한 듯 현정의 팔을 잡는 은우에게 현정은 흐뭇한 미소를 떠올렸다. 딸처럼 그녀를 잡고 현정은 은우와 함께 가까운 백화점으로 향했다.

신기한 듯 돌아보는 은우의 시선은 여기조차 그리 자주 오는 곳이 아닌 듯 해 보였다. 잠시만 시선이 머물러도 한 번 입어 보라는 현정의 말에 은우는 자꾸 뒤로 몸을 뺐었다. 고급스런 가게 인테리어만 해도 기가 죽는데 그곳에 까지 들어가 옷을 갈아입을 엄두가 나지 않았다. 결국 현정의 독촉에 마지못해 고른 옷 한 벌과 코트, 그리고 난생처음 드레스라는 걸 사보았다. 가끔 모임자리 있을 텐데 쉽게 입으라며 하늘하늘한 붉은 빛 드레스를 현정이 들었을 때, 은우의 얼굴이 그 옷처럼 벌겋게 달아올랐다.

감추려 해도 자꾸 비실 미소가 새어 나왔다. 그녀 평생 입은 적이 없었고, 입을 일도 없는 실크 드레스였지만, 현정이 골라준 붉은 빛 드레스는 태양처럼 아름다워서 수줍은 은우마저 기쁜 마음을 감출 수가 없었다. 그래서 상상 이상으로 비싼 그 붉은 드레스를 꼭 쥐고 말았다.

"상대의 호의를 너같이 기쁘게 받으면 주는 사람이 참 많이 행복하겠구나."

현정은 그런 은우보다 더 행복한 미소를 지었다. 마주 보는 은우의 시선에 배시시 미소가 떠올랐다. 옷을 산 건 그녀인데 더 환한 미소를 짓는 현정에게 고마웠다.

"하필, 오늘 아버지가 일찍 들어오신다지 뭐니?"

아쉬운 듯 말하며 현정이 집까지 바래다주었다. 함께 저녁도 먹고 싶었는데 아마 윤 회장이 일찍 들어오는 모양이었다. 현정의 입에서 나온 아버지란 말이 따뜻한 밥공기처럼 포근하게 들렸다. 시어머니의 입에서 들려주는 윤 회장은 부드러운 아버지 같아, 은우의 마음도 전염되듯 따뜻해졌다. 인사하기 위해 고개를 숙인 그녀의 머리카락을 현정이 곱게 귀 뒤로 넘겨주었다. 엄마 같은 손길이었다.

"다음에 또 먹자. 언제든지 연락하고. 아버지, 말처럼 무서우신 분 아니니까 괜히 먼저 겁먹지 말아라."

말하던 현정이 갑자기 깔깔, 웃었다. 의아하게 바라보는데 웃음이 쉽게 가라앉지 않았다.

"호호호. 글쎄 갑자기 네 아버지 얼굴이 생각나서. 원치 않은 결혼이라 네가 말할 때 있었잖니? 그 때 네 아버지 얼굴이 생각나서, 호호호. 웃음이 멈춰지지 않네. 아마 내 평생 그렇게 놀란 그 사람 얼굴은 처음인 것 같다. 에휴, 그땐 정말 놀랐지 뭐니."

놀랐다면서도 현정은 여전히 웃음을 멈추지 않았다.

"아, 네…."

대답하는 은우의 입에도 속없는 미소가 걸렸다. 그 말을 듣는 윤 회장의 기분 같은 건 생각해 보지도 않았었다. 현정의 말처럼 아마 그 역시 그렇게 며느리를 맞이하고 싶진 않았을 텐데. 괜한 곳에 화풀이를 한 것 같아 은우는 갑자기 미안한 마음이 들었다.

"그 날은 죄송했어요."

은우가 사과를 했다. 사실 그 날은 그녀의 잘못이었다. 현정이 그녀의 어깨를 가볍게 두들겼다. 괜찮다는 의미였다.

"괜찮다. 너 역시 거부당한 거잖니? 그건 네 아버지 잘못이야. 너 역시 힘들었을 텐데, 어른으로서 너그럽지 못했지. 당해도 싸다 생각한다. 난 다만 네가 그 일로 네 아버지를 미워하거나 오해 하지 않았으면 하는 것뿐이야. 그땐 결혼식 때문에 다들 신경이 날카로워져 있었거든. 규하 그 녀석이야 일만 저지를 줄 알았지, 뒷감당 하는 녀석도 아니고…. 언론 막는 것도, 그리고 하객들에게 사과문 발송하는 것도 모조리 네 아버지가 다 했지 뭐냐. 부모로서 그 정도의 뒷바라지가 뭐가 힘들겠냐 하겠지만, 네 아버지 역시 잘난 지산 그룹 도련님 아니냐?"

현정이 차에 올라섰다. 차 창문이 스르르, 열렸다.

"귀찮은 일 죽어도 못하는 분이라 아마 짜증이 난 모양이야. 너도 그만 네 아버지 용서해 주렴. 들어가라. 춥다."

들어가라, 손을 흔들며 현정이 부드럽게 미소를 지었다. 시어머니의 차가 보이지 않게 사라지자 은우는 그제야 집 안으로 들어섰다. 가벼운 미소가 스쳤다. 내내 어렵게만 생각했던 윤 회장을 생각하는데도 그 미소가 떠나지 않았다. 이제, 그녀는 자신이 아닌 다른 사람들이 보이는 것 같았다. 생각보다 그녀의 결혼은 나쁘지 않았다.

"들어 와."

성큼 들어온 신이 깍듯이 건네는 인사를 건넸다. 가벼운 고갯짓으로 대답하며 규하는 책상 위에 있던 서류철을 신에게 건넸다.

"아이티에 좀 다녀 와."

"아이티요?"

생소한 이름이었다.

"서인도 제도에 있는 조그만 나라야. 서류는 준비 되어 있으니 가서 투자회사 하나만 만들어 오면 돼."

"네."

낯선 임무라 신이 이상한 듯 바라보았지만 규하의 시선은 이미 다른 곳에 돌려진 후였다. 더 이상의 설명은 필요가 없다는 뜻이었다. 새로이 아이티에 만들 투자회사는 절대적으로 비밀에 부쳐져야 할 임무였다. 언제라도 그것이 그의 목줄을 죄지 않도록 규하는 그 누구도 아닌 신을 보내는 것이었다.

"월드 인베스트 컴퍼니(world invest co). 그것이 네 명함이다. 앞으로 넌 W. I. C. 대표이사야. 그 이상은 알 것도 없고 알 필요도 없다. 필요한 돈은 네가 출발함과 동시에 송금될 거야. 그럼 나가 봐."

더 이상의 질문은 받지 않겠다는 듯 그대로 신을 내보낸 규하는 그제야 얼굴을 굳혔다.

'빌어먹을 영감탱이. 받을 건 철저히 놓치지 않는군.'

결혼한 지 한 달이 채 되지 않았는데 이의원은 벌써부터 자금도촉이었다. 사위의 회사에 전화를 걸어 제 딸에 대한 안부보다 먼저 물어 온 것은 자금이었다. 회사를 흥정하듯, 거래에서 단 한 발자국도 물러서지 않을 기세로 이의원은 당당히 그를 몰아치고 있었다. 이미 은우는 규하의 몫으로 남았으니, 이젠 자신의 대가를 받을 속셈을 드러내놓고 밝히는 이 의원은 부끄러워 할 줄도 몰랐다.

  이 의원이 먼저 요구한 금액은 CP(약속어음) 10억이었다. 아무리 결혼의 조건이 대선자금이었지만, 이의원은 벌써 10개의 CP를 요구 하고 있었다(한 개의 CP는 10억). 대개는 여러 회사에서 받아야 할 돈이었지만 지산을 믿는 이 의원은 은우를 담보로 그에게 온 짐을 떠맡기고 있는 참이었다.

  하긴 지산만한 배경이 없겠지. 딸이 담보로 잡혀 있으니 어떻게든 빠져나갈 구멍이 있을 거라는 속셈일 것이다. 빌어먹을. 어쨌든 은우와 결혼한 이상 이 의원을 모른 체 할 생각은 없었지만, 지금 규하에게는 위험한 줄다리기를 타는 것과 같았다. 규하는 자신의 앞에 놓인 서류들을 바라보았다. 그저 가벼운 뒷조사처럼 조사해 놓은 이 의원의 보고서였다.

  은우가 처음 입양되었을 때, 젊은 나이로 호기 있게 국회의원에 당선 되어 야심 찬 첫 발을 디딘 것은 좋았으나 그 후로 이 의원의 길이 순탄한 것만은 아니었다. 그 사이 수차례의 낙선도 거치면서도 그는 끈질기게 살아남았다. 아마 보이는 것보다 많은 재산이 축나 있을 것이다. 처가인 금형건설이 뒤를 받쳐 주었지만 그것도 오래가진 못했다. 처음엔 딸에 대한 원조로 어느 정도 정치적 뒷받침을 얻자는 욕심이었겠지만, 이 의원은 철저히 금형을 무시했다. 아마 섣불리 처가 뒷배를 봐주다가 자신의 정치적 발목까지 잡히고 싶지 않을까 두려웠겠지.

정치적 입지만 세운다면 그 정도의 돈쯤이야 얼마든지 굴릴 수 있는 게 정치판이다. 아직까지 이 의원이 대선 후보까지 오른다는 보장도 없었지만, 설사 대선 후보가 된다하더라도 이 의원은 지산을 모른 척 하기가 쉬울 인간이었다. 규하가 냉소적인 웃음을 지었다. 흥. 토사구팽이 되지 않으면 다행이지. 이 의원의 자금에 대한 돈 세탁과 그가 자신을 몰아세울 때를 대비할 준비까지, 해야 할 일이 너무 많았다. 그런데도 이만한 대가를 치를 은우는 여전히 그에게서 너무 멀리 있었다.

은우를 떠올리는 순간 그의 얼굴이 또다시 어두워지고 말았다. 아직까지 한 번도 그의 품속에 안겨오지 않는 은우였다. 규하는 왠지 결혼 전보다 그녀가 더 어려웠다. 지금의 그녀는 섣불리 다가갈 수도, 그에게 끌어당길 수도 없는 어려운 사람이 되어 버렸다. 그 작고 여린 여자가 왜 이렇게 어렵기만 한지 알 수가 없었다. 애초부터 그녀가 자신을 원하지 않는다는 걸 알면서도 한 결혼이었다. 하지만 또한 그것을 알기에 쉽사리 안을 수도 없었다. 그런 식으로 그녀를 안는다는 것, 원치 않는 그녀를 결혼이란 족쇄로 강간하듯 안는다는 것, 그것은 결코 용납되지 않을 일이었다. 그래서 지금 그는 은우의 옆 자리에서만 자꾸 맴돌고 있었다.

이젠 그것조차 한계였다. 결국 짐을 싸다시피 작은방으로 옮겨 오고 말았다. 그를 괴롭히는 건 이 의원이 아닌 은우였다. 은우가 그에게 오지 않는 것. 그리고 그 역시 은우에게 다가가지 못하는 것. 그 어느 것보다 더 괴롭히는 이 문제 때문에 규하의 신경은 자꾸만 날카로워지고 있었다. 순간 공허한 그의 사무실에 쩌렁 전화벨이 울렸다.

"저예요."

제니의 전화였다. 제니에겐 규하에게 직접 연결되는 전화번호가 있었다. 그건 그녀에게 허락된 단 하나의 배려였다.

"음."

자신의 결혼식 날 이후로 오랜만에 걸려온 제니의 전화였다. 제니는 규하에게 또 다른 자신처럼 양면적인 존재였다.

"많이 바쁘신가요?"

조심스런 목소리였다. 제니는 여전히 그를 조심스럽고 어려워했다. 그의 아내보다 더 많이 그를 안으면서도 제니는 은우와는 또 다른 거리감으로 항상 그를 대했다. 젠장, 규하가 신음처럼 내뱉었다. 이화처럼 집요한 여자도 그렇지만 손 하나만 대도 잡아먹힐 듯 달달 떨어대는 여자 역시 그의 취향이 아니었다. 그 무엇보다 지금 간절히 바라는 건 아내인 은우가 그를 바라봐 주는 것이었다. 널 어떻게 해야겠니? 이은우.

"집으로 오시지 않을 건가요?"

규하의 긴 침묵이 버거웠는지 제니가 다시 물어왔다. 집이라…. 규하의 얼굴이 불편한 듯 살짝 일그러졌다. 대체 그가 돌아가야 할 집은 어디일까? 그가 돌아가고 싶은 집은 제니가 기다리는 집은 절대 아니었지만 규하는 또다시 차가운 밤을 보내는 게 지겨워져 잠시 갈등하고 있었다.

"그러길 바라나?"

"…네."

제니가 조용히 대답했다. 누군가 자신을 기다리고 있다. 살면서 누군가로 인해 외로워질 수 있을 거라 생각해 보지 않았지만, 지금 그는 원했던 걸 소유한 대가로 난생 처음 외로움을 느끼고 있었다. 백억의 대가를 치를 은우와 하잘것없는 돈으로 산 제니. 그러나 지금 그 백억의 가치를 주는 건 제니였다.

'결국 당신은 모든 것을 파멸시키고 말 거예요.'

아버지의 집을 나서며 은우가 한 말이 공허하게 울렸다. 그녀가 말하던 파멸이란 게 이런 걸까? 규하는 괜히 심난해졌다.

"그래, 가지."

단호한 목소리는 제니가 아닌 은우를 향해 있었다. 그녀가 자신을 거부한다면 그 역시 그녀를 철저히 거부할 것이다. 회사를 나온 규하는 곧장 제니의 집으로 향했다.

'언젠가 백억의 대가를 치러야 할 건 너야, 이은우. 하지만 지금이 기다릴 시간이라면, 잠시 나의 즐거움을 가져도 되겠지.'

변명하듯 규하가 제니의 아파트에 도착했을 때 기다린다던 제니는 자주 입는 하얀 원피스 차림이었다. 몸의 살결이 그대로 드러나는 얇은 슬립이나 알몸으로 반기던 이화와는 달리, 제니는 절대 속옷으로 그를 맞이하는 법이 없었다. 그러나 규하에게는 제니가 슬립 차림의 이화보다 더 섹시하고 탐이 나는 여자였다. 허기진 손길로 제니의 옷을 벗겨 버린 규하가 미처 그녀가 젖어들 사이도 없이 곧장 자신을 꽂아 내렸다. 지금 그는 제니의 애욕 따윈 관심조차 없었다. 오로지 자신의 욕망만이 존재할 뿐이었다.

헉, 그의 몸을 안아내던 제니의 가는 허리가 뒤로 꺾였다. 성급한 규하의 돌진에 아래가 쓰릴 만큼 아팠지만 빠른 그의 움직임에 아래는 다시 촉촉이 젖어왔다. 규하와의 섹스는 마약 같아서 오늘처럼 일이 일찍 끝나는 날이면 못 견디게 그가 그리웠다. 자신에게 결코 마음 주지 않을 규하라는 건 안다. 자신의 자리가 여기서 결코 더 나아가지 않으리라는 것을 알면서도 제니는 자꾸 그를 향하고 있었다. 그를 가지고 싶었다. 세상 어느 여자와 나누지 않고 오로지 그녀만이 그의 여자가 되고 싶었다. 당신을 가져도 되나요? 자신의 가슴 언저리에 놓여있는 규하의 검은 머리카락을 어루만지며 제니는 조용히 속으로 물었다.

그가 유일한 남자이듯 그녀 역시 그의 유일한 여자가 되고 싶었다. 자신의 몸을 원하듯 그녀를 원하고 그의 아내 따위는 지워지길 바랐다. 제니가 낮은 숨을 내쉬었다. 그는 절대 그녀를 용서하지 않을 것이다. 결국 그녀는 그의 소모품일 뿐이니까. 그녀의 마음을 아는 순간 규하는 차갑게 돌아설 것이다. 단 한순간의 주저도 없이….

그런 욕심을 내기엔 그녀는 그에 대해 너무 잘 알고 있었다. 그녀가 아무리 발버둥을 친다 해도 그의 아내자리는 차지할 수 없었다. 여기까지가 그녀의 몫이었다. 그의 아내 자리는 그녀 같은 바닥 인생이 잡을 수 있는 게 아니었다. 규하의 아내를 떠올리던 제니가 차갑게 눈빛을 발했다. 결혼을 하고서도 찾아오는 규하는 이미 결혼 생활의 균열을 알렸다. 이유는 알 수 없지만, 분명 문제 있는 신혼이었다. 다시 시작된 남자의 빠른 움직임에 박자를 맞추듯 흔들리며 그녀는 차갑게 웃었다. 균열이 생기면 단단한 시멘트벽도 무너질 수 있다.

그 순간, 뜨거운 그의 신음소리가 새어 나왔다. 절정에 이른 것이다. 자신의 하얀 가슴에 숨을 고르듯 누워 있던 규하가 재빨리 몸을 일으켜 자신의 것을 그녀에게서 빼어냈다. 절정에 이르면 그는 한 시도 더 머물지 않았다. 마치 자신의 씨앗이 조금이라도 그녀에게 흘러 들어갈까, 그는 완벽하게 주의를 기울였다. 그의 아이는 절대로 그의 아내만이 가질 수 있는 것이다. 자신에게서 빠져 나와, 허무하게 휴지통으로 들어가 버린 그의 것을 바라보는 제니의 입술이 악물렸다. 균열은 작은 충격에도 바사사 부수어진다.

9

"어떻게 할 거냐?"

이 의원이 화난 목소리로 지후에게 물었다. 은우에 대한 사랑마저도 용서하지 못할 이 망할 아들은 결혼식 당일 은우를 데리고 도망치고 말았다. 그것마저 살 떨리게 눈치가 보일 판에 이젠 규하와 은우의 신혼집까지 들락거리기까지 해! 이 의원의 화는 머리끝까지 차 있었다. 규하에게 대선자금을 재촉하려 전화했을 때를 떠올리자 아들 녀석의 머리통이라도 갈기고 싶을 만큼 이가 바락 갈렸다.

이 의원은 지끈거리는 머리를 꾹 눌렀다. 뻗쳐오르는 열을 잠시 식히느라 숨을 고르고 있는 중이었다. 자신은 이렇게 열이 뻗치는데 앞에 선 지후는 무관하다는 듯 담담한 표정이었다. 언제나 냉철한 아들. 단 한번도 이성을 잃지 않으리라 믿어 의심하지 않았던 아들은 마치 세상을 깨부술 것처럼 온몸을 부딪치고 있었다. 절대 부서지지 않을 세상의 벽이기에 결국 만신창이로 피투성이가 될 것이 눈에 빤히 보이는데도 지후는 또다시 그 벽을 향해 달려가고 있었다.

또다시 깊은 한숨이 새어 나왔다. 이 의원은 그것이 차가운 규하의 말보다 더 가슴에 아렸다. 큰 아들 지석과 달리 자신의 모든 기대와 희망이 담겨 있던 지후였기에 그는 더욱 안타까웠다. 난생 처음 그는 은우라는 아이를 제 자식으로 받아들인 것이 후회가 되었다. 그에겐 정치적인 생명 줄이기도 했지만, 제 자식을 갉아먹는 악이기도 했다.

'글쎄, 처남이 자꾸 저희 집을 들락 거리군요. 피 한 방울 섞이지 않는 오빠가 알려주지도 않은 집을 그렇게 애타게 찾아오다니, 아랫사람 보기에 좀 그렇지 않겠습니까? 두 번 다시 그런 일이 없었으면 좋겠습니다. 제가 자금을 약속할 때 원했던 건 은우뿐입니다. 그 집안 식구 누구 하나 제 삶에 끼어드는 것은 보지 않겠다는 의미입니다. 제 말뜻을 충분히 아신다면 그때 약속했던 자금을 준비하도록 하죠.'

자금 문제로 전화를 걸었을 때 규하는 일말의 돌림도 없이 곧장 그에게 경고했다. 지후가 은우의 삶에 끼어있는 동안은 그가 원하는 자금은 결코 얻을 수 없을 것이라는 뜻이었다.

'제길, 산 너머 산이라더니….'

또 다시 지끈, 두통이 밀려왔다. 그토록 발버둥치던 은우를 밧줄로 끌듯이 간신히 규하에게 넘겼더니 이젠 아들이 문제였다. 이 의원은 잔뜩 지후를 노려보았다. 지금으로서는 지후가 결혼만 한다면 정말 어느 여자라도 좋을 것 같았다. 비록 아무것도 해 줄 수 없는 며느리라도 당장 결혼시키고 싶은 마음뿐이었다. 지후로 인해 규하를 잃으니 지후에 대한 욕심을 버리는 게 나았다. 그래서 이 의원은 아침부터 지후를 불러댄 것이다.

"젠장, 어떻게 할 건지 묻지 않냐?"

참지 못하고 성질대로 버럭 고함이 터져 나왔다.

"뭘요?"

편한 얼굴로 지후가 물어왔다. 이 의원은 애써 다시 터지는 고함을 눌렀다.

"결혼 말이다."

"아…, 결혼?"

이 의원은 그래도 차마 규하의 말을 그대로 전하지 못했다. 어쨌든 지후가 결혼만 한다면 규하의 마음도 가라앉을 거라는 계산 때문이었다. 그리고 지후 역시 은우에 대해 한 발짝 물러서지 않을까, 이 의원은 욕심을 내고 있었다.

당장 최고위원들끼리 차기 대선 후보를 위한 전당대회며 경선에 대해 논의 중이라는데, 이 의원에겐 아직 자신을 밀어줄 세력이 없었다. 최소 3,40명 정도의 의원들을 모아야만 자신에게 힘을 실어줄 계파가 형성될 수 있었다.

아직 갈 길은 너무 먼데도 그의 발목을 잡는 것은 하나 둘이 아니었다. 우선은 지산에서 그가 말한 금액의 자금을 몰아와야만 했다. 지후가 이렇게 꼼짝하지 않는다면 지산의 자금은 포기해야 할 판이다. 지후가 결혼만 한다면, 그래서 지산에서 자금만 풀린다면 이 의원은 지후를 자신의 진영으로 끌 생각이었다. 지후만한 두뇌라면 어느 참모보다 확실히 뒷받침 할 수 있을 것이다. 급한 이 의원은 한 개의 화살로 두 마리의 토끼를 쏘고 있었다.

이 의원이 뻔한 머리를 굴리고 있는 사이, 지후는 그런 아버지를 비웃고 있었다. 아버지다운 말이었다. 결혼이라…. 결국 자신이 아버지의 발목을 잡고 있다는 말이었다.

그는 어렵지 않게 아버지의 마음을 읽어 내렸다. 그가 은우에게 찾아간 것을 규하가 모를 것이라고는 애초부터 기대하지도 않았다. 들어서는 순간, 까만 자동차의 의미를 정확하게 집을 수 있었었다. 설사 규하가 자신의 대한 마음을 눈치 채지 못했다 하더라도 은우에 대한 그 정도의 소유욕이라면 분명히 아버지에게 경고 한마디쯤은 하고 남았을 것이다.

규하 정도의 자존심이라면 자신의 결혼식을 망친 처남을 절대 용서할 리 없었다. 게다가 알려주지도 않은 그들의 집에 찾아 왔다는 건 결코 그냥 넘길 수 없는 일일 것이다. 그런데도 아버지는 뻔한 이야기를 결혼이란 껍데기를 씌우고는 모르는 척 하고 있었다. 차라리 직접적으로 그에게 말했다면, 규하에게 더 이상 발목 잡히지 않고 싶다, 은우에 대해 잊어 달라. 그렇게라도 말했다면 좀더 아버지다웠을지도 몰랐다. 하지만 지후의 결혼으로 또다시 자신의 실속을 채우려하는 아버지는 정치 모사꾼 이외에는 아무것도 아니었다.

"결혼하고 싶은 여자가 있는데요."

진지한 얼굴로 그가 말했다.

"그래?"

뜻밖의 말에 이 의원이 눈썹을 치켜 올렸다. 순순히 여자가 있다는 그의 말이 의심스런 눈치였다. 너무나 영리한 아버지는 그것조차 쉽게 믿지 않았다.

"물어보지 않나요? 누군지?"

자로 재듯 자신을 노려보는 이 의원을 비웃으며 그가 물었다.

"그래, 누구냐?"

마뜩찮은 눈빛이었다.

"은정이요."

"은정이?"

잠시 이의원의 눈동자가 흔들렸다. 은우의 이름을 예상한 그의 예감이 틀린 탓이었다.

"모르십니까? 아실만한 집안인데."

아실만한 집안이라는 지후의 말에 이 의원이 눈동자를 굴렸다.

"그래? 어느 집안이냐?"

"세진 그룹입니다. 아시죠? 철강 그룹, 세진."

"철강 그룹, 세진이라. 그 집에 딸이 있었던가?"

기억하기엔 그 집은 아들만 넷이라던가? 셋이라던가? 그렇게 들었던 것 같은데, 그 집안의 딸이라 듣지 못했던 말이었다. 그제야 내내 굳었던 이 의원의 얼굴이 펴졌다. 뭐, 아쉬운 대로 숨겨둔 딸이라도 괜찮았다. 지금 그에게는 은우만 아니라면 그 누구도 좋았으니까. 아무라도 좋을 것 같더니 세진이란 말에 이 의원은 살짝 입맛을 다셨다.

"딸이 아니라 며느리입니다. 그 집 셋째 아들 박승우의 마누라. 제 동창 아시죠? 박승우 그 녀석 안사람인데, 모르셨습니까?"

지후가 하하거리며 크게 웃었다. 재빨리 주판알을 튕기느라 정신이 없는 아버지를 정통으로 비웃었다. 고민이 될 거라 생각했다. 세진을 건드느냐. 지산을 버리느냐. 이곳저곳 자로 재며 그 누구도 아닌 자신을 위한 계산을 할 것이다. 아마 차라리 아들인 자신을 버리지 않을까? 차라리 그렇게라도 해 주면 좋았다. 그 역시 이따위 버거운 성(姓) 따위 아쉬울 것 없이 버리고 싶으니까. 그의 놀림에 이 의원이 파르르 떨었다.

"이, 이… 빌어먹을 자식이. 네가 감히 이 애비를!"

"그게 제 운명인가 보지요. 허락되지 않는 사랑이 제 운명이라면 차라리 은우라도 보게 해 주시지 그러셨습니까? 오빠로서 은우의 곁에라도 남아있게 하시지, 남의 아내를 넘보는 녀석으로 만드시는 건 아버지이십니다. 그녀라도 좋다면, 아버지께서 세진을 등지고도 정아를 제게 줄 수 있다면 은우는 잊어

드리지요. 제 동생을 사랑하는 녀석보다 차라리 남의 여자를 탐내는 녀석이 더 낫지 않겠습니까? 아버지께서 정아를 제게 주신다면 은우는 깨끗이 잊어드리지요. 아, 하지만 정아가 제게 오려는 지는 장담하지 못하겠습니다. 제게 이미 사랑하는 여자가 있다는 걸 알거든요, 그녀가 그런데도 오겠다, 하려는지 그건 잘 모르겠습니다."

분에 겨워 죽일 듯 자신을 노려보는 아버지를 서재에 남겨두고 지후는 아쉬울 것 없이 돌아섰다. 어린아이 같은 심술이 돋았다. 이대로 내버려 두어야 했다. 세상이 부딪혀 피투성이가 된다 해도 그것은 결국 그의 몫이었다. 아니, 그조차 바꾸지 못한 운명이었다. 벗어날 수 없는 운명의 사슬 속에서 그 조그만 숨구멍까지 막아 내는 건 참을 수 없었다.

지후는 쓰러지듯 의자에 걸터앉았다. 빌어먹을! 욕지기가 올라 왔다. 아버지의 그 계산 뻔한 욕심과 윤규하의 그 지독한 소유욕에 버려진 인형처럼 내동댕이쳐진 은우를 떠올리며 그는 아픈 심장을 움켜쥐었다. 이 고장 난 심장은 언젠간 그를 배신하며 멈춰 서 버릴 지도 모른다. 이 망할 심장! 텅 빈 은우의 방만 보아도 이 망할 심장은 제멋대로 피를 멈춰 버렸다. 온몸의 피를 밖으로 쏟아내듯 싸해져 그는 아득히 현기증이 밀려올 정도였다. 또다시 밀려오는 심장의 박동에 잠시 숨을 고르는데 적막을 깨듯 날카로운 휴대폰 소리가 울렸다.

"저, 유빈입니다. 잠시 만날 수 있겠습니까?"

어떻게 알았는지 그를 찾는 유빈의 전화였다.

"유빈이?"

뻔히 알고, 또 그 비밀스런 키스까지 훔쳐 본 주제에 그는 뻔뻔스럽게 모르는 척 하고 있었다. 전화기 너머의 상대방의 당혹함이 그대로 전해져 왔다. 그러나 유치한 행동이라 할지라도, 굳이 그를 아는 척하고 싶지 않았다.

"전에 은우와 함께 있었던 김유빈이란 친구입니다. 잠깐 물어 볼 게 있어서 만나고 싶은데 시간이 되겠습니까?"

꽤 정중한 어투였다. 어디서 제대로 예법을 배웠는지 꽤나 정중하고 단아한 말이었다. 지후는 그것조차 못마땅했다.

"네가 나와 만날 이유가 있나?"

"은우 때문입니다. 제발, 부탁드리겠습니다."

고집스럽게 유빈은 졸라대고 있었다. 은우 때문이라… 지후가 중얼거렸다. 여전히 심술이 가시질 않았다. 그런 추악한 꼴까지 보인 주제에 은우의 이름을 올리는 것조차 참을 수 없었다. 그 불뚝한 성질에 지후는 유빈과 약속 장소를 정하고 말았다. 감히 그가 묻고 싶은 게 무엇인지 오히려 자신이 더 묻고 싶었기 때문이었다. 근방 카페로 약속 장소를 정한 그는 시간까지 빠듯하게 정해놓고 외출 준비를 서둘렀다. 이제 하나씩 잔가지를 칠 차례였다.

시간까지 정확하게 카페에 들어서자 미리 와 있는 유빈이 보였다. 초라한 몰골로 앉아 있는 그는 병원에서 보았던 것 보다 더 야위어 있었다. 끌, 지후는 혀를 찼다. 멍청하게 은우를 놓아 버린 녀석이란 생각이 아직도 뇌리에서 떠나지 않았다. 인사말도 없이 털썩 그의 앞에 앉는데 그제야 고개 숙인 유빈이 그를 바라보았다.

"무슨 일이지?"

단 한시도 더 함께 있고 싶지 않았다. 그를 바라보면 그때 보았던 역겨운 모습이 떠올랐다. 거대한 두 남자가 뒹굴 거리는 모습이라니. 솔직히 그가 퀴어라는 것에 대해 혐오감을 가지고 있었던 것은 아니었다. 보스턴 학교에서도 그런 녀석 몇몇을 보았었으니까. 그들에게 특별히 우호적이었던 건 아니었지만, 또한 거부감을 가진 것도 아니었다. 그 역시 피가 섞이지 않았다고 해도 여동생을 사랑했기에 아마 시선 없이 바라보았던 것 같다.

하지만 유빈은 아니었다. 그는 은우와 함께 살았고, 그녀의 유일한 친구였다. 자신은 비록 인정할 수는 없었지만 그녀의 형제라는 존재라도 되었다면 그런 모습은 보이지 않는 게 더 나았다. 그래서 그를 보는 지후의 시선은 거의 경멸에 가까울 정도로 냉담했다.

"은우…."

묻는 유빈의 어깨가 잔뜩 움츠러들었다. 소년처럼 여린 모습이었다.

"은우?"

"은우, 행복한 건지 알고 싶어요."

"은우가 행복한지 알고 싶다?"

고개를 끄덕이는 유빈 앞에서 지후가 안 주머니에서 담배를 꺼내 물었다.

"그게 왜 너에게 궁금한 거냐?"

지후는 시선조차 마주하기 더럽다는 듯 내내 차디찬 표정이었다. 그 날 은우와 함께 왔던 사람이 지후라는 것을 알기에 바라보는 유빈의 시선은 죄인처럼 비굴했다. 아마 후가 보았다면 또 한 번 길길이 날뛰었을 것이다. 무슨 죄야? 그는 아마 이렇게 소리칠 지도 몰랐다. 낯선 사랑 때문에 주춤하는 그를 향해 후는 언제나 그렇게 말했다. 무슨 죄야? 그래, 무슨 죄일까? 지후 앞에 비굴하게 앉아 있는 유빈은 생각했다. 그는 남자가 아닌 단지 사람을 사랑한 것뿐이었는데, 이젠 은우에 대해 묻는 것조차 잘못인 것처럼 앉아 있었다.

"네. 알고 싶어요. 정말 괜찮은 건지."

그런 모습만 보이지 않았다면 은우를 직접 만났었겠지만 그렇게 뻔뻔하지 못한 유빈이 대신 지후에게 전화를 걸었었다. 알고 싶었다. 정말 후에게 말한 것처럼 그것만 알고 싶었다. 그리고 단지 사랑해서 라고, 그래서 행복하다고 전해주길 바랐다. 지후이니까, 그녀의 오빠이니까 그녀가 행복하다고 말해주길 바랐다.

"글쎄다. 솔직히 네가 왜 내게 그걸 묻는지 알 수가 없다."

지후는 차갑지만, 또한 솔직한 대답을 했다. 주제넘은 짓이었다. 아무리 친구라 해도 은우에게 갖는 이 작은 관심조차 지후는 용서할 수 없었다. 하지만 유빈의 눈빛은 그것만이라고 하기에는 너무 깊었다. 사랑하는 사람은 사랑하는 사람의 눈빛을 안다. 유빈의 눈빛은 사랑이었다. 지후는 그것이 마음에 들지 않았다.

유빈은 규하와는 또 다른 거북함이었다. 그런데 굳이 그를 불러내 차가운 시선까지 감내하며 묻는 질문이 은우의 행복이라. 그의 쓸모를 가늠하듯 지후는 잠시 생각에 잠겼다. 지금 이 순간 그의 눈빛은 그가 그렇게 경멸하던 이 의원의 시선과 다를 바가 없었다.

"그냥 알고 싶습니다, 제가. 그냥 알려 줄 수 없겠습니까?"

유빈의 눈동자가 슬프게 가라앉았다. 마주 앉은 자세부터 자신과는 다른 사람이었다. 지후의 존재는 은우의 세상이 어떤지 쉽게 알게 한다. 자신 같은 그림자가 넘보기엔 은우는 너무 높은 곳에 있는 태양이었다. 그것을 알고 있지만 땅 속 같은 어둠이라 해도 유빈은 밝은 태양을 바라보고 싶었다. 알고 있었다. 알고 있지만 은우를 사랑했다. 그게 이유였다. 아무리 늦게 깨닫게 되었다 해도 사랑이라면, 은우에 대한 그의 이 아픔이 사랑이라면, 그는 알고 싶었다. 절실한 유빈을 지후는 여전히 담담한 시선으로 바라보았다. 얼음처럼 차갑고, 송곳처럼 날카로운 눈매였다.

"거래였다. 내 아버지인 이진화 의원과 지산그룹의 돈 거래. 아버진 은우를 자신의 선거 자금과 맞바꾼 걸로 알고 있다. 그게 내가 아는 전부야. 아마 수십억의 돈이 흘러 들어가겠지. 아버지의 주머니 속으로!"

"하지만 어떻게 자식이 원치 않는….".

"은우가 말하지 않았었나? 은우는 우리 집안에 들어 온 아이야. 예전 은우가 갓 태어났을 때 우리 집 대문 앞에 버려져 받아들인 아이. 그것마저 히든카드로 쓰여 졌지. 덕분에 아버진 젊은 나이에 국회의사당에 들어섰고…. 하지만 설사 은우가 우리 집안 핏줄이라고 해도 내 생각엔 그 결혼은 여전히 성사되었을 거다. 아버진 그럴 사람이야. 얼음 밑의 물이 언제나 맑은 법은 아니지 않나? 내가 말해줄 수 있는 건 여기까지다. 은우의 행복은 내게 묻지 마라. 나 역시 은우에게 직접 물어보지 않았으니 너에게 해 줄 말이 아닐 거다. 그 해답은 은우만이 알겠지."

지후는 자신이 건네준 화살이 그대로 유빈의 가슴에 깊숙이 박히는 것을 지켜보았다. 진실이 언제나 아름다운 게 아니지 않니? 상처 깊은 유빈을 내버려두고 지후는 가볍게 자리에서 일어섰다. 유빈의 상처는 유빈의 몫이다. 그것까지 감싸줄 아량은 없었다. 지후의 시선은 똑바로 은우에게만 향해있었으니까. 그리고 또한 유빈의 그 상처가 그에게 어떤 식으로 도움이 될지도 모르는 일이었다. 하나의 잔가지를 치려다 작은 꽃봉오리를 만난 기분이었다.

※

"네가 왜 그 사람을 만난 거지?"

후의 음성이 위험스러울 만큼 반들거렸다. 미처 말릴 기회도 없이 유빈은 지후를 만나버린 후였다. 그래서 노려보는 후의 시선이 곱지 않았다. 이미 모든 것을 보이고만 여자였다. 비록 그녀에게 섹스 장면까지는 보이지 않았다지만, 두 남자가 키스한 것을 보았다면 그들에 대해 이미 모든 것을 보았다 해도 좋았을 일이었다. 그러니 이젠 유빈이 그녀를 놓아야 했다. 그녀의 세계와 자신의 세계를 철저히 분리시켜 이제 그들만의 세계로 돌아와야 했다. 그런데도 유빈의 아직도 다른 세계의 끈을 놓지 못하고 있었다. 그것이 후는 미치도록 불안했다.

두 연인을 사랑한다는 것, 그것도 각기 다른 성(性)을 가진 연인을 사랑하는 건 오히려 그 스스로를 잃어버리기 쉬운 일임을 아직 유빈은 모르고 있었다. 유빈과 달리 자신의 정체성이 얼마나 흔들릴지 뻔히 아는 후는 절벽으로 치닫는 유빈을 잡을 수밖에 없었다. 그런데도 아직 이 작은 녀석은 묵묵히 고집을 피우고 있었다. 더구나 지후라는 녀석을, 그녀도 아닌 그녀의 오빠를 만나고 온 유빈이 당했을 상처를 생각하면 가슴이 터질 만큼 울화가 치밀었다.

"은우가, 은우가 상처받았을 거야."

"상처 받았으면? 상처 받았으면 어쩌겠다구? 이런, 미친 새끼. 넌? 넌 상처받지 않았냐? 그렇게 피를 토해 놓고도 넌 상처 받지 않았냐구! 잊어! 말했잖아. 내가 널 잊게 해 주겠어. 그 여잔 잊으라구. 두 사람을 사랑할 수 있어? 것도 각기 다른 성(性)을? 그것이 얼마나 자기 정체성을 갉아대는지, 그걸 견뎌 낼 수 있어? 잊어! 그 여잔 너 없이도 자신의 세계에서 충분히 잘 살아 갈 거다. 다치는 건 너야."

후는 잔인하게 상처를 쑤셨다. 그의 심장에서도 뚝뚝 피가 넘치는 것만 같았다. 그가 잡은 유빈의 어깨가 하얗게 변해갔다. 유빈이 아픈 듯 얼굴을 찡그렸다.

"아파? 그래, 아파해. 너의 가슴에 남아있는 상처가 고름이 되어 터져 나오도록 아파라. 그래서라도 네가 그녀를 잊을 수 있다면. 그녀와의 세계에서 벗어나 내게 돌아올 수만 있다면 난 못할 게 없다. 설사 그게 널 다치게 한다고 해도 난 서슴지 않고 할 거다. 그러니 바라보지 마! 그녀가 사는 세계를 동경이라도 바라보지마라. 넌 내 사람이니까. 아무리 발버둥을 친다 해도 넌 결코 그녀에게 갈 수 없어. 내가 널 반드시 붙잡을 거니까."

후의 강렬한 눈빛이 그대로 여과 없이 유빈에게 투영되었다. 유빈은 그의 유일한 사랑이었다. 그를 처음 본 순간부터 자신의 사랑임을 알았다. 그가 남자이든, 여자이든 상관이 없었다.

유빈은 오로지 그에게 속한 사람이었다. 자신에게 올 거라면 얼마든지 기다릴 수 있지만, 다른 사람에게는 아니었다.

그 사람이 여자이든, 아님 또 다른 남자이든 자신에게서 유빈을 빼앗아 간다면 철저히 부셔버릴 것이다. 하지만 사실은 그렇게 되지 않기를 바랐다. 단지 예전처럼 평화롭게 유빈을 기다리며 그의 미소에 설레고 싶었다. 자신의 시선이 유빈에게서 비켜가지 않도록, 오로지 유빈에게만 몰두할 수 있도록, 그러기만을 바라고 싶었다.

"잊을 수 있었어. 그녀가 정말 사랑하는 사람과…."

꽉 잡힌 후의 손 안에서 유빈이 힘들게 말을 이어갔다.

"사랑하는 거라면 잊을 생각이었어. 잊을 수밖에 없어. 그래서 알고 싶었을 뿐이야."

"알아서 뭐하겠다는 거지? 그녀의 사랑을 확인하는 게 너에게 무슨 의미가 있냐구."

후가 답답하다는 듯이 짜증을 냈다. 같이 온 남자의 눈을 보지 못했었나? 그들을 바라보는 그 혐오스런 시선 중에서도 그는 재빨리 은우라는 아이를 가슴으로 품어버렸다. 아마 앞에 펼쳐져 있는 그 모습에서 그녀를 보호하고 싶었겠지. 자신 역시 그들의 시선에서 가리기 위해 유빈을 돌려 안았으면서도 후는 남자의 시선에 더러워지는 기분을 느꼈다.

'그런 식으로 바라보지 마! 우리의 사랑을 너희들의 시선으로 감히 욕되게 바라보지 마란 말이야!'

버럭 소리를 지르고 싶었지만 상처받았을 유빈이 때문에 소리 대신 눈빛으로 그들을 쏘아보고 말았다. 그녀를 모르는 자신이 보아도 그 남자가 품어대는 사랑만은 알아볼 수 있었는데 유빈은 고집스럽게도 그 사랑을 확인하고 싶었단다. 왜 이 아이는 바보처럼 스스로에게 상처를 내지 못해 안달인 걸까? 유빈이 그것을 확인하는 게 싫은 건 아니었다. 그녀가 그를 사랑한다면 유빈은 온전히 그의 것이 될 테니까. 하지만 후는 그것 역시 싫었다. 그녀가 그를 떠났기 때문에 돌아오는 게 아닌, 그를 사랑하기 때문에 잊길 원했다. 그 욕심 때문에 후는 자꾸 그들의 세계에 발을 드미는 유빈을 잡고 있었다.

"그널 사랑하니까."

"…뭐?"

순간 유빈을 잡고 있던 후의 손이 얼음처럼 굳어 버렸다. 그널 사랑해? 내 앞에서 그녀를 사랑해? 잠시 멍한 그의 손에서 유빈이 스르르 빠져 나왔다. 아니, 그가 놓아버린 것 같다.

"그녀를 사랑한다구. 그러니까 그냥 알고 싶어. 정말은 은우를 직접 만나 물어보고 싶었어. 정말 그를 사랑하는 거냐구. 내가 보았던 건 그게 아닌데, 그녀가 갑자기 그랑 결혼해버렸어. 그래서 알고 싶었어. 은우가 어떻게 살아가는지. 내가 은우를 사랑하니까. 내가 사랑하니까 그냥 알고 싶었다구. 그것도 안 돼? 그걸 확인하고 싶은 것만으로도 안 되는 거야?"

유빈은 버럭 소리를 지르는데 오히려 후의 목소리에서 힘이 빠져 버렸다. 사랑해? 조인 심장처럼 목이 꽈악 잠겼다.

"그, 그녀, 그녈 사랑해? 그녀를 사랑해!?"

다른 말은 귀에 들어오지 않는 후가 자꾸 같은 말만 물었다. 거짓말 같은데 그를 바라보는 유빈의 시선은 한 줌의 거짓이 없었다. 유빈은 정말 그의 말처럼 그녀를 사랑하는 모양이었다. 후의 이가 악물렸다. 죽여 버리고 싶은 살의가 순간 치밀어 올랐다. 그에게서 유빈을 빼앗아 버린 그 여잘 죽이고 싶었다. 이 하늘 아래서 유빈이 다시는 그녈 볼 수 없도록 죽여 버릴 것만 같았다. 손가락이 파고 들 정도로 아프게 주먹을 쥔 채 그가 소리를 질렀다.

"나, 난. 난 사랑하지 않는 거야? 그런 거냐? 빌어먹을 이 새끼야! 말해! 난?"

너무 기다렸었다. 유빈이 망설일 시간도 없이 자신에게 왔어야 했었는데 너무 기다려 버렸다. 소리치던 후가 피식 웃었다. 핏물이 고였다. 죽고 싶을 만큼 후회가 되었다. 유빈을 기다리는 그 고통의 끝이 결국 이런 거였다면 그는 절대 기다리지 않았을 것이다. 그가 자신의 사람이라 믿어 의심치 않았기에 상처받지 않도록 기다렸었다. 후가 유빈을 노려보았다. 말갛게 물기가 도는 눈동자가 흔들렸다. 지금 막다른 절벽에 몰아 세워진 건 유빈이 아닌 후였다. 유빈이 아까의 격정은 잊은 듯 또다시 수면처럼 잔잔한 목소리로 대답했다.

"너도 사랑해. 후! 내가 널 사랑했었다는 거 몰랐어? 거부하고 또 거부하면서도 난 한번도 널 진정으로 거부해 본 적이 없어. 하지만 은우도 사랑해. 그것도 거부하고 싶어. 너 하나를 사랑하는 것도 내게는 너무 버거워. 널 바라보는 내 시선이 내게도 너무 힘겹다고. 하지만 난 똑같은 시선으로 은우를 바라봐. 후도 안다고 하지 않았어? 그게 얼마나 죽고 싶을 만큼 고통스러운 건지? 그래, 고통스러워. 나, 난 뭐지? 내 안에 있는 이 두 모습은 대체 내게서 뭘 원하는 거지?

하지만 내 모습이 어떤 것이든 은우가 정말 행복한 건지, 이젠 더 이상 힘겹지 않게 살아가는지 그것만이라도 알고 싶어. 내가 해 줄 수 있는 게 아무것도 없지만 난 그냥 알고 싶을 뿐이라구. 왜냐고 물었잖아! 후가 내게 왜냐고, 왜 그렇게 하느냐고 물었잖아. 그게 이유야. 내가 지금 얼마나 고통스럽든, 은우에 대한 사랑이 얼마나 날 갈기갈기 찢든 내게 가장 중요한 건 은우의 행복이야, 그리고 후야. 지금은 나 자신보다 그게 더 중요해."

유빈의 눈에서 눈물이 흘렀다. 살갗을 그대로 비칠 만큼 투명한 무색의 액체가 후에게는 슬픈 피처럼 보였다. 심장에서 방금 튀쳐나온 선명한 선홍빛의 눈물…. 후가 털썩 유빈을 감싸 안았다. 작고 마른 그의 몸이 스르르 힘없이 안겨왔다.

"빌어먹을. 왜 우린 이렇게 태어났니? 왜 우린 다른 사람처럼 그렇게 자연스럽게 살아가지 못하는 거지? 널 사랑하는 걸 후회하지 않지만, 이 다음의 세계에서 네가 나와 같은 성(性)을 가지고 다시 태어난다고 해도 한순간도 망설이지 않고 널 택하겠지만 널 위해 우리, 다음 세상에선 이렇게 태어나지 말자, 김유빈. 네가 날 사랑하는 것이 이렇게 널 힘들게 한다면. 그리고 내게 오기가 이렇게 힘들다면 우리 서로 다음 세상에서는 다른 모습으로 태어나자, 제발."

후가 이를 악물었다. 그에게는 유빈의 성(性)이 그 어떤 것이든 사랑이 하나였지만, 유빈의 사랑은 둘이었다. 각각의 성(性)에 각각의 사랑. 그러나 후는 그의 사랑을 나눌 생각이 없었다.

"미안해, 후. 하지만 이럴 수밖에 없는 날 이해해주길 원한다면 그것도 욕심이라 할 거야? 제발, 그녀를 향하는 내 마음까지 가지려 하지 말아줘. 부탁이야."

까만 유빈의 눈동자가 보석처럼 반짝였다. 잔인한 유빈은 그 어느 때보다 아름다운 모습이었다. 아프다. 후가 속삭였다. 그 누구에게도 흔들려 본 적이 없던 심장이 칼로 베인 것처럼 아파왔다. 격정적이었던 그의 사랑을 이제 포기해야 한다는 걸 그는 알았다. 그가 붙잡을수록 유빈은 더욱 힘들어질 것이다.

"그래. 그것이 네가 원하는 거라면 그렇게 해."

후의 대답에 유빈이 맑게 웃음을 지었다. 아름다운 이별 선물이네. 후가 중얼거렸다.

자박, 돌이 밟히는 소리가 예민한 그녀의 귀를 울렸다. 성급한 발자국 소리였다. 4일 내내 비워졌던 규하의 귀가였다. 다시 한번 거울 속을 바라보던 그녀가 얇게 입술을 깨물었다. 생각했던 것 보다 더 야한 옷차림이 되고 말았다. 규하의 거만한 목소리만 아니었다면 어렵더라도 시어머니와 함께 다시 다른 옷을 샀을지도 몰랐다. 이 옷은 단지 바라보기 위한 옷이었지, 입으려 했던 것은 아니었다. 다행이 등 쪽은 가려져 있었지만, 얇은 천인데다가 앞이 너무 파여 거의 입지 않은 듯 걸쳐진 옷이었다. 더군다나 충동적으로 바른 붉은 색 립스틱이 그녀에게 너무나 떠 보였다. 은우는 살짝 인상을 찌푸렸다.

지금 그녀의 모습은 남자를 유혹하는 요부의 모습이었다. 잠깐, 벗어버릴까? 하는 충동이 일었지만 그녀는 애써 그 마음을 눌렀다. 무시하듯 내뱉던 그의 말만 아니었다면 입지 않았겠지만, 이 옷을 바라 볼 그의 반응 역시 궁금한 것도 사실이었다. 거실 입구에 서서 그를 기다리는데 달칵 문고리가 돌아갔다. 그녀의 심장이 그 소리에 맞춰 쿵쿵 뛰기 시작했다.

"너무 늦은 시간 아닌가요?"

들어서는 그에게 말하는 목소리가 다행히 차분히 나왔다. 뭐? 고개를 들던 그가 흠칫 멈추어 섰다. 예상치 못했던 모습처럼 당황한 기색이 언뜻 스쳤다가 또다시 빠르게 사라져 버렸다. 하지만 그 순간을 놓치지 않은 은우는 내내 갈등했던 마음이 싸악 가시는 것만 같았다.

"가요."

아직 규하가 들어서지도 않았는데 그녀는 붉은 구슬이 달린 신발에 발을 집어넣었다. 그날 어머님이 기어이 담던 신발이었다. 제기랄. 낮게 투덜거리는 규하의 목소리가 들렸다. 못들은 척 현관을 나서는 그녀의 허리를 그가 쓰윽 감싸 안았다. 손은 따스한데 말하는 목소리는 차가웠다.

"나를 위한 드레스인가?"

흘낏 그녀를 보는 그의 시선에 약간의 승리감이 엿보였다. 은우는 자신도 모르게 오소소 몸을 떨었다. 갑자기 차가운 기운이 등허리를 휘감는 것만 같았다.

"저를 위한 옷이에요. 당신에게 그럴 자격이라도 있었나요?"

"자격? 남편보다 더 나은 자격이 필요한가?"

규하가 되물었다. 남편이란 말에 은우의 얼굴이 또다시 일그러졌다. 남편이라. 4일이나 집을 비운 남편치고는 꽤나 당당한 질문이었다.

"네, 더 나은 자격이 필요하죠. 당신은 절대 가질 수 없는 자격."

그녀의 대답이 재밌다는 듯 규하가 두 눈을 반짝였다. 씨익 웃는 입술 사이로 하얀 이가 가지런히 드러났다. 순간 은우의 심장이 또다시 쿵쿵 뛰기 시작했다.

"그래? 궁금한걸. 남편보다 더 나은 자격이 무엇인지. 더구나 내가 절대 가질 수 없다니, 더욱 호기심이 이는데?"

뜨거운 그녀의 등줄기를 규하가 부드럽게 쓸어내렸다. 소름 돋도록 유혹적인 손길이었다.

"기억하라구. 내가 가질 수 없는 건 이 세상에 절대 존재하지 않아. 알았어? 내 사랑하는 부인?"

비웃듯 말하며 규하가 차 안으로 그녀를 밀어 넣었다. 별빛처럼 아름다운 가로등 사이를 빠르게 빠져 나가는 차 안에는 괴괴한 침묵만이 남았다. 비웃는 말도, 차가운 미소도 싸악 사라진 얼굴로 호텔에 도착할 때까지 규하는 내내 생각에 잠겨 있었다. 신이 열어준 차 문을 나설 때 높은 굽 때문에 잠깐 비틀거린 그녀를 부축한 것 이외에는 그녀의 몸에 손가락 하나 대지 않은 채 규하는 철저히 그녀를 무시했다. 마치 모르는 사람처럼 냉랭한 그의 옆에 선 은우는 애써 그의 존재를 지워내며 그가 이끄는 대로 넓은 홀에 들어섰다.

거대한 곳이었다. 천장에 하나 가득 채울 듯한 높은 샹들리에까지, 보이는 모든 것은 신비로움 그 자체였다. 어색한 차림과 차가운 규하도 잊을 만큼 은우는 그만 눈이 휘둥그레지고 말았다. 주위를 바라보던 은우가 슬쩍 옷자락을 펼쳤다. 은빛 실크 정장의 규하 차림에서 알아 봤어야 했는데, 자신의 옷차림만 신경 쓰느라 미처 어떤 모임인지 생각해 보지 못했다. 규하를 따라 들어선 홀 안의 여자들은 온통 보석 빛이었다. 아무 장식 없는 이 실크 드레스는 눈에 띄지도 않을 만큼 반짝반짝 샹들리에의 빛을 반사하는 드레스가 여기저기 눈부시게 펼쳐져 있었다. 마치 빛의 향연 같은 드레스의 물결이었다.

은우의 어깨가 잔뜩 움츠러들었다. 볼품없는 그녀의 소박한 차림새와 잘 신지 않는 높은 하이힐까지… 그녀를 괴롭히는 건 한 두개가 아니었다. 그렇지 않아도 큰 키라 하이힐 신을 일이 별로 없었건만, 이 높은 하이힐은 그에 대한 반항이었다. 그녀의 키에서 하이힐까지 신으면 웬만한 남자는 다들 그녀만 하게 되어 버리는데 규하는 워낙 키가 커서 그것마저 여의치 않았다. 아무리 하이힐을 신었어도 그녀는 여전히 그의 어깨에 닿아 있었다.

'젠장, 더 높은 걸 신을걸.'

투덜대던 은우는 애써 중심을 잡으며 규하의 뒤를 따랐다. 비틀 또다시 다리가 꼬였다. 익숙지 않은 굽 높이 때문이었다. 규하가 흘낏 바라보았다.

"여자 파우더 룸은 저쪽이야. 그렇게 위태하게 서 있을 바엔 잠시 거기서 쉬지 그래?"

성난 듯 잔뜩 가라앉은 목소리였다. 그녀 역시 짜증스러운 기분이었지만 그래도 당장은 쉴 곳이 필요했다. 사람들이 너무 많아 그가 가리킨 곳이 쉽사리 보이지 않았다. 길게 목을 뻗어 두리번거리는데 낮게 투덜거리는 규하의 목소리가 들렸다. 헤매는 그녀가 답답한지 아프게 팔목을 잡아끌더니 곧장 사람들의 인파 속으로 헤집고 들어섰다. 홀의 한쪽 구석에 고급스런 자줏빛 비로드 천으로 된 문이 그제야 보였다.

"잠시만 쉬라구."

밀쳐지는 그의 손길에 툭 내던져지는 기분이었다. 평상시에도 그리 좋은 성격은 아니었지만 오늘의 규하는 유난히 날카로웠다. 답답한 구두와 냉랭한 규하에게서 벗어나기 위해 은우는 천천히 앞으로 걸어 나갔다. 슬쩍 등 뒤를 보니 이미 규하는 사라진 후였다. 돌아서는 그녀의 입술에 쓸쓸한 미소가 떠올랐다. 조금 버림 받은 기분이 들었다.

그와 헤어져 퉁퉁 부어오른 발로 서둘러 파우더 룸으로 향하던 그녀의 앞으로 어느 여자가 성큼 다가섰다. 부딪히지 않기 위해 살짝 비키는데, 화사한 은빛 드레스를 입은 여자는 오히려 그녀와 같은 방향으로 따라 비켜섰다. 짜증스런 마음을 애써 감추고 예의바르게 바라보는 그녀 앞에 선 여자가 싱긋 미소를 지었다.

아는 여자인가? 고개를 갸웃했지만 역시 기억에 없는 여자였다. 하긴 이런 곳에 온 적이 없으니 이 여자를 알 리도 없었다. 더구나 앞에 선 여자는 한 번 보면 절대 잊혀지지 않을 만한 외모였다. 화사한 미모와 우아한 몸 선이 마치 요정 같았다. 규하 옆에선 결코 커 보이지 않던 그녀의 키가 이 자그만 여자 앞에선 거대한 거인처럼 느껴질 정도였다. 은우는 자신도 모르게 살짝 어깨를 움츠렸다. 그리고 다시 그녀를 비켜 살짝 걸음을 떼는데 여자가 말을 걸어왔다.

"윤규하 씨 아내 되시죠?"

생각지도 못한 질문이었다.

"네?"

"당신 남편이 윤규하 씨 아니냐고 물었어요."

"아, 네…."

당신의 남편, 이란 낯선 호칭에 대답하는 은우의 미소가 어색했다.

"음, 그럼 당연히 처녀였겠죠?"

뭔가를 안다는 듯이 그녀가 빙그레 웃었다. 비웃는 기색이 역력한 웃음이었다. 순간, 은우의 얼굴이 빳빳이 굳어버렸다.

"네?"

"첫 날밤 그가 요구하지 않던가요? 하얀 순백의 수건에 묻혀진 순결의 선홍색. 어느 나라에서는 자신의 첫날 밤, 일부러 아내의 피를 하얀 수건에 묻혀 다른 사람에게 보여주어야 했다더군요. 그 중엔 돼지의 피를 보인 사람도 있었다지만. 뭐, 그 사람에게는 그런 건 용납되지 않았을 테니까. 순결한 처녀의 피만을 보는 사람 아닌가요? 그 사람."

'만일 나와의 첫날밤에 네가 흘릴 피가 없다면, 유빈이라는 그 어린 자식은 아마 산 채로 묻히게 될 거다.'

전에 그가 유빈과 함께 살던 집에 찾아오던 날 그녀에게 했던 말이었다. 처녀의 피…. 그 규하의 말을 알고 있다면, 이 여자는 아마 그의 여자일 것이다. 지난 4일 동안 들어오지 않았던 그의 여자. 그녀의 눈에서 번쩍 불꽃이 튀었다. 정면에서 따귀라도 맞은 기분이었다.

'하! 보기 좋군, 윤규하. 결국 이 따위 곳에서 아내와 정부를 한꺼번에 만나다니, 능력도 좋아.'

은우의 입술이 이죽거리듯 올라갔다. 그녀를 굳이 이곳에 데려 온 이유를 알 수 있을 것 같았다. 은우는 옷자락 끝을 꽈악 쥐었다. 당장이라도 뛰쳐나가고 싶은 마음이었다. 그녀는 일부러 높은 키로 그녀를 내려다보았다. 차라리 이곳에 데려오지 않았다면 더 좋았을 일이었다.

"글쎄요. 제가 여전히 아내에 자리에 있다면 처녀의 피가 있든 없든 그가 제게 만족하고 있다는 의미 아니겠어요? 나한텐 그런 거 묻지 않던데. 아마…."

은우가 앞에 선 여자를 위, 아래로 훑어 내렸다.

"아마 당신께만 하고 싶은 핑계거리였나 보죠. 가끔씩 그 사람, 그런 엉뚱한 이야기 할 때가 있더라구요. 설마 그 말을 믿으셨나 봐요?"

"뭐, 뭐?"

순간 아름답던 여자의 얼굴이 보기 흉하게 일그러졌다. 그녀의 눈엔 어쭙잖은 드레스를 걸치고 들어선 순간 어디서 얼뜨기 처녀 하나 물었군, 하고 분명 비웃었을 그녀의 머릿속이 환히 내다 보였다. 아마 이곳에 올 아내를 생각하며 한껏 비웃었을지도 모르는 일이었다. 게다가 고급스런 은빛 드레스마저 짝을 맞춘 듯 규하와 어울렸다. 그의 취향까지 잘 아는 여자였다. 노려보는 여자의 시선엔 질투가 활활 타오르고 있었다. 은우는 태연히 그녀의 시선을 받았다. 자세히 살펴보니 그제야 자신보다 한참은 더 들었을 나이가 보였다. 윤규하, 그 남자의 취향이 어느 정도 수준인지 알겠군. 잔뜩 꼬인 생각이 들었다.

"이 어린 것이. 감히, 날…! 하긴 규하라는 남자도 수준이 많이 떨어졌군. 마누라랍시고 끌고 오기에 난 또 기대했었지. 이만한 수준보다는 좀 더 높을 줄 알았는데. 어디서 그런 싸구려 옷이나 걸치는 수준이라니. 요사이 지산의 경제 사정이 그리 좋지 않은가 봐."

"이거 비싼 건데요?"

은우의 눈동자가 시퍼런 날이 섰다. 난생 처음 자신을 위해 선물 받은 옷이었다. 게다가 이 옷은 그녀의 시어머니, 지현정이 사 준 옷이다. 자신에게는 너무나 소중한 옷을 감히 규하의 정부라는 여자가 비웃다니.

"하! 그래요? 어느 디자이너의 작품인가? 아주 촌스럽기가…."

"글쎄요. 옷의 값어치보다는 선물한 사람의 값어치를 보는 게 낫지 않을까요? 비싼 디자이너 옷보다 제겐 이 옷이 더 소중하게 느껴지는데, 아마 그런 선물 받아보지 못하셨겠죠?"

우습게 보지 마! 윤규하의 정부 따위에게 안 져, 난. 힘줄이 팍 솟았다. 감히 어머니의 옷을 이런 여자에게 싸구려 취급당하게 할 순 없었다.

"그래요? 뭐, 그 상대가 규하 씨는 아니겠죠? 그 사람 취향이 아니거든. 저만한 취향의 남자가 이 만한 수준에 만족할… 하긴 아내를 보는 수준은 좀 아니지만."

이…!

이화의 말이 끝나는 순간, 은우의 눈에서 번쩍 불꽃이 터져 나왔다.

은우를 파우더 룸 쪽으로 밀어 버린 규하는 재빨리 홀 안으로 들어섰다. 잠시라도 그녀 곁에 더 있다간 당장이라도 이 바닥에 그녀를 눕혀 버릴 것만 같았다.

'제길, 나도 좀 가라앉히자고.'

규하가 이를 악물었다.

4일 만에 보는 아내의 모습은 태양빛 같았다. 일년 전부터 추진해 왔던 진한 철강의 인수 문제가 거의 막바지에 이르러 정신없이 바빴다. 게다가 오늘은 아이티에서 신이 귀국한 날이었다. 신의 보고서까지 산더미처럼 쌓인 일 때문에 진 실장이 스케줄을 일러주기 전까진 저녁에 경영자 모임 파티가 있다는 것조차 잊어버릴 정도였다. 하루의 스케줄 정도는 쉽게 기억하는 편인데….

하기는 그 스스로 더 일을 만들었는지도 몰랐다. 당장이라도 그녀를 겁탈해 버릴 것 같은 욕망 때문에 다른 방으로 짐을 옮겨 버리긴 했지만 여전히 그의 신경은 예민하게 은우의 자취만

좇고 있었다. 그래서 결국 한다는 짓이 집을 뛰쳐나와 회사 일에만 매달인 것이었다.

다행이 일이 잔뜩 밀려 눈코 뜰 새 없이 바쁘기도 했지만 잠시 짬이 난다해도 회사에 마련된 작은 룸에서 잠들기 일쑤였다. 진 실장의 연락을 받고 곧장 은우에게 준비하라 이르기는 했지만, 솔직히 이미 진 실장이 준비해 놓은 자신의 의상에 어울릴 옷이 있을 거라 기대하지는 않았다.

조금 이르게 나와 근방 부띠끄에 들를 생각으로 집으로 들어선 그의 앞에는 붉은 여신 같은 드레스를 입은 은우가 당당히 서 있었다. 어머니와 잠시 쇼핑을 갔다더니 그때 산 옷인 모양이었다. 그가 처음 보는 드레스는 그렇지 않아도 날카로운 신경을 예민하게 갉아대고 있었다. 실크 소재의 붉은 드레스가 그대로 늘씬한 은우의 윤곽을 흘러내려 그녀의 가슴과, 그녀의 허벅지, 그녀의 늘씬한 다리. 그리고 그 사이의 깊은 우물까지 고스란히 드러낼 것처럼 고혹적으로 그녀를 감싸고 있었다.

'이 망할 여자가…!'

보는 순간부터 거친 욕이 터져 나왔다. 자신까지도 이렇게 아래가 묵직해지는데, 그 많은 사내들 속에 은우를 보여야 한다는 생각만으로도 그는 하얗게 질투가 일어섰다. 당장이라도 위층 자신의 침실로 끌고 올라가 저 하늘거리는 붉은 빛 속으로 잠겨버리고 싶은 충동을 억누르며 어금니를 악물었다. 아마 그의 속마음을 알아챈다면 그녀는 오늘이 중요한 모임이라는 사실에 감사했을 것이다. 그토록 중요한 일이 아니었다면, 아무리 그녀가 거부한다고 해도 이 붉은 드레스 속에 감추어진 그녀를 갖고 말았을 테니까.

송곳으로 찌르듯 자신의 욕구를 누르는 것으로도 힘 드는데, 살짝 걷기만 해도 보이는 늘씬한 그녀의 다리가 마치 유혹 같아 그는 말조차 제대로 할 수 없었다. 파티 장까지 오는 그 좁은 차 안에서 은우의 모든 것은 미치도록 그를 고문했다. 사람들 속에 파묻히면 좀 더 나아지지 않을까 기대했지만, 그 많은 사람들 속에서도 그의 시선은 자신의 아내 몸에서 떨어질 줄을 몰랐다. 첫 몽정을 하는 소년처럼 그의 온몸은 그녀를 향해 아우성치고 있었다. 발 아픈 은우를 파우더 룸 쪽으로 밀어 넣고 돌아서서야 그는 겨우 숨을 돌릴 수 있었다. 겨우 아내에게서 시선을 떼고 돌아선 그의 앞으로 박 회장이 성큼 다가섰다.

"요사이 지산의 움직임이 많이 부산하더군."

전경련 회장인 세진 그룹 박 회장은 원래 군더더기 말이 없는 사람이었다. 그 직설적인 화법 덕분으로 꽤 좋은 정보를 얻어가는 모양이었지만, 그에게는 아니었다. 손에 들린 술을 가볍게 마시며 규하는 핑글, 미소를 지었다. 내심, 이 능구렁이 같으니라고…. 하는 생각이 들었지만 굳이 발톱을 드러낼 필요는 없었다. 아직은 아니었다. 세진 그룹의 회사 규모가 지산과 댈 바는 아니지만 그렇기에 박 회장은 더 위험한 인물이었다. 그 정도의 회사로 전경련 회장의 자리에 오른다는 건 그만한 실력이 숨겨져 있다는 의미이기도 했다. 규하는 한 순간도 박 회장에 대한 경계심을 늦추지 않고 있었다.

"뭐, 먹고 살기가 워낙 바쁘니까요. 부지런히 움직여야 살아남을 수 있지 않겠습니까?"

"그래도 철강만 하겠어? 요사이 워낙 경기가 안 좋다보니…."

알고 하는 소리처럼 박 회장이 쉽게 규하의 심사를 찌르고 나섰다. 요즈음 '진한 철강' 회사를 인수하는 지산의 움직임이 너무 크게 두드러지고 있었나? 규하가 잠시 한 발짝 뒤로 물러섰다.

"아드님들은 모두 잘 계시죠? 오늘 함께 나오실 줄 알았는데 모습이 보이지 않습니다?"

"뭐, 그만한 여유가 있나. 자식 넷을 합쳐도 하는 짓이 윤 이사 하나만 못하니. 원…."

속마음이 약간 묻어나게 박 회장이 쯧쯧 혀를 찼다. 규하의 얼굴이 보이지 않게 살짝 굳어졌다. 박 회장의 멍청이 같은 아들들이 떠오른 탓이었다. 게다가 그 셋째 아들은 박승우. 제 마누라가 동창과 바람 난 줄도 모르는 녀석과 비교되는 것부터가 그에게는 모욕 같은 일이었다. 변변치 못한 자식들이라 그렇지 않아도 평상시 우습게보던 녀석들이었다. 하지만 철강 회사를 인수하려 마음먹은 이상 세진과의 경쟁은 불가피했다.

'박 회장 당신이 그렇게 단단하다면 슬슬 그 아래 다리부터

건드려 볼까?'

마치 게임을 하듯 규하가 가볍게 박 회장을 건들었다. 게임이라면 자신이 있었다.

"뭐, 한 사람이 네 사람의 몫을 하다보니 더 눈에 띈 모양이지요. 저도 이젠 결혼까지 했으니 회사 일보다는 집안일에 더 신경을 써야할 것 같습니다. 회사도 중요하지만 제 가정도 이젠 뭔가 이루어야 되지 않겠습니까?"

"아, 그렇지."

규하의 말에 박 회장은 떨떠름하게 대답했다. 셋째 아들은 아직도 아이가 없었다. 아마, 그 마누라가 놀아나느라 아이 날 생각조차 없는 탓이겠지. 사업에서는 탄탄하기 그지없다는 박 회장이었지만 자식 문제에서만큼은 그의 성정대로 따라주지 않는 모양이었다.

"그…."

짝!

그 때였다. 마침 박 회장에게 승우의 아내, 은정아에 대한 이야기를 막 꺼내려는 참에 홀에 짝! 하는 소리가 그 소란 속에서도 크게 울려 퍼졌다. 순식간에 주위의 공기가 얼어붙은 듯 조용해져 박 회장과 규하의 대화가 잠시 멈춰졌다. 뭐지? 규하가 고개를 쭈욱 내밀었다.

"아, 아니 자네 안사람과 이화 아닌가?"

규하가 미처 뒤돌아보지 못한 사이 정면으로 그곳을 향하고 있던 박 회장이 먼저 알아보았다. 이화! 그제야 이곳에 이화가 와 있을 거라는 생각이 미쳤다.

'이런, 빌어먹을!'

규하가 욕을 내뱉었다. 미처 예상하지 못했던 문제였다. 요즈음 정신이 없었다 해도 이건 분명 그의 실수였다. 비록 깨끗이 헤어진 여자라지만, 은우와 함께 올 생각이었다면 한 번 더 마무리 지었어야 할 일이었다.

"아마, 자네가 원인인 듯한데 가보지. 그럼, 난 잠시 저곳에…."

그제야 박 회장의 얼굴에 고소한 듯 미소가 머금어졌다. 통쾌하다는 박 회장의 마음이 고스란히 드러나 있었다. 그 미소에 규하의 얼굴이 싸늘해졌다. 박 회장에게 뺨이라도 맞은 기분이었다. 빙그르르 돌아선 규하의 입술이 굳게 앙다물어졌다. 이런 일은 지금까지 없었던 일이었다. 어느 누구도 그의 면전에서 이토록 망신을 준 적이 없었다.

이, 망할 여자가….

뚜벅뚜벅, 두 여자를 향해 걷는 그에게 홀 안의 모든 시선들이 향했지만 노기에 찬 그의 눈엔 그것조차 들어오지 않았다. 만약 은우가 맞은 거라면, 하는 생각만으로도 부르르 몸이 떨려왔다. 아직 시작도 채 되기 전에 이화로 인해 어떤 문제가 생긴다면 절대 용서하지 않을 생각이었다. 그의 눈앞에 비로소 두 여자가 보였다. 불꽃처럼 노려보는 그들의 시선엔 다른 사람은 안중에도 없었다. 다행이 맞은 건 은우가 아닌 이화인 모양이었다. 부릅뜬 눈으로 노려보는 은우 앞에서 이화가 뺨을 감싼 채 서 있었다. 차마 믿어지지 않은 듯 커다랗게 벌어진 이화의 눈은 곧장 은우에게 향해 있었다.

"이, 이 천한 것이 어디서. 어디서 운 좋게 남자 하나 잘 물…."

그를 보지 못한 이화가 은우에게 말했다. 순간 규하의 이마에 퍼런 심술이 돋아났다. 감히 어디서! 번쩍 불이 솟구치는데 그보다 먼저 은우의 손이 번쩍 올라갔다. 또다시 뺨을 갈길 기세였다. 그 순간 규하가 얼른 은우의 팔목을 잡았다. 어쨌든 이 이상의 망신은 사절이었다.

"뭐 하는 짓이야?"

낮게 으르렁대는 그의 목소리에 두 여자는 그제야 그를 바라보았다.

"규, 규하 씨…."

벌건 뺨을 감싸며 이화가 그렁그렁 눈물을 고여 냈다. 배우처럼 눈물을 흘리는 이화에게 향한 그의 시선은 냉혹했다. 그를 바라보던 이화가 뻣뻣이 굳어 버렸다. 눈빛만 봐도 그가 지금 얼마나 화난 상태인지 금방 알아챌 수 있었다.

"규하 씨. 그게…."

"그 입으로 내 이름 부르지 마. 이게 뭐하는 짓이야? 감히, 이 자리가 어떤 자리인 줄 알고 이따위 짓들이야?"

변명하는 이화의 말을 규하가 차갑게 잘라냈다. 이미 끝낸 여자였다. 미련조차 없었다. 그가 이화와 잠시 다투는 사이 은우가 잡혀진 손을 뿌리쳤다. 뿌리치는 은우의 손을 다시 강하게 잡은 그는 남겨진 이화에겐 관심도 없이 곧장 홀을 가로질렀다. 이미 그른 자리였다. 파티 장을 서둘러 빠져나오는 규하의 시선에 제 또래의 나이 든 김 회장과 속닥거리는 박 회장이 띄었다. 비웃듯 씨익 웃는 박 회장의 미소는 분명 그를 향해 있었다.

'늙은 너구리 같으니….'

규하가 이를 악물었다. 꽤 골치 아픈 일이 되고 말았다.

"아무래도 집사람이 좀 아픈가봅니다. 오늘은…."

"뭐, 난 신경 쓰지 말고 가 보게나. 안사람 건강이 빨리 회복되면 좋겠군."

등 뒤로 하하하 통쾌하게 웃는 박 회장의 웃음소리가 뒤따라왔다. 아까 잠시 당했던 일을 분풀이하듯 웃어대는 웃음이었다. 이를 악문 규하는 아무 말 없이 곧장 은우를 끌고 집으로 향했다. 부글부글 속이 끓어 올랐다. 사실 자신에게 더 많은 잘못이 있었지만, 내내 참고 있던 욕망에 대한 분풀이를 하듯 그의 걸음걸이는 거침이 없었다.

"대체 뭐하는 짓이야?"

현관에 들어서자마자 내내 잡고 있던 그녀를 거칠게 놓으며 그가 버럭 소리를 질렀다. 내쳐진 힘을 견디지 못하고 은우가 쓰러질 듯 비틀거렸다.

"뭐가요?"

기울어지던 몸을 곧장 곧추 세우며 은우가 강한 어투로 물었다. 한 치의 굴함이 없는 눈동자였다.

"지금 몰라서 묻는 건가?"

"글쎄요? 그저 가볍게 뺨 한대 갈긴 것뿐인데요. 아! 그것도 출신이 고귀한 사람들은 잘 하지 않나? 뭐, 내가 출신까지 속이면서 당신과 결혼한 것도 아니니 천한 여자와 결혼한 당신이 책임져야죠. 안 그래요?"

분한 듯 노려보는 그녀의 눈동자에 빙글 눈물이 도는 듯한 착각이 들었다.

"이런 망할…."

규하가 화난 음성으로 욕을 내뱉었다. 이화를 생각하지 못했던 자신의 잘못은 차치하고서라도 그런 모임자리에서 당한 망신에 끓어오르는 화를 참을 수 없었다. 은우 같은 여자라면 최소한 그런 자리가 어떤 자리인 줄은 알 줄 알았다. 그런 천한 계집애와 다투느니 차라리 우아하게 그에게 따지는 것이 더 어울렸다. 그래서 지금 그의 화는 은우에게만 쏟아지고 있었다.

"당신한텐 그런 자리가 어떤 곳인지 생각할 두뇌도 없나?"

"그럼 애초부터 아내와 함께 정부를 부르면 안 된다는 두뇌는 당신에겐 없나요?"

"정부?"

규하의 눈썹이 활처럼 휘어졌다.

"그럼 지난 4일 동안 내내 당신이 회사에 있었단 말인가요? 당신이 집에 들어오지 않는 날마다 회사 야근이었다고 변명할 건가요?"

은우가 날카롭게 쏘아붙였다. 은우는 점점 더 화를 내는데, 오히려 규하의 화는 점점 더 가라앉고 있었다. 지금 그에게 화를 내는 은우는 지금까지의 그 어느 순간보다 아내다웠다.

"정부를 두었으면 최소한 아내에게 숨길만한 예의도 없어요? 그런 자리라면. 당신이 말한 그런 자리에 아내와 정부까지, 부끄러운 줄도 모르나요?"

거침없이 쏘아대던 은우가 순간 주춤했다. 그녀가 이성을 잃고 소리를 지르고 있는 사이, 규하의 눈빛은 점점 위험스러워지고 있었다.

"하! 아내라. 네가 내 아내라는 생각은 있는 모양이지? 그 조그만 머리에 참 많이도 생각했군. 그럼 아내라고 말하기 전에 네 몸뚱아리도 아내로서 행동 해보지 그래?"

규하가 은우의 손을 확 잡아챘다.

"뭐, 뭐하는 짓이에요?"

"아내라면, 네가 말한 내 아내라면 내게 제공해야 할 것들이 좀 더 있지 않아? 뭐, 아직은 더 기다릴 생각이었는데. 하지만 오늘이라도 원한다면 좋아. 나 역시 슬슬 기다리기 지루해져 왔던 참이니까."

 잡은 손으로 규하는 탐욕스럽게 그녀를 바라보았다. 집을 나설 때부터 솟구쳤던 욕망이었다. 이제 참을 만큼 참았다.

 "싫어요. 당신 싫어."

 그의 눈동자에 담긴 의미를 알았나? 은우가 사납게 소리쳤다. 숨기지 않는 그에 대한 거부감조차 매혹적이었다. 규하는 잡혀진 그녀의 손을 질질 잡아끌었다. 오늘만큼은 반드시 그녈 가질 것이다. 그 붉은 드레스를 입은 순간부터 시작한 건 은우였다. 남자에게 그 정도의 유혹을 풍겼다면 거둘 때가 있다는 것도 알아야 했다. 위층으로 올라서는 그의 손아귀에서 벗어나려 애쓰는 몸동작마저 짜릿하게 전율이 흘렀다. 이제 시작인 거야, 이은우.

 계단을 따라 자신들의 방 앞에 들어 선 규하가 덜컥 문을 잠갔다. 도망치는 그녀를 가두기 위한 것이었다. 던져진 침대에서 벌떡 일어나 다시 문으로 향하는 그녀를 가볍게 제압하며 규하가 악마처럼 씨익 웃었다. 무릎걸음으로 침대 위의 은우에게 다가선 규하는 이미 와이셔츠까지 벗어던진 후였다. 구릿빛 가슴을 거침없이 드러낸 그가 애써 피하는 그녀의 얼굴을 움켜쥐었다.

 "이화, 그 계집애에게 고마운걸. 그나마 당신이 내 아내라는 걸 깨닫게 해 주었으니 말이야."

 "놓으라고 했어요. 싫⋯."

싫어요, 라 말하던 은우의 입 안으로 규하가 뜨거운 자신의 혀를 곧장 집어넣었다. 숨이 막힌 듯 두들겨 대는 주먹에도 그는 꿈쩍 하지 않았다. 펄떡펄떡 뛰는 어린 짐승을 잡는 희열처럼 규하는 정복자의 야수 같은 본능뿐이었다. 예전 잠시 빼앗았던 그 키스와는 사뭇 다른 농염하고, 탐욕적인 키스였다. 은우는 정신을 잃을 만큼 아득한데 그 사이 규하는 바지까지 벗어버렸다. 이제 그와 그녀 사이에 가로막힌 거라고는 아까부터 그의 신경을 갉아대던 얇은 붉은 빛 드레스뿐이었다.

저녁 내내 생각했었다. 그녀의 이 드레스를 하나하나 껍질 벗기듯 벗겨내면 어떤 기분이 들까. 이제 그렇게 바라던 둘 만의 시간이었다. 그녀를 가질 수만 있다면 모든 것을 버려도 좋았다.

부욱…!

은우의 붉은 드레스가 힘없이 그의 손에서 벗겨져 내렸다. 지금 이 순간 규하의 머릿속에는 제니나 이화, 그 누구도 떠오르지 않았다. 그의 뇌리 속에 가득 차 버린 건 은우의 그 기다란 다리와 부러질 듯 가녀린 하얀 목. 온통 그 뿐이었다.

은우, 이은우….

규하의 손가락은 이미 제어력을 잃은 듯, 빠르게 은우의 드레스를 벗겨 내리고 있었다. 발기발기 찢겨진 옷자락 사이로 그녀의 나신이 거의 드러나고 있었다. 그 순간이었다.

"이게 뭐지?"

욕망 때문에 거의 초점을 잃었던 눈이 찬물을 뒤집어 쓴 듯 또렷하게 빛났다. 하얗게 발하는 형광등 아래 은우의 발가벗겨진 몸이 그제야 고스란히 노출되어 있었다. 까맣게 변해버린 그의 시선에서 자신의 몸을 가리느라 그녀는 찢어진 옷자락을 추스르기에 여념이 없었다. 조금 전의 욕망이 썰물처럼 사라진 규하의 시선에 은우의 하얀 등이 박혔다.

마치 붉은 뱀이 똬리를 튼 것 같은 자국들…! 절로 욕지기가 치밀어 올랐다.

'이런 빌어먹을….'

그녀의 탐스런 젖가슴 밑에서 시작된 그 흉터들은 날씬한 복부까지 그대로 새겨져 있었다.

"보시는 그대로예요."

은우의 목소리는 차분했다. 오히려 달달 떨리는 그녀의 몸이 더 정직했다.

"빌어먹을! 이 빌어먹을 것들이 어째서 너의 몸에 있는 거지?"

자신의 눈앞에 또렷이 놓여 있었지만 도저히 믿을 수가 없었다. 부르르 온몸이 떨려왔다. 증오심이 밑바닥 아래서부터 끓어올랐다. 대체 어떤 빌어먹을 자식이, 이런….

"그러게요. 이런 게 왜 제 몸에 있을까요?"

내내 차분하던 목소리가 미미하게 떨렸다. 그 음성이 북채처럼 그의 심장을 두들겼다. 안아 주고 싶을 만큼 은우가 안쓰러운데 자신의 잘못 때문에 안아 줄 손조차 내밀기 두려웠다. 그녀에게 향해지는 자신의 손을 꽉 쥐며 규하가 은우를 바라보았다. 상처 입은 눈빛이었다. 이건 정말 원했던 일이 아니었다. 이토록 그녀에게 상처 줄 생각은 없었다. 이 어린 여자를 저토록 아프게 휘갈겨 친 인간들보다 그가 하등 나을 게 없었다. 자신에게 등을 돌린 채 잔뜩 웅크린 그녀를 감히 안아줄 용기가 나지 않아 그는 버럭 소리만 질렀다.

"말해! 어떤 자식이야! 어떤 망할 자식이 감히 이 따위 짓을…."

"당신이 어떻게 할 건데요? 이미 지난 시간에 생긴 상처들이에요. 당신이 해 줄 수 없는 일이면 이제 그만해요."

알몸의 규하에게 시선을 비키며 은우가 침대에서 내려섰다. 찢어진 작은 조각들로 겨우 몸을 가린 은우는 애써 감정을 추스르고 있었다.

"업둥이로 들어간 집에서 산 세월의 흔적이에요."

모래알 빠지는 것처럼 힘이 실리지 않았다.

'이런 제길. 이지후! 이 망할 자식. 그렇게 사랑하는 눈빛으로 바라보더니 겨우 이 정도의 수준이었던 거냐? 결국 저 따위로 밖에 지키지 못한 거냐? 이 망할 자식아! 철저히 빼앗아 주지. 겨우 이 정도 밖에 지키지 못할 여자라면 두 번 다시 내 눈앞에서 가로채지 못하게 철저히 널 짓밟아주겠어.'

자신이 남긴 상처를 고스란히 지후에게 떠넘기며 규하는 이를 갈았다. 돌아선 은우에게 조금 전 자신이 벗어던진 외투를 걸쳐준 뒤 규하는 남은 옷을 든 채 자신이 머물던 작은 방으로 나오고야 말았다. 찢겨진 옷 사이로 보이는 선홍의 상처들이 여전히 그를 비난하는 것 같아 차마 은우를 바라볼 수가 없었다. 이런, 망할….

10

 그 날 이후 규하는 그녀에게 완벽한 타인이었다. 차라리 예전 욕심 사나운 주인아저씨처럼 굴 때가 더 나았다. 지금의 규하는 너무나 예의가 바르고, 너무나 얼음 같았다. 불처럼 화를 내고 불처럼 소리를 질러대던 모습은 어디로 갔는지 정중하고 예의바르게 그녀를 대하는 그가 은우는 오히려 더 어색하고 어렵기만 했다. 그나마 다행인 건 꼬박꼬박 집에 들어온다는 것이었다. 비록 식사 시간을 제외하고는 자신이 기거하는 방으로 그냥 올라가 버리기 일쑤였지만, 그래도 그가 곁에 있어서 전처럼 외롭지는 않았다. 아마 그가 또다시 집에 들어오지 않았다면 죽고 싶을 만큼 힘들었을 지도 몰랐다.
 "다녀오지."

집 앞을 나서며 규하가 조용히 말했다. 매일 다녀오겠다, 인사하는 그의 버릇처럼 내내 묵묵히 있다 그가 나가는 순간 재빨리 창가로 향하는 것도 그녀의 버릇이었다. 변한 건 그 뿐이 아니었다. 매일 감시자처럼 집 앞 길목을 지키고 있던 무의 차가 더 이상 보이지 않았다. 그녀가 떠나길 원하는 걸까? 아님 그녀가 이 집이 아닌 그 어느 곳도 갈 수 없을 거라는 자신감 때문일까? 어쨌든 사라진 무의 존재는 그리 반가울 것도, 서운할 것도 없이 일상의 생활이 되어 버렸다. 규하의 생활 패턴에 맞추느라 이른 새벽부터 일어나 아침을 준비했던 은우는 밀려오는 잠을 채우기 위해 자신의 방으로 천천히 올라갔다.

또다시 기나긴 하루가 시작되고 있었다. 잠깐 부족한 잠을 채우고 일어난 은우가 다시 아래의 거실로 내려섰을 때는 벌써 점심시간이 다 되어가고 있었다. 새벽 6시부터 내리 잔 잠이라 꽤 잔 것 같은데 수마같이 그녀를 누르던 꿈의 흔적들은 그리 유쾌한 것들이 아니어서 은우의 몸은 여전히 찌뿌둥하고 나른했다. 게으른 걸음으로 물 한잔을 위해 부엌으로 걸어가던 은우는 낯선 모습에 화들짝 놀라고 말았다. 돌아서는 사람은 시어머니였다.

"놀랐니? 미안하다. 벨을 눌렀는데 아무 소리가 없길래, 그냥 들어왔지 뭐니."

놀란 은우에게 미안했던지 변명처럼 현정이 미소를 지어보였다.

"놀라게 해서 미안하다. 아침에 꽃 시장을 다녀왔지 않니? 하도 예뻐서 너에게 한 다발 줄 겸, 덕분에 얼굴이나 볼까 하고 왔다. 기다려도 아무 소리가 없기에 그냥 꽂아만 두고 가야지 했는데 그 사이 일어났나 보구나."

"아… 네."

"아침 일찍 일어나는 거 힘들지? 새벽밥하는 거 나도 익숙지 않더라, 아직까지. 아주머니가 다 차려주시는 데 뭐 힘들 거 있냐고 너희 시아버님은 말씀하시지만 그래도 그 시간에 일어나서 같이 식탁에 앉는 것만으로도 난 힘들어서. 저혈압이라 그렇다는데, 그것도 괜스레 게으른 핑계 같아. 그 분이 그런 핑계 들어주실 분도 아니고. 그런데 규하까지 아침을 꼬박꼬박 먹고 나가는 스타일이라 너도 좀 고생이지?"

그랬었구나. 시어머니의 말에 은우가 말없이 고개를 끄덕였다. 결혼을 막 했을 때는 그가 죽이고 싶을 만큼 미웠었고, 또한 그 역시 들어오지 않는 날도 많아 아침 식사를 마련해 준 것도 불과 최근의 일이었다.

그건 조금 우스운 발단이었다. 그날, 그가 처음으로 그녀를 원했던 날. 한숨도 자지 못하고 날을 꼬박 샜는데, 건넌방에서 부시럭 규하가 나가는 소리가 들렸다. 그녀가 깰까 조심스럽게 움직이는 소리가 오히려 더 신경 쓰였다. 가슴은 멍든 것처럼 아픈데 한숨 자지 못한 멍한 머리로도 이렇게 새벽에 나가면 아침은 굶겠구나, 하는 생각이 들었다. 원치 않는 결혼을 해놓고도 우습게도 그런 아내 같은 생각은 들었다. 지난 밤 그녀의 어깨에 자신의 외투를 걸쳐주던 그의 손에서 한 가닥의 따뜻함을 느꼈기 때문일지도 몰랐다. 벼락처럼 소리 지르고, 죽일 듯이 노려보았지만 그 날의 규하는 그 어느 때보다 인간적으로 보였다. 이 세상에서 자신의 상처에 대해 같이 화내주고, 소리쳐 주는 사람이 있다는 것, 그것은 그녀에겐 신선한 충격이었다.

잠시 다른 기억에 잠긴 그녀를 현정이 바라보았다. 생각이 빠진 듯 서늘한 눈매이었다.

"어떻게 들어왔는지 물어보지 않니?"

'제 집도 아닌데요. 뭘.'

말보다 먼저 생각이 튀어 나왔다. 그다지 관심 없는 얼굴로 고개를 젓는 은우를 바라보던 현정이 절래 고개를 내저었다. 너무나 조심스런 며느리였다. 안쓰러운 마음에 현정이 조금 더 밝게 이야기했다.

"이 집 살 때 규하대신 내가 계약했었거든. 새로 열쇠 달면서 하나 슬쩍해 두었지. 흠, 가끔 규하가 말없이 사라질 때가 있어서 찾으려면 좀 애를 먹었단다. 그래서 만약을 위해 살짝 훔쳤지 뭐니?"

은우가 킥, 웃었다. 그런 은우에게 현정이 비밀이라는 듯 속삭였다.

"규하에겐 말하지 말아라. 네가 원한다면 돌려 주구."

"괜찮아요."

그가 모른다면 굳이 그녀가 받아 둘 필요가 없는 열쇠였다.

"많이 야위었구나."

현정은 은우의 야윈 얼굴을 바라보았다. 아, 은우가 쓰윽 얼굴을 쓰다듬었다. 그렇지 않아도 조금 살이 더 빠지지 않았나, 생각하고 있던 중이었다.

"네에…."

"이화라는 아이가 신경 쓰이는 거니?"

이화? 규하가 그 신경전 중에 잠깐 언급했던 이름이었다. 또다시 불쾌했던 그 날이 떠올랐다.

"네가 그리 마음 상할 만한 아이가 아니기는 하지만 어쨌든 그 아이 뺨을 내려친 건 잘한 일이다."

"네?"

시어머니까지 알고 있었던 모양이었다. 은우가 당황한 표정으로 현정을 바라보았다.

"그런 버르장머리 없는 아이는 혼나도 괜찮다는 말이야. 성정은 그리 좋지 못한데 얼굴 하나 번드르하게 타고나 눈에 뵈는 게 없는 아이란다. 감히 지산 그룹의 안사람을 건드렸다면 그만한 대가는 각오했겠지. 그렇지 않아도 그 아이 눈에 거슬리던 참이었다. 어미인 나보다 안사람인 네가 다스리길 잘했지. 규하는 네 남편이니, 지키는 것도 네가 해야 하지 않겠니?"

"어, 어떻게 아셨어요?"

"집에 있다고 아무 것도 모를 거라 생각하니? 세상에서는 알려고만 한다면 모를 일이 별로 없단다. 집에 있어서 모를 거라 생각하기 때문에 더 많은 것을 알 수도 있지. 게다가 규하는 내 아들 아니냐? 그만한 정보야 모를 리 있겠니? 쯧쯧. 녀석, 언제나 어른이 될는지. 저는 다 자랐다고 으스대지만 어미의 눈엔 여전히 덩치만 큰 아이야."

규하의 절반만 한 키로 쯧쯧, 어린아이 취급하는 시어머니의 모습이 귀여워 보여 은우는 자신도 모르게 풋 웃음소리를 내고 말았다. 그녀의 웃음소리를 들었는지 예쁜 크리스털 화병에 화난 듯 꽃을 푹푹 꽂아대던 현정이 뒤돌아보며 은우의 눈에 맞춰 환하게 웃었다.

"규하가 혹시 뭐라 하더라도 마음 쓰지 말아라. 뭐, 그 녀석 성질이 좀 못 됐긴 하지만 알고 보면 귀여운 구석도 있는 녀석이란다. 네가 많이 다독여야 하겠지만 짖는 만큼 물지는 않으니까 너무 무서워하지 말고…."

"네."

짖는 만큼 물지는 않는다. 재미있는 말이었다.

"그래. 네가 이렇게 마음 상할만한 아이가 아니야. 그런 아이 때문에 네가 이렇게 아파한다면 잃을 게 너무 많아진다. 그저 훌훌 털어내자. 그리고 우리, 오늘 점심은 밖에서 먹자구나. 갈 곳도 있고…."

점심을 먹은 후 현정이 은우를 이끈 곳은 운전학원이었다.

한 수강생에 한 명의 강사가 붙는 그들의 말로는 110프로의 합격률을 보장한다는 학원이었는데, 비싼 수강료에 아랑곳없이 시어머니는 그 자리에서 수강증을 끊어 주었다. 며느리라 남자 강사는 싫으니 여자 강사로 부탁한다는 우스개 소리까지 하며 현정은 영화 표를 끊듯 비싼 수강증을 그녀에게 내밀었다. 오늘은 식사까지 마저 하고 들어가자는 현정의 말도 거절하고, 요즈음 일찍 귀가하는 규하 때문에 그냥 집으로 들어선 은우는 손에 쥐어진 수강증을 묵묵히 바라보았다. 작은 손난로처럼 따뜻한 선물이었다. 그녀는 현정이 떠난 차 뒤꽁무니를 아쉽게 바라보았다.

엄마라는 존재는 저런 걸까? 궁금증이 일었다. 저렇게 따뜻하고 여유롭게 또 하나의 사람을 품을 수 있는 건지, 그녀는 알고 싶었다. 이 하나의 결혼으로 얻을 게 많다던 아버지, 이 의원의 말이 떠올랐다. 하지만 사실 이 결혼으로 얻을 게 더 많은 건 자신이 아닐까 하는 마음이 먼저 들었다.

그녀 역시 시어머니처럼 살고 싶다는 욕심이 생겼다. 커다란 자신의 아이를 보며, 아직도 덜 자란 아이처럼 너그럽게 볼 수 있는 나이 든 자신의 모습이 떠올라 그녀의 입에 부드러운 미소가 걸렸다. 살아남기 위해 늘 자신만을 바라보며 살아왔던 은우는 난생처음 아이를 갖고 싶다는 생각을 했다. 이상하게도 칠흑처럼 까만 규하의 머리카락을 닮은 아이의 모습이 언뜻 떠올랐다. 미친 짓이야. 돌아서는 은우가 절레절레 고개를 흔들었다.

"지산의 이름으로 W. I. C.에 미화 백만 달러가 송금될 거다."

딱딱한 얼굴로 규하가 신을 바라보았다. 굳이 CP를 요구하는 이의원의 속셈을 뻔히 알기에 일부러 신의 이름을 세운 회사였다. 감히 그를 물귀신처럼 옭아맬 속셈이 눈에 뻔히 보였다. 아마 그의 어린 나이를 우습게 본 모양이었다. 이 의원이 요구하는 CP야, 검은 정치 자금으로는 흔한 방법이었다. 지산에서 CP, 한두 장 움직이는 게 그리 힘든 일은 아니지만 규하는 만일을 위해 철저히 막을 치고 있는 중이었다.

토사구팽은 자신이 아니라 이 의원의 몫이었다. 지산은 적당한 시기가 되면 이 의원의 덫에서 발을 뺄 것이다. 이 의원이 욕심내는 것처럼 은우를 앞세운 끝도 없는 자금은 더 이상 없었다. 그것은 은우의 상처에 대한 보복이기도 했지만 규하, 자신의 분노이기도 했다. 그는 누군가의 손아귀에서 놀아나는 게 익숙하지 않았다.

'감히 칼자루를 쥐려 욕심내다니.'

어느 일에서나 규하는 절대 칼날을 잡지 않았다. 이기는 싸움을 위해선 늘 칼자루를 놓지 말아야 한다. 게다가 이 의원 같은 인간에게는 더더구나….

규하의 말에 신은 침묵으로 대답을 했다. 신의 그런 묵직한 침묵이 그가 가장 좋아하는 면이었다. 결코 말이 없으면서도 신의 일처리는 언제나 정확했다.

"찾는 그대로 은행에서 그 만큼의 CD(양도성 예금증서)로 찾아와. 어느 은행을 선택하든, 그 선택은 너의 몫이지만 철저히 지산은 가려라. 이건 어디까지나 W. I. C.의 이름으로야. 그리고 그 회사의 대표이사는 너다. 내 이름이나, 지산의 이름이 추후로도 밝혀져서는 절대 안 돼."

나가라는 그의 손짓에 일 초의 머무름도 없이 신은 고개를 숙이고 사무실을 나섰다. 혹 일이 밝혀진다 해도 뒤집어 쓸 사람은 자신이 아니라 신이었다. 그리고 자신은 그에게 소송만 걸면 그 뿐이었다. 자신을 대신해 희생양으로 신을 내세우면서도 규하는 한 치의 흔들림이 없었다. 결국 신의 존재는 이렇게 쓰이기 위한 투자 가치일 뿐이었다. 규하는 한결 느긋했다. 번거롭기는 했지만 신이라면 충분히 해낼 것이다.

"저예요."

잠시 쉬는 사이 제니의 전화가 걸려 왔다. 기획 회의 10분을 남겨두고 있을 때였다. 손목을 흘낏 보며 시간을 확인한 규하가 약간 신경질적으로 제니의 전화를 받았다. 한참 동안이나 찾지 않은 제니였다. 한때는 잠시 가슴에 담았던 제니였지만 지금은 시기가 좋지 않았다.

"음."

냉정한 목소리에 제니가 잠시 숨을 멈추었다. 규하가 기다란 손가락으로 톡톡 책상 위를 두드리며 제니의 다음 말을 기다렸다.

"이제 오지 않으실 건가요? 매일 기다렸는데….."

매일 기다렸다는 제니의 음성이 조금 떨렸다. 여린 모습이었다. 규하는 잠시 호기심이 일었다. 그가 보는 이 모습이 과연 제니의 본 모습에 얼마만큼 가까울까? 여자란 원래 그 속을 알 수 없다고 하지만 제니만큼 알기 어려운 여자는 드물었다.

"아니."

잠시의 망설임도 없이 짧은 대답이었다. 시기가 좋지 않았다. 정말 좋지 않았다. 붉은 상흔을 드러낸 은우는 마치 벼랑 끝에 있는 듯 위태로워 그는 잠시도 은우의 곁을 비울 수가 없었다. 제니의 전화를 마저 끊기도 전에 진 실장이 부저를 울렸다.

"회장님 전화이십니다."

제기랄. 규하가 바쁘게 아버지의 전화를 받았다. 그리 반갑지 않은 전화였기에 받는 그의 목소리는 퉁명스러웠다.

"저녁에 집에 들러라."

"바쁩니다."

"나보다 더 바쁘단 말이냐? 네 안사람도 함께 오도록 해."

"그 사람은 왜요?"

"이 망할 자식이! 시애비가 며느리 얼굴 보는데도 이유가 있다더냐?"

"그 사람을 며느리로 보기는 하십니까?"

"모자란 녀석! 일 끝나는 대로 당장 집으로 와!"

윤 회장이 버럭 소리를 지르며 전화를 뚝 끊었다.

'젠장맞을, 오늘따라 왜 이리 부르는 사람이 많아?'

사나운 얼굴로 이미 끊긴 전화를 노려보던 규하가 화풀이를 하듯 수화기를 쾅 내려놓으며 곧장 회의실로 향했다. 벌써 2분이나 시간이 초과된 상태였다. 진한 철강의 인수는 이미 날짜가 정해졌다. 이제 남은 인원 정리와 회계 감사까지 회의는 점점 시간을 잡아먹고 있었다. 내내 회의에 집중하지 못한 규하는 불만스러운 얼굴로 톡톡, 손가락만 두드리고 있었다. 제길, 이런 일도 제대로 못해서 이사가 직접 회의에 참관해야 한다는 거야? 이제껏 내내 빠지지 않고 참석했던 회의였지만 오늘 따라 그는 모든 게 짜증스러웠다. 그의 기색을 빠르게 살폈는지 옆에 앉은 부장 하나가 재빨리 회의를 마무리 짓기 시작했다. 회의가 시작한 지 벌써 세 시간이나 지나 있었다. 집에 들렀다, 다시 청담동으로 향하기엔 늦은 시간이었다. 짜증스럽게 회의실을 나가는 그에게 진 실장이 다가왔다.

"사모님께서 기다리십니다."

사모님? 규하가 휙 그를 돌아보았다. 은우가 이곳에 와 있다는 건가?

"아내가?"

"네. 조금 전, 김 기사가 모시고 온 모양입니다."

김 기사는 아버지 차를 모시는 운전기사다. 결국 그를 믿지 못한 아버지가 직접 은우를 회사로 부른 모양이었다. 어쨌든 귀찮은 간섭 덕에 저녁 식사 시간에 늦지 않게 된 셈이었다.

사무실 문을 벌컥 여니 은우가 다소곳하게 앉아 있었다. 입고 있는 옷 역시 전에 어머니와 쇼핑한 옷인지 꽤 고급스럽고 단정한 정장이었다. 크림 빛 정장을 곧게 차려입은 은우는 또 다른 모습이었다. 규하가 흠, 하고 먼저 헛기침을 했다. 조금 심장이 떨려 왔다. 자신의 사무실에 앉아 있는 은우의 모습에 미칠 것처럼 좋았다.

"왔나?"

말이 생각보다 딱딱하게 나왔다. 긴장된 심장처럼 규하의 얼굴이 제멋대로 굳어 버렸다.

"네."

"차는?"

손님처럼 어색해 부저를 누르며 묻는데 은우가 고개를 저었다.

"늦었어요. 가죠?"

빈틈없는 모습으로 일어선 은우가 그를 빤히 바라보았다. 젠장, 더럽게 아름답군. 규하가 낮게 으르렁 거렸다. 앞장 선 은우의 뒤에서 그는 미처 의식하지 못한 미소를 떠올렸다. 아까 회의실에서 보였던 짜증은 말끔히 사라진 얼굴이었다. 나가는 두 사람에게 반듯한 인사를 건네는 진 실장의 얼굴에 그와 닮은 미소가 떠오르는데 규하는 그것조차 보지 못했다. 그는 곧장 은우를 따라 회사를 나섰다.

식탁에 앉은 규하가 흘낏 바라보니 은우는 잔뜩 긴장된 얼굴이었다. 젓가락으로 깨작, 밥알을 세는 모습이 여간 불편해 보이지 않았다. 규하는 잔뜩 독이 오른 얼굴로 아버지를 바라보았다. 싫다는 사람 불러놓고 내내 마음 불편하게 얼굴 한 번 펴지 않는 아버지가 못내 짜증스러웠다.

"말을 하시죠. 체할 것 같은 밥, 억지로 먹기 싫습니다."

팽팽한 긴장감 사이로 규하가 딱 숟가락을 내려놓더니 똑바로 윤 회장을 바라보았다. 끌끌 못마땅한 눈초리로 바라보는 아버지의 시선을 규하 역시 똑바로 노려보았다. 둘 옆에서 은우는 묵묵히 고개를 숙이고, 어머니인 현정만이 흥미롭다는 듯 두 사람을 바라보고 있었다.

"지난 번 모임 이야기 들었다."

역시, 예상했던 이야기에 순간 입맛이 뚝 떨어졌다. 규하는 옆에 놓인 냉수로 입 안을 축였다. 그 늙은 박 회장이 그 사건을 그냥 넘어 갈 리 없었다. 규하는 눈치를 보듯 은우를 흘낏 바라보았다. 얼굴이 안쓰러울 정도로 벌겋게 달아올라 있었다.

'흠. 이젠 이 의원의 일까지 걸고넘어지시겠군.'

규하는 미리 아버지의 수까지 다 읽어 내렸다. 이마가 살짝 일그러졌다. 이 의원으로 인해 은우가 받아야 할 부당한 대우가 못내 짜증스러웠기 때문이었다. 이화나 이 의원, 규하는 이젠 그들이 좀 귀찮았다.

"아주 망신을 떨치고 왔더구나. 쯧쯧, 어찌 그리 행동이 가벼운 거냐. 그런 집안일이야 밖에서 따로 봐도 될 것을 그 많은 사람들 앞에서 망신을 당해? 지산이란 이름이 그렇게 함부로 오를 이름이더냐? 어디서 그 따위 천박한 짓을!"

"여보!"

"아버지!"

규하와 현정의 입에서 동시에 말이 나갔다. 하지만 정작 당사자인 은우는 뺨만 약간 달아오를 뿐 아무 말이 없었다. 규하가 얼른 은우를 감쌌다. 여기까지 와서 자신의 잘못을 떠넘길 생각은 없었다.

"그건 제 잘못입니다. 그 여자가 나올 걸 예상했어야 했는데."

"너 잘했다고 이 아이 나무라는 거 아니다. 누구 앞에서 역성을 드는 게야?"

"아버지!"

벌떡 일어난 규하가 다시 한번 불렀다. 그러나 윤 회장의 시선은 여전히 은우를 향해 있었다. 그녀의 변명을 듣겠다는 뜻이었다. 빌어먹을! 규하가 입술을 깨물었다. 당장 나가겠다는 듯 손을 잡는데 은우가 그의 손을 살짝 뿌리쳤다.

"죄송합니다."

뭐? 순간 규하의 손이 허공에 멈추어 버렸다. 조금 더 당차게 나가지 않을까 걱정했는데 은우는 곧장 사과를 하고 있었다.

"물론, 이 사람의 잘못이 없었다고는 생각하지 않습니다."

일부러 규하를 살짝 돌아보며 은우가 또박 말했다.

"하지만 지산의 안사람으로서 행동하지 못한 건 죄송하게 생각합니다. 심려 끼쳐 드려서 죄송합니다."

지산의 안사람이라, 의외의 대답이었다. 은우의 사과에도 윤 회장은 여전히 냉소적이었다.

"지산의 안사람으로서라? 어디 지켜 보자구나. 네가 말하고 있는 그 자리에 어울리는 사람인지 아닌지. 최소한 네 위치는 이제라도 깨달은 모양이니, 내 이번만은 지켜보도록 하마. 하지만 두 번 다시 우리 집안에 먹칠을 하는 짓은 없기를 바란다."

말은 차가운데 아버지는 이미 한 걸음을 물러섰다. 은우의 대답이 마음에 들었다는 뜻이었다. 은우 역시 단호하게 대답했다.

"네."

이미 끝난 싸움에서 입맛을 잃은 은우가 숟가락을 내려놓기가 바쁘게 규하는 귀가를 서둘렀다. 더 이상 다른 사람들 속에 있기 싫었다. 자신과 그녀만의 집으로 이젠 가야할 때였다. 차 안에 올라서도 은우의 뺨은 가실 줄 모르고 있었다. 살짝 그 뺨을 식히려 손을 올리는데 그 손길을 알아챈 은우가 먼저 고개를 돌려 버렸다. 덕분에 민망한 그의 손이 그대로 허공에서 멈추어 버리고 말았다.

'제길, 한 치의 틈이 없군.'

그래도 잘못은 자기에게 있는 거라 아무 말도 못한 규하가 입을 열었다. 어쨌든 이화만은 변명해 주고 싶었다.

"이화는…."

미처 이야기가 시작되지도 않았는데 은우가 먼저 차갑게 말을 잘랐다.

"알고 싶지 않아요. 제게 변명할 것도 없구요."

나름대로는 사과의 뜻이었는데, 은우는 그것조차 필요 없다는 태도였다. 규하의 이마에 퍼런 심술이 돋아났다. 거부당한 자의 자존심이었다. 아버지 앞에서는 당차게도 지산의 안사람이라 하더니 그에게는 변명의 기회조차 없었다. 규하가 허공에 멈춰진 손을 꽉 쥐었다. 그녀 스스로가 그를 거부한다면, 그에 대해 단 한 가지도 욕심을 내지 않는다면 그 역시 편하게 그녀의 손에 쥐어 줄 것이 없었다. 언젠가 그녀가 그를 원하게 된다면 지금보다는 더 많은 노력이 필요할 것이다.

"내려."

앙다문 입술 사이로 내뱉듯이 규하가 말했다. 옆 자리의 은우가 흘낏 바라보는 시선이 느껴졌지만 그는 뚫어지게 앞만 노려보았다. 잠시 그를 바라보던 은우가 가볍게 한숨을 내쉬었다. 규하는 여전히 핸들만 꽉 쥐고 있었다. 은우가 천천히 차에서 내리자 그는 힘껏 액셀을 밟았다. 차는 날렵한 운동선수처럼 빠르게 앞으로 돌진했다. 버려두듯 은우를 집 앞에 내려놓은 그는 끼익, 도로 변에 차를 몰아 세웠다. 씩씩 거친 숨소리가 새어 나올 정도로 분이 가라앉지를 않았다.

"이런 제기랄!"

아무도 없는 차 안에서 규하가 버럭 소리를 질렀다. 뭐 하나

마음대로 되는 게 없는 여자였다. 가지고 싶어 가진 여자였다. 그로서는 충분히 그만한 대가를 치르며 가진 여자였다. 은우 못지않게 그 역시 결혼이란 건, 원하지 않았었다. 은우였기에, 결코 그가 가진 것을 원치 않을 은우였기에 모든 것을 다 버리며 가진 여자였다. 그녀를 가질 수만 있다면 그 까짓 서류뿐인 결혼, 못할 것도 아니었다. 규하가 쾅! 거칠게 핸들을 내리쳤다.

'싫증날 거야. 단지 가지지 못해 욕심이 나는 것뿐이야. 싫증나면 그 때 놓아주면 돼.'

그런데 자꾸 욕심이 났다. 그녀에게 자꾸 욕심이 나는데도, 그녀가 자신을 보지 않는다는 게 미치도록 화가 났다. 그 작은 얼굴을 와락 움켜쥐어서라도 그에게 돌려놓고 싶을 정도로 그녀의 시선에 목말랐다.

미친 짓이야. 미친 짓이야…. 규하는 자신의 머리를 쥐어짜듯 흔들었다. 이를 악문 채 그는 빠르게 차를 도로 안으로 집어넣었다.

익숙한 제니의 집에 도착한 그가 들어서자마자 서둘러 제니의 거추장스런 옷을 벗겨 버렸다. 당장 제니를 가지고 싶었다. 그녀의 얼굴도 마주치지 않았고, 오랜만에 본다는 인사말도 없었다. 그저 그것만이 세상의 전부인양, 그는 그녀 안에 곧장 자신을 내리 꽂았다. 그가 원하는 건 이것뿐이었다. 마음이 아닌 몸만이 전부였다.

"부드럽게 해 주시면 안 돼요?"

빠르게 움직이는 그의 거친 몸짓에 아픈 듯 제니가 얼굴을 찡그렸다.

"뭐?"

순간, 채찍에 맞은 듯 그가 벌떡 몸을 일으켰다. 처음이었다. 부드럽게 해 달라는 말은.

"많이 아파요, 아직도 익숙하지 않아서."

제니가 고통스러운 눈으로 그를 바라보았다. 아팠나? 규하가 가볍게 제니에게서 몸을 일으켰다. 생각해 보니 그녀의 그곳이 젖어 있는 지 생각해보지도 않았던 것 같았다. 멈칫 일어선 그가 부드럽게 어루만지자 제니의 몸이 수줍은 듯 분홍빛으로 물들어 있었다. 자신의 짐승 같은 애욕에 부끄럽게 노출된 그녀의 하얀 살결을 멍하게 쓰다듬던 그의 시선에 붉은 상흔 자국이 환상처럼 겹쳐졌다. 규하가 벌떡 상체를 일으켰다.

"왜요? 제가…"

갑작스런 규하에게 제니가 의아한 듯 물어왔다. 그의 능숙한 숨결에 한껏 숨이 부풀어 오르는 중이라 묻는 제니의 목소리가 조금 숨이 가빴다.

젠장! 젠장! 또 시작이야.

규하가 침대 위를 퍽 쳤다. 주먹이 아프게 저려왔다. 예전 이화 때도 이랬다. 은우를 떠올리는 순간, 그의 단단한 남성이 순식간에 풀어져 버렸었다. 그리고 지금 이 순간, 제니의 하얀 육체 위에 붉게 새겨져 흉터처럼 남아있던 은우의 상처받은 알몸이 자꾸 겹쳐져 규하의 몸은 또다시 그대로 싸늘히 식어버리고 말았다.

이 빌어먹을 여자. 대체 언제까지 날 잡고 있을 거야? 주지 않을 거잖아. 넌 절대 내게 주지 않을 거잖아. 그럼 날 놔주란 말이야. 제기랄…. 이를 바락 갈던 그는 도망치듯 제니의 집을 빠져 나오고 말았다.

쾅!!
거친 철제 문소리에 잠 잘 준비를 하고 있던 은우가 벌떡 일어났다. 한밤중이라 그런지 문소리가 쩡하게 하늘까지 울렸다. 화들짝 일어난 은우가 침대 옆에 켜 놓는 스탠드의 불빛으로 시간을 확인했다. 시계 바늘은 12시를 가리키고 있었다. 이 늦은 시각에, 다른 그 누구도 신경 쓰지 않는 저 거만한 소리는 묻지 않아도 규하였다. 짖어도 물지는 않는다던 시어머니의 말을 떠올리며 은우는 얼굴을 찡그렸다. 물지는 않아도 짖는다. 하지만 짖는 소리가 은우는 너무 시끄러웠다.

한숨을 내쉬며 그녀는 다시 이불 속으로 들어갔다. 아까의 불쾌한 기억 때문이었다. 이젠 더 이상 저 남자의 페이스에 말려들고 싶지 않았다. 은우는 이불을 머리끝까지 뒤집어썼다. 잠들고 싶은데, 이젠 잠들고 싶은데 그런 맘과는 달리 그녀의 귀는 예민하게 그의 발소리를 찾고 있었다. 아직 위층에는 올라오지 않았는지 규하의 움직이는 소리는 들리지 않았다.

'호기심이야. 그저 호기심일 뿐이야.'

슬며시 이불을 걷어낸 은우는 들릴 리 없는데도 발끝으로 슬쩍 걸어 문 가까이에 귀를 댔다. 조그맣게 발자국 소리가 들렸다. 아마 몹시 뭔가 마음에 들지 않는지 이리저리 움직이고 있는 모양이었다. 소리는 같은 자리에서 계속 맴돌고 있었다. 하여간 성질머리 하고는….

은우가 끌끌 혀를 찼다. 아마 이화에게도 엄청 성질만 부리다 온 모양이었다. 머리를 흔들던 그녀가 다시 자신의 침대로 돌아가려 할 때 즈음이었다. 갑자기 빠르게 쿵쿵 소리가 들리더니 미처 걸음을 옮기기도 전에 덜컥, 방문이 확 열렸다. 거대한 산처럼 버티어 선 규하의 두 눈이 밤새 잠을 설친 사람처럼 붉었다.

"뭘 원해?"

제 성미처럼 급하게 그가 물어왔다.

"네?"

잔뜩 헝클어진 머리카락이 잘 생긴 이마 위를 덮고 있었다. 은우가 당황한 얼굴로 그를 바라보았다.

"뭘 원하느냐구? 이 망할 여자야."

잡아먹을 듯이 그녀를 노려보며 규하가 으르렁거렸다.

"무슨 말이에요? 난데없이 뭘 원하냐니요?"

"어떻게 해 주길 원해? 내가 대체 뭘 해주면 되겠어?"

성큼 다가선 그가 그녀의 팔을 잡아챘다. 차가운 밤기운이 고스란히 묻어나 소름이 오소소 돋았다.

"이거 놔요!"

있는 힘껏 뿌리쳐 보았지만 그의 손이 족쇄처럼 벗어지질 않았다.

"이런 제길…."

낮게 욕을 내뱉던 규하가 거칠게 키스를 퍼부었다. 허기진 듯 탐하는 그의 키스에 숨이 막혀왔다. 탄탄한 가슴을 두들겨 보았지만 그는 바위처럼 단단히 버티어 서 있을 뿐이었다. 헉! 숨이 들이 쉴 때마다 그의 지독한 남성의 향취가 공기처럼 쳐들어왔다.

"이은우. 내가 어떻게 하면 널 가질 수 있는 거냐?"

잠시 입을 떼어낸 그가 물어왔다. 술에 취한 사람처럼 초점조차 흐릿했다. 능숙한 키스에 거의 빠져들 듯 하던 은우가 규하의 말에 번쩍 눈을 떴다. 가진다?

"이은우…."

뻣뻣이 굳어가는 그녀를 눈치 채지 못했는지 규하가 홀린 듯이 그녀의 이름을 불러댔다. 그의 입술은 이제 그녀의 둥근 귓불과 가느다란 목까지 서슴없이 내려오고 있었다. 얇은 귓불을 잘근 씹어대는 감촉이 짜릿하게 퍼져 내렸다.

"날 가지고 싶은가요?"

그녀가 자신도 모르게 잠겨 버린 목소리로 애써 담담히 말했다. 난생처음 느껴보는 욕정이었다. 그녀의 말에 가슴까지 훑아 내리던 그가 몸을 일으켰다. 검은 눈동자가 손에 잡힐 듯 그녀 가까이에 놓여 있었다. 은우는 재빨리 가슴을 거의 드러낼 정도로 내려가 버린 잠옷을 다시 추켜올려 세웠다.

"너, 널 갖고 싶다. 미치도록, 널 미치도록 안고 싶어."

욕망에 잠긴 눈이 더욱 심연처럼 검어졌다.

"뭘 원해? 네가 원하는 건 뭐지?"

은우가 그를 향해 미소를 씨익 지어보였다. 음모는 당신만 할 수 있는 게 아니야.

"원하는 게 있긴 하죠. 당신이 얼마든지 줄 수 있는 것!"

순간 규하의 눈동자가 돌처럼 딱딱해졌다. 아까의 흔들림은 순식간에 사라진 눈빛이었다.

"…돈, 돈을 원하는 건가?"

번뜩이는 그의 눈빛을 은우는 대수롭지 않게 받아냈다. 그녀는 돈을 원하는 게 아니었다.

"아니요. 난 그런 거 원하지 않아요. 난 내 몸을 팔아 갖고 싶을 만큼 돈에 궁색하지 않아요."

그녀의 대답에 딱딱하게 굳었던 그가 조금씩 긴장을 풀었다.

"당신이 내게 주신다면 나도 당신에게 드릴게요."

"말해! 빌어먹을. 말하라구. 대체 뭘 원하는 거지?"

허스키한 그의 목소리는 이제 더 이상 은우에 대한 욕망을 감추지 않았다.

말해! 어서….
그는 독촉하고 있었다.

11

다음 날 늦은 오후, 이상한 전화가 걸려왔다.

"이은우 씨? 난 후야."

후? 그것도 그냥 후? 은우가 고개를 갸웃했다. 그녀가 아는 이름 중에 후라는 이름은 없었다.

"후? 후라 하셨나요?"

"……."

자신의 이름을 기억할 거라 생각했던 모양인지 상대가 잠시 말을 멈추었다.

"유빈이. 유빈이 집에서 본 사람이야."

유빈이? 아! 이런…. 순간 은우의 얼굴이 후끈 달아올랐다. 잠시 잊고 있었던 그 때의 모습이 떠오른 탓이었다. 그 날 이후 유빈에게 전화하지 못했었다. 그제야 유빈이 많이 기다렸을 거라는 생각이 들었다.

"네에…."

은우가 길게 대답했다. 잠시나마 유빈을 잊고 있었다는 부끄러움이 먼저 들었다.

"잠깐 만나지."

후가 대뜸 만나자 말을 꺼냈다.

"네?"

"할 이야기가 있어. 이봐! 나 역시 이렇게 널 만나는 거 그리 반갑지 않아. 그렇게 떨떠름한 말투로 말 할 것 없다구. 유빈이만 아니면… 이런 제길."

갈팡질팡한 후의 말에 은우가 이마를 좁혔다. 불안한 듯 흔들리는 그의 심정이 전해져 오는 것만 같았다. 무슨 일이라도 생긴 건 아닌지, 그녀는 후보다는 유빈이 더 걱정스러웠다. 잠시 잊은 사이, 유빈에게 무슨 일이라도 생긴 거라면 아마, 그녀는 평생 자신을 용서할 수 없을 것이다.

"알았어요."

남자가 말하는 바(Bar)는 그녀가 전에 잠시 일했던 곳이었다. 그리고 규하를 다시 만나게 되었던 곳. '즈루빠벨'

계단을 천천히 내려 선 은우가 가게 안을 휙 둘러보았다. 어둑한 실내조명 탓도 있긴 했지만 쉽게 남자를 찾을 수 없어, 그녀는 조금 당황했다. 그 날 너무나 당황해 유빈의 머리 위를 덮고 있던 남자의 손만 보았지, 제대로 남자의 얼굴을 보지 못한 이유였다. 바텐더에게 물어볼까 머뭇거리는데, 바에 앉아 있던 한 남자가 가볍게 손을 들었다. 짙은 눈썹에 조각 같은 얼굴이 모델처럼 잘생긴 남자였다. 선이 고운 유빈과는 많이 다른 얼굴인데, 이상하게도 은우는 그런 남자의 얼굴에 유빈이 겹쳐 보였다.

"후…씨인가요?"

다가서며 은우가 물었다. 남자가 고개를 끄덕이더니 앞에 놓인 잔을 들어 한입에 털어 넣었다. 이미 빈 잔이 여러 개 보였지만 그의 눈빛은 취기보다는 오히려 반짝반짝 빛이 나는 듯해보였다.

"한잔 하겠어?"

남자의 음성은 전화 할 때와는 판연히 달랐다. 그보다는 더 부드러운 분위기였다. 술에 취해서 그런가? 은우가 살짝 고개를 끄덕였다. 남자가 바텐더를 향해 탁! 손가락을 튕겼다. 바텐더가 기다렸다는 듯이 내온 작은 잔에 남자는 황금빛 액체를 부었다. 탈탈, 술은 경쾌한 소리를 내며 떨어졌다.

"유빈이는….."

자신의 앞으로 내온 술잔을 쥐며 은우가 후에게 물었다.

"유빈이?"

"네. 유빈이요. 유빈이 때문에 할 이야기가 있다 하지 않으셨나요?"

"아, 그래 유빈이. 내 사랑하는 연인. 조그만 내 연인, 김유빈? 아, 맞다, 그 녀석."

번쩍이는 눈빛에 비해 남자의 목소리는 가늘게 떨리고 있었다. 반짝 빛나던 눈빛이 취기였다는 것을 은우는 그제야 깨달았다. 또 한 잔의 술을 비운 남자가 빙글 웃었다. 곧이라도 깨질 것 같은 위태로운 미소였다. 괜히 나온 게 아닌가 싶은 후회가 들었다.

"유빈인 잘 지내요? 그 날, 그 날…."

"아, 유빈이 잘 지내냐, 그 날 일로 상처 받지 않았느냐 묻는 거야?"

"네, 잘 아시네요."

눈빛은 술에 취했는데 남자는 쉽게 그녀의 마음을 알아챘다.

"잘 알지. 나도 그게 가장 걱정스러우니까. 그 녀석 잘 지낼까? 상처 받고 살진 않을까?"

"네?"

"내 사랑을 누군가와 공유한다는 거 말이야. 난 생각해 보지도 않았어. 생각해 보지 않길 잘했지. 그게 이렇게 고통스러운 줄 알았다면 처음부터 마음을 안 줄걸 그랬어."

남자의 말은 점점 더 이해할 수 없는 늪으로 빠져 드는 것만 같았다.

"유빈에 대해 하실 말이 있다고 하지 않으셨나요?"

남자가 또 다시 앞에 놓은 잔을 털어 넣었다. 무슨 약을 마시듯 남자는 꿀꺽, 삼키는 소리도 없이 술을 넘기고 있었다.

"당신, 불행한 결혼이야?"

사선처럼 어긋나는 질문이었다.

"네?"

"너무나 불행해? 죽을 만큼? 자신의 목숨까지 버릴 만큼 불행해?"

"대체 무슨 소리예요? 유빈이 이야기 한다더니 왜 제 결혼에 대해 알고 싶어 하는 거예요? 그게 당신과 무슨 상관이 있다고 이러는 거죠? 이런 이야기라면 더 들을 필요가 없을 것 같네요."

내내 참던 화가 솟구쳐 버렸다. 너무나 불쾌한 남자였다. 이런 남자가 유빈의 애인이라니, 그것마저도 기분이 나빴다. 일어서 나가려는 그녀에게 남자의 차가운 손이 쭉 뻗어왔다. 마른 나뭇가지처럼 생기 없는 손이었다.

"이제 시작이야, 내 이야기는. 당신 오빠가 그러더군. 남편과 집안의 거래로 팔려 간 거라구."

오빠? 지후 오빠를 말하는 건가? 은우의 눈썹이 곤추 세워졌다.

"그래서요. 그게 지금 여기에서 무슨 상관이 있다는 거죠?"

"사실인가 보군. 그래, 사실이야."

후가 씨익 웃는데 소름끼치게 차가운 미소였다.

"부탁 하나 하지. 유빈이에 관한 거야."

후는 거의 10잔이 넘는 독한 양주를 안주 하나 없이 그대로 삼키고 있었다. 그런데도 그의 목소리는 처음이나 지금이나 전혀 변화가 없었다.

"언젠가…말야."

잠시 그의 목소리가 멈추어 섰다. 우는 건가? 싶을 정도로 흔들리는 목소리였다.

"언젠가 그 녀석이 주체할 수 없이 힘들어져 버리면. 그래서 자신이 누구인지 잊어버리고 살아가 버리면 네가 그 녀석을 잡아 줄 수 있겠어?"

"네?"

위태한 후의 말을 해독하듯 그녀는 귀를 기울였다.

"그 녀석이 산산이 부서져 버리면 그 조각이라도 네가 찾아 주라구. 그 땐 난 옆에 없을 거야. 그래서…."

후의 목소리가 또다시 끊겼다.

"네가, 너만이 지켜 줄 수 있으니까. 그 녀석을… 부탁해."

부탁한다는 후의 말이 꺼진 재처럼 사그라졌다. 마치 끝이 덜 끝난 영화처럼 여운이 남는데, 후는 이제 가도 된다는 말도, 아직 할 말이 남았다는 말도 없이, 그녀의 존재를 싹 지운 사람처럼 철저히 그녀를 외면하였다. 이상한 사람이라는 것 이외에는 알 수 없는 남자였다. 잠시 멈춰 서 있는데, 세상에서 벗어난 눈으로 후가 바라보던 술잔에 착각 같은 눈물이 한 방울 톡! 떨어져 작은 파문을 일으켰다. '즈루빠벨'의 어두운 조명에 그대로 녹아버리는 것 같은 후의 이상한 분위기에 압도되어 버린 은우가 슬며시 자리를 일어섰을 때 잘못 들었을까 싶게 낮은 후의 목소리가 들려왔다.

"부탁이야. 제발…."

부탁이야. 그 녀석이 산산이 부서져 버리면 그 조각이라도 찾아서 그 녀석을 도와줘. 후가 미처 하지 못한 말이 술잔의 파문처럼 전해져 왔다.

어둔 가게를 나서 시원한 공기가 폐를 뚫자 은우는 그제야 헉! 숨을 들이켰다. 답답했던 가슴이 조금 서늘해졌다. 그러나 그녀의 얼굴은 여전히 어두웠다. 꺼낸 휴대폰으로 급하게 유빈의 전화를 눌렀지만 받지를 않았다. 걱정스러워 죽을 것만 같았다. 그녀 역시 후처럼 유빈이 잘 지내길 바랐다. 아프지 않게, 세상에서 아프지 않게 살아가길 원했다. 내내 거는 전화가 연결되지 않고 은우는 터벅터벅 집으로 돌아섰다.

싸늘한 가을바람 속에 한참을 헤매다 돌아 온 것 같은데 규하는 아직 돌아오지 않고 있었다. 흘낏 시계를 보니 벌써 11시가 넘어 있었다. 그녀의 입술에 싸늘한 미소가 걸렸다. 그래, 고민이 되겠지. 그녀가 원하는 것, 아마 상당히 규하를 괴롭힐 것이다. 그러나 주사위는 이미 던져졌다. 게임을 시작한 건 그였으니까 그 룰을 지키는 것도 그의 몫이었다. 룰이 깨진다면 게임 역시 끝나는 것이었다. 규하를 떠올리며 무거운 재킷을 벗는 사이 그녀의 휴대폰이 울리기 시작했다. 유빈이? 서둘러 받는데 유빈이 아닌 지후였다.

"실망했니?"

"네?"

속내를 들킨 것 같아 움찔 어깨가 움츠려졌다.

"가벼운 한숨 소리가 들린 것 같아서 말이야. 하하하. 내 욕심인가?"

"네? 아니, 그게 유빈이 전화가 아닐까 해서…."

쉽게 들킨 속마음이 미안해 그녀가 변명처럼 대답했다.

"유빈이?"

의아한 듯 지후가 되물어왔다.

"네."

"유빈이라…."

유빈의 이름이 지후에게서 시처럼 흘러 나왔다. 멈칫하던 지후가 또다시 경쾌하게 물었다.

"나오지 않을래? 여기 집 앞 카페야. 잠깐 근방 들렀다가 여기 왔는데."

"…어디예요?"

잠시 망설이던 은우가 고개를 끄덕이곤 다시 재킷을 걸쳤다. 지후가 유빈과 만났다는 일에 대해 물어볼 것도 있었지만, 규하가 없는 빈 집을 무작정 지키는 것도 싫었다. 은우는 또다시 지후를 향해 잰 걸음으로 나섰다. 가게는 집과 조금 먼 거리에 있었다. 이제 11월에 들어선 싸늘한 가을바람이 좋아 은우는 그 긴 거리를 산책하듯 기분 좋게 걸어갔다.

딸랑, 가게 문 앞에 달려 있는 풍경이 반기듯 울렸다. 가게 안을 휙 둘러보니 지후가 까만 하늘이 보이는 유리 창 앞에 편한 자세로 앉아 있었다. 여전히 몇몇의 여자들이 그를 흘낏거리며 얼굴을 붉히고 있었지만 지후의 시선은 한 치의 흔들림도 없이 창 밖에 머문 채 그의 여자만을 기다리고 있었다. 시선을 잡듯 은우가 손을 흔들자 그제야 그녀를 보았는지 지후의 얼굴에 환한 미소가 걸렸다.

"늦은 시간에 불러서…. 괜찮았어?"

지후의 질문에 은우가 고개를 흔들었다. 이제 어깨까지 닿은 머리가 찰랑 흔들렸다.

"뭐, 괜찮아. 아직 들어오지도 않았고."

"그래?"

지후의 한 쪽 눈썹이 활처럼 휘어졌다.

"오빤 이 시간에 어쩐 일이야?"

"아, 잠깐 친구를 만나서. 술 한 잔 했는데 네 생각이 나서 잠깐 전화했다. 잘 지내지?"

지난날의 키스는 잊은 듯 지후의 목소리는 가벼웠다. 지후와 그 부드러운 키스를 떼어놓지 못해 내내 힘들었었던 은우에겐 잠시 꿈을 꾸었었나, 할 정도로 가볍고 경쾌했다. 그 땐 당장이라고 허물어져 버릴 듯 위태해 보였는데. 그녀는 살피듯 지후를 바라보며 잠시 생각했다. 잊었나? 우습게도 조금 마음이 섭섭했다. 그래서 은우는 애써 밝게 웃으며 안부를 물었다.

"잘 지내. 다들 건강하시지?"

"글쎄, 별로 관심이 없어서. 아, 아버진 이번에 크게 한 장 얻게 될 모양이더군. 지산에서."

"아…."

은우가 가볍게 고개를 주억거렸다. 거래의 담보처럼 이루어진 자신의 결혼이 떠올라 살짝 얼굴이 일그러졌다.

"그래? 잘 됐네."

밝게 말 하려는데 그게 잘 되지 않았다. 심장이 쓰리게 아팠다.

"그래. 잘 됐지."

지후가 그녀 대신 편하게 말했다. 은우는 내온 뜨거운 차를 천천히 들이켰다. 이른 겨울을 예고하듯 향긋한 모과향이 먼저 마셔졌다.

"오빤 어떻게 지내? 계속 쉬고 있는 중이야?"

"글쎄, 생각이 많네. 다시 미국으로 가버릴까?"

마치 시험을 치루 듯 묘한 시선이었다.

"같이 가자고 하면 갈 거니?"

"어? 어…."

당혹한 그녀가 미처 대답하지 못한 사이 언제 그런 질문을 했냐는 듯이 지후가 가볍게 대화를 돌렸다. 미련 없이 맺는 목소리였다. 비겁하게도 은우는 편한 숨을 돌렸다. 오늘은 후나, 지후나 다들 위태했다.

"아버지와 함께 일 할 거다. 우선은 보좌관부터 시작하겠지."

"그래? 아, 아버지께서 좋아하시겠다."

마치 처음 말을 배운 아이처럼 은우가 어색하게 말을 맺었다.

"그래, 좋아하시지. 이제 일어서자. 너무 늦었네."

마지막 남은 차를 후루룩 마셔버린 지후가 먼저 일어섰다. 뭐야? 은우가 당황해 얼떨결에 같이 일어서고 말았다. 사실은 유빈을 만난 일을 물었어야 했는데 지후 역시 후처럼 철저히 방어벽을 치고 있었다. 은우는 한숨을 내쉬었다. 아마 오늘은 그른 모양이었다. 다음 기회가 있겠지, 싶어 그녀는 쉽게 마음을 접었다. 뒤따라 가게를 나서는데 이미 지후는 가게 밖에서 서성이고 있었다.

"집에 혼자 갈 수 있겠어? 술 한 잔을 해서 운전하기가 어려워."

"산책하는 게 더 좋아."

은우가 씨익 웃었다. 그런 은우의 재킷 깃을 지후가 바짝 세웠다. '바람이 추워.' 하며 단단히 여며주던 지후가 잠시 그녀를 마주 보았다. 깊이를 알 수 없는 눈동자였다.

"그거 알아? 처음과 마지막은 언제나 맞닿아 있다는 거? 은우야. 이제 시작이야."

수수께끼 같은 말이었다. 처음과 끝이 맞닿아 있다니. 지후의 처음과 끝은 무엇일까? 대답은 아직 나오지 않았는데 지후가 먼저 돌아섰다. 환하게 웃으며 손을 흔들며 사라지는 지후의 모습이 신기루처럼 아득했다. 남겨진 은우 역시 집을 향해 발을 내딛기 시작했다.

돌아선 지후가 문득 걸음을 멈추어 은우를 돌아보았다. 제 심장에 새기듯 바라보는데 은우는 한순간도 머뭇거림 없이 자신의 집을 향해 곧장 걸어가고 있었다. 지후가 심장을 쥐었다. 썩둑썩둑 칼날이 심장을 베어가는 듯 차가운 기가 가슴을 뚫고 지나갔다. 그에겐 마지막 질문이었다. 미국으로 가지 않겠냐는 물음은 정말 그에겐 마지막 기대였다.

하긴, 애초부터 그녀가 그 손을 잡을 거라 생각하지 않았다. 너무나 순수해서 이런 사랑은 쉽게 시작하지 못하리라는 것도 알았다. 일부러 규하가 돌아올 시간에 맞춰 전화를 걸고, 둘의 균열을 엿보는 그처럼 비열한 짓은 하지 못할 아이였다.

'사랑해, 은우야. 죽을 만큼 사랑한다.'

지후가 속삭였다. 언젠가 그녀가 자신을 용서해 주길 바랐다. 감당하지 못할 그 순간이 와도 자신이 그녀를 사랑했다는 것은 기억해 주길 원할 뿐이었다. 여전히 시선을 떼지 못한 채 바라보던 지후 옆으로 마르고 예민하게 생긴 남자가 그림자처럼 쓰윽 다가왔다.

"저 여자야? 네가 사랑한다는 여자가?"

"음…."

지후가 신음처럼 대답했다. 사랑한다 말하는 것조차 두려운 여자였다.

"그래?"

지후와 다른 생각에 잠긴 남자가 의미 있는 미소를 지으며 은우의 뒷모습을 머리 속 깊이 새겨 넣었다. 흠, 지후가 원하는 여자라….

쾅!

또다시 요란한 문소리가 고요한 밤의 공기 속에서 울려 퍼졌다. 이젠 아예 문을 차고 다니는 모양이었다. 내내 후와 지후 때문에 뒤척이다 겨우 설든 잠을 청하던 은우가 다시 자리에서 일어나고 말았다. 쾅 닫힌 문소리에 이어 쿵쿵 울리는 화난 발자국 소리까지, 규하의 소리는 거침이 없었다. 자기밖에 없는 남자였다.

어제의 서성임은 없이, 규하 발자국 소리가 곧장 위층으로 올라왔다. 그 의미를 알기에 은우는 피곤한 머리를 쓸어 넘기며 자세를 바로 잡았다. 그의 대답은 그렇게 편하게 들을 수 있는 말이 아니었다. 기다리는 그녀의 앞으로 벌컥! 문이 열리더니 성난 규하가 들어섰다. 은우는 규하 모르게 살짝 시계로 시선을 돌렸다. 새벽 1시. 어제보다 더 늦은 시간인데도 규하의 눈빛은 싱싱했다.

'거래는 끝이군.'

은우는 간단히 생각했다. 어차피 크게 기대하지 않았던 거래였기에 그녀에게는 지금의 달콤한 잠이 더 간절했다. 하루 종일 심란했던 마음처럼 몸 역시 물 젖은 솜처럼 무거웠다. 차라리 규하가 거절하겠다, 소리라도 지르고 얼른 사라져 주는 게 더 나았다.

성난 얼굴로 들어선 것 치고는 규하는 의외로 잠잠했다. 대신 정신이 사납도록 어지럽게 서성이기 시작했다. 오늘은 거실이 아닌 이 방에서 서성거릴 모양이었다. 내내 맴을 돌다가도 문득 그녀와 시선이 마주치면 죽일 듯이 노려보았다. 피곤해. 오히려 은우의 입에서 가벼운 한숨이 새어나왔다. 오늘 밤은 규하의 저 성미까지 받아 줄 여력이 없었다.

"있죠, 제가 좀 피곤해요. 당신 의미는…."

피곤함 때문에 거래가 끝났다, 말하려는 그녀를 규하가 몰아치듯 잘라냈다.

"망할 것! 두 번 다시 거래는 없다. 두 번 다시 날 네 손아귀에 둘 생각이라면 버리는 게 좋아. 이번뿐이야. 그것도 내가 너에게 만족할 때만이야. 네가 날 만족시키지 못한다면 우리의 거래도 그 순간에 끝나는 거야. 알았어?"

"네? 무슨…."

"내 말이 그렇게 어려운 말인가? 너의 요구를 받아들이겠다는 거야. 하지만 각오해두라고! 네가 줄 수 있는 것보다 내가 가져갈 것이 훨씬 더 많으니까. 감히 날 거래하다니, 두고두고 후회하게 될 거다, 이은우."

규하가 마지막 말을 씹듯이 내뱉었다.

"내 요구 조건을 받아들이겠다는 건가요?"

그가 이렇게 빨리 대답할 거라 생각하지 못했다.

"날 가지고 노는 건가? 지금?"

그가 으르렁거렸다. 놀란 그녀의 얼굴을 오해한 탓이었다.

"두고보라구. 이은우. 철저히 널 가질 테니까, 내가 만족할 때까지. 감히 나와 거래한 것을 죽을 때까지 후회하게 만들 테니, 각오하는 게 좋아. 이제부터 시작은 언제나 나야. 네가 시작하는 건 이번이 마지막이야. 끝을 맺는 것도 나야. 네가 아닌 나. 기억하는 게 좋아."

폭풍처럼 쏟아붙이더니 그녀만 남기고 규하는 방을 휭 나가 버렸다. 은우는 털썩 침대에 주저앉았다. 정말 그가 그녀의 조건을 받아들이리라고는 생각하지 못했었다.

"당신의 여자들이요."

어제 그녀가 말했을 때 대뜸, 뭐? 어처구니없다는 표정을 지었던 규하였다. 하지만 사실 어제 그 말을 하던 순간도, 그리고 지금 이 순간도 그녀는 진심이었다. 지금의 그의 여자들. 그리고 앞으로의 여자들과 이 결혼을 깨지 않는 한, 공식적이든 사적이든 두 번 다시 부딪히고 싶지 않았다. 그가 여자들을 정리하지 않는 한, 그녀 역시 이 결혼에 충실할 생각도, 그의 품에 안길 생각도 없다, 쐐기를 박았을 땐 핏기까지 싸악 가실 정도였다.

'정말, 예측할 수 없는 여자야. 당신이란 사람…'

그녀의 말에 대답 대신 미묘한 표정으로 그가 말했을 땐, 반은 포기하고 있었던 참이었다. 그는 결코 흥정 따위를 받아들이지 않을 사람이었다. 특히 그의 욕망을 담보로 한 거래에 대한 흥정이라면 더했다.

은우는 침대에 털썩 누웠다. 심장이 두근두근 뛰어 올랐다. 이렇게 해도 되는 건가? 거래가 성사된 희열보다 두려움이 먼저 앞섰다. 한 번도 자신의 인생에서 주도권을 쥐어 본 적이 없었던 그녀라, 굳이 그렇게 규하가 말하지 않아도 충분히 두려웠다.

은우가 조심스럽게 자신의 납작한 배를 쓸어 내렸다. 그를 받아들인다는 것은 그녀가 가질 아이도 포함되는 것이었다. 그래서 그의 여자들을 지워내고 싶었다. 그녀가 가질 아이가 다른 여자를 사랑하는 아버지에게 거부당하지 않게 지켜주고 싶었다. 아이 앞에서 이화에게 보였던 모습을 또 다시 보여줄 수는 없었다. 은우는 입술을 깨물었다. 그녀 역시 그와 함께 게임을 시작한 것이다. 지금 그녀에게 필요한 것은 그 무엇보다 용기였다. 꽉 쥔 주먹을 바라보는 그녀의 눈동자에 반짝 별이 스쳐 지나갔다. 이제 땅에 발을 디뎌야 할 때였다.

※

"보좌관으로라도 일하고 싶다?"

의심스럽다는 듯 이 의원이 눈초리를 치켜 올렸다. 아버지를 바라보는 지후의 시선은 예전과 달리 독기가 빠져 있었다.

"왜, 싫으십니까? 뭐, 아버지께서 싫으시다면, 다른 분의 보좌관 자리라도 알아보죠."

살피듯 자신을 훑는 이 의원의 시선이 조금 귀찮다는 태도였다. 구미가 당기는 기색이 역력한데도 이 의원은 쉽게 확답을 내리지 않았다.

큰 아들 지석이야, 일찌감치 처가인 금형 건설에 밀어 넣었고 남은 지후에 대한 욕심은 역시 정치판일 텐데도 윤규하의 눈치를 보느라 자꾸 망설이는 이 의원의 속셈이 손에 잡힐 듯 뻔했다. 그래서 지후는 담담히 아버지의 시선을 받았다. 지금은 발톱을 드러낼 때가 아니었다. 호랑이는 공격하기 전엔 절대 발톱을 드러내지 않는다. 날카로운 발톱을 제 살 속 깊이 감추어 둔 채 어슬렁거리며 공격의 기회만을 노린다. 그래서 지후는 제 살 속에 박힐 때까지 발톱을 감추고 있는 중이었다.

"흠, 생각을 해 보자구나."

결국 마뜩찮은 표정으로 이 의원이 살짝 발을 뺐다. 자식인 지후마저 이 의원은 쉽게 믿지 못했다. 지후는 아버지를 슬쩍 바라보았다.

"그러시든지요. 전 이만 나가 보죠."

성급히 다가서봤자, 아버지는 그만큼 더 뒤로 주춤할 것이다. 지후는 가볍게 뒤로 물러섰다. 이 쪽에서 아쉽게 다가갈수록 상대는 더 물러서는 법이었다. 어느 게임에서든지 룰은, 먼저 패를 보이지 않는 것이다.

"아, 너 말이다."

미련 없이 나가는 지후를 이 의원이 붙잡았다. 아직도 뭔가 개운치 않다는 얼굴이었다.

"네?"

돌아선 지후가 동요 없이 물었다.

"그…, 아니다. 너 세진 그룹 셋째 며느리라는 아이는 정말 깨끗이 정리는 한 거냐? 여기 정치판에서 그 정도의 스캔들이라면 입지를 닦기도 전에 무너진다."

요사이 윤규하의 집에 들락거리지는 않느냐, 묻고 싶은 것을 살짝 말을 돌려 이 의원이 물었다. 윤규하도 윤규하지만, 지후가 자신의 보좌관이라도 할 생각이라면 세진 일, 역시 해결되어야 할 과제였다. 빌어먹게도 세진의 박 회장은 경실련 현 회장이었다. 재벌을 업지 않고는 아무리 해도 살아남기 힘든 이 바닥에서 세진과 등을 진다는 건 벼랑으로 모는 일과 같았다. 그것이 자꾸 지후에게 뻗어지는 자신의 손을 가로막고 있었다.

세진과 스캔들이 있는 아들이 있다는 것도 불안할 판에, 더구나 그 아들이 자신의 보좌관이라면 날개를 펴기도 전에 그 날개와 함께 추락하는 것과 같았다. 그래서 이 의원은 다짐하듯 아들에게 묻지 않을 수 없었다. 그에게 지산과 세진은 둘 다 버릴 수 없는 패였다.

지산은 은우가 있었다. 설마 은우를 가진 이 상황에서 규하가 발을 뺄 수 없으리라는 나름대로의 계산이었다. 은우는 그가 언제든 꺼낼 수 있는 조커였다. 그것을 잘 아는 이 의원은 우선 급한 세진의 일부터 걸고넘어진 것이다. 자신과 함께 있을 생각이라면 지후 역시 자신처럼 겉모습일망정 깨끗해야만 했다.

"네."

이죽이며 비웃을 것 같은데 지후는 농담기 하나 없이 깨끗한 얼굴로 간단히 대답하곤 그대로 방을 나가버렸다.

"이상한 일이야. 정말 이상한 일이야."

미처 덜 닫힌 방문 사이로 중얼거리는 이 의원의 목소리가 들렸다. 소리가 나지 않도록 조심스럽게 문을 닫은 지후의 입가에 미소가 걸렸다. 결국 그의 뜻대로 될 것이다. 방문을 나서던 지후가 참았던 비웃음을 그제야 터뜨렸다. 은정아에 대한 아버지의 저 머뭇거림은 자신에 대한 욕심이기도 했다. 그를 갖기엔 세진이 마음에 걸리겠지.

지후는 어렵지 않게 아버지의 마음을 읽어내며 자신의 방으로 올라섰다. 애초부터 그렇게 쉽게 잡을 수 있을 거라 생각하지는 않았지만 어쨌든 급한 것은 아버지이지 자신이 아니었다. 그는 천천히 한걸음씩 나아갈 생각이었다. 아버지가 충분히 저울질 할 시간까지 계산하며 지후는 마음을 느긋이 잡았다. 여유로운 사람만이 기회를 얻는 법이다. 아버지는 반드시 자신의 손을 잡을 것이다. 다른 사람을 믿기엔 너무 의심이 많은 사람이니까. 비록 세진이 마음에 걸리기는 하겠지만 그래도 자신의 눈앞에서 움직이는 지후를 선택하겠지. 그래서 더욱 편안한 마음으로 자신의 방으로 향했다.

방에 도착한 지후가 정아의 번호를 눌렀다. 아버지의 말처럼 깨끗이 정리가 되어야 할 일이기는 했다. 그의 계획에 정아는 없었다.

"나야. 지후."

"알아. 내가 목소리까지 잊어 먹을까봐 말하는 거야?"

오랜만의 전화임에도 정아는 마치 어제 통화한 듯 대답했다. 그 날 그렇게 떠난 후 처음 거는 전화라 다소 신경이 쓰였었는데 정아는 그런 그의 마음을 날려버릴 듯 평소와 같은 목소리였다.

"부탁이 있어."

"부탁?"

"이제부터 날 잊어줘. 철저히 내 이름까지 다 지워 줄 수 있어?"

"……"

정아가 잠시 멈추었다. 지후는 침착하게 기다렸다. 아마 예상하지 않았을까 생각은 했었는데 생각보다 여파가 컸나 보다. 조금 마음이 미안해졌다.

"그래야만 할 이유가 있어? 절실한 거야?"

내내 침묵하던 정아가 한참 만에 물어왔다.

"그래. 절실해. 미안하게 생각해. 하지만 날 철저히 잊어줘. 어느 누구에게도 내 존재가 드러나지 않도록…. 부탁이야."

"부탁? 궁금한데? 천하의 이지후가 이렇게 부탁까지 할 정도로 절실한 일이란 게 뭘까? 그녀와 관계있는 일이야?"

정아의 말에 지후의 입매가 불쾌하게 다물어졌다. 은우의 존재는 쉽게 드러내고 싶지 않았다.

"침묵은 긍정이라는 의미이겠지?"

"대답은?"

"뭐 조금은 약 올리고 싶지만 어차피 내가 거절한다고 해도 자긴 내게 돌아올 거 아니잖아? 손해 볼 짓은 안하는 게 내 지론이야."

"그럼, 들어줄 거야?"

"그래. 그럼 지금부터 우리 서로 잊자구. 어차피 자긴 내게 잊혀질 사람이야."

달칵. 먼저 끊겨진 전화는 정아의 자존심이었다. 미안한 마음이었지만 지후는 그런 마음까지 냉정히 접었다. 자신이 원하는 것을 얻기 위해선 정아를 돌볼 여유가 없었다. 똑바로 앞을 바라보는 것만으로도 지금의 그에겐 버거운 일이었다. 정아의 전화를 끊은 지후는 또 다시 쇼우에게 전화를 걸었다.

"쇼우, 나야. 음…. 그래. 지금부터 시작해 줘. 회계감사원까지 전부 다. 그래…."

아버지를 기다리는 동안 그가 먼저 해야 할 일이 있었다. 그 일은 쇼우의 몫이었다. 지후는 뚫린 구멍을 찾아야 했다. 은우가 올 수 없다면, 올 수 있도록 만들어야 했다. 규하가 놓아주지 않는다면 그는 반드시 빼앗아 올 것이다. 아버지는 그 수단일 뿐이었다. 그의 부탁에 쇼우는 즉각 대답해 왔다. 쇼우가 허락을 했다면 이제 그의 손에 모든 것이 쥐어질 때까지 기다리는 일만 남았다. 가벼운 외출 차림을 한 그는 은우의 집을 향해 차를 몰았다. 지금 그가 할 수 있는 유일한 일이었다.

"잘 지냈지?"

밝게 웃으며 지후가 집 안으로 들어섰다. 여전히 답답한 규하의 집이었다.

"어? 어…."

은우가 얼떨떨한 얼굴로 그를 마주 보았다.

"나가자."

신발조차 벗지 않고 현관 앞에 그대로 선 지후가 무턱대고 말을 꺼냈다.

"나가? 어딜?"

"그냥, 뭐. 평범한 거 이것저것…."

"평범한 거? 뭐가?"

여느 연인들처럼 평범한 데이트. 은우의 말에 대답 대신 지후는 그저 씨익 웃었다. 눈가에 머문 주름이 소년처럼 순수했다.

은우의 대답이 채 나오지 않았는데 이미 그는 차로 다가섰다. 한 시라도 규하의 집에 남아 있다간 숨통이 조일 것 같았다. 차가운 날씨 때문에 열기가 꺼지지 않도록 히터를 틀어 놓고 있는데 은우가 금세 나왔다.

"가자."

차 문을 열어주며 지후가 말했다. 그들이 간 곳은 영화관이었다. 귀국해 보니 커플 전용관이란 게 생겼다고 하기에 그때 잠시 은우를 떠올렸던 곳이었다. 입구에선 상영작 여럿의 포스터가 다닥다닥 붙어 있었다.

"무슨 영화 볼까?"

"글쎄…."

오랜만에 나온 영화관이라 그런지 은우는 선뜻 고르지 못하고 있었다. 잔뜩 갈등하는 눈치였다. 그 옆에 선 지후가 그녀의 어깨에 손을 올렸다. 작은 어깨가 한 손에 잡혀왔다.

"천천히 골라. 언제든지 또 나올 수 있으니까 매일 하나씩 새로운 걸 보는 거야. 먼저 네가 좋아하는 장르부터."

흠…. 잠시 망설이던 은우가 고른 것은 시원한 액션물이었다. 요즘같이 머리가 복잡한 날은 아무래도 단순한 영화가 좋을 듯싶었다. 지후 성격엔 액션 영화 같은 것은 별로일 것 같은데 별 말없이 끊어 온 표를 내밀었다. 다행이 영화가 곧 시작되기에 둘은 금방 상영관 안으로 들어섰다. 비싼 만큼 의자 간격도 넓어 꽤나 쾌적했다. 그래도 옆에 나란히 앉으니 숨결까지 손에 잡힐 듯 가까웠다. 은우는 불편하게 몸을 꼼지락거렸다.
"이런 영화 좋아하지 않지 않아?"

괜한 어색함을 감추기 위해 은우는 일부러 지후에게 물었다. 유빈과 살 때는 이런 곳의 자리를 살만한 여유가 없었다. 그 때가 얼마 지나지 않았는데, 이렇게 지후와 함께 나란히 영화를 보려니 조금 기분이 이상했다.

"뭐, 그런 건 상관없어. 이제 하나씩 알아갈 거니까."
"뭘?"
"네가 어떤 걸 좋아하는지, 좋아하는 영화를 볼 땐 어떻게 기뻐하는지…."

흘리는 지후의 말에 그녀의 심장이 툭, 바닥으로 떨어져 버렸다. 어? 대답하며 바라보는 지후의 시선은 이미 스크린에 박혀 있었다. 내가 어떤 걸 좋아하는지라… 은우의 얼굴이 심각해졌다. 굉장히 달콤한 말이었다. 덜컥 뛰는 심장 때문에 얼굴이 달아오르는 것 같아 그녀는 살짝 자신의 볼을 감쌌다. 돌아본 지후의 곧은 옆선이 새삼 반듯해 보였다. 늘 여자들에게 인기 많던 이유를 알 수 있을 것 같았다. 이러면 안 될 것 같아, 자신도 모르는 사이 중얼 말이 새어 나왔다.

순간, 옆에 앉은 지후가 걸쳐진 그녀의 손을 꼭 쥐었다. 짜릿한 전율이 흘렀다. 연인처럼 따스한 지후의 손 때문에 영화 상영 내내 스크린이 눈에 들어오질 않았다. 줄거리가 중요치 않은 액션이라 다행이라는 생각이 들었다. 온통 부수고 충돌하는 영화를 보고 나왔을 땐 이미 날이 어둑해지고 있었다. 가을의 싸늘한 바람이 오소소 추웠다.

"저녁 식사하러 가지 않겠니?"

차 문을 열던 지후가 아무렇지도 않는 듯 그녀에게 물어왔다. 영화 시간 잡혀 있던 손에 땀이 맺혀 잠시 망설이는데 지후가 먼저 덧붙였다.

"너에게 보여주고 싶은 곳이 있어."

"나한테?"

"응. 좋아할 거야."

장난스럽게 웃는 붉은 입술 사이로 하얀 이가 고르게 보였다. 또다시 덜컥 심장이 내려앉았다. 머리 속에선 돌아가야 했지만, 그녀는 오늘의 이 마법 같은 시간을 쉽게 깨고 싶지 않았다. 오랜만에 보는 영화나 이 두근거리는 설렘까지 그녀는 자꾸 갈등이 일었다. 은우는 다독이듯 속삭였다. 잠깐만이야.

지후와 함께 간 곳은 서울 시내에 있는 커다란 궁전 같은 레스토랑이었다. 고급스런 스테이크 전문점으로 전에 잠깐 잡지책에서 보았던 곳이었다. 설마, 이런 고급스런 레스토랑을 내가 좋아할 거라 생각했었나? 은우는 살짝 인상을 찌푸렸다. 사실 이런 곳은 예전 노래 부를 때나 와 보았지, 식사를 하기엔 맞지 않는 옷처럼 어색한 곳이었다. 차라리 분식집이 그녀에게는 더 편했다.

조금 실망스런 기분으로 들어서는데 은우보다 더 멋진 차림을 한 웨이터가 둘을 창가 통 유리 앞, 자리로 안내했다. 이미 예약을 했었는지 안내된 테이블 위에는 예약석이란 티켓이 놓여 있었다. 둘이 앉자 주문하지도 않았는데 웨이터가 준비 된 것처럼 와인을 내 놓았다.

"무슨 날이야?"

혹시 생일을 잊었나, 했는데 지후의 생일은 봄날이었던 같다. 그녀의 질문에 지후가 고개를 저었다. 너와 나의 첫 데이트.

"아니. 이건 선물이야. 행복을 주는 선물."

"유치해!"

은우가 피식 웃었다. 행복을 주는 선물이라니, 지후가 이런 말을 할 수 있을 거라 상상조차 못했다.

"유치한가? 원래 사랑이란 게 유치하지 뭐."

돌돌, 와인을 따르며 지후가 가볍게 말했다. 사랑이라. 은우가 지후 모르게 살짝 얼굴을 찡그렸다. 마법 같은 순간은 이제 위험한 줄타기가 되어 버렸다.

"답례는 노래 한곡이면 돼."

"노래?"

노래라는 말에 은우가 반짝 빛을 냈다.

"여기 내 친구 가게야. 노래 불러도 돼. 미리 이야기 해 놓았어."

지후가 홀 안에 놓인 피아노를 가리켰다. 커다란 그랜드 피아노가 유혹하듯 그녀를 향해 놓여 있었다.

"하지만…."

미적거리는 그녀를 지후가 홀 가운데로 밀어 넣었다. 커다란 피아노가 유혹처럼 놓여 있었다. 그 피아노 앞에 은우를 앉히며 지후가 나지막이 속삭였다.

"이제 여긴 너의 무대야."

지후가 달래듯 손등을 두드렸다. 떨리는 손길이었다. 지후가 자리에 돌아가고 난 후 그녀는 조심스럽게 팅! 건반 하나를 눌렀다. 투명한 음 소리가 맑게 울렸다. 팅, 울리는 건반 소리에 내내 시끄럽던 가게 안이 잠시 조용해졌다. 다시 한번 팅! 건반 치던 손이 부드럽게 움직이기 시작했다. 그녀를 이 무대에 남겨두고 자리에 돌아간 지후의 모습이 멀리 보였다. 손에 든 와인 잔을 격려하듯 살짝 치켜 올린 지후의 미소가 불빛 속에서 그림처럼 아름다웠다. 은우가 천천히 마이크에 입을 가까이 댔다. 그녀의 시선은 지후를 향해 있었다. 이건 이 마법의 시간을 준 지후에 대한 답례였다.

또 하루 멀어져 간다.
내뿜은 담배 연기처럼
작기 만한 내 기억 속에
무얼 채워 살고 있는지
점점 더 멀어져 간다.
머물러 있는 청춘인 줄 알았는데
비어가는 내 가슴 속엔

더 아무 것도 찾을 수 없네
계절은 다시 돌아오지만
떠나간 내 사랑은 어디에
내가 떠나보낸 것도 아닌데
내가 떠나 온 것도 아닌데

이미 작고한 남자 가수의 노래가 낭랑한 은우의 목소리로 홀 안에 가득 울려 퍼졌다. 비록 청바지의 허름한 차림이었지만, 곧게 피아노 앞에 앉아 노래를 부르는 은우는 그곳에 앉아 있는 그 어느 여자 보다 더 아름다웠다. 지후는 손에 들린 와인을 조금씩 기울이며 은우를 바라보았다. 홀 중앙에 달린 샹들리에의 불빛에 은우가 별처럼 반짝였다.

너처럼 사랑스러운 여자가 있을까?

지후는 홀린 듯 은우에게서 시선을 뗄 수가 없었다. 아름다운 그의 연인, 그리고 그의 누이였다. 자신을 향한 은우의 시선을 받는 그의 눈동자에 보이지 않는 슬픔이 어렸다. 오늘의 이 시간만큼은 규도, 그리고 아버지도 떠오르지 않았다. 마치 세상에 남은 유일한 연인들처럼 이렇게 서로를 향하는 것, 그것만이 그가 원하는 유일한 소원이었다.

홀 안의 사람들이 모두 은우를 향해 돌아앉아 있었다. 그 기분 좋은 시선에 은우의 얼굴조차 밝았다. 노래를 끝낸 은우가 자신에게 돌아오는 것을 맞이하기 위해 그가 잠시 자리에서 일어섰다. 그녀가 돌아오는 자리가 바로 자기 옆 자리라는 것이 그는 꿈처럼 행복했다. 자신이 말했던 행복의 선물은 은우가 아닌 자신을 위한 선물이 되어 버렸다. 가볍게 흥분된 마음으로 둘은 미리 주문한 식사를 편안히 마쳤다. 철저히 규하가 배재된 공간에서 둘은 연인을 가장하듯 황홀한 시간을 보내고 있었다.

"오늘 행복했니?"

집 앞에 도착한 차 안에서 지후가 물었다. 사실 행복했다는 말로는 이 기분을 다 표현할 수는 없었지만 그는 행복했다. 그래서 은우의 대답이 잔뜩 긴장되었다. 그녀는 무슨 말을 할까? 그녀 역시 잠시지만 자신처럼 행복했을까?

"응, 행복했어. 입을 벌리면 이 행복이 날아갈까 두려울 만큼…."

굳은 그를 느끼지 못했는지 은우가 종달새처럼 대답했다. 그제야 긴장된 입매가 스르르 풀어졌다. 내리는 은우의 안전벨트를 풀어주며 그가 조용히 말했다.

"은우야, 조금씩, 우리 조금씩 행복해지자."

조금씩…. 지후가 약간 당혹한 얼굴로 바라보는 은우의 입술에 가볍게 입맞춤을 했다.

"잘 자라. 좋은 꿈 꿔."

내려선 그녀에게 손을 흔들며 지후는 미련 없이 자리를 떠났다. 이제 우리 조금씩 행복해지는 거야, 조금씩. 내가 그렇게 만들 거다. 지후의 심장은 전보다 더 행복하게 맥박치고 있었다.

12

 제니의 시선이 자꾸 전화로만 향하고 있었다. 규하의 전화가 며칠째 오지 않고 있었다. 무슨 일인지 궁금해 미칠 것 같았지만, 예전엔 당연하듯 걸었던 그의 전화번호로 쉽게 손이 가지 않았다. 규하에 대해 언제나 민감한 제니는 이번만큼은 기다려야 할 시기라는 걸 본능적으로 알았다.
 기다릴 거야. 제니가 입술을 깨물었다. 그녀에게 단 한번도 실망하지 않던 규하였다. 늘 자신에게서 최고의 절정에 이르렀던 규하이기에 그녀는 나름대로 자신이 있었다.
 "그만해."
 자꾸 자신의 휴대폰에 시선이 머무는 제니에게 매니저인 정수가 짜증을 냈다. 촬영장이라 그렇지 않아도 눈들이 많은데 지금의 제니는 마치 사랑의 넋이 나간 여자 같았다 첨엔 단순히 스폰서 격이라고만 생각했다. 지산이라는 그룹, 그것도 윤규하 이사가 제니의 든든한 배경이라고 했을 때 정우 그 자신도 놀라고 말았다. 이제 신인인 제니가 물기엔 너무나 큰 먹이였다. 그리고 그녀가 먹어치우기에도 너무나 큰 먹이…. 그래서 정수는 자꾸 윤규하 이사에게 빠져드는 제니가 못내 불안했다.

"뭘 그만하라는 거예요?"

정수가 말하는 의미를 뻔히 알면서도 제니가 일부로 소리를 높였다. 그렇지 않아도 규하의 전화 때문에 예민한 심사가 고스란히 드러나는 목소리였다.

"전화 기다리는 거 그렇게 티 내지 말라구. 배우들뿐만 아니라 거기에 딸려 있는 매니저에 스태프들까지, 이 바닥이 얼마나 쉽게 밟고 올라서는 곳 인줄 알아? 지산이 어디 구멍가게 이름이야? 뒤꽁무니에서 말 나왔다간 만사가 끝이야."

"무섭지 않아요."

제니가 아이 같은 투정을 계속 부렸다. 쯧쯧, 철없는 소리…. 정수가 딱하다는 듯 제니를 바라보았다. 영리한 듯 하면서도 제니는 세상 물정을 모르는 어린아이 같은 면이 있었다. 지금의 이 고집스러움도 마찬가지였다.

"무서워 해. 그 스캔들 터지면 넌 그대로 이 바닥에서 끝이야. 윤규하 이사, 이번에 결혼한 거 알지? 그 사람이 자기 아내를 두고 겨우 너 같은 아이한테 올 것 같아? 아마 이 바닥에서 당장이라도 끌어내 버릴걸? 널 이만큼 키우는 남자야. 그렇게 다시 바닥으로 내리치는 것 역시 쉽다는 걸 알아야지."

끌끌 혀를 차며 정수가 떠난 자리에 제니가 혼자 중얼거렸다.

"그 사람 내게 올 거야."

그 앞에선 당차던 제니의 목소리가 한없이 무거웠다. 정수 말이 주는 의미를 그녀 역시 알고 있었다. 그의 잘난 아내보다 자신은 가진 것이 없다는 거. 자신의 아내에 대해서는 철저히 장막을 치고 있지만, 그의 아내자리라는 게 아무나 오를 수 있는 자리가 아니라는 거 제니도 모르지 않았다. 힘없이 쳐지던 제니가 독 오른 뱀처럼 바짝 고개를 쳐들었다. 하지만 사랑까지 그런 룰이 필요한 건 아니다. 내가 사랑하면 그 뿐이야. 이기적이라고 해도 좋았다. 미친 듯이 매달려 잡을 수만 있다면 애걸을 해서라도 잡고 싶은 남자였다.

"반드시 돌아올 거야, 내게!"

자리에 없는 정수에게 말하듯 그녀가 또박또박 말했다. 그때였다.

"제니 씨!"

스태프가 스튜디오에서 그녀를 불러댔다. 다음 신의 차례가 벌써 온 모양이었다. 다시 한 번 거울 속의 모습을 확인하며 제니는 스튜디오 안으로 들어섰다. 이미 신을 준비하고 있던 임명세가 그녀를 향해 수줍게 웃어 보였다. 함께 작품을 하면서 자신에 대한 호감을 숨기지 않던 임명세였다. 우리나라 최고급의 배우, 임명세. 그는 단지 규하가 그녀에게 선사한 또 다른 선물일 뿐, 그 이상도 그 이하도 아니었다. 제니가 가당찮다는 듯 얼굴을 찡그렸다. 그가 욕심낼 수 있는 여자가 아니었다. 그녀는 윤규하의 여자였다. 그가 올라설 수도 없는 거대한 윤규하의 여자. 그래서 감히 임명세가 자신을 쳐다보는 것조차 용서할 수 없었다.

명세에게 다가가며 제니가 환하게 웃었다. 선한 그녀의 미소에 명세의 얼굴이 쉽게 붉어졌다. 쉬운 남자야. 쉬운 남자는 그만큼 매력이 없다. 싸늘히 비웃는데 내내 잠잠하던 그녀의 휴대폰이 드르륵 울렸다. 규하의 전화였다. 얼른 스태프들에게 사과하며 그녀는 스튜디오 한 쪽으로 걸어갔다. 정수의 말처럼 반가운 표정이 보일까, 애써 감추며 전화를 받는데 규하의 목소리는 여전히 냉랭했다.

"잠시 사무실로 들르지?"

사무실? 제니가 고개를 갸웃했다. 집이 아닌 사무실이라. 조금 이상한 호출이었다.

"네. 그럴게요."

쉽게 대답하며 제니는 전화를 끊었다. 왠지 불안했다. 이상한 규하 전화 때문에 무슨 정신으로 찍었는지 모르겠는데 감독이 쉽게 오케이 사인을 내렸다. 불안한 기색이 역력한지 정수가 걱정스럽게 다가왔다.

"무슨 일이야?"

"호출이에요."

"호출?"

정수가 되물었다. 답답한 그의 말에 제니가 잘근 손톱을 깨물었다.

"윤규하 씨, 호출이요."

짜증스러움에 약간 목소리 톤이 올라갔다. 쓰읍! 정수가 놀라 그녀의 입을 황급히 막았다. 내내 조심하라 일렀는데, 조심성 없는 제니에게 화가 치밀었다.

"그래서?"

"지금 가 봐야겠어요."

"캐스팅 때문이 아니야?"

바보 같은 질문이었다. 지금까지 규하가 직접 그녀에게 생색을 낸 적은 한 번도 없었다. 정말 그 누구도 눈치 채지 못할 정도로 철저히 베일에 가려진 사람이었다. 답답한 정수를 남겨두고 제니는 서둘러 규하의 회사로 향했다. 늦은 시간이라 아무도 없는 까만 회사엔 경비원까지 자리를 비운 상태였다. 그의 사무실조차 모른다는 게 그제야 떠올라 제니는 당황한 얼굴로 로비를 둘러보았다. 어딘가 안내판이 있지 않을까 싶어 벽 쪽을 향해 걷는데 누군가 쓰윽 다가섰다. 검은 정장의 남자가 다가오며 고개를 꾸벅였다.

"제니 씨! 기다리고 계십니다."

휴, 한숨이 새어 나왔다. 남자의 뒤를 따라 또박, 굽 소리를 내며 그녀는 대리석 복도를 따라갔다. 작은 엘리베이터 앞에

선 남자가 먼저 들어가라는 듯 손을 내밀었다. 이 거대한 회사에서 느껴지는 규하의 존재는 이제껏 자신의 집에서 보던 것과는 사뭇 달랐다. 이제야 비로소 정수가 말하던 지산의 무게가 느껴졌다. 규하의 사무실은 꽤 높은 곳에 있었다. 한참을 올라가는 고속 엘리베이터 안에서 제니는 약간 현기증을 느꼈다.

검은 남자가 앞장 서 걷는 복도는 깊은 카펫이 깔려 있었다. 묵중한 갈색 문을 남자가 똑똑, 두드렸다. 남자가 두드린 건, 문인데 그 소리에 맞춰 제니의 심장이 똑똑 소리를 냈다. 열어진 문을 통해 그녀가 들어서자 또 다른 남자가 기다렸다는 듯이 그녀에게 또 하나의 문을 열어 주었다. 윤규하는 이런 곳에서 언제나 살아가고 있었다.

제니는 천천히 문 안으로 들어섰다. 그제야 낯익은 규하의 뒷모습이 보였다. 스르르 긴장이 풀렸다. 들어선 기척을 느꼈는지 창 밖을 바라보던 그가 돌아섰다. 그녀의 기억 속에 남은 모습 그대로였다. 제니가 자신도 모르게 미소를 지었다. 이제 겨우 같은 사람을 보는 기분이었다.

"앉지?"

규하가 앞에 놓인 자리를 가리켰다. 검은 가죽 소파에 앉자 그녀 앞에 작은 봉투가 놓여졌다. 차, 한잔 마실 거냐는 말도 없었다. 맞은편에 앉은 그가 앞에 놓인 봉투를 쓱 그녀에게 밀었다.

"뭐예요?"

"돈. 섭섭하지 않게 들었을 거야."

뭐라구?! 제니의 눈동자가 커다랗게 벌어졌다. 얇게 입술을 깨물며 그녀는 앞에 놓인 하얀 봉투를 바라보았다. 돈이라니. 규하의 차가운 얼굴과 앞에 놓인 하얀 봉투가 주는 의미를 언뜻 알 수 있을 것 같았다. 제니가 무릎에 놓인 스커트 자락을 비틀어 쥐었다. 정수의 말처럼 이제 나락으로 떨어지는 기분이었다.

아니야! 제니가 고개를 저었다. 이렇게 쉽게 놓아줄 사람이 아니었다. 자신의 목에 입술을 묻으며 신음 소리를 내던 규하는 이렇게 쉽게 그녀를 버릴 사람이 아니었다. 마지막 만남을 떠올리며 그녀는 애써 두려움을 억눌렀다. 그렇게 갑자기 뛰쳐나간 것부터 위험한 전조였다.

제니의 시선이 또 다시 하얀 봉투에 머물렀다. 섭섭하지 않게 들어있다? 꽤 큰 액수일 것이다. 이 정도의 돈을 주는 거라면 그가 아직도 그녀에게 마음이 남았다는 의미도 있었다. 마음에 없는 여자를 버리면서 큰 돈을 지불할 남자는 없었다. 제니는 침묵하며 고개를 숙였다. 어쩌면 마지막 배팅의 순간일지도 몰랐다.

그렇게 숙여진 제니의 고개를 규하가 묵묵히 바라보았다. 생각에 잠긴 제니의 모습이 불편했다. 차라리 이화처럼 소리를 지르던지, 아니면 이유라도 물으면 좋을 텐데, 여자는 돌처럼 굳은 모습으로 불편하게 그의 마음을 건드리고 있었다. 저 봉투를 쥐어 주고 밖에 서 있는 무에게 배웅을 시켜도 되는데 그는 쉽게 부저를 누르지 못하고 있었다. 신과 무는 밖에서 그의 부저를 기다리고 있을 터였다. 이것은 은우와의 약속이었다. 은우를 안기 위해서는 제니를 버려야 했다. 은우와 제니, 그 둘 모두 그의 것이 될 수 없었다. 그러나 그의 시선은 또다시 제니에게 머무르고 있었다. 여전히 그녀의 몸을 안고 싶었다. 위험해. 제니에게 뻗으려는 자신의 손을 꽉 쥐며 규하는 이를 악물었다. 감정을 갖는 것, 그것은 그에게 독과 같은 일이었다.

"제가 많이 부족한 건가요?"

내내 침묵하던 제니가 조용히 그에게 물었다. 순간 규하의 눈매가 날카롭게 올라갔다.

"아니, 단지 내가 싫을 뿐이야."

"싫다…."

제니가 대사를 외우듯 되풀이했다. 싫다? 어쩌죠? 난 당신이 여전히 좋은데? 제니가 시니컬하게 생각했다. 규하는 그녀의 것이었다. 처음엔 단지 일어설 발판으로만 생각했다. 그의 여자가 되어 그의 마음에만 든다면 자신이 갖지 못할 것이 없을 것이라는 계산도 있었다. 정부라는 건, 허울만 초라할 뿐이지 사랑 없는 아내 자리보다 더 나은 자리일 수도 있었다. 또 그렇게 될 거라는 자신감도 있었다. 제니가 살짝 봉투를 그 앞으로 밀었다. 이만한 돈은 잠시 뒤로 물러서도 된다. 그녀는 작은 욕심으로 큰 것을 놓칠 만큼 어수룩하지 않았다.

"이건, 필요 없어요. 당신은… 당신은 단지 제 존재가 단지 그런 정도였겠지만, 저에겐…. 부담 드리지 않을게요. 지금까지 해 주신 것만으로도 감사해요. 이런 것까지 받는다면 당신께 대한 제 마음이 많이 더러워질 것 같아요. 당신은 싫으시겠지만, 그냥 이것은 받지 않도록 해 주세요."

천천히 말을 잇는 제니의 무릎 위로 예정된 눈물이 한 방울 툭, 떨어져 내렸다. 그녀의 눈물에 규하는 흠칫 몸을 움츠렸다. 아직까지 자신 앞에서 울어 본 여자가 없었다. 가끔 떼를 쓰듯 그에게 매달리는 여자가 없었던 것은 아니지만 제니처럼 조용히 우는 여자는 아직 없었다. 그렇게 자신이 아프게 했던 은우마저 눈물을 흘린 적이 없었다. 지난 상처가 고스란히 드러나는 붉은 상흔 앞에서도, 은우는 작은 눈물조차 흘리지 않았다. 아무리 덜덜 떨리는 아픔이 있어도 그녀는 꿋꿋했다.

눈물을 흘리는 제니 앞에서 규하는 금방이라도 똑 떨어질 것 같은 물기를 머금고도 꼿꼿이 그 눈물을 참아내던 아내의 모습이 떠올랐다. 순간, 못 견디게 은우가 보고 싶었다. 숙인 제니를 바라보는 그의 시선은 아까와는 사뭇 달랐다. 찌꺼기처럼 남았던 미련마저 사라진 차가운 눈빛이었다. 그는 앞에 있는 제니보다 이곳에 없는 은우가 더 그리웠다.

"지금까지로도 감사하다?"

얼음처럼 차가운 목소리였다. 아까와는 사뭇 달라진 분위기가 살갗으로부터 전해져 왔다. 제니가 고개를 끄덕이며 슬프게 바라보았다. 대단하군, 제니. 그가 비틀린 미소를 지었다. 그녀는 지금까지 감히 그 누구도 쥐어 본 적이 없는 사람을 제 손아귀에 두려 하고 있었다. 제니와 같은 정도의 여자라면 진 실장의 손에서 해결 봐도 될 일이었다. 은우가 아닌 규하 자신의 문제로 제니를 정리하려 했다면 굳이 이렇게 나서지 않았다. 그녀를 직접 부른 건 가당치 않는 미련 때문이었다. 아직은 식지 않는 그녀의 육체에 대한 미련이 결국 일을 이따위로 만들고야 말았다.

"날 가지고 놀 셈인가?"

"네?"

예쁘게 한 방울 눈물을 흘려 내린 제니가 그를 바라보았다. 가지고 놀 셈이라니. 그건 결코 그녀가 예상한 대답은 아닐 것이다.

"귀여운 몸뚱아리 값 치고는 너무 세군. 설마 이런 돈 따위보다 더 많은 것을 원한다는 건 아니겠지? 흠, 예를 들면 내 아내의 자리라든가…."

일부러 규하는 말끝을 살짝 흐렸다. 그러나 그의 눈빛엔 범접하지 못할 위험스러움이 번뜩였다. 제니가 어깨를 움츠렸다. 그의 사나운 눈빛은 가차 없이 그녀를 몰아세우고 있었다.

"네? 아니에요. 그게 아니에요. 전 단지…."

제니가 또 다시 툭! 눈물을 떨어뜨렸다. 커다랗고 까만 자신의 눈동자에서 떨어지는 눈물이 남자에게 얼마나 큰 영향을 주는 지 제니는 잘 알고 있었기에 한 번 더 커다란 눈물방울을 그대로 투두둑 흘리고 있었다. 그러나 지금은 오히려 그의 짜증을 부채질할 뿐이었다.

"단지?"

맺지 못한 제니의 말 꼬리를 규하가 잡아챘다. 나비의 날개를 찢는 아이처럼 잔인한 표정이었다.

"단지, 당신은 저의… 첫…."

"첫 남자라 이 말인가?"

규하가 제니 대신 말을 끝맺었다. 무슨 생각을 하는지 알 수 없는 눈빛이 어둠처럼 까맣게 빛을 발하고 있었다. 미움도, 애정도 없는 무심한 검은빛이었다. 제니가 부르르 몸을 떨었다. 조금 전부터 무언가 자꾸 말이 어긋나고 있었다. 부스럭, 규하가 자리에서 일어나는 기척이 들렸다. 운동선수처럼 가벼운 몸짓이었다. 그녀가 밀었던 봉투는 이미 그의 손에 돌아가 있었다.

"이건 필요 없다니, 그럼 도로 넣지. 마음이 더러워질 것 같다 라…."

잠시 일어선 규하가 파란색의 서류를 제니 눈 앞 테이블 위로 던지다시피 내려놓았다.

"이건 뭐죠?"

규하의 입술의 한 쪽 끝을 살짝 말려 올라갔다. 제니가 파란 봉투를 집었다.

"난, 아무나 자지 않아. 너에 대해 그만한 조사가 없었을 거라 생각했었나?"

파란 서류를 잡은 제니의 손이 파르르 떨렸다. 하얗게 질린 얼굴이 가면을 부수고 있었다.

"진윤영. 그게 너의 본명이겠지. 네가 내게 오기 전 수술했던 진단서야. 처녀막 재생수술. 그리고 원한다면 '에누스' 지배인의 육성 테이프까지 들려줄 수 있지. 네가 날 소개받기 위해 그를 이용했다는 그의 육성 테이프!"

그녀의 앞에 작은 테이프가 툭 떨어졌다. 방금 전까지 사랑스런 여인으로 눈물을 흘렸던 제니의 얼굴이 순식간에 흉물스럽게 일그러져 내렸다. 그녀를 향한 그의 표정에서는 어떤 감정도, 생각도 담겨있지 않았다. 단지 냉혹한 입매만이 그의 성미를 말해주고 있었다.

한참 동안을 앉아 있던 제니가 힘이 풀린 다리로 간신히 자리에서 일어났다. 그리고 자신의 손에 있는 파란 서류를 다시 조용히 테이프 옆에 얌전히 내려놓았다. 가지고 가 봤자, 윤규하라는 남자가 원본을 그녀에게 주었을 리 없다. 테이프 역시 복사본이겠지. 자신의 치부를 그대로 드러내는 이 증거물들을 당장이라도 불살라 버리고 싶었지만 제니는 현명하게도 입을 다물기로 마음먹었다. 아직은 자신의 힘이 약했다. 자리에서 일어난 제니는 더 이상 눈을 내려 깔지 않았다. 오히려 당당히 그의 눈을 쏘아 보았다. 비밀이란 건 감추어졌을 때만 약점이 될 뿐, 이미 드러난 비밀은 더 이상 그녀에게 약점이 되지 않았다.

"내 몸의 첫 남자가 당신이 아니었을 뿐, 제 마음의 첫 남자는 당신이었어요. 그것까지 이런…."

제니가 눈짓으로 서류를 가리켰다.

"이런 서류 따위로 증명할 수는 없겠죠. 잘 지내세요."

제니는 올 때보다 더 당당한 모습으로 규하의 사무실을 나섰다. 때론 가장 작은 것이 가장 큰 것을 부술 때도 있지. 제니의 입술에 빨간 피가 맺혔다. 당신은 끝이겠지만, 내 사랑은 이제 시작이야.

※

하늘에서 장마 같은 가을비가 펑펑 내려왔다. 창가 유리창엔 빗소리가 드럼처럼 텅텅, 소리를 냈다. 조금 전까지는 내리지 않던 비였다. 집 안은 시간이 멈추어 버린 듯, 규칙적인 빗소리를 제외하곤 살아있는 소리는 조용히 내뱉는 은우의 숨소리뿐이었다. 늦은 저녁이었지만 규하는 아직 돌아오지 않고 있었다. 은우는 거실의 커다란 소파에 쪼그리고 앉아 빗소리에 맞춰 발만 까닥이고 있는 중이었다. 그 때 갑자기 날카로운 전화벨 소리가 울려 퍼졌다. 규하인가? 은우는 심장이 덜컹 소리를 냈다.

"나야."

차가운 규하의 목소리가 아닌 부드러운 지후의 음성이었다.

"아…."

"또 한숨소리. 이번에도 유빈인 줄 알았니?"

아, 은우가 들리지 않게 낮은 탄성을 질렀다. 지후에게 늘 미안한 일만 하는 것 같았다.

"아, 미안…."

"괜찮아. 혼자니?"

지후가 물어왔다.

"응. 그러네."

"그래?"

지후의 목소리가 눈에 띄게 한 톤 높이 올라갔다.

"오빤, 이 시간에 무슨 일로…."

"아, 그저 네 목소리나 들을까 해서. 비 오잖아. 밤에 내리는 비는 왠지 음울해져서. 자려던 건 아니었지?"

은우가 속으로 킥 웃었다. 꼭 비 오는 날의 연인 같았다.

"아니."

"그래? 나도 잠이 안 온다. 비 소리가 너무 커서. 잘 지냈지?"

"응."

"목소리 들으니까 좋다. 아, 전에 불렀던 노래 기억나니?"

"전에? 아, 저번 그 가게에서?"

"음. 듣고 싶네?"

노래라, 까닥까닥 발을 맞추던 은우가 고개를 들었다. 창문을 따라 주르륵 흘러내리는 빗물이 아름다웠다. 은우가 천천히 노래를 부르기 시작했다. 비 오는 밤은 언제나 우울했다. 그래서 유빈과 살 땐 자주 함께 노래를 불렀었다. 반주 하나 없는데도 전화선을 타고 오는 은우의 맑은 목소리는 여전히 아름답게 울렸다. 지후는 잠시 눈을 감았다. 예전 샹들리에의 불빛 속에서 홀로 반짝이던 은우의 모습이 아득하게 떠올랐다. 보고 싶다. 정말 미치도록 보고 싶다.

"…오빠, 자는 거야?"

감은 눈 사이로 조심스럽게 은우가 물어왔다.

"응? 아니."

네 노래가 너무 아름다워서 잠이 오질 않는다. 지후가 속삭이듯 생각했다.

"…오빠."

"응?"

"전부터 물어보고 싶었는데, 왜 날 사랑한다 하는 거야?"

대답하기 어려운 질문이었다. 취한 듯 은우의 노래를 듣던 지후가 창문을 바라보았다. 그녀가 보는 창문에도 이 비가 보일 것이다.

"아, 왜라…."

전화를 붙잡은 지후가 아련하게 대답했다.

"왜 일까? 난 왜 널 사랑하는 걸까? 잘 모르겠다. 그냥 어느 순간 네가 바람처럼 흘러 들어왔어. 그냥, 스며드는 것처럼…."

 왜 날 지켜주지 않았어? 아마 은우는 이렇게 묻고 싶지 않았을까. 사랑한다는 그가 왜 지난 시간동안 내내 외면하며 살았는지, 정작 묻고 싶은 것은 그것이었을 거라 지후는 생각했다.

"이젠 너무 늦은 거 아닐까?"

 대신 은우가 다른 말을 꺼냈다.

"이젠 늦었다? 글쎄, 우린 언제나 늦었겠지. 네가 우리 집에 너무 일찍 와 버렸으니까. 난 언제나 널 사랑하면 안 되는 거였지. 그래서 많이 망설이고 방황했다. 널 지켜주었어야 했는데, 나 하나 지키기도 버거워서 미처 그러지 못해서 많이 후회했었다. 내 감정을 이미 포기했을 땐, 널 지켜주지 못한 이유로 다가설 수 없었어. 그때 지켜줄걸. 널 데리고 미국으로 갔어야 했는데, 그때!"

 지후의 말이 끊겼다. 자꾸 변명처럼 헤매고 있었다.

"넌 언제나 내 곁에 머물러 있을 줄 알았다. 연인이 아닌 동생일 뿐이라도 내 곁에 영원히 그렇게 머물 줄 알았다."

 우는 게 아닌가 싶을 정도로 전화 속의 지후 목소리가 떨렸다. 그 떨림 때문에 은우의 심장도 아프게 조였다. 따뜻한 집 안에 있는데도 서늘한 찬 기운이 스쳤다.

"네가 내 곁을 떠날 수 있다는 걸 한번도 생각해 보지 못했어. 은우야, 지금이라도 날 바라봐 줄 수 없겠니?"

"……."

"이렇게 바보 같은 나라도, 이렇게 이기적인 나라도 사랑해 주면 안 되겠니?"

아, 은우가 낮게 신음했다. 사랑이라…. 이미 늦은 건 아닌가 하고 물었던 건 그가 아닌 자신이었다. 지후의 이 사랑을 받기엔 그녀가 이미 늦은 게 아닌지, 은우는 그것을 묻고 싶었다. 그는 지켜 주지 못해서 미안하다 했었지만, 그래도 늘 병실에서 눈을 떴을 때 맨 처음 본 얼굴이 지후였다. 똑똑, 떨어지는 링거 병을 바라보았지만, 돌아보지 않은 그의 등은 아픔처럼 굳어 있었다.

아마 어머니 때문인가 보다 그렇게 생각했었다. 그녀에게는 무섭고 잔혹한 양어머니였지만, 지후에게는 더 없이 부드러운 어머니였다. 그래서 그의 아픔이 자신이 아닌 어머니 때문인 줄만 알았다. 그런데 그 아픔이 그녀라니. 은우의 눈에서 주르륵 눈물이 흘렀다. 아마 그 시절, 이렇게 지후가 고백했었다면 그녀 역시 미국을 함께 갔을지도 몰랐다. 작은 따스함도 고팠던 시절이니까. 지후 말처럼 늦은 건 은우만이 아닌 그도 함께였다. 둘은 모두 늦은 것이었다.

"오빠…."

은우가 막 지후를 불렀을 때였다.

"하! 연인의 전화인가?"

채찍처럼 차가운 규하의 목소리가 내리쳤다. 어? 돌아보는데 성큼 다가온 규하 때문에 놀란 사이 손에 들린 전화기가 툭 떨어졌다. 이제껏 숨죽인 집안 공기가 규하의 존재 하나로 벌써 살아 꿈틀거리는 것 같았다. 우산도 없이 왔나? 검은 머리카락에서 빗방울이 땀처럼 떨어졌다. 어디까지 들은 거지? 움찔거리며 규하의 눈치를 살피는데 떨어진 전화기를 그가 뚝 끊어 버렸다.

"어, 어…언제 왔어요?"

"어디까지 들었는지 그게 궁금한 건가?"

차가운 흑요석빛 눈동자가 검게 빛을 발했다. 웃는 미소가 더 소름끼치게 잔인한 눈동자였다. 은우는 애써 두려움을 떨치며 대답했다. 그가 몰고 온 차디찬 가을바람에 한기가 들었다.

"궁금하지 않아요."

"그래?"

긴 속눈썹이 잡혀질 만큼 규하의 얼굴이 눈 가까이 다가왔다.

"오빠? 지후인가?"

이미 들은 모양이었다. 고집스럽게 시선을 돌리는데 그가 피식 웃는 소리가 들렸다. 부끄러운 치부가 드러난 것처럼 열기가 확 끓어올랐다.

"받아."

규하가 그녀의 손을 확 잡아끌더니 자신의 손아귀 안에 든 것을 전해주었다. 아무것도 잡히지 않는 빈손이었다.

"이게 뭐죠?"

"당신이 원한 것."

"네?"

텅 비인 주먹을 바라보며 은우가 미간을 좁혔다.

"네가 원한 내 여자. 이미 비었으니 아무것도 남아 있질 않겠지. 이젠 네가 약속한 걸 줄 차례인가?"

규하가 술기운을 그대로 풍기며 거칠게 은우의 옷자락을 붙잡았다. 꽤 세게 쥐었는지 우두둑 소리가 나며 금세 잠옷 맨 위의 단추가 떨어져 나가버렸다.

"뭐, 뭐하는 거예요?"

은우가 버럭 소리를 지르며 그의 손을 뿌리쳤다. 진한 술 내음과 거친 손길이 불쾌했다. 벌어진 잠옷 사이로 그녀의 하얀 가슴이 언뜻 비쳤다. 재빨리 옷을 움켜쥐는데 마주 보는 규하의 시선이 자신의 가슴에 박히듯 멈추어 있었다. 불처럼 뜨거운 눈빛이었다. 아름다워…. 낮게 속삭이던 규하가 그녀의 가슴 언저리에 손을 뻗었다. 불이었다. 언뜻 쏟아지는 규하의 눈빛은 그대로 불덩이 같았다. 하지 마요! 소리치며 그의 손길을 피하려 애쓰는 그녀는 보이지도 않는 듯 그는 이미 숨소리마저 거칠었다.

"하지 말아요! 이런 거 싫어."

그녀가 소리를 질렀다. 아무도 올 사람이 없었지만 그가 제정신을 차리길 바랐다. 그가 아무리 자신의 여자를 버렸다 해도 이렇게 술 취한 그에게 겁탈하듯 자신의 몸을 주고 싶지는 않았다. 은우가 또다시 버럭 소리를 질렀다. 하지 마! 들리지 않은 듯 규하의 손은 여전히 그녀의 옷자락을 붙들고 있었다. 그 때였다. 단말마 같은 규하의 비명이 방 안에 울려 퍼졌다.
"이 망할 것!"
넋 나간 듯한 규하의 손등을 은우가 힘껏 물어뜯어 버린 것이다.
"뭐하는 짓이야?"
아픈 손등을 감싸며 규하가 버럭 소리를 질렀다.
"다, 당신이야말로 뭐하는 거예요? 감히 날 어떻게 보고…. 이런 짓은 당신의 여자한테나 해요. 나한테 이런 식은 안 통하니까."
목소리는 사납게 울리는데 정작 그녀의 몸은 달달 떨렸다. 강한 남자의 힘이었다. 아무리 그녀가 밀어내려 해도 그는 꿈쩍도 하지 않았다. 난생처음 남자의 힘이 두려웠다. 그제야 규하의 눈동자가 제정신이 든 듯 그녀에게 초점을 맞추었다. 달달 떨고 있는 그녀를 바라보던 그의 얼굴이 묘한 표정을 지었다. 옷을 꽉 부여잡은 그녀의 떨리는 작은 주먹에 시선이 머물렀을 때 그 역시 아픈 표정이 되었다. 언뜻 뻗어지는 규하의 손에 은우는 자신도 모르게 움찔 어깨가 움츠려 지고 말았다. 아직까지 두려움이 가시지 않은 상태였다. 그녀의 몸짓에 힘없이 손을 내리는 규하의 모습은 그녀보다 더 상처 받은 모습이었다.
"이런 빌어먹을…!"
술이 말짱 깬 듯 낮게 욕을 퍼붓던 그가 거친 숨을 내쉬었다.

"나 역시 너에게 그렇게까지 할 생각은 없어. 이건 경고일 뿐이야. 난 철저히 대가를 받을 생각이니까."

규하가 거의 쏟아질 듯 그녀를 누르고 있던 거대한 몸을 일으켰다. 말은 사나웠지만 목소리는 조금 전보다 한결 힘이 빠져 있었다. 그리고 그녀의 모습을 차마 볼 수 없다는 듯 시선 한 번 두지 않고 곧장 위층으로 올라가 버렸다. 똑, 또로록, 빗소리가 아까보다 더 크게 텅 빈 거실을 울렸다. 은우는 벌어진 옷을 꽉 부여잡고 잠시 숨을 골랐다. 갑자기 모든 게 엉망이 되어 버렸다.

다음 날, 설친 잠 때문에 그녀가 일어났을 땐 이미 10시가 다 되어있었다. 이미 출근했을 규하를 생각하며 은우는 편안하게 아래층으로 내려섰다.

"이제 일어난 건가?"

내려오는 그녀에게 차분한 목소리가 들려왔다. 어제 일은 까맣게 잊은 듯한 얼굴로 규하는 거실에서 그녀를 기다리고 있었다. 언제나 보던 말끔한 정장이 아닌 가벼운 캐주얼 차림이었다.

"아…."

당황함을 감추지 못한 은우가 아, 하며 놀란 시선으로 그를 바라보았다. 그런 그녀를 꿰뚫어 보듯 규하의 입술에 보일 듯 말 듯 애매한 미소가 걸렸다.

"어제 말했을 텐데. 이젠 당신이 대가를 치룰 때라고."

이런. 은우가 자신도 모르게 혀를 찼다. 규하의 의중을 도무지 알 수가 없었다.

"……."

"잘난 입이 붙었나? 아님 설마 그런 식으로 얼버무리겠다는 뜻은 아니겠지? 가서 준비하고 나오지."

"준비라뇨?"

"말 그대로의 준비야. 당신 못지않게 나 역시 싫다는 여자, 안을 생각은 없으니까 그렇게 짐승 보듯 하지 마라구. 가볍게 외출할 생각이니까."

가볍게 외출할 생각이라. 은우의 미간이 좁혀졌다. 살피듯 바라본 규하는 아까의 애매한 미소가 사라진 무표정한 얼굴이었다. 그녀는 낮게 한숨을 쉬며 위층으로 다시 올라갔다. 대충 옷을 갈아입고 나오는 그녀에게 규하가 대놓고 얼굴을 찡그렸다.

"옷은 안 사는 건가?"

"필요 없어요."

"내 돈을 쓰고 싶지 않다는 의미야? 그럴 필요 없어. 당신이 내게 줄 대가라면 그 정도의 투자는 받을 가치가 있을 텐데, 왜 자신이 가질 수 있는 걸 갖지 않지?"

규하가 알 수 없다는 표정으로 물었다. 결국 당신은 그것뿐이야. 은우가 냉소적으로 생각했다.

"투자. 대가. 그렇게 사람을 투자가치나 사업으로만 보면 지치지도 않나요?"

"글쎄."

빈정거림보다는 담담한 대답이었다.

"내게는 언제나 투자 없이 얻어지는 것은 없었으니까. 당신도 마찬가지이지 않아? 결국 당신 역시 내게 대가를 요구했다고 생각하는데?"

그녀의 허리에 익숙한 자세처럼 손을 얹은 규하가 말했다. 조금 화가 치밀었다. 그녀는 거래를 한 게 아니었다. 그건 당연히 그가 지켰어야 할 예의였다. 결혼한 주제에 여전히 다른 여자를 품에 안고서도 아내에게 대가를 지불했다 생각하다니, 어처구니없는 발상이었다. 차에 올라서도 그녀는 화풀이를 하듯 말 한마디 없이 곧장 앞만 바라보았다. 그런 그녀를 바라보는 그의 시선이 느껴졌다. 갸웃하던 눈길이 천이 약간 너풀대는 목 언저리에 멈추더니 잔뜩 찡그려졌다. 마음에 들지 않는 눈치였다. 어머니가 사 주신 옷은 거의 정장인데다 그것도 말한 것처럼 한 벌 뿐이었다. 그리고 붉은 드레스. 그의 손에서 이미 너덜 찢어져 버렸지만. 규하가 입은 것처럼 가벼운 차림은 유빈과 살 때 입었던 옷뿐이었다.

"회사는 언제 가요?"

그의 시선을 무시하며 은우가 물었다.

"휴가야."

휴가? 결혼 때도 없었던 휴가라니, 은우가 조금 전의 화도 잊은 채 그를 돌아보았다. 그녀의 시선에 규하가 설명하듯 대답했다.

"서른도 안 된 나이에 입사해서 지금까지 휴가 한 번을 가지 못했어. 오늘은 네가 아닌 나를 위한 휴가니까 부담 갖지 않아도 돼."

멋없기는…. 은우가 툴툴댔다. 하지만 서른도 안 된 나이에 입사 해 벌써 한 회사의 중역까지 올랐다는 건 조금 의외였다. 아마 아버지의 배경 때문이겠지, 은우는 편하게 생각했다. 젊은 나이에 노련한 중역 이사들과 싸워야 했던 그의 어려움 같은 건 잘 몰랐다.

규하가 이끈 곳은 가벼운 한식집이었다. 늦은 아침을 해결하기 위한 그리 화려하지 않고 허름하지도 않는, 편안한 분위기의 식당이었다. 애매한 시간인데도 사람들이 분주했다.

"사람이 많아요."

가게 안을 둘러보며 은우가 말했다.

"편안한 곳이니까."

규하는 한결 부드러워진 태도였다. 언제나 새벽밥을 먹는 터라 잔뜩 배가 고팠을 텐데도 차분한 태도였다. 그런 규하에게 왠지 주눅이 든 은우가 괜한 청바지를 문지르는데 탁자위에 놓인 규하의 손등이 그녀의 눈에 들어왔다. 선명한 자신의 이빨자국이 아직도 고스란히 남아있었다. 그녀의 시선을 느꼈는지 규하가 그녀의 시선을 따라 자신의 손등을 바라보았다.

"여자에게 이렇게 물리긴 처음인데. 설마 자신의 인상을 강하게 남기겠다고 일부러 하지는 않았겠지?"

놀리는 건가 싶어 경계하듯 바라보는데, 오히려 그는 생소한 미소로 자신의 손등을 보고 있었다. 처음 보는 규하의 모습이었다. 저 남자도 저런 표정을 지을 때도 있나? 은우가 고개를 갸웃했다. 그 미소에 좀 전의 화가 순식간에 가라앉아 버렸다. 성마른 자신의 모습이 좀 부끄러웠다.

그런 은우 앞에서 어제의 미안한 마음이 담긴 탓인지, 자신의 손등에 놓인 상처를 보면서도 규하는 부드럽게 말을 이었다. 어젠 술이 과했었던 모양이었다. 그가 잡으려고 애를 쓸수록 자꾸만 손가락 사이로 빠져나가는 모래알 같은 그녀에게 순간의 조급함이 일었었다. 벼랑 끝에 몰린 기분이었다. 이젠 그의 것이 되어야만 하는데 그녀는 여전히 그의 것이 아니었다. 한 번도 여자를 강제로 안아 본 적이 없었던 그가 은우에게는 늘 그런 모습만 보이고 있는 것 역시 마찬가지였다.

살짝 얼굴을 찌푸린 규하가 앞에 놓인 음식들 사이로 흘낏 은우를 바라보았다. 화장기 없이 부드럽게 윤기 흐르는 은우의 입술이 눈앞에서 흔들리고 있었다.

핥아 보고 싶다. 순간 불끈 욕심이 일었다. 조각같이 얇은 제니의 입술도, 당장이라도 터질 듯 도톰한 이화의 입술도 이렇게 탐이 나지 않았다. 자신에게 마음을 주지 않는 여자인데, 자신에게 몸도 주지 않는 여자인데 규하는 어린아이처럼 자꾸 은우에게 졸라대고만 있었다. 저 어린 여자아이한테 10살은 족히 많은, 산 같은 자신이 어리광을 피우는 꼴이라니. 규하는 애써 은우에게서 시선을 돌렸다. 게다가 지후의 전화까지 신경을 긁어 대고 있었다. 어제의 일이 다시 떠오르자 좀 전의 평온한 마음이 다시 풍파처럼 흔들리고 있었다. 규하가 자신도 모르게 이를 악물었다

"운전 시험은 언제지?"

어제의 기억을 지우며 규하가 물어왔다.

"알고 있었어요?"

은우가 놀라 되물었다. 그가 알고 있을 거라 생각하지 못했던 일이었다.

"내 아내에 대해 그 정도도 모를 거라 생각했었나?"

아내…. 은우의 얼굴이 좀 당혹스럽게 변했다. 규하는 늘 아내라 말했다. 다른 여자를 품는 주제에 그녀에겐 늘 아내라고 말했다. 그래서 그녀에게는 아내라는 말이 모욕 같은 호칭이었는데 규하는 그것을 몰랐다.

"언제지?"

규하가 다시 물어왔다.

"다음 주예요."

"그래? 합격하면 차 한 대 사지?"

"괜찮아요. 어머님도 이야기 하셨지만…."

"내가 사. 어머니가 해주시는 건 학원으로도 충분해."

다시 말할 필요도 없다는 듯이 규하가 말을 잘랐다.

"그리고 여기."

금빛 플래티넘 카드였다.

"당신이 써."

"싫은데요."

"그럼 돈으로 줄까?"

"싫어요."

"당신은 내 아내야."

"당신의 아내라고 해도 싫어요."

은우가 딱 잘라 계속 거절했다. 그녀의 거절에 또다시 그의 이마에 퍼런 심술이 돋아났다. 의붓아버지라는 인간은 무슨 백억을 껌 값 부르듯 하는데 은우는 이만한 돈 조차 싫다 말하고 있었다. 규하는 쓴 웃음을 짓고 말았다. 그가 아는 여자들은 다들 그가 주는 돈을 받지 못해 안달이었었다. 심지어 제니까지 그에게 받을 것은 충분히 다 받아가고 있는데, 정작 그가 원하는 은우만은 그에게서 아무것도 받지 않았다.

"그래? 그 너덜한 옷을 걸치고 있으면서 이것마저도 싫다? 받아둬. 당신의 그 옷은 당장 오늘 내다 버릴 거니까. 속옷 차림으로 돌아다닐 생각이 아니라면 받아두는 게 좋을 거야. 뭐, 하긴 속옷 차림으로 당신과 함께 살아간다면 더할 나위 없이 만족스럽긴 하지, 나로선 말이야."

망할 인간. 또다시 되풀이 되는 실랑이에 은우는 이를 갈며 카드를 집어넣었다. 오랫동안 아르바이트를 하지 못한 탓에 은우의 통장엔 잔고가 거의 없었다. 유빈과 살 때에도 생활비조차 내지 못했었으니까. 지후가 유빈의 집에 가지고 온 옷은 낡기도 했지만, 규하와 결혼한 지금으로선 입기 힘든 옷이었다. 이가 박박 갈리도록 자존심이 상했지만 은우는 그가 내민 금빛 카드를 자신의 주머니 속으로 넣었다. 그런 그녀를 만족스럽게 바라보던 규하가 다시 단정히 식사를 하기 시작했다.

"이젠 어딜 갈 거지?"

"예?"

당연히 제멋대로 결정할 줄 알았던 규하였기에 의외의 질문이었다.

"사실, 다른 여자와는 별로 데이트라는 걸 해본 적이 없어서…."

묻는 그녀의 질문에 규하가 조금 상기된 얼굴로 대답했다.

"당신처럼 어린 여자들은 어디로 가는 걸 좋아하나? 놀이동산?"

가린 손 사이로 피식 웃음이 새어나왔다. 놀이 동산이라니. 놀이동산에 있는 그의 모습만 생각해도 웃음을 참을 수 없었다. 그녀의 웃음소리를 들은 규하의 얼굴이 험하게 변했다. 하긴 그와 함께 이런 휴가를 보낸다는 것조차 상상하지 못했던 일이었다.

"놀이동산 가본 지 꽤 됐는데, 갈래요?"

은우가 물었다. 조금 놀리는 기분이었다. 그녀의 말에 규하는 막상 놀이동산이라 자신이 말해놓고도 조금 당황한 표정이 되었다. 은우는 짐짓 그를 모르는 체 밥만 푹푹 떴다. 놀이동산에 갈 생각을 하니 조금 즐거워졌다. 그녀를 바라보던 규하가 낮게 한숨을 내쉬었다.

"가지."

계산을 한 뒤 규하는 결국 놀이동산으로 향하고 말았다. 가을이라 삭막할 줄 알았는데, 국화 축제가 있어서 놀이동산은 봄처럼 화사했다. 들어선 입구부터 벌써 국화향이 그윽했다.

"흠, 표를 어떻게 끊어야 하는 거지?"

처음 온 곳인지 매표소에 선 규하가 난처한 기색으로 은우를 돌아보았다.

"자유 이용권?"

제일 비싼 요금이 눈에 띄었는지 규하가 물었다. 킥, 웃음이 새어나왔다.

"카드 없어요?"

규하의 두툼한 지갑을 뒤져서 할인 카드를 몽땅 꺼내놓고 그녀는 놀이 기구를 몇 가지만 탈 수 있는 저렴한 티켓으로 끊어 그의 손을 끌었다. 어느 학교에서 소풍을 왔는지, 와자지껄한 소음으로 놀이동산은 활기에 가득 차 있었다. 북적거리는 사람들 틈 속에서 놓칠 새라 그의 손을 잡는데, 그가 먼저 마주 잡은 손에 힘을 잔뜩 실었다. 아파. 찡그린 얼굴로 노려보는데 밀리는 사람들 사이에서 그녀를 막느라 애를 쓰는 그의 모습이 보였다.

팔랑, 그의 검은 머리카락이 바람에 흔들렸다. 190의 장신으로 사람들 속에 우뚝 선 규하가 새삼 다시 보였다. 아, 은우가 들리지 않게 소리를 냈다. 고급스런 옷이 아닌 그는 그 모습 자체로 거대했다. 은우가 또다시 잡은 손에 꾹 힘을 실었다.

"왜, 불편한가?"

돌아보며 걱정스러운 목소리로 물어왔다. 그를 마주보며 은우가 살랑 고개를 흔들었다.

"아니요."

대답하는 그녀를 누군가 툭 치고 지나갔다. 중학생치고 훌쩍 키 큰 녀석 하나가 장난을 치다 잠깐 부딪힌 듯 했다. 부딪힌 그녀보다 그의 얼굴이 더 험악해졌다.

"죄송합니다."

그의 시선에 기가 눌렸는지 여드름이 더덕더덕 난 녀석이 꾸벅 인사를 하며 재빨리 사라졌다. 은우가 놀이를 하듯, 잡은 그의 팔을 흔들었다. 장난스럽게 눈빛이 반짝였다. 그녀를 바라보던 규하가 헉! 숨을 들이켰다. 은우의 환한 웃음은 난생 처음이었다.

"가요, 늦으면 줄이 한참이야. 저 녀석들 장난 아니라구요."

규하의 손을 잡고 팔랑팔랑 나비처럼 은우가 뛰었다. 향긋한 국화 향에 취한 것처럼 내내 웃음이 떠나질 않았다. 처음 타는 놀이기구인데도 꽤 재미있었는지 미리 산, 표로도 부족해 둘은 기구 앞에서 파는 표를 또다시 사 내내 한 기구를 다섯 번도 넘게 탔다. 저녁이 다 되도록 나갈 생각을 하지 않은 규하 때문에 놀이동산 안에 있는 식당에서 간단한 저녁을 때우고 날이 저물어서야 집으로 향하였다. 아직 좀 전의 즐거움이 채 가시지 않아 은우의 웃음소리가 밤공기 속에 청아하게 울리는데, 그들의 집 앞에 서 있던 은빛 메르세데스의 차문이 스르르 열렸다.

"오빠…."

내내 머물었던 미소가 순간 뻣뻣하게 굳어 버렸다. 지후를 향해 성큼 발을 내딛는 순간, 규하가 그녀의 팔을 강하게 잡아당겼다. 비틀 떨어지는 그녀를 그가 어깨로 폭 감싸 안았다. 둘을 바라보는 지후가 이를 악물었다. 앙다문 턱 선을 따라 굵은 힘줄이 솟아 올랐다.

"아…. 처남. 우리 집엔 무슨 일이지? 오늘 약속이 있었던가?"

보라는 듯 은우를 안은 채 규하가 느물거리는 목소리로 지후에게 말했다. 지후의 눈이 은우에게 머물렀다. 어제 끊어진 전화 때문에 새벽부터 쫓아온 그 앞에서 사라진 두 사람을 지금까지 내내 기다렸었다. 곧 돌아오겠지. 별 일 없을 거야. 곧 돌아올 거야. 그렇게 반나절을 넘게 기다렸다. 두 사람의 이런 꼴을 보기 위해 그 긴 시간을 기다린 게 아니었다. 은우의 저 웃음소리는 규하가 아닌 자신을 향해 있어야 했다. 지후가 주먹을 움켜쥐었다. 죽여 버릴 거야. 규하를 바라보는 시선이 얼음처럼 찼다. 멀리서 보아도 분명히 보이던 그 환한 미소에 지후는 내내 참았던 화가 폭발하고 있었다. 은우의 미소는 오로지 그의 것이어야만 했다. 윤규하의 것은 아니었다.

"오빠."

빠져 나오는 게 여의치 않은 듯 얼굴을 찡그린 은우가 그를 불렀다. 또다시 규하가 그녀를 끌어 당겼다. 불이 일었다.

"들어 가."

규하가 강한 어조로 명령했다. 안고 있는 은우를 그제야 풀어 놓으면서도 그의 시선은 지후에게서 떨어질 줄을 몰랐다.

"뭐라구요?"

"들어가라구. 빌어먹을…."

거칠게 문을 열어젖히더니 규하가 그녀를 휙 안으로 밀어 넣어 버렸다.

"이게 뭐하는 짓이에요?"

은우가 화를 벌컥 냈다.

"들어가. 나도 할 말이 있으니까…."

나오려는 은우에게 지후가 말했다. 그 역시 은우가 집으로 들어가 있는 게 더 나았다.

"오빠…."

"들어가. 제발…."

아파, 그러니까 먼저 들어가. 지후가 속삭였다. 그러나 여전히 은우는 들어가지 못하고 있었다. 그녀가 지키고 싶은 게 자신인지, 아니면 규하인지 갑자기 궁금해졌다.

"들어가, 제발!"

결국 지후가 버럭 소리를 지르고 말았다. 놀란 듯 은우가 움찔거렸다. 걱정스러운 얼굴로 은우가 들어가자, 하! 옆에서 규하의 웃음소리가 들렸다. 양 팔을 꼰 채 당당하게 서 있는 품이었다. 대체 저런 자신감은 어디에서 오는 걸까? 돌아서는 그에게 규하가 툭 내뱉었다.

"애절하군."

"그래, 애절해."

비웃는 규하의 말에 지후가 웃음기 하나 없이 그대로 다시 받아냈다. 그의 사랑을 비웃는 건 참을 수 없었다. 더더구나 규하같은 인간에게는….

"그래? 하지만 이건 좀 불편하군. 아무리 처남이라지만 이렇게 늦은 시간까지 찾아오는 건 실례인 듯한데, 난 이런 걸 굉장히 싫어하는 사람이라서 말이야."

미소가 싸악 가신 얼굴로 규하가 바짝 다가섰다. 경고라도 하듯 얼굴엔 힘이 잔뜩 실려 있었다.

"다시 이곳에 찾아오지 마. 알았어, 이지후? 두 번 다시 내 눈에 띄게 하지 마."

"은우, 다시 돌아올 거다."

지후가 흔들림 없이 말했다. 집에 들어서려던 규하가 돌아섰다.

"돌아온다? 무슨 의미지?"

"그녈 사랑해. 너 같은 거래가 아닌 가슴으로 사랑한다는 의미지."

"사랑? 아, 아…, 사라~앙."

어려운 단어를 이해했다는 듯 규하가 고개를 끄덕였다.

"그런데 이런 걸 우리나라에선 근친상간이라 하지 않나?"

지후가 입술을 잘근 씹었다.

"피 섞이지 않은 동생이야. 하지만 그것도 내 문제인 것 같은데, 윤규하? 이건 경고야. 난 반드시 은우를 돌아오게 할 거다. 그러니 그녀를 바라보지 마. 감히 탐하지도 마. 네 몫이 아닌 여자야."

"하! 경고?"

내내 냉정하던 규하의 눈동자가 핑그르르 돌았다.

"이것 봐. 지키지도 못할 사랑은 하는 게 아니야."

그 여자처럼. 어제 잠시 그 여자를 꿈꿨다. 은우를 떠나 잠시 잠든 그 꿈에서, 그는 어린 시절 이후 한 번도 보지 않았던 그녀를 꿈에서 보았다. 버럭 비명이라도 지르고 싶은 악몽처럼 또다시 나타난 그 여자를 생각하며 규하가 지후를 바라보았다. 지후는 그녀를 닮았다. 책임지지 못할 사랑까지….

"은우의 몸뚱아리를 본 적 있지."

규하의 말에 지후의 이마에 힘줄이 팍 솟아올랐다.

'이…이 망할 자식, 죽여 버린다.'

"넌 본 적이 있나? 시뻘건 뱀 자국같이 온몸에 하나 가득이더군. 내게 오기 전에 생긴 상흔들로 말이야. 난 사랑을 하진 않지만, 최소한 내 여자에게 그런 상처를 남기진 않아. 너의 그 빌어먹을 사랑이란 게 그녀에게 해 준 것은 결국 그것뿐이다. 기억해 둬. 그녀에게 남긴 그 상흔들이, 너의 그 빌어먹을 사랑이라는 것을! 그것이 너의 무덤이 될 거니까."

자신의 집으로 들어서던 규하가 다시 멈추어 섰다.

"아, 그리고 말이야. 잊은 모양인데 은우는 내 아내야. 그리고 난 그 어떤 자식한테도 그녈 양보할 생각이 없어. 아직 그녀에게 받아야 할 것들이 많아서 말이야. 잘 가라구, 처남. 그리고 나 역시 경고하는데 두 번 다시 내 아내나 내 집에 있다간 네 아버지와의 거래는 그날로 종결이야."

규하가 부서지도록 문을 닫아 버렸다. 제기랄, 기분 좋았던 하루가 물거품처럼 사라지고 말았다. 지겨운 지후를 남겨 둔 채 그는 서둘러 집 안으로 들어섰다. 못내 초조한 얼굴로 거실에서 서성이는 은우가 눈에 들어왔다. 짜증이 팍 일었다. 그토록 지후가 걱정스러웠던 모양이었다.

"빌어먹을, 네 오빤 손가락 하나 대지 않았으니 걱정하지 말라구."

잘근 손가락을 깨물고 있던 은우가 바짝 고개를 들었다.

"하지만 이번이 마지막이야. 두 번 다시 내 눈에 띄었다간 가만 두지 않겠어. 경고만으로 끝나지 않을 테니, 잘 기억해 두는 게 좋아."

놀란 은우가 미처 대답하기도 전에 그는 성큼 자신의 방 안으로 들어서고 말았다.

"이런, 젠장 맞을!"

버럭 소리를 지르던 규하가 손에 들린 재킷을 거칠게 내던졌다. 잠시나마 그녀와 가졌던 즐거운 시간도 결국은 제 자리로 돌아왔다. 규하는 자신보다 지후를 더 걱정하던 은우의 얼굴을 떠올렸다. 그녀의 시선에는 여전히 자신이 없었다. 잠을 이루지 못하고 내내 자신의 방을 서성이던 규하가 아래층으로 내려갔다. 불처럼 속을 끓였더니 목이 자꾸만 탔다. 차가운 물이라도 마시면 속이 가라앉을 것 같아 계단을 내려가던 규하가 움찔 걸음을 멈췄다. 창가의 커튼 틈 사이로 은우의 모습이 언뜻 보였다. 까만 하늘이라도 보는 건가? 규하는 한 걸음 더 가까이 내려섰다.

엄마가 섬 그늘에 굴 따러 가면…
아이가 혼자 남아 집을 보다가….

은우의 노랫소리가 아래층에 울렸다. 고요한 천정에 울리는 맑은 노랫소리가 자장가처럼 잔잔했다. 규하는 잠시 벽에 기대어 그녀의 노래를 들었다. 조금 전까지 부글거리며 끓던 감정이 신기하게도 내려앉기 시작했다. 한결 편안해진 기분으로 노래를 듣던 규하의 어깨가 다시 딱딱하게 경직되었다. 성난 눈초리가 매섭게 변했다.

"이제 잠이 올 것 같아? 오빠?"

이런 빌어먹을! 지후에게 불러주는 노래였다니. 은우가 빙글 돌았다. 아까까지 보지 못했던 전화기가 손에 들려 있었다. 오늘 자신과 함께 있어 놓고도, 감히 지후를 위해 그녀는 이 저녁까지 노래를 불러 주고 있었다. 그것도 자장가를! 은우가 부르는 노래는 언제나 그 녀석 몫이었다. 오늘도 지후 그 자식은 은우의 노래를 들으며 잠이 들 것이다. 제 화를 참지 못해 이렇게 훔치듯 듣는 사이 그 녀석은 편하게 이 노래로 잠이 들고 있었다. 젠장! 규하가 다시 한 번 욕을 내뱉었다.

'이지후… 이 망할 자식! 기필코 은우의 뇌리에서 네 녀석만은 지워내 주겠어. 그전까지는 달콤한 잠에 취해보시지.'

다짐하듯 말하는 규하의 손이 부들부들 떨리고 있었다. 머리 끝까지 분노가 차올랐다. 정말 그 끝까지 빌어먹을 하루였다.

2권에서 계속